读《诗经》

张炜 著

人民文学出版社

图书在版编目（CIP）数据

读《诗经》/张炜著. —北京：人民文学出版社，2023
ISBN 978-7-02-018108-7

Ⅰ.①读… Ⅱ.①张… Ⅲ.①《诗经》—诗歌欣赏 Ⅳ.①I207.222

中国国家版本馆CIP数据核字（2023）第122280号

策划编辑	胡玉萍
责任编辑	黄彦博
装帧设计	刘　远
责任印制	张　娜

出版发行	人民文学出版社
社　　址	北京市朝内大街166号
邮政编码	100705
印　　刷	三河市鑫金马印装有限公司
经　　销	全国新华书店等
字　　数	269千字
开　　本	890毫米×1290毫米　1/32
印　　张	12.25　插页7
版　　次	2023年8月北京第1版
印　　次	2023年8月第1次印刷
书　　号	978-7-02-018108-7
定　　价	50.00元

如有印装质量问题，请与本社图书销售中心调换。电话：010-65233595

《陈风图》（局部）

[南宋]马和之　大英博物馆　藏

《唐风册图》（局部）

［南宋］马和之　北京故宫博物院　藏

《豳风图卷》（局部）
[南宋] 马远　美国克利夫兰艺术博物馆　藏

《鸿雁之什图》(局部)

[南宋] 马和之　美国大都会艺术博物馆　藏

《毛诗品物图考》（节选）

[日]冈元凤　纂辑

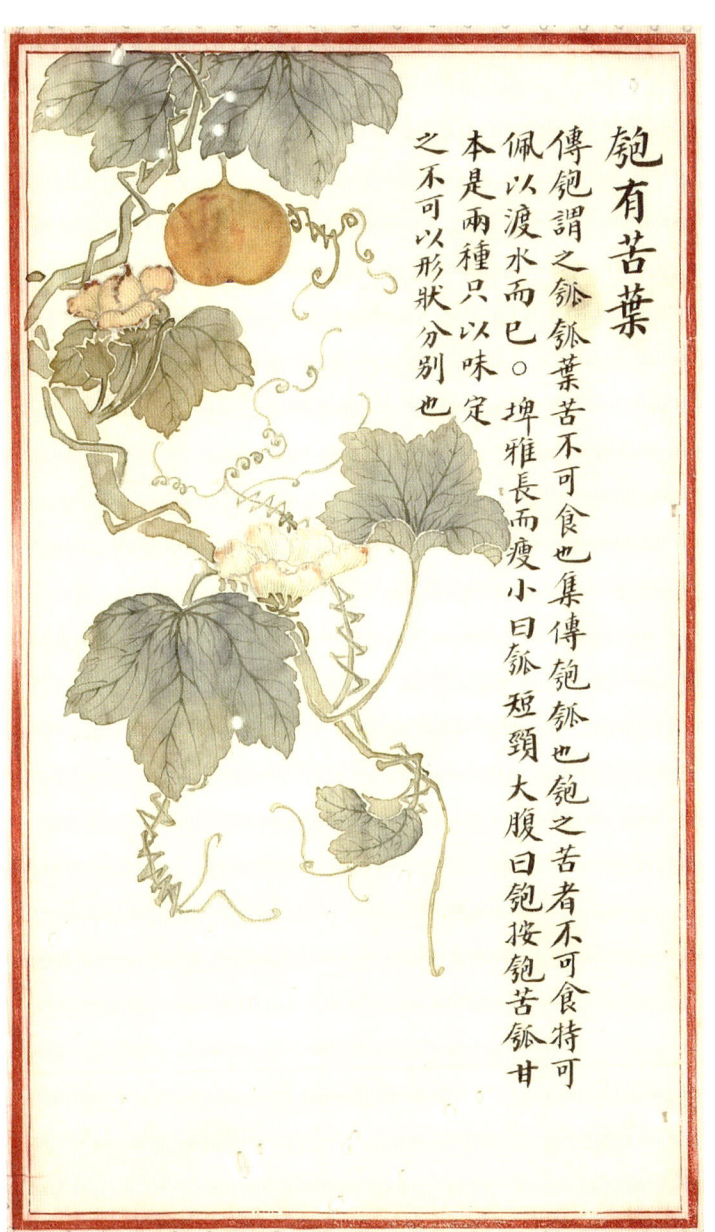

匏有苦葉

傳匏謂之瓠瓠葉苦不可食也集傳匏瓠也匏之苦者不可食特可佩以渡水而已。埤雅長而瘦小曰瓠短頸大腹曰匏按匏苦瓠甘本是兩種只以味定之不可以形狀分別也

《毛诗品物图考》（节选）

[日]冈元凤 纂辑

標有梅

集傳華白實
似杏而酢。
陸疏廣要爾
雅凡三釋梅
俱非吳下佳
品一云梅柟蓋交讓木也
一云時英梅蓋雀梅似梅
而小者也一云機繫梅蓋
機樹狀如梅子似小柰者
也梜脚道人和雪嚼之寒
香沁入肺腑者迺是標有
梅之梅爾雅未有釋文真
一欠事

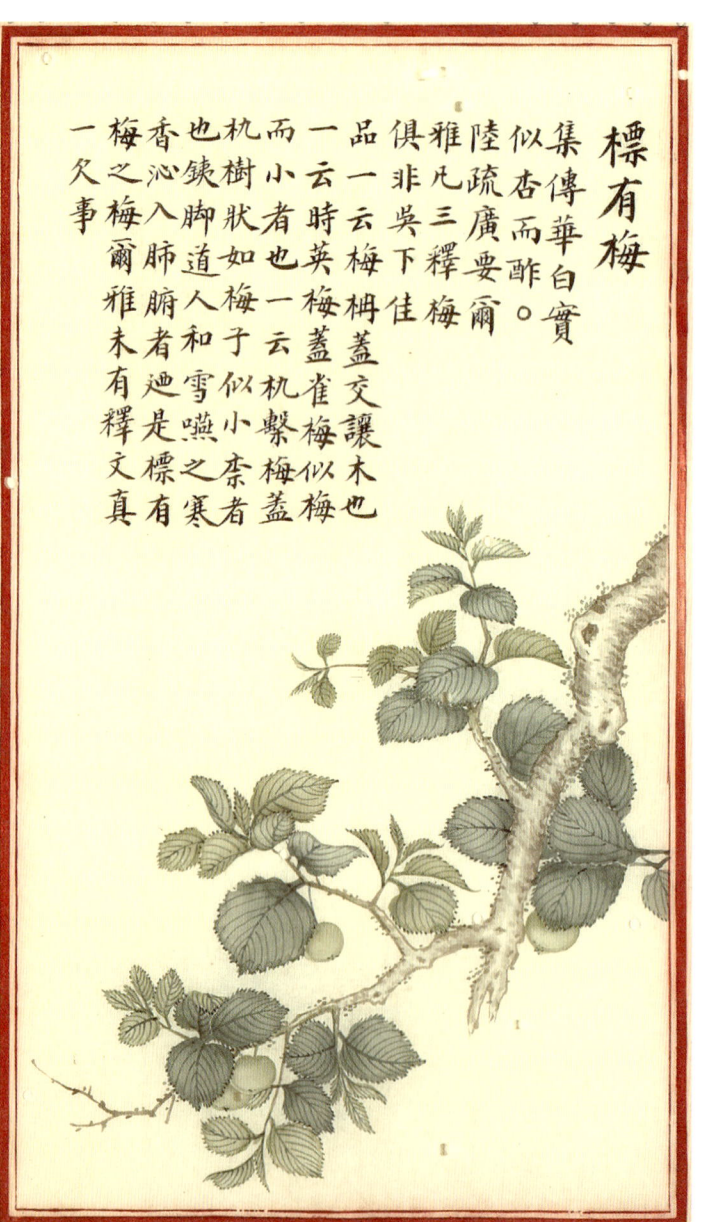

《毛诗品物图考》（节选）

[日]冈元凤 纂辑

七月鸣鵙

傳鵙伯勞也。易通卦驗云博勞夏至應陰而鳴冬至而止故帝少皡以為司至之官巖粲云五月伯勞始鳴應一陰之氣至七月猶鳴則三陰之候寒將至故七月聞鵙之鳴先時感事也

《毛诗品物图考》（节选）

［日］冈元凤　纂辑

匪兕匪虎

傅兕虎野獸也集傳兕野牛一角青色重千斤典籍便覽其皮堅厚可以制鎧或云兕即犀之牸者一角長三尺又云古人多言兕今人多言犀北人多言兕南人多言犀

目录

上篇 《诗经》五讲

第一讲 《诗》何以为经 … 3

《诗经》之"经" / 通向经典的"经" / "经"与"经典" / 文明的不得已 / 作为档案史料 / 作为"经"的记事 / "诗三百"的由来 / 采诗的目的 / 三体之别 / 娱乐与仪式 / 自然人文三横列

第二讲 自由的野歌 … 47

自由的野歌 / 满目青绿 / 普遍的情与欲 / 两种"不隔" / 松弛而热烈 / 蓬勃生气 / 成康盛世的激情 / 顾左右而言他 / 难以对应的"兴" / 现代写作中的比兴 / "兴"而有诗

第三讲 直简之美 … 87

礼法的朴素 / 诗的有机性 / 以声化字 / 乐声盈耳 / 作为歌词的诗 / 隐晦之美 / 简约之美 / 直与简的繁华 / 腻啖之后 / 空间感 / 从根本出发

第四讲 庙堂之路 … 125

孔子的诗心 / 儒学与诗 / 诗的兴观群怨 / "思无邪"之妙喻 / 孔子的旁白 / 大城市氧气稀薄 / 《风》色而《雅》怨 / 《诗》中的"淫"与"伤" / 《颂》的动人处 / 史诗的异同 / 居中的雅章

| 第五讲　敬而近之 | 161 |

看取铜器的方法 / 诗学的新与旧 / 出土文物 / 一种造句方式 / 《诗》的古今价值 / 诗与散文 / 诗与散文时代的关系 / 散文的奢侈 / 五百年间"诗三百" / 融三百为一首 / 知人论世之不及

下篇　《诗经》选读

| 周　南 | 199 |

关雎 / 桃夭 / 汝坟

| 召　南 | 211 |

甘棠 / 摽有梅 / 小星 / 野有死麕 / 何彼襛矣

| 邶　风 | 227 |

柏舟 / 燕燕 / 击鼓 / 匏有苦叶 / 式微 / 简兮

| 鄘　风 | 249 |

柏舟 / 君子偕老 / 桑中

| 卫　风 | 261 |

淇奥 / 考槃 / 硕人 / 氓 / 木瓜

| 齐　风 | 285 |

卢令 / 猗嗟

| 魏　风 | 295 |

伐檀

| 唐　风 | 301 |

椒聊

| 秦　风 | 305 |

蒹葭 / 终南 / 黄鸟 / 无衣

豳风	321
七月	
小雅	333
鹿鸣 / 常棣 / 鱼丽 / 湛露 / 鹤鸣 / 白驹 / 都人士 / 何草不黄	
大雅	363
棫朴	
周颂	369
天作 / 时迈	
后记	377
附记	383

上篇 《诗经》五讲

第一讲 《诗》何以为经

·《诗经》之"经"

作为一部诗歌总集,《诗经》已有几千年的历史,几千年间它从一部文学作品集(诗歌集),逐步走向了不可动摇的"经",地位变得十分显赫。这种完成和蜕变是一个缓慢的、自然而然的过程。但是随着时间的推移,尤其是到了现代,它更多的还是被当作一部文学作品集来对待。但毋庸讳言,直到今天,它在人们心目中仍然超越了一般文学作品的意义,仍以不可置疑的"经"的神圣和崇高,左右着人们的审美。如果就文学的意义来说,"诗三百"的主体应该是《风》,而《风》是率性大胆、泼辣放肆的民间咏唱。那么可以设问和想象,一部充满野性的民歌集何以登上大雅之堂,并最终为庙堂所接受,进而又成为神圣的"经"?

《诗经》是中国文学的源头,更是后代诗歌创作之滥觞,那么"诗"何以为"经"?又是从何时为"经"?大约从战国末期,"诗三百"开始被广泛引用,到了汉代,汉武帝推行"罢黜百家,独尊儒术",《诗经》开始被儒家奉为经典,成为"五经"之首。

关于这三百首的形成过程，最早有载于《史记》的"孔子删诗说"，说由孔子将许多重复的诗篇去掉，删削订正，最后留下了这样的版本。王充《论衡·正说》大致沿袭了《史记》的说法，说"孔子删去复重，正而存三百篇"。事实上在后来的经学研究中，"孔子删诗说"并没有得到确认。但孔子在当年就认识到了《诗》的重要价值，花了很大力气去编纂修订，这应该是确切的。在这个过程中，孔子做的最重要的工作可能是"乐正"，即把词曲加以谐配调整，使之各有归属："吾自卫反鲁，然后乐正，《雅》《颂》各得其所。"（《论语·子罕》）

暮年孔子自卫国返回鲁国之后做的最重要的一件事情，就是编订《诗经》。但他是否真如司马迁所说，删削大量篇章之后才形成现在的三百零五篇，一直被后人质疑。古今学者的主要观点认为孔子并没有删减篇章，只是加以订正，其重点工作还在于"乐正"。因为实际上《诗经》的所有篇章都是用来歌唱的，当时都有固定的乐调和演奏程式，其中也正贯彻了宫廷的政治和礼法。词与曲是一体的，这些文字没有"乐"相谐配，其"经"的价值和意义便会大打折扣。不同程式和调式中所含纳的诗句，才会彰显出强大的礼法精神，传递着明确的庙堂规制。也就是从这个意义上，孔子才更为重视《诗经》的传播和应用。孔子"乐正"的目的，即为了让"三百篇"各归其位，让每一章都能恢复至周代礼乐的规范，使整个社会的政治与教化变得有章可循。孔子的工作为了"取可施于礼义"（《史记·孔子世家》），把诗经变成了仪式文本。之所以要正乐，也和当时的"郑声淫"有关系，郑声扰乱了雅乐，而《诗经》所配的主要应是雅乐。

如此一来，《诗经》便不仅仅是一部文学作品集了，而是深刻地参与了当时的社会政治及文化生活，长期影响和作用于一种伦理秩序，让整个社会纳于"诗教"的主旋律下。可以说，孔子在"诗"逐步演变为"经"的路径中，起到了至关重要的作用。

在礼崩乐坏的春秋战国时期，"诗三百"的许多内容显然已经逐步与"乐"脱节和分离，即"乐坏"。而"乐"的丧失和移位，必定导致"诗"的不能归位，造成礼法上十分混乱的局面。这样，"诗"作为"经"的价值也就减弱了很多。《风》《雅》《颂》如果仅仅是在文辞、内容和风格上差异明显，呈现出不同的面貌，还远不足以构成强大的规范和制约。我们可以设想，在规制严格的乐曲和演奏程序中唱出来的诗，与今天只能用来诵读的诗，二者的区别显然是巨大的。在反复咏唱的旋律中，礼仪规范的约束，潜移默化的熏陶，美的沉浸与陶醉，一切正可以相互交织。这样的一种能量，从我们时下所熟诵的诗句中弥漫挥发出来，该具有何等强大的教化作用。从这个意义上理解，我们才能够明白"诗三百"为什么一步步地变成了"经"。离开这样一个政治和礼法的基点，也就无法想象《诗经》数千年来形成的不可动摇的神圣地位、形成的路径，以及神秘感从何而来。

时至今日，我们面对的只是一些长长短短的句子，"诗"与"乐"早已剥离，所以也就无从感受那种演奏的盛大场面、那种心潮澎湃的震慑力量。我们视野中只是简单而僵直的文字，不是歌之咏之、舞之蹈之的和鸣共振。离开了那种气氛的笼罩，也就失去了另一番审美效果，它未能诉诸听觉，也没有视觉的盛宴，几乎完全依赖文字符号的想象和还原。我们会不自觉地将这些拗口的诗章与现代文字的一般功能混为一谈，而且还会在磕磕绊绊的阅读中，产生或多或少的不适感。这种不适感会影响审美,让我们进一步疏远和忽略它的内质。我们甚至设想,对于《诗经》最好的理解方法,莫过于还其以"乐",无"乐"之诗就是枯萎的诗,僵固的诗,降格以求的诗,难以抵达的诗。

若要走进《诗经》这部原典,就要随着它的乐声,伴着铿锵有力的节奏,或者是温婉动人的咏唱,踏入堂奥,领略或深沉或辉煌之美,感受它不可思议的力量。

站在今天的角度回望三千多年前,由西周统治者的施政理念再到文化风习,更有对于"诗乐"的推崇与借重,会多多少少令我们感到一些诧异。庙堂人物整天纠缠于官场机心、权力角逐、军事征讨,怎么会如此关注和痴迷于这些歌吟。尤其是"风诗"中的民谣俚曲,它们竟占去了三百篇中的半壁江山,而这些内容又远非庄严凝重。就是这一切,与他们的文功武治和日常生活相依相伴,甚至可以说须臾未曾脱离,其中肯定大有深意。当年他们依靠这些演奏和歌咏开辟出一条道路,这些演奏和歌咏一直向前延伸,就是对整个社会礼法和政治秩序加以框束和固定。它的自然孕化和遵循功用合而为一,就有了重大的意义。孔子对《诗经》有过无与伦比的赞叹,评价说:"《诗》可以兴,可以观,可以群,可以怨。"(《论语·阳货》)这番著名的概括之中尽管包含了审美的元素,但更多的还是将其看成了整个人类社会最重要的精神指标,看成了典范。

《诗经》是一部凝固和蕴含了西周道德礼法、思想规范的典籍,具有强大的政治伦理性,它在孔子眼里是不可逾越的。今天看来,特别是《风》里的许多诗篇,充满着旺盛的激情和野性的躁动,那恣意放肆的生命产生出巨大的感染力,唤起多少浪漫的想象;我们从中几乎感觉不到对人性的刻板束缚，也几乎没有什么准则、礼法和不可逾越的禁忌，相反却是一种极为开放和自由的生命号唱。在这里，审美的本质凸显在我们面前，而那种礼仪的恪守、"经"的社会与道德元素，却几乎被完全淡化。

这是就单纯的文字而言的，如果换一个视角，将这些诗句伴以乐曲，赋予调性，严格按照当时的相关规定和程序去演奏，那又将是另一番景象了。这时或许会多少忽略辞章之美，其内容也在一定程度上被覆盖：它已经被配置和镶嵌了更为外向和突出的形式，这就是歌咏和旋律，还有表演。固定的场合，固定的曲调，固定的程式，它们多少淹没了歌词内容的原色与具象，挥发和生长溢满了整个空间。事实是，这种强大的形式有力地超越并涵盖了文辞的内容。

从春秋后期到战国、秦汉以降，直至现在，几乎所有对《诗经》的认识都是建立在脱离咏唱和声音的基础之上的。"诗"与"乐"的分离是一个重大的事件，人们面对的是赤裸的文辞，这样的研究，必然会在"诗"与"经"这两个方面都受到局限，甚至造成一定程度的误解。孔子所订之"乐"后来已经散失，这里的最大损失还不是丢了一部《乐经》，而是《诗经》的形只影单：二者的脱节与分离，使"经"的一个重要部分丧失了。从一种文体的源头上讲，"诗歌"这个词汇的连缀，只说明所有诗词最早都源于歌唱，诗词离开吟咏的调性才变成了纯粹的文字，发展到今天就是所谓的"自由诗"和"现代诗"。它们缺少了一种程式和声音的辅助，摆脱了音乐的笼罩和约束，成为单纯的文字符号，变得贫瘠而孤独。也正因为如此，现代诗必然要一再膨胀和强化自身，要寻找离开音乐之后的独立途径，让干枯的词汇本身滋生出某种乐性。于是它们变得越来越绵长和复杂，也更加起伏宛转。

在现代,我们将歌唱和书写分成了两个世界,除去专门的所谓"歌词",更多的文字是独自生存的。而在"诗"的时代,文字与声音是共生共长且一起呈现的,离开这样的情与境去咀嚼文字,思路也就立刻变得狭窄了。缺少声音伴奏,强大的想象力与挥发力,浪漫和昂扬,也一块儿被丢弃了许多,所以再也无法知晓和感受原来的那种美了。就留下来的一部《诗经》来说,在这种误解和隔膜之下,它的神秘感却在增大,而且随着时间的推移不仅没有被稀释,还在不断被强化。我们像面对一个不可思议的圣物,有时难免四处求索,迷离彷徨,不知所之。这种神秘和无解,又进一步催生了焦灼感,导致我们更多地用理性而不是以感性去对待它:理性的强用往往是对"经"的强调,而不利于"诗"的深入。

· 通向经典的"经"

将《诗》作为"经"来对待,尽管隆盛,却有可能不是使它变得更大,而是更小。让其尽可能自由活泼地生长下去,才有茂盛的未来。将它还原为一部众人的创造,等于倾听生命的群声,一同来到无垠的原野,迎接各种各样的机缘。我们由此踏向更为开阔的生命地带,而不是行走在细细的理念的小径上。反观《诗》产生的年代与时间,从春秋末期到战国中期约五百余年,而今留下的仅为三百多首,平均一年里还不到一首。这未免太少了一点。无论是文人还是民间歌者,他们一定有过更多的歌唱。就因为历经了漫长的时间,其间又有过多种选择，所以能够留下来的杰作总是这么少。

如果按传统观念中的"经"的标准，《诗》的主干部分《风》的意义或许会变得次要一点，而《大雅》和《颂》却会变得更加重要起来。可见"经"与"经典"仍然是两个不同的方向和尺度，二者尽管有所交集，但大致还是分为两端。"经"将不自觉地偏重于社会性和政治性，强化和突出一个时期的礼法与道德范式。而作为杰出的文学作品，即通常所说的"经典"，在内容上总是无所顾忌，需要个体生命的烂漫绽放，必会自然而然地越过某些界限，突破诸多方面的平均值。这种冲决和创造的最大力量当然还是在民间，这就是《风》的呈现。几千年的经学尽管走了不同的道路，有过多种尝试，总的来说还是胶着于一些道德争执，它们比较集中地面对了《风》这道难题：其中的烟火气让各方大儒颇为作难。他们煞费苦心做的一些事情，无非就是让这些狂放不羁的内容改变一下颜色。不过那些文字早就形成在前，木已成舟，终究无法改变，也就只好曲解。他们不忍看到一直被称之为"经"的一部历史典籍，竟然满篇里写尽了原欲。

某些经学家极想让一部《诗经》纯粹起来，变得通体透明。这当然是最困难不过的事情，以至于变得不可能。但是他们挖空心思地一直做下来，甚至产生了许多有名的著作。让人眼花缭乱的经学论著越来越通向了偏僻深邃，也越来越令人怀疑。我们今天尽可能地贴近他们的思绪，也还是无法相信那些强词夺理的说辞。他们对于人的灵魂的成长，对于君子操守和国人的行为准则之类，用心太多太重，反而不能令人信服。既然这三百多篇已经确立了"经"的地位，那么它对人的思想行为的规范意义，怎么估量都不过分。这样一来，就唤起了经学家们强大的责任感，有了他们代代相继的不懈努力。

可惜这只是事倍功半的事业。

《诗》之神圣的"经"的地位的形成，一方面造成了审美的障碍与隔阂，另一方面也强化和加重了它作为文学原典的地位：经典性得到了不曾间断的开拓和延展。后代阅读者会在比较肃穆的气氛中感受这些古老的文字，使它们在一开始就具备了不同于一般诗文的风貌。寻觅微言大义，考证和训诂，还原古风古韵，是面对这样一部"经"书的基本功课与态度。而作为一部文学作品的审美，却常常要松弛得多，悠然得多。审美是愉快和感动，不是倦怠和疲累，不是精研细磨的苦思，而是激赏和把玩的快乐品味。那些烦琐的历史考据终究会随着时间的流逝而变得逐渐模糊，对于遥远漫长的历史，人们大多数时候是越来越超脱，而不是越来越执着。也正是这种疏离感和多多少少的漫不经心，使这些远古的吟唱更多地返回到创作之初的那种感奋和激越。

我们知道，凡是大读者总是具有极强的还原力，当年的吟咏者在原创时的心境，兴奋不已的创造神经的跳动，每一次痉挛和震颤，都会被他们捕捉。严格讲来，这种还原力就是审美力。所以《诗》作为"经"的意义，随着时间的推移一定还会进一步淡化；而作为文学作品的"经典"性，却会得到提升、扩大和认定，这是一个必然的过程。

我们的道路大致是这样的：自觉不自觉地顺着古人提供的一条"经"线，步入一个广袤而活泼的万物生长的生命世界，这里面不仅有丰富繁茂的"草木鸟兽虫鱼"，还有形形色色的人；既有饮食男女的欲望，又有庄重刻板、威仪逼人的贵族。所有这一切纵横交错，相映成趣，构成一个多声部的混唱、一个震耳欲聋的王国。这个王国,就是诗的国度,是生命的交响。一条文学大河的源头就在这个世界里,它由无数涓流汇聚,活泼而清纯,生动而含蓄,渐渐汹涌起来。这种巨大的张力恰恰就是一切文学经典必备的品质。比如,我们能够从《齐风·卢令》这首小诗里看到齐国女子与英俊猎人的偶然相逢,她的倾慕和思恋怎样在一声声咏叹中绵绵不绝。短短的诗章共有六句,竟有一半句子在重复,这种重复却蕴含和衍生出更为丰富的意象和意味。类似的缤纷绚丽在《风》中数不胜数,它们渲染出奇特迷离的意境,每每让人沉醉,不能自拔。《诗》中令人沉迷的一场场陶醉复叠相加,美的纵深一再扩延,展现出无边的辽远和开阔:一片没有边界的想象的天地,已不是传统意义上的"经"所能够囊括和界定。

我们不必也不可以将"经"与"经典"对立起来、分割开来,比如一定要将其分成社会的道德的礼法的,或艺术的文学的感性的审美的;但它们就其侧重和文本意义而论,仍旧是极为不同的。我们当然可以把二者视为一个整体,因为它们能够相互借重和强化,许多时候正是这种难以分扯的交融,才有了彼此共有的一个命名即《诗》。但即便如此,也并不能忽略漫长而复杂的研究史上,围绕二者所发生的那一切。这期间有太多争议,太多方向上的偏移,有否定之否定。无论是思想、学术和艺术,都有一个以何开端的问题,这个问题以至于成为《诗》学的基础。毋庸讳言,一部文学作品失去了其经典性的卓越,就将被遗忘和忽略,其作为"经"的基石也将被抽空;而一旦它的精神格局和内容承载苍白或空泛,又不足以成为道德的依凭和推崇,其文学地位也高不到哪里去。

部分经学研究者一度将"诗"作为"经"的限定词,即理解为一部由诗的形式写成的"经"。而这就需要表达上的诸多限制和确定，反而会更加强化规范和制约，一再地划出边界，把想象框束其中。因为既然是"经"，那就一定要排斥语焉不详、含糊多意，而需要尽可能地指向一个明确单一的意义，一句话即确定一个意思。而我们知道，文学审美却往往相反，它许多时候恰好要一句话蕴含许多内容、不同的含意，这才是语言艺术。如果我们更多地肯定和追求"诗三百"作为"经"的功用，那就不得不背离审美的初衷，攀住一条坚韧细长的"经"线往前挪动。如此一来，我们将丧失在更大范围里自由探究的机缘，这是非常可惜的。

古典文学简洁和含蓄的品质，不仅没有限制后来的继承者，没有遏制他们的想象，反而吸引其走入深处和细部，唤起更有根底的茂长的冲动。他们将感受那种以少胜多的富丽、一种更为内在的细致和放肆。《诗经》作为古典主义的生命挥发，其实也大大有助于现代主义的汲取，它们之间没有什么本质的隔膜。现代主义形式上的求索、精神上的倡扬与激荡，看起来是对古典方义的反叛，究其实质，不过是将前者潜隐伏藏的多种可能性发掘出来，让其变得更直接和更表面。现代主义在表达时的无所顾忌、费词滔滔，虽然并非是一种更高明的取向，却也是一种发展的必然，是由"经"走向"经典"的不可避免的结果之一。

· "经"与"经典"

"经"并不完全等同于现在所说的"经典"，后者是指一部作品的影响力和美誉度、所拥有的思与诗的卓越品质，更多是从审美的意义加以肯定；"经"却是作为不可更易的政治和道德伦理标准、作为一种刻度而存在的，具有一种维系历史纵向连续性、坚韧性和不可取代性。古代的"典"是"五帝之书"，为治国要籍；而现在的"经典"，其意涵也并非"经"与"典"的相加。如果一部书如《诗经》，"经"与"经典"双义并存，也会造成很多困惑。比如人们谈论《诗经》，有时即很少从"经典"的意义上去探讨，而是从"经"的意义上去追溯，在很长的历史时期里都是如此。

无论是学术还是艺术，到了现代，无论多么完美，无论在伦理意义上多么堪称典范，人们也只可以称之为"经典"，而不可以称其为"经"。可见"经"与"经典"还是有明显的区别的。既然谈到了区别，那么以今天的眼光来看《诗经》，其中含有多少文学"经典"的成分？现代人变得松弛而超然，于是更愿意把它当成一部纯粹的文学作品去阅读和欣赏，会确凿无疑地说它是一部古代传下来的文学"经典"。但这里需要提醒的是，而今仍不可忘记它是一部由"经"演变成的"经典"，虽然起初也不过是一部诗歌总集。由"诗"而"经"，再由"经"成为现代汉语语境中的"经典"，走过了一条多么曲折的道路。

直到今天，面对一部文学作品的评判，文评家们也总是自觉不自觉地首先将其纳入社会和道德伦理层面去考察，费上许多言辞。实际上对待《诗经》也是如此，而且从过去到现在一直如此。人们较少从审美的视角去考察它的文本，而乐于直接将其当作社会层面的立论依据来读取，更多地从中寻找它的道德伦理意义、政治意义，以此纵横生发。也许有人认为，古人这样对待《诗经》并无大错，因为那时的"文学"是文章之学，指的是经世致用的那种写作，诗词歌赋被归到辞章之学。当然，这其中也有不少较为纯粹的"诗论"，并在后来形成了某种诗学范本；但这一切还是远远赶不上历史、政治与道德的社会化论证，它们在数量上比"经"义的寻觅和阐释要少得多。这已经形成了我们对待文学典籍的传统，并且化为当代文学批评的习惯性动作，似乎不可更易。

文学是精神的，可是阅读者却更多地把它当成物质的，当成一个物质使用的实用主义范本来推导和考鉴。这严重伤害和违拗了文学作品的审美属性，也远离了生命的吟唱。作品中蕴含的哀怨和忧愁，欢乐和幸福，是生命在某一时刻焕发出的激情的产物，绝不能将其简单化、理念化，不能引入具体的刻度和规范来推导和佐证，也不能给予纯理性的解剖。文字之间飞舞着一个千变万化的激越的精灵，而不是刻板僵固的法度的君子。它被赋予了生命，也就包含了生命所应有的一切复杂性，能够独自生长。比如"诗三百"，从表相看它似乎只是歌吟咏唱，是连缀的一些合辙押韵的文字，记录了当时的一些行为与物事，实际上却是活生生的生命汇集。

从孔子谈论《诗经》的言辞来看，他是可以欣赏和陶醉的，并将一个生命还原于彼时的全部情境之中：生命的快乐和欢畅，欲望的挥发，以及人性的全部饱满和丰富。作为一个卓越而颖慧的人，孔子当年的确感知了这一切，同时也冷静而理性地给予了社会层面的评述。他是一个思想者和道德家，非常注重教化意义，不忘诗教。他甚至认为熟读《诗经》也可以"事君"。

孔子是一个杰出的文学鉴赏家吗？对艺术的爱与知全都具备吗？回答是肯定的。他毕竟不同于后来的孟子和荀子，没有更多地将《诗》当作一种"经"来对待。孔子心中有"诗",并生发出烂漫的诗情,这是毋庸置疑的。也正是这种深刻的感悟力强化了他的挚爱,使他的"诗三百"论说没有流于一般化的道德说教。我们至今似乎仍能感受孔子面对"诗"的那种忘情赞叹和深刻愉悦,得知他是一个能够获得大陶醉的人。也就是说,他真正读懂了诗。不过孔子的目光最终穿越了这个过程,然后投向了更为遥远处:无论他愿意与否,也还是将这部文学经典当成了"经"。所以他才会耗费巨大力气去进行"乐正",将三百多首归放到各自的曲调下,让演奏的形式与形制服从更加严格的规定。

孔子当时之"乐正",耳旁一定回响着浩大而庄严的旋律,那属于西周盛世。他仿佛是在黄钟大吕的鸣奏中对这些诗篇进行重新配置和分理。这种工作的步骤,其实就是进一步让《诗》走向"经",孔子是这个过程中的有力推手。他实际上做出了至关重要的历史性贡献,让《诗经》越来越成为某种社会标准、伦理尺度,以及不可僭越的政治礼法。自孔子之后的知识人士,无论多么杰出,他们似乎都要大致循孔子的道路走下去,以至于越走越远。只是他们不太可能像孔子一样,充分地感知和言说《诗》的无可企及的美。在这条道路上,先有孟子、荀子,然后是历朝历代无数的经学家。

就此,一部鲜活的文学经典变得僵硬而贫瘠,而且更加神秘和曲折,成为那些皓首穷经者所开拓和制造的另一片灰色风景。几千年过去,作为一种读经的传统和方法,除了一些不多的个案,可以说已经被中国知识界贯彻下来。即便到了当代,在那样一种经学传统的笼罩之下,一部鲜活的文学作品,其朝气蓬勃的生命肌体,仍然无法避免被肢解的命运。

以孔子为代表的圣贤论诗，自然包含了许多复杂的因素，路径也有所差异；但到了某些后继者那儿，却往往只取其一端。事物一旦过了某个"度"，即走向偏执，并形成另一种遮蔽。它作为一种方法被因袭，再也不可能进入艺术创造的鲜活生命之中，而只能通过一套简单刻板的模式去演绎推导：通过什么、说明了什么。对一部文学作品作出振振有词的社会剖析，提取伦理意涵及在政治与道德方面突出发现和建树、表达思想的高度等，已经偏离了文学本体。文学批评所运用的诸多归纳、解释和推论，已经形成了一套习以为常的标准，以至于变为跨越时代的、百发百中的、无所不能的利器。由此以来，能够进入生命脉动、为艺术而感动和陶醉的人越来越少，表相化、皮毛化与言不及义的趋势，正愈演愈烈地持续下去，渐成痼疾。一个粗率浮浅的阅读者不可能进入文字的细部，更无法领略其间的精妙神采，既读不出语言的节奏和韵致，也不可能捕捉其细微的情态，读不出幽默、逸兴和忧怨等基本元素。所以这种丧失了起码文学阅读能力者，无论怎样咬嚼文字，得出的结论仍与审美无关。

　　在现代语言艺术中，大概只能产生"经典"而不能产生"经"。本来一直沿用"经学"的方法来对待它们，却仅仅可以走到"经典"而止步。原来这里有一个心照不宣的标准："经典"是低于"经"的。大致来说，正因为这二者的极为不同，有人才对现代艺术三缄其口。在他们心目中，现代之"经"早有归属。当然如此，对艺术家来说，这也未必不是一件好事。

· 文明的不得已

今天看来，远古对于文辞的书写和记录是非常简陋甚至艰难的，由于缺少记载和传播的工具和手段，导致作品保存的艰困，流布狭窄甚至阻绝。《诗经》就是在这种境况下得以保存和延续的，其中坎坎坷坷，通过传唱、注释和抄写，导致了多版本与多谬误。与其同期，除了一部《尚书》多少留下一些文字外，其他典籍几乎没了痕迹。《诗经》是那么孤单，甚至是唯一，所以在某种意义上可以说，它对于中国那个时期的历史、思想和法度，起到了不可或缺的承载与传递功能。关于那个时代，人们所能寻找的所有文字依据中，《诗经》可谓最重要的载体，因为除此之外再无更多的文字可以依傍和参考。它是认识那段历史的重要佐证，所以才要"以诗证史"或"以史证诗"，进入一个循环往复的过程。

由于长年的兵燹战乱，更有后来秦代的焚书坑儒，《诗经》与同时代的其他文字经历了空前的劫难。我们今天看到的"诗三百"是劫后余生，它的词汇和篇目次序，甚至是内容本身也就免不了多有争执。用竹简刻记这么多内容，历尽磨难保存下来，不能不说是漫长历史中的一个文化奇迹。所以《诗经》之为"经"，它的神圣，也来自文明的不得已：既是人类文明高度发展的一个产物，又是我们所能依赖的极少数结晶。它的极少数、它的孤独，也造成了其不可取代的唯一性的地位。

由于文字刻录的艰难，由于书写工具的简单和原始，文字的茂长繁衍也就受到了限制。"极简"，这也成为远古语言文字的共同特征。语言的膨胀和芜杂几乎是伴随着现代书写而开始，现代科技的发达,加剧了文字的铺排和泛滥。在远古,简化浓缩是一种必须,以极少的符号代替极多的内容势所难免。但是,极端的简化也容易造成疏漏和多解,会造成一种神秘。所以读古诗必须简中求繁,而看今诗却要繁中取简,这是两个相反的方向。对于那遥远的朝代,由于我们缺少更多的文字记录去认识和了解,所以就要特别依赖这些简约到极致的记录,从有限的字里行间考察当时的名物、制度、山川、社会生活和人文风貌。也正是这种简而又简的记载,这种种局限之中,留给了我们巨大的诠释空间。也由于它过度浓缩的坚实品质,使它能够抵挡漫长时间的侵蚀与挥发而不变质,并且还随着时光的推延、因无数诠释而变得更加丰腴和庞大。

可以理解的是,正是在这漫长的演变过程当中,留下了大量的误解和芜杂,更有言不及义的文字。我们今天面对的是遥遥时光中堆砌的《诗经》研究,可谓汗牛充栋。从这浩瀚的文字堆积中,也仍然会看到文明的不得已,看到人类在精神探究之路上遭遇的无数困境。我们的祖先没有力量保存一部完整无损的《诗经》,就像无法保存《书》和《乐》一样。除却那场焚书坑儒的文明浩劫,在它之前和之后,也流失了诸多文字记载,湮灭了诸多文化成果。这是文明的悲哀,更是人的悲哀。

硕果仅存,必会得到格外珍惜,它的任何一点实用性和可能性,都会受到后来者的尽情发掘和想象,但是在这循环往复的认识、争执和交锋中,也就越发难以收拢它的边界和确定它的意义。面对一部文学作品,本可以从审美进入社会政治和道德伦理层面,但在《诗经》这儿,却走了一条大致相反的路径:越来越多地从经义进入,而后才衍生出文学审美。这是一种倒置。这种倒置也是一种不得已,因为《诗经》本身承载太多，囊括太多，几乎成为关于远古的极少数的文字依赖，我们实在需要从中寻找历史，寻找事件，寻找法度，寻找其他种种。这些思维和探究似乎更偏重于物质层面，于是也就不可避免地压迫了精神，比如它深刻的浪漫气质，似乎总是发掘不够。

如果《诗经》所记载的社会情状还留有其他一些记录形式，那么《诗经》作为一部文学辑录，其社会地位和伦理功用就会大大降低，人们会更加注重它的诗意本身。一个时期的古代典籍的总和，它们所含有的复杂元素、其地位和重量，往往会被分隔成许多单元和部分。可惜与《诗经》同时形成的文字留传下来的太少了，我们所接触到的同期《书》之类的文字，即便真伪相加也没有多少。

《诗经》的版本在当年也不会太多。人们总要设想：丰富的民间歌咏，众多的士人创作，还有庞大的宫廷制作，加起来怎么只有三百多首？既然当年有过采诗制度，最后由官家选编，那么就一定是从无数民间创作中选取的一小部分。至于说后来孔子加以删削而形成了最后的篇什，更是不可思议。众多的创作只能保留三百多篇，这也多少说明了传播与记录之难。当时没有发达的印刷术，靠竹简刻记，可以想象一部"诗三百"应该是一个多么庞大的固体，它堆积在庙堂里，已经是一个非常触目的物质存在了。这么巨大的一个体积，不仅传播艰难，即便保存也成为相当复杂的一件事。可以想见，当年要出现一个复写本，会耗去多少人力物力。我们都知道物以稀为贵的道理，也正是因为文字读物的绝少，它才变得格外神圣，以至于成为我们民族的秘语和宝藏：一切求之于它，一切寄托于它。我们把美好的想象和更多的意义都赋予了三百篇，它是那么多解，那么不可穷尽，最终由最简变成最丰、最少变成最多。

在时间的漫漫长河中，关注的强光一齐汇聚到这些古简之上，终于使它变得光彩熠熠、炫目耀眼。我们作为后来者，有时会因为长时间的凝视而感到不适，于是就要从它的反射光里寻觅，由此找出自己的一点见识，发出当代人的一丝慨叹。经过了几千年的反复光照，新的认识与发现已经变得越来越难了。相反，在现代网络时代的强大覆盖之下，这样的一部典籍却变得更加沉重难移，以至于有点不可接近。我们掀开一层层遮盖，重新打量和抚摸，让它在视野里再度闪烁诱人的光泽，将是一个困难的、需要忍耐的坚持的过程。

现在，也许仍然沿着"经"的意义与路径进入，带着一种敬畏和费解的兴趣，才能一点点走进它的腹地。接下去我们面临的将是更加不可思议的困窘与尴尬：它所记述的那个世界、它本身，都太过遥远和陌生，这里何止是多义与费解，简直就是完全隔膜。我们离开了工具书甚至不可诵读也无法吟哦，它与我们当代人的语言习惯、生活状态和数字时代特有的思路心境，完全两途。

是的，它是遥远的生命符号，贮存了一段特殊的文明。它不属于今天，而属于一个遥渺的过去。面对那个早已湮灭的远古文明，它似断还连的脉迹和渊源，让人多少有些无可奈何：要继承却心存恍惑，欲背弃却实有不甘。网络时代所拥有的另一种缜密和强大，它的现代理性、科技主义拥助下的分析力，将变得一无所用。无论是东方还是西方，面对自己最古老的文明，这种不得已都是相同的。西方的几大史诗，遥远的玛雅文明和印第安文明，都时常处于这种尴尬的境地。但是任何一个民族，维护自己文化血脉的传统和依据，是后来者必要去做的神圣事业，是不可终止的奋斗道路，因为谁都不可以斩断自己的过去。然而回到过去与走向未来相比，回返也许是更为艰难的一件事。如果说走向未来是人类一种自然而然的行为，是延伸和继续的惯性，那么返回过去，则需要突破无数的阻障和迷雾。尽管如此，昨天与今天的衔接，仍然是任何一代都务必要做的事情，这可能真如大诗人屈原所说："路漫漫其修远兮，吾将上下而求索。"

今天我们所面临的窘境，有时也来自文字极度挥发之后的中空感。我们是在不可承受之轻中，去抚摸无比沉重的过去。如果说《诗经》的每个字都有一吨重，那么网络时代的每个字还不足一克，由一克去对接一吨，会变成多么困难和荒谬的事情。我们可以说《诗经》的时代是简单、粗率和艰涩的，但我们同样也可以说那是一个自由、富丽和强大的时代，是以少胜多、无比坚实的时代。可以设想，如果将这浓缩凝固的文明硬块放进现代汤水里去浸泡，要让其融化是多么艰难。我们挟现代技术带来的全部技能和智慧，也仍旧对其一筹莫展。面对留下来的古物，我们常常无从下手，徘徊良久，想膜拜找不到理由，想进入摸不到路径，既说不出多少真实的感受，又没有认定的力量：我们在重复了无数次的关于"经"的语言面前，再度失语。

在这条由"诗"到"经"的道路上，我们可以相信的太多，可以怀疑的也同样多。我们不得不相信以往的时代，相信种种界说，以此来安放现代人心中的"经典"。是的，从某种意义上说，它真的是我们心中的唯一，我们将由此而骄傲。

· 作为档案史料

在许多人眼里,《诗经》庶几可以看成一部档案史料。因为我们可以从中不断寻求历史隐秘,当作一部具体而生动的史书,其褶缝里大可探究和挖掘。这种"史"的功用价值在缺少文字记录的远古尤其得到了凸显。那时候没有或很少专门的记述者,没有后来的宫廷史官,却由更多的人分担了这一角色,比较起来他们要自由得多,也随意得多。这些任由心性的记录者没有专门职务的羁绊,没那么多庄重性和严肃性,只是尽情快意,咏唱生活和情感,如衣食住行、祈愿、倾诉等。特别是《风》,简直就是一部色彩斑驳的野史,一部分内容荒诞不经,更多属于饮食男女的欲求,而较少经国大事。要探究人类生活的本源,实际上辽阔丰赡和自由生动更应该是史书的特征,只是到了后来,"史"作为一种特殊的专属体制的文体,形制上才变得愈加规范,面貌更为僵化,所以越是展看近代史书,越是觉得无趣无味。而司马迁开辟的《史记》道路,却是完全不同的风貌。人们只知把司马迁的"史笔"作为生动传神的典范,却不知道有《诗经》这样的咏唱之"史"在更前面,它已经起到了巨大的示范作用。

《诗经》的生动记录不仅是抒情叙事,状描万千风物,而且还是韵文,是音乐曲调下的歌咏和浩叹,是一部唱出来的波澜壮阔的历史,实在是一场宏大的有声有色的"记事"。

人类对于"历史"的记叙,其文风的滞重和拘谨是逐渐形成的。如果几千年前没有设立专业史官,没有他们的著述,那么也就没有了后来的文笔狭窄和刻板一律。"诗三百"的源头当然更为广阔,篇什一定极为繁多,哪里是这样的数字可以囊括。可以想见,这会是从无数的民间咏唱中择取的,比如《风》。整部《诗经》中的专业诗人不多,有一些大概属于宫中官人撰写。最多的作者还是在民间,民众把日常所见所记所思唱出来,是劳动或忙碌的间隙中产生的。这些咏唱有的是自然生发的即兴内容,有的也可能遵循了固有的调式,并应用于专门的场合。这些歌咏如果一开始并不囿于严格规定的曲调,经过一段时间大概就被固定下来,这个过程是从民间到官家,或直到最后也各自行事,朝野各有着不同的使用方式。

但最终作为一种范式的确立,官家肯定发挥了更大的作用,因为他们更擅长规范和总结,把芜杂理顺的同时也删除了千姿百态,不过直到最后也仍然没有使这些篇目变得整齐划一。《诗经》最生动撩情的还是歌唱,由于富有韵律,唱出的一切朗朗上口,也就易于传播和记忆。作为一部可以传唱的史料,无论如何还是最有可能保存在民间的,所以《诗经》虽然产生于少文无纸的远古,经历了漫漫时光的磨损,最后还是保留了几百篇之多,即使是秦代的大火也无法将其烧尽和毁灭。

《诗经》里记载的典章礼法、风物人事,还有一些涉及氏族迁徙、国家缔造之类的重大历史事件,这都是极为宝贵的。作为"史书",它虽然自由顽皮到不可救药,但因为绝少其他文字可以代替,我们也就不得不倍加珍视。数千年里要研究历史几乎都离不开"诗三百",形成了所谓的"以诗证史"。它的叙述方式和意图主要在于记事,有时还会忘情地直抒胸臆。这就决定了它的风貌与品性不是后来的史书文笔那么直接和简明,没有直奔主题和目的。它时而旁逸斜出，生动浪漫，心情开敞，常常是一吐为快。这就对后世的记录文字产生了决定性的影响，使很长一段历史时期的历史书写都多少具备它的性格。我们耳熟能详的一句话就是鲁迅先生夸赞司马迁的话，他说《史记》是"无韵之离骚"，再次将"诗"与"史"连到了一起。

我们记述历史的专门著作是渐渐才变得无趣的，越是到后来越是如此：不仅没有韵律，还艰涩干瘪，令人难以卒读。史章的文字仿佛变得愈加简明和严谨，绝无丰腴可言，早就失去了司马迁笔下的那种生气伶俐。于是我们眼中的史书常常是大而无当之物，这期间没有鲜活的个体，没有人性的决定力和转折关系，仿佛历史只是一个机械的组合体，是神秘而又僵硬的一次次偶然，是人人无可奈何的既成事实。这些厚笨的篇章里没有人性的温度，没有传神的细节，没有鲜活的生命，有的只是物质化的强硬拼接与堆砌。文字飚干，没有汁水，神情麻木，缺少喜怒哀乐等情感刻记，没有生动丰盈的局部。这样的史笔记录的只能是一些非人的生活和虚假的场景，岁月成为枯燥数字的累加，是无意义、无记忆价值的时间和空间。这样的史书不可能是信史。

在现代某些人那里，如果说史书一定要继承《诗经》的传统，他们会认为这是一种戏言，一种偏执的观点。他们早就忘记了那部原典的另一个重要功用即史的价值。某些人即便承认这种价值，大概也会敷衍说那是缺文少字的上古时代造成的偶然。但问题是，我们却会在这种"偶然"中找到最为丰富和真实的储备。我们可以由此了解那个时代君子与劳民的生活、具体情状和风俗习惯，更有一些历史关节。其重要的史料价值反过来也加重了"经"的性质。也许由此，人们会忘记《诗经》的绝大部分，其产生的初衷恰是"情动于中而形于言，言之不足故嗟叹之，嗟叹之不足故永歌之"（《毛诗序》），专注于考察其中的史实，从大事到小事，从君王到奴隶。我们将把目光转向几篇可以称之为"史诗"的文字，如《大雅·公刘》《大雅·生民》诸篇。

这些篇章也仍然不是一般意义上的叙事诗，而依旧是尽情的咏唱，内容只是抒发的材料，人的情感借此攀缘而上，直到一些相当冲动的场景描述出来。究竟应该怎样著史？今天的人似乎已经没有什么疑问了，因为他们早就被逐渐形成的模式给框定，不会认可《诗经》的传统和情怀，不会觉得那种随意和烂漫的抒情文字也能步入"史"的正殿。其实他们已经忘记，《诗经》早就无可争议地端居于这个崇高的位置上，它已经是"六经"之首，是"三坟五典"失传之后最可依赖的文字，不仅是中国诗歌之源头，更是"史"之源头。抽掉其"史"的功能和功用，其"经"的地位便会变得孱弱。这种"史"不仅是信史，而且是足以效法的尺度，是言说先人道德行为的丰富宝藏，经历了数代人的传唱、选择和充实，今天已变得不可撼动，不可摧折。

在几千年的时光中，一些不安分的文人极尽推敲穿凿之能事，试图提出自己的质疑，然而或者无能为力，或者耽于中途。总之无法做出更动或确立，原因是难以超越。经过了孔子、孟子、荀子等先圣大哲的解释，这三百篇更加屹立于民族文明的滔滔巨流之中。对于那段历史，没有可替代的篇章，没有其他更丰富翔实的文字，也就没有几千年传唱叹赏中滋生的万千思绪。它被后来者，被一代代的精神所簇拥。以诗写就的历史就存于此，它留下了不绝的余音、无边无际的蔓延。

仅就历史的书写而言，仍然是"诗与帝国对立"。整齐划一的人生观、历史观、社会观，在《诗经》中是缺少的。当年的庙堂定制者肯定会有再度规范的企图，但还是失败了，或者是不得不放弃。那是人类之初的原始时期，大自然的教导力依然强大，所以留传下来的是多极多义与多姿多彩的交响合奏，是多声部，是合唱和独唱相互辉映的历史华章。只要充满了个性，就有鲜活和灵动；有个体的存在，就有千姿百态；个性毕露的历史细节将在诗性书写中得到保存，这是一个不变的规律。就总体而言，《诗经》是集三百篇于一体的、伟大的历史保鲜行为。

・作为"经"的记事

《大雅》和《颂》主要是叙事，而《风》更长于抒情。当然这两种艺术手法在《诗经》中是交错使用的。"风诗"的叙事非常生动和具体，它通过许多传神的细节而言情抒怀，也正是这种强烈的抒情性，指向了我们现代人所熟知的那种文学经典性。《颂》和《大雅》则更趋近于人们心中的"经"，那通常是一种社会化、道德化和政治化的标准，确切到不宜更改，其历史档案的性质也多少得到凸显。

像《大雅・生民》《大雅・公刘》《大雅・皇矣》和《豳风・七月》，都属于典型的叙事诗，甚至有的被认为是"史诗"。不过作为史诗，它与我们耳熟能详的那些西方口头文学的大制作完全不同，不仅没有相应的规模，也缺乏那样的质地；更重要的是，它们大多缺少一种在漫长传唱中所形成的故事系统，不够完整。《七月》应该算是《诗经》中最杰出的一首叙事诗了，它具有民间文学的性质，这一点与西方史诗有相似之处；然而《七月》中缺乏大的历史转折、征战、王位争夺和民族变迁等宏大叙事，记录的只是周代先民日常生活和劳动的细节，而且非常之具体。当然，作为一首杰出的农事诗，《七月》是无与伦比的，但它尚无史诗所要具备的另一种卓越品质和宏大气象。如果以西方史诗的民间性为鉴，那么《诗经》中的《风》，顶多还有《小雅》，它们才更趋近于史诗，而不是《大雅》和《颂》的部分。虽然《大雅》和《颂》常常言说国事，颂扬君王的文治武功，这方面与西方史诗相合，即歌唱大英雄和记录大历史，但是这些诗篇少了一种万口流唱的气质和风采，所以还算不得西方史诗的同类。每个民族的史诗其实都是大地之歌，具有众口传唱所形成的那种极其自由和繁茂的风貌，而这种品质，当属于《风》。

《诗经》的《颂》诗，特别是《大雅》，许多诗章出自专业史官，是受命之作，所以往往有一些重大的历史记录，比如在《公刘》和《生民》中，王子和英雄的事迹得到了记载。在漫长的历史中，这些关于周族先人的传说和故事可以被确认为不可更易的信史，所以一代代儒生和治史者在考证历史的时候，都用了"以诗证史"和"以史证诗"的方法，在这两个方向上做出了不懈的努力。要认识那段历史，离开《诗经》不可以，因为似乎也没有更多的文字可供我们参考。更重要的是，诗中的这些文字有细节，有特别令人信服的局部，包括其见证人的口吻，都形成了不可替代的公信力。"以诗证史"的卓越例子，是《史记》与《生民》的关系。这首记叙周人始祖后稷发迹的神话诗，写到了姜嫄怎样受孕，后稷怎样出生，整个过程得到了传神的描述，而《史记》中关于周族起源的细节几乎全来自它。甚至有人认为，司马迁对《生民》有过一场演绎，只是因为不尽周全而漏掉了许多情节。

一首《生民》提供了极为丰富的史料，它咏唱周族的源头，周代先人的艰苦创业，他们对于农业生产的伟大建树，整个艰苦卓绝的过程。这些神采飞扬的记述，只有汲取《风》的营养方可完成，于是我们猜想，它只能来自那些距离民间较近并熟知底层生活和口吻的文人，即便是史官，也并非头脑僵固。《生民》是《大雅》中鲜见的优秀作品，因为这种浪漫自由的气质随着原创群体的改变和缩小而逐渐减弱，以致最后丧失。所以最好的"经"之素质，其实也来自"风诗"。

《风》像一片无所不包的广阔原野，可以有无尽的生长，让当时与后来的文人从中吸取至关重要的营养和力量。它生长出《小雅》与《大雅》，以至于《颂》诗。有人或认为《大雅》和《颂》的创作时间大多是西周初年，比《风》要早，后者只有"二南"的时间更早些，所以不能将"风诗"当作源头。其实这种认识是偏颇的，因为这一定是以上层采集和使用的时间为据，而忘记了创作的发生早于采集。浩邈的民间具有难以估量的生长力，在空间上有着深不可测的纵深感，在时间上更是难以探测。《雅》《颂》如果离开《风》的土壤，也就缺少了生长的基础，没有了血脉流通，将会变得更加单调和贫瘠：只剩下唯唯诺诺的阿谀之声，或者说奉命而制的那种勉为其难的歌唱。艺术戴上了笼头，牵引到堂皇庄重的庙堂里，怎么看都会是局促别扭的。

《公刘》是研究周族发展史的重要资料，它记录了周族历史上最重要的一次民族大迁徙：从何地出发、迁徙路线、经过怎样的历险，这为历史考证提供了切近的根据。而且那些生动的描述还可以强化判断，进一步激发想象，使一部历史变得血肉丰满、神采飞扬。这样的记叙由撰著《大雅》的知识人士来做也许是相宜的，他们当中一部分人的想象力还没有完全被限定和凝固，而且能够接触大量上层史料，可以在发挥民间想象力的同时，运用史官那样相对规范的思维。诗章开篇就感叹："啊，公刘，我们遥远的先祖，你是后稷的子孙。"这种遥远到难以窥测的追索真是用心良苦，可以说是一次漫长的追溯。从那个遥不可及的起点写起，整个西周历史就变得恒久绵长，生命之河溯源而上，抵达的是一个只能用传说和想象来描述的境域。对于那个传说中的起点，笔者尽情发挥的墨迹都化为了后来的史实和凭据。源头之渺茫，描述之具体，这似乎是一对矛盾；但这种矛盾的统一，就完成于一些具有特别想象力和创造力的文人之手。

在通常的记录中，当一段长长的历史往前行进时，愈是接近当下就愈是变得不自由。歌者只有在无依无据的想象里咏唱，才会浪漫无忌、魅力无穷。他们享用和发挥这种自由，把璀璨绚烂的生命之花移栽到史书当中。原来《诗经》作为"经"的一部分就是这样形成的，辉煌显赫的王室既无法质疑，也不会有这样的兴趣，相反却是乐观其成。得到王朝的认可，将是知识分子的一种快乐，也是歌咏者受到的一次最大鼓励。

《风》中的短章与《生民》和《公刘》这样的大制作相比，其"史"与"经"的地位又是如何？在我们眼中，《风》里的每一首都无妨作为"史"的一个章节，它们汇集编织到一起，就具有了无可比拟的丰富性与可信度。这比《大雅》中那些知识分子的单独记录和演绎更加珍贵，也更为色彩缤纷。群体的记忆，跃动的人性，激越的言说，放浪的心灵，这一切相加才是一部鲜活的生命史。它们是一个又一个现实版的《公刘》，蕴含着改造世界和创立社稷的力量，是文明的基础，也是社会政治和道德的基础，更是中华民族文明的起源。顺着这个源头往下漫流，才出现了我们后来所遵循的礼法伦常。为何而哀怨？为何而欢乐？怎样的男女之情？怎样的社会行为？这是每个独立人生的汇合，是生命个体必然归入的集体意识、呈现的精神风貌，是一切的基础。

生命诞生于万事万物和广大自然之中，人等同于自然界里会移动的树，肌体和毛发如同躯干与叶子，在荒野中奔跑活跃的身影又像万千野物的另一个化身。所以我们听到了《何草不黄》中那些流离失所的征夫面对老虎和狐狸的哀叹：不同的生命为了生存都需要不停地劳碌，都走在一条宿命之路上。这条路统属于个体和群体，属于整个人类凝结而成的所谓"社会体制"。这种宿命感实质上源于一种相当超脱和高级的思维，它就隐含在整部《诗经》之中，其伟大的发现力和创造力，是后来人自愧不如的。

如果说形而上的思维源于现代主义的归纳，还不如说滋生于我们的上古源流。只有在与大自然肌肤相亲、不可分离的摩擦当中，才会产生出这种深切的、确凿无疑的悠远感悟。生命的悟力来自天籁，一部人类的发现和发展史就在天籁中大笔书写。就文学和天籁的关系而言，还很少有哪一部作品能够像《诗经》这样，得到生气灌注的呈现与表达，它是如此地饱满、如此地淋漓尽致。

人类既已离开了那个历史时期，就再也不能回返。这种不可逆的单向进路，使我们在一路获得的同时，也在一路遗失。所以我们今天阅读《诗经》，就是一次长长的回首，这样的遥望和沉浸实在是太重要了。

• "诗三百"的由来

传统观点认为，《诗》经历了周宣王和平王东迁后两次编订，孔子的修订已经是第三次，并说这是至为关键的一次编订。因为经过漫长的诸侯分裂、频繁的社会动荡以及政治文化的变易，到了孔子的时代，已是礼崩乐坏的局面。当时礼乐最重要的载体为《诗》，它除了不能按原有的规制进行演奏，失去了固定的音乐谐配，而且作为文本的歌词本身也有些混乱，比如重复、误植之类，这肯定在所难免。在这种情形下，作为政治家思想家和文学家的孔子，觉得自己有责任也有能力梳理订正一遍《诗》《乐》。有人以为既是编订，也就一定有增删。但随着考古发现进一步得到的确证是，孔子当年并没有面对数量庞大的诗篇，于是也无从删削。早在孔子之前，《诗》的篇目大致也就如此了，而且排列顺序也差不太多。所以以前说的孔子将《诗》的篇数由三千缩减为三百，是一种没有根据的推断。

从考古记载来看，孔子对《诗》的篇目虽没有做过更易增减，但是在那个文字书写贫乏简陋之期，历经长时间的湮淹之后，一些重复的异写本、不够准确或以讹传讹的部分仍旧需要整饬。就此看，今天形成的《诗经》确有孔子的规范修正之功，而且从这个意义上讲功莫大焉。一些衍文，重复的段落，混乱的版本，可能都要花费孔子许多劳作。我们还不能忘记孔子所具备的人生历练：半生劳碌，周游列国，完全可以掌握不同的《诗》的版本；他在听到一些新的传唱时，也会注意搜集和积累。作为一个敏感而用心的教育家和文学家，他会及时地捕捉和记录，将诸多不同加以比较鉴别，然后选择一个相当可靠的优质文本。

今天看，孔子做得最了不起的一件事情可能并不是订正诗句，而是"乐正"。他自卫国返回鲁国，即开始着手这件极其复杂的工作了，这在当时是非常迫切的，也是他在历史上留下的最重要的事功之一。"正乐"和"正诗"实质上成为一体两面，如果将"诗三百"的编订与"正乐"的工作分开，反而会误解孔子的劳动。他当时所做的，主要是在将每一首推敲确定字句的同时，再安放到一个相应的旋律之下：有其词必有其乐，诗与乐协配并固定下来。《诗》《乐》合体，这才算初步完成了一件大的文化工程。

孔子所做的，既可以看成是文学和艺术的工作，同时又是礼法和政治的工作。如果把《风》的诗篇放入《雅》的音乐，甚至更为错谬地置于《颂》的旋律之下，那不仅是不得体，而是直接就造成了混乱。这种混乱不仅是艺术的混乱，还是礼法和体制的混乱。在孔子看来，这是一种可以引发其他种种大错的政治失范，是僭越和乱政的发端。所以，这种规范和订正与政体有关，更与《诗》的"经"的作用有关。也正是通过这个"正乐"的过程，使我们能够看到一部更加完整、规范、准确、凝练的"诗三百"。仅就改正衍文，统一版本，在文字记录极其匮乏的春秋战国时期，这也是一件十分了不起的事业。这对于《诗经》的保存和传播，起到了前无古人的作用。后来中华文明又经历了秦代焚书坑儒的浩劫，《诗》更属于被剿灭的传统典籍，虽然官藏本有可能保存，但它在宫墙之外的丧失湮灭似乎不可避免。好在它已经流行于传唱之中，经常使用在一些场合节令上，也就可以通过口耳相传得以保留和传承。

对比同时遭劫的《书》等，正因为不可传唱，一旦失去物质形态，也就无法流传和记忆。民间的保存力正像民间的创造力一样强大，就记忆而言，这种传唱之功比金石刻录更加坚不可摧。像西方的《荷马史诗》、印度的《罗摩衍那》，还有西藏的《格萨尔王传》，它们的传播和记录途径也同样如此。

当年孔子订诗正乐劳绩巨大，却没能一劳永逸。后来《诗》又经历了更大的劫数和磨难。然而正是由于孔子的劳作，《诗》才得到了培元固本，能够顽强地生存下来。孔子对《诗》的修订特别是"乐正"，应该是《诗》传播和记录过程中的一个重要关节，这为它以后经受长期战乱、社会政治变动而得以保存，提供了一个基础。《诗》的命运与《书》大为不同，后者可谓更加坎坷艰难，基本上是难以为继。我们今天看到的一部《书》来自所谓的"伏生献书"，实际上大致还是一部伪作。这是中华文明史上最令人哀叹的一件事。《诗》则完全不同，不断的出土能够佐证，它大致还是可信的。就此，我们要感谢孔子，特别要庆幸它的咏唱和旋律，感谢广阔的民间，感谢集体记忆的伟大力量。

《诗经》流传至今，尽管一代代经学家考证出许多异体字和其他谬误，甚至有"错简"之说，但是从来没有从根本上动摇人们对它的信赖。

· 采诗的目的

周王朝的民间采诗是为了"观风俗,知得失,自考正",这种说法来自《汉书·艺文志》,似乎已是不刊之论。但就真实情形来看,此说可能多少有点夸张。因为它的指向性和目的性过强,这就跟实际形成的过程以及后来的使用有诸多不符。娱乐在当时是极为贫乏的,所以表演性的歌咏十分重要,这种艺术形式对宫廷一定会有很大的吸引力。完全出于社会政治功用去民间采集诗篇,这样的理解大概过于理性了。这是一种社会实用主义的思维,之所以被不加怀疑地接受下来,也在一定程度上反映了古典艺术研究的简单和贫瘠。

这里所讲的采诗主要是指《诗经》中的《风》部分。据研究,采诗官是周王室里一个专门的职务,他们通常受君王委派去各地采集民谣,倾听意见,以了解民情,为改良朝政提供帮助。这种目的性当然会有,也许会是主要的理由。但是王朝更需要无所不在的民间的创造,用以丰富自己的娱乐。后者倒有可能成为采诗的重要的功用和目的。采诗官走入民间歌者中间,这些长期生活在宫廷里的人士就会大开眼界,身心舒畅并陶醉沉迷。这种情形下的记录将让他们暂时忘却许多禁忌。由于他们的记录采集工作,大量情趣盎然、多姿多彩的咏唱得以进入宫廷,这对上层人物的生活来说该是加入了一种多么活泼的元素,对僵化呆板的宫廷必会造成一定程度的冲击。同时,民间舆情也包含其中,这就有了"自考正"的机会,多多少少影响到了政治。这个过程大致会是良性的。

由此看来,我们似乎也就理解为什么许多讽刺、揭露甚至诅咒的咏唱,会被宫廷采用并固定在一些节令的应用中,配以专门的乐曲旋律。有些曲目一定是从词句到调式一起采回，或加以改造。尤其是那些写男女情欲、幽会野合的诗章，被历代腐儒们指认为"淫诗"者，竟也被当时的周王朝宽容地接受了。这一方面说明西周是一个蓬勃向上的时代，这样的时代才拥有宽广的包容力，另一方面也说明广泛的民间创造所产生的审美快感有多么巨大，即便在宫廷中也难以割舍。这些野性四溢的号唱受到上层社会的喜爱，为他们堂皇地打开了另一扇人性之门，让他们看到更为斑斓的风景，令其快慰和欣喜。这道风景本身所具有的魅力深深地打动了他们，这才是"风诗"最终不弃之根本。而作为采诗官，他们的主要目的和兴趣可能更早地转向了这里。

　　我们目前看到的"诗三百"最初是由官方编撰的，《风》占了一百六十篇，篇幅上具有压倒性的优势，这说明在上层人物眼中，"风诗"具有一种不可或缺的功用。《风》的绝大部分诗篇以不可遏止的放肆性，多角度、多层次地冲决宫廷的严肃与刻板，也许在诸多地方明显地不合西周礼法。我们可以想见，《诗经》所贯彻的礼法典章会体现在《大雅》中，更多地体现在《颂》诗中。《风》与《雅》《颂》构成了鲜明的对比和反差，表现在精神生活上就是一种互补与调节，两者交织一体，才满足了日常的使用。这个"日常"是宫廷的日常，而不仅仅是民间。《风》同时属于民间和上层，只是在使用方式上可能存在一些差异。但是《大雅》和《颂》却难以上下通用，有些篇目和曲调一旦用在了民间或层级较低的场合，那将是不被容忍的，在当时会被视为大逆不道。

　　在当年，这三百多篇咏唱之辞既用于社会礼法、一些固定的节令，同时又会是上下同欢的一场场大娱乐。最具发泄力、与人性共鸣最切的，当是《风》。也许采诗官们起初怀着一种庄正严肃的目的而来，却在工作的过程中一点点欣悦起来，渐渐被吸引了，以至于忘记初衷。他们忘情地记录，最后将它们收入囊中，携回宫廷，放在君王和群僚身边。君王也是一个寂寞之人，需要倾听和欣赏，后来也会产生喜悦。当年交通不便，更没有发达的传媒，精神与艺术之果都分隔在不同的地域板块内，从这个角度看，宫廷采集的意义就变得愈加重大了。我们尤其不会相信宫廷里只热衷于政治采集，而对具有强大娱乐功能的民间咏唱视而不见。娱乐有可能是十分重要的，这对上层人士也同样如此，不必回避，也不必拒绝。

其实要吸纳民间形成的艺术或精神，也包括思想与意见，回到一种自由散漫的采集就更有意义。而我们所了解的现代人的采集却完全不是这样，他们往往抱有更为明确的社会目的，主题先行，所以收获也不可能丰厚。上有所好，下必满足，于是就做出非常狭窄的采纳，然后又是层层把关和谨慎选择。这种采集的结果就变得相当无趣了，收获之物既不丰厚，也不真实，哪里比得上几千年前的那场采集。

・三体之别

诗学研究中常常说到的"三体"，是指《风》《雅》《颂》这三个部分，即三个文体。现在我们考察三者的区别，往往单纯从文字内容上看，原因是既然失去了与它们匹配的旋律，也就只剩下比较文字的可能了。但是我们如果能稍稍还原它们当年的风貌，还原以声音,那样三者之间的差异将变得多么明显。若再加上不同场合的使用,其区别性就更加明显了。庄重与嬉戏、肃穆与娱乐、庙堂与民间,它们将因为独有的调性而形成决然不同的氛围。这些迥然有别的旋律会进一步作出强烈的提醒:功用不同。我们再做追究,很快还会注意到这些诗篇由不同的作者创造。这些综合的比较研究,会更加深入到"三体"的内部。

《风》可能是所能看到的最早的"民间文学",它是文学史上首次展开的民间画卷,以一种深不可测的创造显现出辉煌绚烂。整部《诗经》的主要艺术魅力就来源于它。在广大时空中反复传唱的文辞与曲调,其品质不断地得到改造与提升,从这个意义上讲,民间文学真是不可战胜的。就艺术生产而论,无论多么卓越和优异的个体、拥有多么丰富的知识和超人的才华,都无法去对抗一个不可预测的巨大的创造群体,这早已为文学史所证明。在当年,民间歌谣不可抵御的魅力,很容易征服那些来自上层的采诗官,因为他们的人性之弦,很容易被撞击和弹拨。

《诗经》研究者认为,《小雅》出自当时一些具有较高书写能力的知识分子之手,大部分属于文人的作品。这些文人与宫廷里的文职官员还有区别,他们可能既具有相对的政治疏离性,又具备相当好的文化修养。虽然他们的创作多数时候是为适配某种乐调、为一些特别的场合量身定做,但也仍旧会保留一点个人空间。某些创作者自由散漫和活泼的心绪,明显地存在于《小雅》之中。这里产生了许多极优秀的诗篇,如《鹿鸣》《常棣》《采薇》《湛露》《鹤鸣》《白驹》《蓼莪》《都人士》《何草不黄》等。

《小雅》是《风》与《大雅》及《颂》之间的结合部和过渡体,可以更多地向民间汲取营养。这部分知识人介于上下两个阶层当中，自然起到了上传下达的桥梁作用。他们能够较为自由地表达和建议，感时伤世，抒写哀怨，直接而广泛地接触芸芸众生，并把民间的情绪以及表达方式接受下来、传达出去。今天看，他们手中呈现的最优异的部分，是那些具有文人气息的优雅轻快的歌咏。比如《鹿鸣》："呦呦鹿鸣，食野之苹。我有嘉宾，鼓瑟吹笙。"《湛露》："湛湛露斯，匪阳不晞。厌厌夜饮，不醉无归。"《庭燎》："夜如何其？夜未央，庭燎之光。君子至止，鸾声将将。"这些篇什，其宫廷气象的铺排，并非民间歌手所能渲染，因为底层劳动人民不可能拥有这样的见闻和知识；但也不完全是那些《颂》的作者所能企及，因为那些宫廷御用文人少有如此明快活泼的想象，这些想象力需要接通民间与底层。也正是这种上下阶层的交互感染，产生了一大批杰作。

《小雅》是《风》向《大雅》和《颂》的趋近与衔接，在艺术上十分令人期待。而《大雅》逐步向《颂》诗靠近，那种生命的蓬勃强旺感在减弱，于是渐渐表现出庄敬刻板的风格。《大雅》和《颂》显然更适用于庙堂。庙堂的庄正阴郁和陈暮之气笼罩了一切，包括这些咏唱。它们虽然偶有辉煌感人的声部，可更多的时候还是低沉和阴晦的。尽管当年的声音已经无法还原，可毕竟还有歌词在，有这些文字符号保存下来，它们身上仍旧携带了宫廷的尘埃。庙堂里氧气稀缺，而广阔的田野上则充满新鲜的空气，长满了蓬蓬勃勃的绿色。

《小雅》的写作者一脚踏入民间，一脚踏向宫廷，能够同时看到两道不同的风景。他们生活在京城，是所谓的"都人士"，是时髦的知识阶层，口吻语调与《风》《大雅》和《颂》的作者皆有不同。这些人能够倾听底层，并有机会关注宫廷仪式之事，不过笔下文字与

《风》相比，还是缺少了一些蓬勃生气。《大雅》包含了少量的谏诗，更多的则是歌颂周王室的排场和功德，空间变得狭窄，进一步减弱了生长的性格。显而易见，《大雅》是宫廷文人的手笔和功力，从辞藻上看也较为典丽和铺张。《颂》诗则进入了完全不同的风格气象，这些庙堂之诗是那么沉重和肃穆，有着不可移动的性格，就像脑满肠肥的士大夫那样富贵臃肿，举止稳重，步履迟缓。

《颂》诗本身透出的韵律感，与《风》《小雅》相比区别更大了，再没有俏皮、轻松和欢快，只有伟岸、盛大和崇高。想象当年，孔子对于《颂》诗部分有可能极为重视，因为他需要从这些旋律和文字中感受那个繁荣恢宏的西周，注目秩序井然的庙堂，那是他寄托梦想的地方。但是从《论语》谈论《风》和《小雅》的只言片语中，我们又看到了另一个多侧面、极丰富的孔子。《风》与《小雅》的人性温度、生命的冲决力，不可能让其无动于衷，它们显然打动了这样一位杰出人物。孔子对诗中活泼的生长性具有浓厚的兴趣，他甚至觉得单纯从识别植物的功能来看，《诗》也是一部了不起的著述。满篇绿色尽在《风》中，没有《风》，《诗经》就少了太多斑驳陆离的野地色彩，就此看，孔子的陶醉主要来自《风》。

我们说"三体"之别、它们相互不可取代，就在于功用不同、色彩不同和审美向度的不同。在《颂》那些冗长的诗篇面前，我们会感到烦琐和疲乏，可也就在这种疲惫感中，在埋怨官场繁文缛节的同时，又充分地体会了上层的排场以及礼法的周备和严谨。这种长长的令人厌烦的铺张，恰恰反衬出《风》与《小雅》的鲜活灵动、其不断挑战和逾越的呐喊。正是这"三体"之别，构成了《诗经》的三大声部。

· 娱乐与仪式

《诗经》中所有的歌咏几乎都与仪式有关，无论民间还是官家，都是如此使用它们。即便形成于民间的《风》，最后也被接纳进仪式之中。只是《风》自始至终被广泛用于民间的节令，而《大雅》和《颂》则更多地使用于官方。仪式的庄重感使娱乐变得神圣，这种气质渗流在整个娱乐中，也就多少避免了所谓的"低级庸俗"。我们有理由相信，《风》最早全都是应用于民间仪式和节令中的，即便被宫廷采集之后也依旧这样使用，演变不会太大；而官方采集后则用在迥然不同的场景里，虽然侧重于娱乐，但意义却会有些不同。官方的娱乐方式及使用方法也多少会影响到民间，这大概是一个相互渗透的过程。由于这个过程是复杂的、漫长的、双向的，所以长时间以来既有官方的节制和规范，又有民间的自然改造，《风》便会出现许多不同的版本。这就给后来的知识分子如孔子的修订，提供了一个基础、一个空间。

《风》规范化的道路很长，首先要依赖采诗官带回宫廷的改良，这个版本成为传播的基础。直到今天的文艺表演，纯粹的娱乐与一些具有标志性的节令吟唱，仍然还有明显的区别。纯粹的娱乐往往在为体制所用中，多少改变其原有的性质和方向，而在民间却不会这样。民间娱乐就像这种形式诞生之初那样，自由开阔，率性随意，大致是兴之所至。对于底层来说，娱乐不过是服务眼前的生活，是劳动之余的松弛，是劳动之后的享受，也是劳动之中的陪伴。而在官方眼中，所有的娱乐形式都是可以利用的。民间歌咏根植深远，是集体智慧的结晶，不像单独的生命那样狭窄和局限，因此总是格外开阔辽远，具有不可限定的多种可能性。民间的自由吟唱开始未必全都为了仪式，但官方仪式的采用却渐渐强化了它的规制，最后也就慢慢地固定下来。这种相互利用和促进，有时候是良性循环，有时候却也未必。

民间歌谣中的相互打趣、挑逗，可以形成各种各样的吟唱，这时候它们的娱乐性是无所不在的，其感染力也就更大。当它后来慢慢被规范成一种上层社会的仪式所用，就要变得贫乏和单薄许多。这也是通往上达之路的一个必然结果：本来是自由的歌唱，后来却被刻满标记，那些率真野性、荒诞不经的品质，便一点点地被改造殆尽了。大致来说，这可能也是"经"的形成路径。今天看，顽皮、亵渎、欲望和淫荡的民间，其特点多多少少还保留在这个路径里，因为一旦完全抽掉了这些元素，也就等于抽掉了所有的吟唱。它们被删削至可以容忍的地步，然后安放在一些旋律和格式之中，也算含蓄了许多。如果它们某一天重返民间，经过变异和改造的陌生面貌一定会引起诸多惊讶，接受和排斥都会发生。就是这样的一个过程，它们纠缠一体，循环往复，没有终了。这成为一场民间与庙堂之间无始无终的较量和搏斗，是一种你中有我、我中有你的复合式的生长与演变。

后来人们对于《风》的产生机缘、其属性与功用的质疑越来越少。有所争执的是《小雅》产生的方式和过程。《大雅》和《颂》已经渐渐与宫廷文献合二为一了，它们生来即为仪式，娱乐性自然较弱。

· 自然人文三横列

我们展读"诗三百",会发现其中的文字主要是记述黄河以北的物事,从西周初期到春秋中叶,这五百多年的历史。它主要记录描述的这个区域,弥漫着北国的风气,而少有南方色泽。实际上这正是汉文明早期的特质,它一直深刻影响着中国文学的语言系统和文化品格。

中华古文明主要分布在漠河两岸、黄河两岸和长江以南,地形横列,从而形成了三种人文特征。《诗经》所呈现的基本上是黄河两岸的文化,如炎黄两帝的传说、蚩尤之战等,都发生在这一自然背景上。实际上可以说,《诗经》是继上古神话之后出现的一部大河两岸之歌。在炎帝和黄帝的争夺战中,炎帝是一个失败者。炎帝可能是江南人物,至少是黄河以南的人物,离北方比较遥远。黄帝出自北方,正是北方山水的粗粝,培养了人的悍气,这种悍气具有强大的征服力、威慑力,所以黄帝是不可战胜的。南国不敌北国,南方不敌北方,以黄河为界,可以看到很长时间里北岸几乎都是胜利者。这在很长时间里成为一种社会历史定式,在人类文明之初,似乎也成为文化的定式。生命与自然的奥秘在此做如此呈现,足以令人深思。

研究中华大地山水,可以发现它大致是东西横向排列的,人文也是如此。有的研究者认为,如果把漠河两岸作为第一横列,黄河两岸作为第二横列,长江以南作为第三横列,那么《诗经》呈现的主要还是第二横列的文化。人类在山河褶皱里活动,就像植物茂盛地生长于阳坡一样,有一些地带的人相当活跃和茁壮,他们有更多的歌唱咏叹，这正是强旺生命力的挥洒和张扬。在考察《诗经》时，我们会发现它主要以第二横列为地理坐标，采诗官们由此往南，深入到黄河之南地区，这就是他们当时行走的足迹和路线。

这种横列性无论是研究中国历史和文化，还是具体到《诗经》，都是不可忽略的一个特征。周王朝派出的采集民谣的官员，每一次出发几乎都是向南，这是离开黄河横列的南移。像《周南》和《召南》，都是关于"南"的最早注释。其实这时的"南土"只相当于今天的陕西和河南南部，至多包括湖北北部。习惯上把周公时期采集的歌咏称为"周南"，而"召南"便是召公时期的采集了。实际上当时所谓的"南方"，按地理划分，仍然是"北方"。

尽管远古时代的自然三横列与今天的气候模式不尽相同，但大致仍旧是从北到南，由凛冽向温暖的一个过渡。我们在《诗经》中所读到的大量关于植物和人情的记录，也与这种风土的演变紧紧相连。我们读到茂盛的植物和漫溢的大水，也就想到了温暖的地带，那里才有众多水流，有密集的绿色；当我们读到过冬前准备食物修缮居所，首先就会想到北方的严寒。《七月》"凿冰冲冲"的吟唱，只会发生在北方的隆冬，因为只有第二自然横列即黄河两岸，才有如此分明的四季。

《公刘》和《生民》所记录的周族源头当然也在北方，它的大致行进和发展的路线就是南下和东进。在中华民族的文明史上，这个路向已经延续了很久，汉语诗也正是沿着这个自然横列滋生和蔓延的。文明所至，必是人类征伐自然的足迹所至，二者纠缠一体，共命共生。这些诗中的神话模型大致适合于北方，而不是江南。这与后来出现的《楚辞》中的神巫文化有所不同，后者已慢慢跨越第二横列，进入了第三横列，开始被长江淮河之水滋润，有了浓烈的南国风味。

比较而言，整部《诗经》都透着重重的寒意，这寒意只适合生长于北方的植物与北方的人种，所以字里行间闪烁着北方的文采。这种"诗"中独有的叙述口吻、色调，掺和在北风里，逐渐形成了一种干练、清冷、含蓄的品格，最后发展为汉语言的基础。这当中看不到江南地带的俚语之类，也绝少南方语汇。这对未来汉语言的发展，起到了一种影响深远的启路和奠基作用。

第二讲 自由的野歌

• 自由的野歌

"诗三百"的总体风貌显现着开放和自由的品质，特别是《风》，真正属于胆大无忌，率真随性。"风诗"的激情来自荒野水泽，音域十分开阔洪亮；狂放与自由源于无拘无束的劳动和生活，弥漫着一种地气氤氲之美。这些特征由《风》及《小雅》，再到《大雅》和《颂》，渐次演变下来，不断降低和减弱，自由野性的特质也就越来越淡薄。《大雅》和《颂》愈来愈趋向于秩序和规范，主题较多转向社会政治和道德层面，庙堂气加重。咏唱者有时会直奔主题，直取所需，文辞的书面化明显加重了，但意境的开敞性和语言的多义性却在变弱。

《风》采集于北方的广大地区，其率直粗放的性格恰如这片土地：北风的凌厉，旷野的芜草，湍急的河水，这一切伴随着不同季节的劳者和歌者。他们无所顾忌地唱出所历所思、所恨所爱、想念和苦寻、怨怒和揶揄，特别是青年男女的强大爱欲，常常是激情涌动，难以遏止。这些描述在很多情形下并不止于思念，而是化为更直接的行为的转述和记录。一个置身于田野的劳动者难以被各种礼法规范，他们的思绪能够循着遥远的视界往前扩展，直达地平线。仰头是湛湛蓝天或闪闪繁星，无垠的辽阔引发更多想象，思维总是变得越来越活泼。与他们肌肤相摩的是各种各样的植物、泥土及其他欢腾的生命：在风中作响的大树，在荒野中奔跑的麋鹿，都让他们心身感奋起而共鸣，最终化进了歌吼之中。

"兴"的艺术手法在《风》的咏唱中运用得淋漓尽致，这时候它虽然脱离了表达和描述的主体，没有具体的故事承载，没有明朗清晰的思想诉求，却成为一场激越欢唱的入口，也是启动灵感的开关。"兴"之所致，畅言恣意，歌者仿佛顾左右而言他，实际上情感已抵达了欣悦或哀伤的顶点，或远或近的客观之物都参与了自己的咏唱，真正是身心动荡，无可遏止。"兴"之局部常与表达的主题有一种疏离感，好像在"托物言他"，实际在激越的心灵深处，二者又紧密地相连相扣。因激越而言及，因言及而兴奋，因兴奋而更加入情入理。渐渐，歌者和那个或切近或遥远的言说对象密不可分，处于一种心灵共振的频率。这一刻他与它的灵魂一起舞动，形成一股加速的旋流，卷动涤荡开来。

"关关雎鸠，在河之洲。窈窕淑女，君子好逑。"（《周南·关雎》）此刻的歌者既是那只"雎鸠"，又是那个"君子"，已经难分彼此。"日居月诸，照临下土。乃如之人兮，逝不古处。"（《邶风·日月》）这里的太阳和月亮，与下面女子的失恋和哀怨相距又何其遥远！可又让人联想到她的日月，她的生活，她无望的仰视。"兴"的艺术就是如此：难以从局部寻觅一种具体、清晰的逻辑线索，也似乎缺少某种理性思维，却有一场更为复杂细密的情感与理性的交织，其中仍然潜伏了强劲的诗性逻辑。它的确是太过复杂的心灵元素，不能简单地做以推导，更不是一般的主题思想之类的论断所能表述。许多时刻它甚至中断了叙事链条和情理链条，莫名其妙地将歌咏引入另一片风景。没有规范，没有方圆，只有无限的亢奋或阴郁，只有接续而来的放声吟唱。实际上也只有在这漫漫无际的抒发之中，才能够安放那个激越的灵魂。他们追逐，狂奔，寻找心爱的女子，靠近自己的幻想，或吐尽一腔忧怨，在如真似幻中伸展感知与希望的触角，做一次心灵的触摸和拥有。

在我们的印象中周礼是刻板的，在严苛的道德规范之下，很难想象这部后来演变为"经"的典籍，当时的所有表达都合乎礼法，不会造成感官的刺激和其他不适。在我们今天的阅读中，特别是涉及两性的表述时却每每感到讶异。我们眼前看到的是生命的狂热，是不顾一切的寻觅，是强烈的拥有心。激烈情欲在简短的文辞中并未含蓄遮蔽，像大地内核的炽热旋转一样，从火山口冲腾而出的一刻，携带着巨大的热量。我们听到的是直接唱出的水畔荒芜中的男女欢会，看到的是幽会与野合。歌者臆想和怀念，追述热烈和欢畅，甚至用大火的意象比喻熊熊燃烧的激情。那是一场巨大的焚毁，是与周边万物同归于尽的炽烈。忧虑、胆怯，一切的妒忌，都消失在漫天的情焰之下。这可谓世上最大胆放肆的号唱，很难用一句"发乎情，止乎礼"（《毛诗序》）即可概括。

一些情欲诗被收进采诗官的囊中，编进官方的"诗三百"，最终被作为节令之歌而使用。这是一种来自上层的宣传和肯定，也需要气魄和胸襟。这种勇气和宽容从何而来？我们不得而知。如果说来自一种体制的松弛，还不如说是来自治理的自信，更有一种社会氛围的总色调与宽阔度。最根本的依据仍然是人类在一个时期所拥有的强大创造力。在那个时空中，无数生命的心灵之歌应该是同质同调。人们可以从动物纯洁无欺、单纯天真的目光中读出一种生命之美，这是直率的美、自然的美、强悍的美、最具有感召力的美。动物们直接的食色欲求，急切的非如此不可的攫取力，欲望和需求，各种各样的奔走和冲突，理所当然地在歌咏中得到了记录。原始之美，是当时人类生活场景里的最大描摹对象，这其中透露出的本质性和真实性，是这部人类最早的诗歌总集里所独具的。

所谓的人类高度文明，其进程并不完全是单向的。就文学表达所见，自然主义的呈现在现代曾有过激烈的趋势，不过它们透露的是沮丧、颓废和绝望，而不是"诗三百"中所洋溢的那种健康、自由与野性。

· 满目青绿

一部诗歌集写了那么多植物，曾经让孔子连连叹羡。他将此看作《诗》的卓越价值之一。《诗》中所出现的各种绿色植物数不胜数，虽然其称谓与今天不尽相同，但几乎全都能与拉丁文转译的现代植物学名称一一对应。这是一部植物志，是当时人对大自然的结识，是一部人和植物交流对唱的特殊标记。"葛之覃兮，施于中谷，维叶萋萋。"（《周南·葛覃》）"于以采蘋？南涧之滨。于以采藻？于彼行潦。"（《召南·采蘋》）"凯风自南，吹彼棘心。"（《邶风·凯风》）"树之榛栗，椅桐梓漆，爰伐琴瑟。"（《鄘风·定之方中》）"彼黍离离，彼稷之苗。"（《王风·黍离》）"彼汾一方，言采其桑。"（《魏风·汾沮洳》）"椒聊之实，蕃衍盈升。"（《唐风·椒聊》）"有杕之杜，其叶湑湑。"（《唐风·杕杜》）"彼泽之陂，有蒲与荷。"（《陈风·泽陂》）"常棣之华，鄂不韡韡。"（《小雅·常棣》）"采薇采薇，薇亦作止。"（《小雅·采薇》）"蓼蓼者莪，匪莪伊蒿。"（《小雅·蓼莪》）"终朝采绿，不盈一匊。"（《小雅·采绿》）"白华菅兮，白茅束兮。"（《小雅·白华》）"幡幡瓠叶，采之亨之。"（《小雅·瓠叶》）"苕之华，芸其黄矣。"（《小雅·苕之华》）"芃芃棫朴，薪之槱之。"（《大雅·棫朴》）"敦彼行苇，牛羊勿践履。方苞方体，维叶泥泥。"（《大雅·行苇》）"思乐泮水，薄采其芹。"（《鲁颂·泮水》）"陟彼景山，松柏丸丸。"（《商颂·殷武》）多到难以历数。

当年的咏唱者为什么这样专注于树木花草，满目青绿？后来《离骚》中也曾经再现过这种情形。随着时间的推移，人作为歌者，这种能力似乎就一点点失去了。到了现代，人类关心的不再是这些无言的草木，而是他们深陷其中的人类制作之物，如水泥丛林和光纤电子产品，以及虚拟的数字世界。可是大自然的蓬勃成长，这一片苍绿，在古人那里总是光彩烁烁，耀眼夺目。人们亲近它，依恋它，对它们喁喁私语，与它们朝夕相伴。他们对之倾诉，咏叹有声，其亲密关系仿佛永无尽时。它们常常是不可稍离的陪伴者，是生活与命运的最可靠的倾听者。它们是这样密切地左右着人的心情，简直与喜怒哀乐连接一体。没有它们似乎就没了歌唱的欲望，好像也无从言说。人们穿行在大地上，在日常劳作中，既把它们看作对象，又把它们视为手足。"投我以木瓜，报之以琼琚。"（《卫风·木瓜》）"芄兰之支，童子佩觿。"（《卫风·芄兰》）"士与女，方秉蕳兮。""伊其将谑，赠之以勺药。"（《郑风·溱洧》）"彼采萧兮，一日不见，如三秋兮。"（《王风·采葛》）"山有扶苏，隰有荷华。"（《郑风·山有扶苏》）"焉得谖草，言树之背。"（《卫风·伯兮》）一束花草可以成为定情之物，也可以成为难以言说的某种隐喻。当爱恋一个人时，就摘一个木瓜投向他，或采一朵美丽的花交给他。这种浪漫与率性已不属于今天的人，现代人自以为找到了更为隆重的表达方式，比如献上价值连城的厚礼，常见如豪车华屋之类。可这仍旧是人造之物，没有鲜活的生气，没有脉动、汁液和色泽，与大地上阳光下所茂长的植物以及植物的果实完全不同，没有芬芳和甘甜。

当年人与各种生长的植株是一种直接对视的关系，是相触相摩的关系，同顶一轮太阳、一片星空，一块儿接受来自宇宙的热能。他们在野地里遇到这一切的时候会直呼其名，会辨析和寻找、呼叫和转述，渐渐把它们介绍到更广大的世界里去。这是人对原野万物的一场命名活动：从水中的荇菜、香蒲、芦荻、泽兰、菡萏、蓼，到陆地上的苌楚、葛藟、卷耳、蔓菁、茅茨、莪蒿、女萝、白茅、锦葵，再到枣树、桃树、楠树、梅树、檀树、杞柳、枸杞、山楸、木槿、扶苏、椅、梧、棫、枌、柘、楛等。所以"诗三百"的歌咏者对于自然万物，有着从初识到熟络，再到相依相持的过程，其亲密程度在呼叫和转述的口吻中表现得非常明显。命名就是创造的开始，是人与自然界其他生命发生联系的一刻，是必不可少的指代标识。

现代人已经丧失了这种命名的能力，也没有了这种欲望和热情。因为他们基本上离开了自然而回到城内，钻入室内，在引以为傲的手工制造物中自得其乐，蜷曲于一个自造的螺壳里。在这个方寸之地上再也没有了地平线的概念，没有了视界里的一片青翠葱茏，而且也无须为那些绿色生灵去操心了。现代人类不需要与自然万物对话，关起门来享用小小悲欢，最终陷入真正寂寞的生活。人之走向深刻的孤独忧郁，就是从这种分别开始的，这是个难以返回的旅途，所罹顽症不可治疗。当古代咏唱者亲切地呼唤木瓜、郁李、椒聊、蒹葭，赞叹高大的杜梨、刺榆、梧桐和梓树的时候，似乎仍能让我们感受其热切的目光，看到他们的满脸甜笑。大自然的绿荫和果实笼罩滋养，让他们获得了真正的幸福，这比起现代人从化纤数字制品中得到的那点满足，也许要长久和可靠得多。

更为重要的是这些绿色生命吸收二氧化碳，吐放宝贵的氧气，使生活变得清新芬芳，健康气息影响到人的肌肤与骨骼，进而是心灵。不同的生存环境当有不同的心灵，人如大地般蓬勃硕壮，就会具有令人难以想象的激情爆发、纯美的追求与拥有。人类的伟大创造力需要情感，情感本身就是力量，而情感又来自哪里？它最强大的、取之不尽的源头之一就是大地，是大地上生长游走的无数动物与植物。它们是人类的友朋、榜样和伙伴，其身上或隐或显的无尽元素足以启迪我们的心智，焕发我们的精神。所以，《诗经》中广泛使用的"兴"，严格讲并不是什么手法，而是一种生命间自然达成的关系，是彼此触摸，是手臂互搭。由此来看，在那种情境之中，歌者也不得不"兴"，他们一定要"兴"，而且能够"兴"。

就在这场弥漫无边的大"兴"之中，有了一曲曲不绝于耳的歌唱。这歌声唱给远方的彩云，在大地荡开，与盘旋的鸟儿同行，回应灿烂的星光。它们就像种子一样播撒在大地上，一旦吸饱了水分，享受了阳光，就会再次萌发。届时将有人来采集它们，那是一些长期离开土地的人。

这些采集者穿着体面的衣服，神色庄重，名字叫"采诗官"。他们要将这些与各种绿色一块儿拱出地表的歌的嫩芽，摘入行囊里，携回宫中。在那里，君王和贵族们将一一鉴别和享用，最终还要将这些源于心田的绿色诗苗移栽开来，记在竹简上，一束一束捆扎。这是一项既快乐又烦琐的工作。

- 普遍的情与欲

情欲弥漫于"诗三百"之中。打开来看，虽然不是每一首如此，但这足够刺鼻的气息溢满了大部分纸页。离开了这种气息，"诗三百"就显得苍白和单薄。这种异常浓烈的荷尔蒙气味，在数千年的时光中像是神奇的保鲜剂和防腐剂，使这部古老的歌集永葆青春的光泽。好像这种特异的元素无论放置多久，传播多远，作为一种气味的标记，都容易被其他年代的人所识别。实际上在许多人与事的记录中，这些因子都极其活跃。有时它被稀释得可有可无，有时又浓烈到难以化解。当它以某种方式出现在庄重的厅堂之上时，或许还要稍稍地化妆。

"情与欲"是《诗经》的精华所在，也是其文字衍生的基础。对此即便是圣人孔子，也曾发出由衷的赞叹，那大概是一种心赞。孔子在《礼记》里讲："饮食男女，人之大欲存焉。"这里就将"情与欲"置于一个最基本的生命框架中，指认为根本属性。《诗经》开篇第一首就是《关雎》，这首被孔子热赞的古歌充满了欲望的张力。如果它如圣人所言之"思无邪"，那么我们就应该给"邪"字赋以全新的含义。纯洁和邪念应该是对立的，可是我们发现诗中的这种"洁净"不是将情欲完全剔除，而是给予了独特的表达。在这首意象单纯、诗句重复的歌咏中，我们看到那只欲望的猛禽，也就是"雎鸠"，竟然成为歌赞的主角，它正四处徘徊，伺机而动。它后来甚至直接化为歌者，为了接近猎物一边轻轻地吟唱，一边踯躅、徘徊和观望。

它在吟唱中悄悄窥视，长长的脖颈打一个弯曲，将坚硬颀长的喙提到胸前，等待某个间隙迅速出击。鱼是什么？是欲望的对象？是结果？是客体？是主客体的结合？一切都引人想象。

原来"无邪"是情欲的自然流露，是健康而旺盛的生命力的表达。这是生命发展延续乃至于创造的基础。如果将"情与欲"置换为阴郁的人生计谋、攫取以及可怕的物质交换，甚至是一场霸凌之力，那就是"邪"了。可见自然与健康，必清新，也必"合乎礼"了。

"无邪"即自然，自然即普遍的生命情怀。《诗经》特别是《风》部分，这种普遍情怀的描述，被古代贤者视为足可效法的艺术表达范本。孔子作为一个悟力过人、见解深刻的大哲，同时也是一位艺术家，他并未做简单的刻板礼法的守护者，没有采纳某种冥顽不化的、虚而腐的标准，没有禁锢心。此刻他不仅表现了一位智者的宽广和包容，而且还是一个深邃敏锐的洞悉者。他对美是敏感的，对青春是羡慕的。我们似乎在他"思无邪"的评说和鉴定中，体验了一位老人沉浸和享受的满足心情。正常的人会在这些歌咏中感激、想象，追逐和回忆自己的青春岁月，会为生气勃勃的生命质地而感动，以至于向往快慰。后来的腐儒们伸出斥责的手指，一首一首判为淫诗，即显出了狭隘无趣和低劣。作为一个人，他们的感知力和共鸣心已经大大衰减，永远无法抵达诗歌总集订编者的境界。

孔子"乐正"的过程也是一种享用的过程，在他耳畔激越冲腾或婉转飘逸的乐声，连缀跳跃的是一些极有质感、散发着生命热力的文字。那是一个怎样美好的过程，他可能深深沉浸于这个过程之中。这在他的晚年，将以过来人波澜不惊的心绪接纳一切、参与一切。这些歌唱宛若他自己的心声、自己的生活，他对这一切其实再熟悉不过了。他本身就是一个足踏大地的流浪者，一生到过许多诸侯国，有时乘坐木车，有时徒步奔走。而且他有一个并不富足的童年，对下层生活和劳民生计感同身受。他知道那种需要糊口的辛苦中，蕴含了多少安慰与欣畅，比如说爱与被爱，比如说追逐和等待，比如说长夜里为一个心上人辗转反侧。它们都是人生不可或缺的养分，没有这些，岁月实在是太辛苦、太漫长了。一旦生命与真实的情欲，与人类普遍存在的健康结合在一起，各种痛不欲生的苦难煎熬似乎都变得可以忍受了。生活总是作为一个整体交给人生的，这才使其成为不得不接受的一种命运、一场综合的生存体验。

面对这种生与命、运与动的恒常轨迹，人生似可释然。这里有太多的东西需要感悟。一个人的碌碌终生，当其享受最大欢畅与幸福的时候，同时也将它的反面一起拎在了手中。具备这样的认同，才会有全部释然和松弛感。极端的困苦和热爱，不过是在人生的某个时刻变得激烈起来，它正以一种炽热的颜色和温度来烤灼，不久还会恢复日常的颜色。平常的岁月是在某种高度凝聚的热度上缓缓弥散开来，化为那种我们习惯和熟悉的常温。

· 两种"不隔"

我们谈到诗歌艺术，谈到审美的"隔"与"不隔"，自然要想起著名诗论家王国维在《人间词话》里所阐述的境界。他的"不隔"说，是对古人诗境的一种极高评价。"不隔"即清晰、鲜亮、逼真、生动，让读者有一种亲临实境之感，而非雾里看花。这里指描述的确切与鲜活，其情其境犹在眼前。"不隔"是诗人殚精竭虑追求的一种艺术境界，但更多的却应该是诗人先天所具有的一种能力。实际上，审美力的缺失，很难通过后天的学习和知识的累积来弥补。审美力的缺失，或为一种无法言说的生命缺失，就像色盲之哀。所以我们常常把艺术创造这种心灵之业，看成一项神秘而孤独的事业，它的孤独性不仅表现在创造过程中的独立经营，还表现为经营成果在许多时候无法与更多的人沟通共享。因为心灵深处闪电般的倏然一亮，有时难以被他人捕捉。这需要一种相应的能力、相应的心灵，要能够彼此处于同一频率，能够共振。诗意的领悟是一个再次还原的过程，经营成果无论多么鲜活与"不隔"，都需要另一个心灵去感悟和接受，除此别无他途。

王国维以其诗人的卓越才华和敏悟，指认了那些古代诗人的"隔"与"不隔"，尽管所言不多，却让我们能够清晰地领会其意旨，并深为赞同。

从"隔"与"不隔"这个审美标准来看，我们可以说"诗三百"中的那些优秀诗篇，特别是《风》和《小雅》中的绝大部分，完全配得上"不隔"的评价，这正是它们最了不起的方面。它们使用了极节俭的言辞，使用那个遥远时代所特有的、今天读来未免晦涩的语言，把一种情境、一些情绪、一个故事，表达得那样逼真和触目，就像亲眼看到一样切近和丰富。因为它是沿着听者（读者）所能想象和还原的那个方向，不停地投射和发散，最后让人准确地接收下来。这个过程就是我们运用自己全部的吸纳力和想象力，获取并重新建构起歌咏者转述的那个世界。在这个世界里，我们面对的一切岂止是"不隔"，而且还会继续生长。"南有乔木，不可休思。汉有游女，不可求思。"（《周南·汉广》）"静女其姝，俟我于城隅。爱而不见，搔首踟蹰。"（《邶风·静女》）"野有蔓草，零露漙兮。有美一人，清扬婉兮。"（《郑风·野有蔓草》）"蒹葭苍苍，白露为霜。所谓伊人，在水一方。"（《秦风·蒹葭》）"月出皎兮，佼人僚兮。舒窈纠兮，劳心悄兮！"（《陈风·月出》）"蜉蝣掘阅，麻衣如雪。心之忧矣，於我归说。"（《曹风·蜉蝣》）"伐木丁丁，鸟鸣嘤嘤。出自幽谷，迁于乔木。"（《小雅·伐木》）"昔我往矣，杨柳依依；今我来思，雨雪霏霏。"（《小雅·采薇》）这些情境与蕴含，将在每个阅读者心中无尽地延伸下去。

这种"不隔"当然事关作者与读者两个方面，要追究到人的先天能力。可总是言说先天等于什么也没说，因为它是一个含混而又确凿的界定：既真实存在，又无比朦胧。我们可否尝试着从另一个方向去研究这种能力，比如说将先天能力相似的现代人和古代人加以对比，在一个同等的基准上考察"隔"与"不隔"？也许只有这样，我们才能对这个复杂的问题做较为清晰的探讨。

有时候，最大的"隔"并非来自技术呈现的含混或浅近，即所谓的功力不逮，而往往是某种先天能力流失的结果。在生命诞生之初，人的这种能力是存在的，后天的经历却会毁掉其中的一部分。一个生命被投放到这个世界之后，由于各种原因，如生存所需的某些知识，也会造成"隔"的作用。这里的"隔"，是指将一个人隔离于真实的世界、真实的生命，如隔离于动植物和山川大地，被更长更久地投入一个人造的空间。比如今天，每天所见皆是数字演绎的影像，被人造物层层包围，人基本上要通过屏幕和印刷物汲取精神营养、获得各种见识。这种"隔"将是一种根本的区隔，它使我们在表述自然万物的时候，必须以第二手或更多手资料为据，而且还要从这个基础出发，以分隔我们的那道屏幕、那道文字的墙壁，作为认识和表达的依据。我们所描述的是被一再转手的"自然"和"大地"，甚至是被转手的人际关系、情感关系。我们所发生联系的人与人之间，许多时候是被物质化和区隔化的，更是虚拟化的，总之是一种不再真实和自然的关系。

　　人类的情感关系、人与整个世界的关系，从此不再构筑在真实的大地生命之上，而是建立在畸形和扭曲的虚拟图像之中。可见我们今天的艺术表述，大致就在这种"隔"中形成和发展，此种情形已经与之前讨论的先天能力没有多少关系了。长此以往，我们还要进一步改变先天的能力，让其加快流失。这就让我们面临双重的困境，再要"不隔"，真是难上加难了。

　　如果说"不隔"是《诗经》最主要的特征，那么我们今天离那种真挚绝美的表述，实在是太过遥远了。我们的阅读，常常是以"隔"对"不隔"，这怎么会引起深深的审美愉悦，获得强烈的共鸣？

　　我们现在所谈的"不隔"，与当年王国维的论述实际上是存在极大区别的。我们谈的是一种时代"大隔"，是这之后的可悲状态；而王国维谈的"不隔"，是一种表述的结果和境界。后者在很大程度上可以从先天能力去追究，而我们现在谈的，却是严重伤害先天之后的惨状。这是一个范围更加广大的困境，是一种普遍形成的伤害。既然如此，面对着一个处处激活、欢腾活跃的《诗经》的世界，面对这个世界里繁衍和喧哗的各种生命，我们又该受到怎样的启迪？这种沉入和领会的机缘，应该是一个现代人最为幸福的，这让我们与几千年前的诗人、歌者，以及自然万物再次相逢。我们试着跟上他们的脚步，倾听他们的吟唱，悄悄地哼唱同一种曲调。这美妙的声音、这幽僻的小径，总算可以接近。如此一来，让我们多少联想人类那个年轻浪漫的时代：尽管恐龙已经消失了，但仍然有一些没有灭绝的奇异的动物和植物。让我们辨析它们，跟在古人身侧，像他们那样为之命名，亲切地呼唤它们。

我们想象自己悄然降落在那片所谓的"蛮荒之地"，倾听一首首新歌。

· 松弛而热烈

所谓的《诗经》"三体"中，《风》不仅具有最大的体量，而且读来也最有感染力，有松弛感。这里的"松弛"既指歌者的状态，也指作品本身所呈现的美学品质。读《风》诗，总觉得它有一种"走神"的感觉。歌者之吟咏方式，与其表达的主题和故事之间并非总是紧紧相扣和环环相绕的，而常常表现出一种疏离性。但这绝非是表达的艰涩和困境，恰恰相反，它来自更高一层的自信和自由。当他面临一场烦琐的表述，要囊括许多复杂的意蕴，这时候口吻与辞章结构一块儿松弛下来,只说明了一种信心和从容。歌者如过于紧张、专注和严阵以待,有时反而会捉襟见肘。《风》无论是描述爱情还是对现实的谴责憎恨,都时而表现出一种松弛感。尽管如此,其内在的激切与情感热度,却总是能让我们悉数感受。它突破宁静与冷却的外壳渗透出来,最后变得灼热烫人。

歌中太多这样的例子:明明是爱到日夜难眠,却在轻轻吟唱"参差荇菜,左右流之"(《周南·关雎》)、"蒹葭苍苍,白露为霜"(《秦风·蒹葭》)。一遍遍诉说水流、荇菜和荻草,那无所不在的水流环绕着沙洲、淑女和伊人,潺潺流动,发出细小的水浪拍击之声。这种徐缓自然的情与境、并非喧哗盈耳的叙述,实际上都在婉转地传达歌者的心声,表现出一种优雅的、若即若离的、似热还冷的风度与格调。这里没有直奔主题的情形,没有那样直白,许多时候炽烈和紧张的情感被懒洋洋的歌唱给掩盖,如同那个怀有一颗躁动、激越之心的歌者,被"苍苍""萋萋"和"采采"的芦荻给遮掩起来,张望和期盼也被遮掩起来。这个过程之后,当故事发展到了另一个阶段时,将有一场怎样的相遇,我们也就可想而知了。但这后半部故事常常是欲言又止,很少得到正面描述。

如《郑风·野有蔓草》《王风·丘中有麻》等,也仅止于"邂逅相遇,与之偕臧""彼留之子,贻我佩玖"。我们可以猜想这些歌咏原来的形态,或许经历了一些修正,或许本来如此。采诗之后经过了删削,以宜于节令之用,这种猜测也是允许的。这里,删削的意义可能是正面的,它只会使整个咏唱变得越发含蓄,更加符合"温柔敦厚"的诗教精神。那些野性放肆的田野之歌可能远不止于此,不过其基本形制,大约也没有从根本上被改造。

与《雅》《颂》相比，《风》要淋漓畅快得多。比较而言，宫廷文人命笔的《大雅》和《颂》，风格显然要凝重拘谨许多，特别是《颂》，就越发趋于庄正刻板。就诗路来说，这种由民间到宫廷的路径一直延续下来，走到了现代，简直紧张得透不过气来，诗行中再也不可能有那种以逸待劳的松弛感：要么直接呈上阿谀奉迎之词，要么发出强烈的谴责之声。诗歌艺术竟然在某种程度上成为社会利器，用来掠取或攻伐，一场歌咏即变为急遽的追逐，表现出不顾一切的蛮勇之气。实际上这是物质主义时代才有的一种峻急。在《诗经》时代，尽管物质上谈不上多么丰富，但由于人类仍然在自然天地里活动，而不是生活在一个物质堆砌、淹没过顶的人造空间里，反而没有被充分地物化。他们的精神气质更接近置身的自然，所以其思想与行为极容易被自然万物所影响和教诲。

大自然作为一种最大的生命背景，对人的塑造力是缓慢不察的，但却每时每刻都在发生作用，就像我们经常会发现一个忙碌于田野生活的人，往往比生活在室内的人更放松、更闲适和更达观的道理一样。野外劳动者的神经比较起来更不容易绷紧，较少失眠，较少沮丧和抑郁。这一切的差别都与阳光和泥土有关，也是大自然中的那些动植物挨近他们的结果。人的物质化是人造物将自己掩埋的一种最终结果，这种结果首先影响的就是语言表述：物质主义的直接与狭促、剧烈与急躁，许多时候是相互竞争的功利心造成的，几乎人人难以幸免。

在《诗经》中，除了我们谈到的爱情诗，还有一些谴责诗、厌战诗和抗争诗。比如那首著名的《秦风·黄鸟》，还有《魏风·硕鼠》《王风·扬之水》《魏风·陟岵》《魏风·园有桃》《豳风·东山》

《豳风·破斧》《小雅·采薇》等，它们也常常由别一种角度进入，并非那么直露和激烈。《秦风·黄鸟》述说的是最为惨烈的殉葬事件，开篇却在写一只黄鸟："交交黄鸟，止于棘。"黄鸟声声鸣叫，落于旷野灌木。随着长镜头的移动，一场惊心触目的悲剧逐步呈现，我们才看到了那位战战兢兢走向墓穴边缘的英俊男子，看到了哭得撕心裂肺的夫人；镜头再次拉开，让我们再次回到悲凉的旷野和叫声凄切的黄鸟。叙述节奏的舒缓，对应的却是紧张到缓不过气来的恐怖。它尽可能地唤起一种视野里的空阔感，也正因为这空阔，才让我们的思想有足够的徘徊空间，由此生发出更多情感和思绪的缠绕，充分感受这个世界遮掩和隐藏的全部焦灼和急切。咏唱在重复中递进，这将使它的内核、它的色泽层层裸露。渐渐地，一种强烈至极的倾诉排山倒海而来，顷刻间让人泪水满溢，身不由己，心弦震裂。

听者与歌者悲愤难抑，同时成为现场的目击者。

最后乐声终止，一切都结束了。激烈仿佛远去，听者却永不忘怀。因为被烧灼过，心中留下一个不会平复的疤痕，那是一次致命的灼伤。

· 蓬勃生气

《诗经》的世界里有各种植物和动物，称得上是一部关于它们的百科全书。指认和辨析这些生机盎然的生命，叫出它们的名字，在读者来说已经无可回避，就像无法回避自己的生活一样。对比远古的歌者，当代写作者洋洋万言之中竟然找不到一株绿树，闻不到一声鸟鸣。我们是那么不情愿地描写蓝天白云、江河湖泊，即便要写也急于功利，总是将它们与主人公的心情意绪紧密相连，所谓的"睹景生情""触景情伤"。现代人非常吝啬，不愿把自己的情感分给自然万物，自始至终牢记的，是怎样让它们为我们服务，做我们的仆从。这真是本末颠倒。我们充其量只是自然万物的一个记录者，是它的一个卑微而渺小的仆人，是它的一个发声器官。如果反过来，让它们匍匐在我们脚下，这有多么可笑和自不量力。

有人统计过，这三百多首诗中，草本植物有一百多种，木本植物接近一百种。还有几十种鸟和近百种野兽、数不清的小虫与鱼类。至于农具和器皿的名字，则有三百之多。这种咏唱可以说是对世间万物形与声的直接摹绘，仅声音就那么多，交织成一个彼此回响的世界。"关关""疆疆""将将""薄薄""肃肃""坎坎""喓喓""交交""簌簌""汤汤""呦呦""雍雍""喈喈""哕哕""萧萧""发发""钦钦""嘒嘒""虺虺"，一直响彻下去。这些声音是来自远古的模拟，后来就化成人们的传统和习惯。关于声音的大量描摹就这样形成，它呼叫在前，我们一代代跟从在后。用"夭夭""皓皓""泄泄""湛湛""采采""离离""涣涣""芃芃""莫莫""抑抑""依依""霏霏""滌滌""岩岩""翘翘""瞿瞿""涟涟""晏晏""镳镳""刎刎""怛怛"等描情状物，简直声色俱佳。直到现在，人们仍然在使用诗中的"悠悠""绵绵""惴惴""翩翩""潇潇""青青""赳赳""鄰鄰""赫赫""萋萋""殷殷""奕奕""济济""滔滔""习习""耿耿""忡忡""皎皎"等。是的，这些绝妙的称谓与描述都来自"诗三百"，它们至今不可取代。

《诗经》的歌者是最早仿声状物的天才，因为他们与自然万物的距离太近了，所以这些模仿最生动、最可靠，也最传神，当代人几乎无法超越。像"绵绵"和"悠悠",在说一种漫长的维持和延续、一种不可割舍不可中断的联系,多么传神。我们现在使用的许多成语也来自它,如"哀鸿遍野""爱莫能助""必恭必敬""不可救药""惩前毖后""鸠占鹊巢""人言可畏""明哲保身""风雨如晦""进退维谷""绰绰有余""高山仰止""甘之如饴""夙兴夜寐""孔武有力""未雨绸缪""巧言如簧""厚颜无耻"等,简直多到数不胜数。这不仅仅是一些成词,而且是最富于创造的原始文字记录,在古汉语中最靠近源头和根底。"根源"两个字,说的就是事物的开始,是足以效法的榜样和依据。远古的周代先人的确是出了先手,而我们只需幸运地接下这宝贵的馈赠。先人的创造生气勃勃,现代人孱弱多了,有点像《邶风》中那首歌咏的名字,已经"式微"。因为后来的表达越来越多地因袭和仿造,实际上只是勉强追求一种形似,而失去了内在的心得与张力。大千世界那种蓬蓬勃勃的质感,数字时代的人其实在心灵深处是无感的,要言说也只会用文字作指代符号,而难有这些文字生成之初不可撕扯的血肉情感。

简约而质朴的《诗经》,洋溢鼓胀着强劲的生命激情,这种充满原生力的巨大喧哗之声,是天地人心交汇震响的合唱,使一代代人获得一次次奇异的体验。这种由视觉、由文字符号代码所转换的形象和声音,可以逼真切近地冲入耳廓,直抵心头,萦回环绕,经久不息。从《诗经》诞生至今,历经几千年,即便在语文表达方面有了诸多创造,技法一再地更新与累加,我们所创造的语言能量与它相比还是逊色多了。好比绘画,我们用各种各样浓烈鲜艳的色彩涂抹,可是要比试《诗经》之绚丽斑斓,仍然要差许多。因为现代化学颜料并不耐久,在风与光的侵蚀下很快褪色。而几千年前的人类取于大自然的永不褪色的颜料,早就经受了强光的照射和风雨的冲刷,是一种根本的存在。古人用来表达的物质材料,在获取和使用上与我们现代人存在着巨大区别,这些用于记录的原料具有天然的属性,质地纯粹坚韧,也就经得住岁月风霜的磨洗。而我们今天用来表达的诸多符号与方式,已经大大地化纤化了,那鲜亮与生动只是浅表的一层,很快便会风化殆尽。它们不是取自恒久的存在,没有原力原气。

远古的诗人可谓心性纯稚,许多时候宛如孩童。他们视野中除了大自然,除了那些欣欣向荣的绿色生命和翱翔于高空、奔跑于荒野的飞禽走兽,绝少别的物事。风雨雷电加到他们身上,是再正常不过的事情。在遭受自然的摧折和冲击的时候,他们眼睁睁地看着身边的其他生命一起经受折断和摧裂、死伤和逃逸,更有应对和躲避、合力与搏杀。他们看到的太多了,经受得太多了,面对侵犯,可以逃避的方法比现在少了许多,可以说抗拒之力既很强大又很微弱,绝无什么现代奇技淫巧,所用皆是最原始、最直接的方式。也就是这种实在性和直接性,构成了最基本的生存方式。对自身生活以及周边这个世界的表达,它们不走形也不隐晦,更易于理解,直接定格在人的视野和心灵中。

· 成康盛世的激情

周公辅佐侄子成王,后来成王又传位于康王,此二世被称为古今之盛期。所谓"大矣盛矣","刑错四十余年不用"(司马迁《史记·周本纪》),就是指"成康之际"周王朝繁荣昌明的盛况。到了昭王和穆王，就出现了由盛而衰之相。"诗三百"中那些昂扬的歌唱，那些洋溢着健康和生长的咏唱，许多就来自"成康盛世"，或对那个时期的追忆和想念。这些美好想象的余绪很长，以至于"诗三百"成书之后很久，人们还满怀自豪地收拾散落在民间的这一类诗句。

秦代焚书坑儒之火烧掉了"诗"与"书"，等于焚毁了一个时代的繁华记录和文明档案。这是人类潜在深处的某种特异的嫉恨和阴暗在作祟，像这一类恶性事件在历史上永远都得不到原谅。关于一代文明记录的中断和毁灭，是人类繁衍发展史上最令人痛恨、屈辱的事件，古今中外任何民族莫不如此。究竟怀着怎样的一种垂死心理，才会做出如此丧心病狂之举，人们不得而知。至于后来有人对这一残酷和耻辱的印记给予肯定和倡扬，又究竟出于一种什么心态，人们同样不得而知。至恶是无法想象的。

对于文明和记录的怀疑时时皆可发生，这本可以理解，但却并非意味着一定要彻底毁灭这些文明以及记录。在咬牙切齿的嫉恨后面，应该有另一种声音，那就是恐惧的声音。一边恐惧莫名之力的惩罚、报应，一边制造无边的黑夜，这正是施暴者的怯懦与卑劣。实际上，历史总是一再地出现这种环环相报的结果，因为冥冥中那种平衡与反击的力量是存在的。暴虐和残酷使秦王朝格外短命，巨大的物质力量，粗野的蛮横，金属的锋利，铁腕的寒冷，严刑的威慑，这一切相加一起，都没有使它的寿命维持下去，而且灭亡得如此迅速。一个与仁善和文明作对的帝国，一个与"诗"对立的体制，委实没有理由长存于天地之间。

对比之下，"成康盛世"的绵绵延续倒可以期待，它的繁盛和激情在《诗经》中得到了真实的记录和追忆。这种追忆对于中华民族来说是太重要了，实在可以称得上一个漫长的中华之梦。当一朝醒来梦境消失时，便会响起丝丝缕缕的"诗乐"之声。关于西周的强盛，它的健康和苗壮，我们不需要从《大雅》和《颂》中寻觅，因为那些源自宫廷的文字或不足取信。还是让我们更多地从《风》中去鉴赏和印证：汪洋恣肆的民间，复杂曲折的民间，一些野性的歌咏响彻在各个角落，正是它们才无所顾忌地唱出了心中的喜悦和悲愤。这些狂野豪放的咏唱构成了《诗经》的主体，也让我们看到了一个时代的真实。这种生命的激情无所不在，从男女之爱到田间劳作，从狩猎伐木到饮酒欢歌，从嘲讽贵族到感时伤世，可以说无所不包。

孔子大半生都在遥望西周，这可能并非是一个简单的迷茫和失意者的梦想，而是一个睿智清晰的思想者的理性。他在"订乐"、编撰"诗三百"的时候，等于再次温习了一遍周朝的盛况。孔子晚年曾经感叹：已经许久没有梦见周公了。这个经常出现在梦中的周公，是中华历史上一位备受尊崇的政治和道德人物。这个伟岸的身影在这三百首宝贵的歌咏中时有闪现，不过无论他是否在场，孔子都能够从字里行间感知。这位周公品德高尚，足智多谋，在建立和维持西周礼乐制度方面，可谓功劳盖世。这确是一位在历史上备受颂扬的了不起的人物。他辅佐自己的侄子，摄政七年后还政于成王，其过程可视为完美成就了中国古代社会的最大礼法。国家无动荡，民众免战乱，避免了因政体内部权力更迭而带来的无边苦难。这既是政体之仁善，又是人性之慈悲。周公是周代长达数百年盛世的一个重要理由和根据，也是一位伟大的创造者，一位足以令后人缅怀的人物。以他为代表的西周王朝，其强大的创造力和开拓力，其总体精神风貌，当与《诗经》是一致的。

我们可以认为，在许多方面，《诗经》的激情就来自西周的奋发向上，来自一个茁旺民族的生长之期。这种强盛理所当然地得到诗咏、庆祝和享用。那一场场关于君王祭祀、宴饮的歌唱，那一曲曲优雅闲适的流连和赞叹，都是一个兴盛的王朝才能具备的气象。大气象永远不只是严厉和冷峻，还有雍容、和缓、悠远，体现在诗中的，既有礼敬山川诸神的祝祷，又有《卫风·考槃》这样奇妙的旁逸斜出："考槃在涧，硕人之宽。独寐寤言，永矢弗谖。"有《小雅·鹤鸣》这样的清丽奇异："鹤鸣于九皋，声闻于野。鱼潜在渊，或在于渚。""他山之石，可以为错。鹤鸣于九皋，声闻于天。"贵族对于隐逸生活及园林之梦的追求和向往，现代人虽然毫不陌生，却早已千篇一律地概念化、模式化，但在远古，竟成为一个引人注目的新奇和奢望。

在未加雕琢的大自然面前，歌者希望"考槃在涧""独寐寤言"，梦想着"乐彼之园，爰有树檀，其下维萚"，要伴鹤鸣、游鱼、檀树、玉石，独自享受一种幽静安逸的时光。他们这时需要的音乐是"考槃"之歌，是天籁之音，远比钟磬丝竹要珍贵得多。他们想让自己的生活成为自然的一部分，这在我们印象中的上古蛮荒中，是多么超越的人生设计和大胆开创。我们难以设想一个冷酷、凋敝、贫瘠的王朝和氏族统治，会产生这样的一些咏唱。是的，它只有生长在西周，这是一个罕有的天人和谐之期。

一个民族经历了艰辛的奋进和开辟，而后就是休憩。于是我们看到一场场宴饮、诸多怀念和梦境。那么多情爱欢畅，那么多悲喜交加。从贵族到平民，谁都不愿辜负自己的时光。

第二讲 自由的野歌

· 顾左右而言他

有时候阅读《诗经》，我们觉得特别有趣的，就是它的那种走神、不够专注和言不及义：咏唱者常有一种笑吟吟的张望感。实际上这是使用所谓的"比""兴"艺术手法所致。与"比""兴"这二法相比，"赋"的作用就直接多了，它要陈述生活的具体性。整个故事的路径都要通过"赋"得以实现。虽然"比（喻）"在叙述中也会起到重要的作用，可是由于它常常和"兴"的手法糅合在一起，有时又是这样地难以拆解，所以就难免变得迷离恍惚起来。叙事的过程中，"比（喻）"与"赋"合作紧密时，故事的呈现就会极清晰，而一旦与"兴"纠缠一体，就显得十分繁复，头绪多端了。这是一个美学和诗学的问题，也是叙述策略和写作学的问题。

歌咏者有时并不直说眼前，不直接将他要讲述的意思和故事道出，而是天真烂漫或童言无忌地先说其他，比如要说一个异性，却先要说起一叶柏舟、一只鱼鹰、一棵大树、一条竹竿、一捆荆条、一片大水、一地露珠、一朵荷花。他由此开言，并且很快兴奋起来，以至于让这种活跃昂奋的情绪一直带动和催促，不断地说下去：表面上看有点胡言乱语，却也大半是话中有话。他那貌似轻松和超脱的言说，到后来总是被认为具有微言大义。许多时候歌者藏住了一个炽热的内核，那种温文和冷静只是一种表象。如果说风度是一种奇怪的、古人常常拥有的修养，那么这种修养化为艺术风格又将怎样？它的深层因由又在哪里？这一切都值得我们深长思之。

也许是一种物极必反的原因，当特别强烈的攫取欲和获取心袭来，也可以让他们暂时将急切的目光掩饰一下，或转向其他，这也是一种猎取的技艺和本能。这种猎获有时并非用于两性之间，而是指人类取得自然生存所需要的所有拼争与奋斗，可以视为广义的猎取。人类或许在这个过程中养成了一种狩猎的习惯：迂回曲折地接近猎物，以至于演变成为基本的技能。当然，有时候这种悠闲松弛的性格，也来自未加改造和雕琢的自然，在这个开阔的天地里，他们可以最大限度地保持自由，少有拘束和羁绊。这种自由舒展的性情在吟唱中得到了自然地流露：放歌不在斗室，不在人头攒动的大厅，也不在人流涌动的露天广场，而是在旷野天地之间，视野中尽是蓬勃万物，是一望无际的辽阔。这种情与境必然影响到他们的歌唱，使之从内容到气质都发生了变化。此刻或许需要表达的东西太多了，一时无从说起，于是就化繁为简，从切近的周边说起：将最先落入视野中的事物脱口而呼。这样做的结果常常是以少胜多。环绕某件事物不停地言说，竟然会形成一种奇特的旋转力，一种向心力而不是离心力。这种力量可以将歌咏者的心中意旨强化到出乎意料的程度。

  这些简洁单纯的咏唱循环往复，甚至"言不及义"，却能让听者沉浸到一种气氛之中，渐渐感受歌者所要强调和阐明的主题，故事和心曲变得越来越清晰。不知不觉中，歌咏就达到了预期的效果，这真是一种高妙的手法。这样的咏唱不仅使整个诗篇变得极有韵致，而且还显示出另一种机智和灵动。仿佛一个满脸微笑的歌者，闪烁着单纯明朗的眸子，心中的蕴藏则远比说出来的更为宏富和繁杂。这的确是一个思路清新灵捷、心智极为丰富的歌者，当他言说外物时，心中的情意和专注的思想正弥漫起来，在一个内部空间里生长和蔓延，变得无比浓盛和壮硕。

他与更大的一片世界连接一体，产生出迷人的魅力，令人不可抵御。此刻的听者同歌者一起"兴"，一起"比"，也一起"赋"。

而这个过程开始时，"兴"才是最主要的，是一切情感与思想奔涌的源头。"兴"感染和笼罩了这个世界，让人暂时忘却了许多。在冲动和昂扬中，歌者与听者正一起完成这场叙述。听者要在旋律里接受清新的吟唱，要在似叹似诉中沉湎和回想，仿佛由歌者引领进入一条偏僻的路径，这儿曲折回环，似乎是一种偏执的行走：还来不及醒神，突然发现自己已经抵达。

那首有名的迎宾曲《秦风·终南》，开始并未描写客人如何高贵，而是设问终南山上有何？"终南何有？有条有梅。""终南何有？有纪有堂。"回答是有一些高大而珍贵的楠木和山楸。从山中高贵的植物引出一位神秘的客人，这显然是尊贵之人：衣着华丽，气度非凡，举止优雅，世上罕见。可是歌咏马上又转述终南山上的杞树和甘棠，它们仿佛正与这位贵人比肩而立，一样茂盛、挺拔和英俊。人与树同样风姿，都属于终南山。客人从神秘的大山而来，与神秘的大山同在，都是山中茁壮珍贵的生命。人山一体，伟岸神秘而又高贵。终南山是一个永恒的存在，它的宝藏永远吸引着世人，而从它们当中暂时游离出来的这个生命，此刻就在我们面前。歌者因此而自豪而感激，情不自禁地向世人炫耀起来。"兴"与"比"在这里运用得水乳交融，巧妙之极。

《卫风·淇奥》开篇就写淇水，写水边那片碧绿茂盛的竹林，而后才牵出令诗人耿耿于怀的那位"君子"。"瞻彼淇奥，绿竹猗猗。有匪君子，如切如磋，如琢如磨，瑟兮僩兮，赫兮咺兮。"说君子的文采风流，用了"如切如磋"和"如琢如磨"："切磋"指加工象牙，"琢磨"指雕刻美玉，象牙和美玉究竟是一种曲折的影射，指君子的气质与风貌，还是直言君子肌肤的细腻光色，还需要我们慎断。不难看出，歌者以女性的口吻，直接谈论男性肌肤，远不如谈论其温文的风采更为含蓄。然而象牙坚硬光洁的质地，玉石温润高贵的光泽，恰恰又是君子心灵质地的写照。如果我们从君子内心联想到他的外表，这种由内向外的想象就变得更为炽热，比喻也更为撩人。

《周南·桃夭》中的"桃之夭夭，灼灼其华"是一种"比"，它意味着诗人马上就要描述光彩艳丽的新娘；可我们又觉得这分明又是一种"兴"，因为这棵灿烂夺目、繁花似锦的桃树，是那样绚丽美好，芬芳四溢，它本身就代表了整个烂漫的春天。春光惹人，光色逼人，只歌唱这棵桃树就够了。当然，还是要说一件马上就要发生的大事，这才是全诗讲述的主体：一位女子要出嫁。只由这棵桃树的烂漫春花说下去，或许还有许多内容，许多感慨，如感叹风雨之后的落英缤纷。可是歌者再无其他渲染，只停留在春天的一个美妙时刻。

整首《桃夭》三组十二句，可几乎使用了一半的篇幅唱这棵桃树，反复咏叹它的妩媚多姿、婀娜艳丽，它的累累果实和茂密枝叶。歌者从来没有说这棵桃树就像那位即将出嫁的女子，可女子一直伫立在这棵光华四射的树下，被其芬芳笼罩，与馥郁混为一体。此时此刻，我们在内心里已经将树与人合为一体了。

在《召南·甘棠》中，诗人反复咏唱那棵甘棠的茂盛、硕大以及浓浓的绿荫。这棵高大的杜梨树就像一个永不消逝的标志物，在那里生长繁衍，成为一座纪念碑、一个象征，或许还是一个伟人的化身。这棵大树成为歌者心中的一个依托，一个活生生的现实存在。对"甘棠"的反复咏唱，取代了一般化的对于人的直接歌颂：本来要细致而热烈地赞颂一个具体的人，一个非同一般的人，他是歌咏的核心。对于他，歌者有多少话要说，有多少感人至深的颂辞即将脱口而出。可歌者克制了，省略了，掩去了，只是不断地吟唱这棵大树。这种迂回之美，远胜直取。

"兴"所导致的情绪当然是复杂的，这终归由心灵的光谱所决定。它所引发的忧怨和感伤，所谓乐而不淫、哀而不伤、怨而不怒，都是连带出来的结果。由生命之内质，渐渐演变为纯然的艺术手法，即"先言他物以引起所咏之词"（朱熹《诗集传》）。这种说法，其实不过是取之技术的表象。

· 难以对应的"兴"

孔子说："兴于诗，立于礼，成于乐。"（《论语·泰伯》）他将"兴于诗"置于首位，并说出了诗的主要作用。这里的"兴"是指诗的审美功能，与"赋比兴"之"兴"，并非是完全一致的意涵。但它们仍有相似之处，因为都涉及审美的本质意义。不过如果单纯将"兴"作为一种艺术手法，要简单而准确地从写作学的角度去界定，找出它的现代对应物，也许真的有点困难。"兴"可视为一个审美过程中的某个环节，那么它究竟发生在这个过程的末端还是开始？就一首诗而言，它是酝酿，是起式，是情感的积蓄和倾泻，还是这一切的萌发？但它一定是主观生命与客观事物的感性触点，而非一种理性的关系。"兴"是一种生命状态,而不仅是为了托物起兴,它最初好像并没有这样清晰的叙述目的和叙述策略。虽然客观上它具有引发的作用,但"兴"的本质都是情绪的昂扬勃发,是某种心情对他物的波及。

总而言之,"兴"是心底的兴奋,是触目而乐,触目而歌,触目而感,更是随手拈来,随意抛掷。它击中了,牵连了,却很少事先的预设和算计。就丰富的意趣来说,它甚至可以构成自己独立的审美单元。它了不起的功能和作用恰恰就在这里。

论诗者常常将其作为一种艺术手法,所谓的"托物起兴"。但细究起来,不如说是因"兴"而"托物"。正因为有一种情绪的泛起,才会有其后的"托物"。情满青山,随意点染,皆成诗意。看山不是为了唤起激越之情,而是目光所及,情感就自然地奔涌和弥漫起来。生命在这种恣意烂漫或黯然神伤的状态下,吐出的每一个字都是激活的、跳跃的,而不是僵硬的连缀。我们很难将"兴"字与某个现代词汇加以置换,就因为它所包含的关系与层次颇复杂。在诗学研究中,我们很容易将"兴"当成一种单纯的技法,走向一种机械论、唯方法论。这种解释不仅难中要穴,而且还容易南辕北辙。

"兴"作为一种艺术技法是后来的归结,而不是产生的本源。它其实更应该视为人的一种本能。这种能力不仅古今不同,而且人与人之间也大异其趣。有的人容易激越冲动,睹物生情,容易"兴";有的人易沮丧,易伤感;有的人则时常欢天喜地,看阳光下万物皆光彩熠熠。生命之差异,决定了在某种场景下所看到的这一切,是否足以起"兴"。"兴"不单单是兴奋,也不仅仅是喜悦,还包括阴郁懊丧在内的诸多复杂情绪。这其中有情感的活跃起伏,有联想,有催动，常常不得不发出喃喃絮语或吟咏起来。可见由"兴"而入，也就踏入了发生的轨迹。

说到自然的感奋和欣悦，我们好像觉得远古时代的人远比现代人更有这种能力。那时候的生命没有被后来的技术和物质所挤压，也没有被一些文化衍生物所污染，没有变得畸形。这种天然性格使其具备一种单纯明了的本能，悲喜自由，率性而生。说到生命之别，比如狗这种生灵，总是让人类感到一种不可思议的激情。就天性来说，它比人类更自然更质朴，也更单纯。所以它瞬间爆发出的欢乐和感激，是被焦虑所压迫的现代人根本无法理解的，有时只能感到十分惊异和费解。美国作家海明威曾经发出感慨，说一条狗只与人分离了很短的时间，重逢时却表现出巨大的兴奋，跳跃激越久久难平。这种能够于瞬间爆发而出的爱力，真的是一种生命奇迹。海明威说，他对这种现象永远难以理解。作为一种生命，能够如此率直地表达心中的欣悦、大喜过望以及热爱与感念，难道不是一个最大的奇迹？

一个淳朴的生命，没有被文化垃圾所淹没，没有被物质枷锁所禁锢，才能具备情感的那种直接性。从这里，我们也可以感悟什么是"兴"，感受它所生发的那个时代，究竟对应了怎样的生命质地，可以由此想象和领会"兴"的全部奥秘。

面对《诗》中那些歌咏者的质朴心情，他们的天真烂漫，我们既羡慕又觉得无能为力。现代人已经回不到那种状态了，找不回"兴"之心力。那是一个生命与世间万物、与万千客观生命重合交集之间自然产生的一种心情和意绪，是一种在太阳底下共生共长的感激之情。这种亲如手足的倾诉欲，是现代人难以体悟的。与这种退化相伴相生的就是现代生存困境，就是人类对于自然万物的残酷破坏：砍伐林木，毁坏河流，竭泽而渔，对物质的疯狂攫取。现代人有一种垂死感，有一种与万物竞争、掠夺、征战的濒临存亡的状态，似乎早已失去与自然界万物平等、共生共处的开阔空间，余下的只是拼争、紧张和焦虑。因此我们既没有那么多的"兴"，也难以理解远古人的"兴"，甚至有时候还会觉得那种"兴"有点傻乎乎的：无缘无故地咧开大嘴笑起唱起或哀起怒起。瞧这些古人，"手之舞之，足之蹈之"，真是一些傻子。当代人的"木然"与"聪明"竟是一体两面，其实是可怜和愚昧，这颗畸形的麻木心灵实在难以矫正和激活，它已经丧失了健康的感知，没有了欣赏的能力。

正因为现代生命与古代生命无法找到深刻的对应，所以我们也难以把《诗经》的"兴"，同当代汉语里的某个词汇直接加以置换。在现代人眼中，仿佛一切都是技术，都是方法。我们只有越来越多的学术上的技术主义者和方法论者，而缺少心灵论者，于是也就无法体味另一个时空下的生命。

如果说在整个人类发展和进化的链条上，《诗经》的创作者还是天真烂漫的孩子，那么现代人类便是覆满化纤材料、被技术锁链捆绑、行路艰难的腐败老人了。在这种境况之下，我们哪里还会"兴"？哪里还懂得"兴"？这样的比较会让我们警醒许多，可要动手解除身上的披挂和束缚的时候，又有点割舍不得：我们或许不觉得这是附着在生命上的垃圾和赘物，而要当成宝贵的知识财富。这就是我们的悲剧。

· 现代写作中的比兴

《诗经》中广泛使用的"赋""比""兴",这所谓的"三用",曾经是研究者们反复讨论的部分。其中的"兴"是当时重要的"艺术手法"之一,而今,我们会发现它在现代诗中应用得是越来越少了。这种演变的缘由有些复杂,由"诗三百"中的频繁出现到后来的几乎绝迹,改变实在太大。为什么会如此?细究起来,或可从许多方面找到原因。在科技主义和物质主义日益强大的情势之下,现代人在某些方面已经变得"意兴阑珊",这是有目共睹的一个事实。再深入分析下去,又会发现无论在写作学还是诗学的意义上,"兴"主要还不属于技术层面,而属于其他,属于心性的范畴。这样一来,要领悟和界定它的现代意义也就变得愈加困难了。

因为它是源于生命深处的某种神秘的能力,随着时间的推移,到了现代,这种能力终于大为减少和淡弱下来,所以变得难觅其踪。其实不仅是诗歌,就是从其他文学体裁中,我们也很难寻找"兴"的踪迹。就文学写作中的具体作用而言,若论"比"和"赋","兴"在谋篇布局和叙述表达中的非功利因素最大,所以也就不受待见了。于是它大可忽略,完全可以被急功近利的现代艺术家所摒弃。这也是解释它逐步消失的一个原因。

"三用"中与"兴"并列的还有"比","比"在后来的诗歌创作中不仅没有偃旗息鼓,反而被越来越多地使用。有些现代诗很热衷于此道,它主要就是巧妙地运用各种比喻,以取得显著的艺术效果。诗人有时费尽心机地作出各种"妙比",简直成为手中出奇制胜的法宝。比喻总是作为一种习惯和手法被许多人采纳,我们经常说的"生花妙笔",常常就指它的巧喻。由于好的比喻很容易获取赞扬,作者也就不再停下来,甚至离开比喻无法说话。

我们熟知的一个历史典故,说的是齐国著名的论辩家和滑稽家淳于髡,这个人特别善于使用"微言隐语"向齐王进谏、与人辩论,而且常常作比。这个人是参与政治生活较多的,也是当时稷下学宫最具影响的人物之一。他那些富有哲理的妙比,曾产生了深远的影响。曾有人向国王抱怨,说淳于髡这个人讲话总离不开比喻,不能有话直说,是个坏习惯。国王听信了这个说法,就当面埋怨起淳于髡来。淳于髡于是向国王介绍了一种动物,国王怎么也想不出这个动物是什么样子,淳于髡只好以另一种形貌相近的动物作了比喻。国王很快明白了,说:"看来没有比喻还真不行。"

生活中要阐明事物如此,表达诗意也如此。因为诗是无以言说的,硬要说出,只好使用比喻,这本无可厚非。但诗毕竟不是一般的叙述或转告,在令人眼花缭乱的层层比喻当中,有时也未免显得烦琐,有一种巧舌如簧的感觉。巧妙而频繁地使用比喻的人,在这个过程中时而陶醉,听者也阵阵兴奋,所以比喻也就大行其道。除了诗,现代小说中也颇多比喻,不少人尤其善于使用此法,而且许多时候是暗喻,这与自由诗的写作不谋而合。西方十九世纪的大师们,更有现代主义的作家们,他们真的有过许多巧妙的比喻,那些妙喻在他们的作品中简直俯拾皆是。说到底,比喻的实用性,比其他手法要强。

可见,凡一切有利于眼前之用的事物,皆能发扬光大;而那些既有难度,又没有多少现实功利意义的,也就难以保存和延续了。《诗经》的"兴"就属于后者。它需要那种物我交融的强烈愉悦感、兴奋感，于是就在现代诗行中逐渐隐匿了。我们可以忧怨，可以愤恨，可以暴怒，可以质询，可是那种以"兴"相引相牵的呈现方式却越来越少了。人们对于所要获取的目标是相当专注的，简直是目不转睛，哪里还会对左右敞开视野。人面对山河大地和自然万物，缺少了一份亲切的情感，也不再那么依恋和冲动。我们很少思索来路与去路，站在天地之间，仰望闪烁的星空，那种神秘的震栗，那份莫名的感动，已经久违了。生活于高科技时代的现代人，自以为掌握了最先进的技能与工具，对客观世界知道得越来越多，甚至误以为具备了破解许多自然隐秘的能力，以为拥有绝对的支配权和言说权。这种狂妄和自大，其实是一种时代盲区，是一叶障目。要具备真正的现代聪慧，就一定不能离开源头，而且要在前进中一次次追根溯源。人与过去及未来的那种神秘的连接和继续，不能中断在我们这一代手中。

我们究竟为何而来？能够给予的只是一些十分现实的回答，究竟为何，只有无知与茫然。与一些终极问题相连的痛苦忧伤，或喜乐欢欣，都在这无知中滋生和消失。偶尔出现的瞬间惊喜，远离了生命的常态，只是一闪的领悟和窥见，这或者就是诗意的光顾。"兴"还要陪伴人类往前，因为我们心中仍然有诗。当今人类的痛苦和烦恼与日俱增，无穷无尽，无边无际，然而它们不是源于形而上，不是源于何来何去的那种惆怅和迷茫，而是物质主义的压迫，是近在眼前、锱铢必较的利害得失，是患得患失的不安和恐惧。人生正是因为附加了这些成分，生命情感的单纯与率真，也就是《诗经》中那种蓬勃旺盛的"兴"之能力，才会远远地离开我们。

虽然"兴"多见于远古的一部诗歌总集，但就其内在意义而言，并不总是固定在节奏分明的歌咏之中。也就是说，它的本质意义大可含纳一切的艺术体裁。让我们试着从十九世纪的小说中寻它的踪迹，看看在叙事作品中有没有它的身影。如契诃夫的名篇《草原》，作家笔下的大自然出神入化，草原的暮色和光影，高翔于空中的鹰，远处群峰的轮廓，仿佛是猛兽巨吼的山；屠格涅夫的《猎人笔记》，其中有那么多绝妙的自然描绘。这些段落是一些奇异的存在，此时的大自然似乎与故事情节和人物是无涉的，以至于成为一个相对自在的独立世界；但从另一角度看，却又是一片与作者共兴共奋、一起吟唱的自然。有关题旨在下面一一出现，故事，人物，仿佛一切都水到渠成地走到了一起。这时候我们心中会冒出一个概念——"兴"。是的，这艺术创造中微微震颤的一根弦，以难以形容的音色奏响在小说中。

雨果的《悲惨世界》《海上劳工》，托尔斯泰的《战争与和平》《复活》，麦尔维尔的《白鲸》，都可以读到或曼妙或雄伟的大自然的片段，那是一些独立而激越的笔触。它们没有紧紧扣住思想人物及情节的直接需要，而是另一个天地的呈现。但它们又的确是某个开端，是一场叙述的开关，是往前行走的光亮。在它映照的一片光晕之下，出现了秩序井然的生长和排列。我们仿佛听到了大自然的独语，这声音与诗人心底的歌唱并行不悖。就在这种状态之下，诗人乘兴而进，深入到叙述的腹地。

十九世纪小说中出现的、类似于《诗经》的"兴"，其作用与远古的咏唱一般无二。而这种情形到了现代主义之后，也就变得极为少见了。不是戛然而止，而是稀薄和淡弱，它们只在最杰出的诗人和小说家笔下，才能得到一些呈现。创作主体不具备"兴"的品质，没有这种不可遏止、突如其来的昂奋与激切,没有对万事万物的大喜悦与大拥抱,没有置身于广漠自然中的那种松弛和辽远,也就不可能有这一部分艺术因子的活跃。

原来"兴"不仅是一种文学传统,也不仅是一种艺术手法,而是一种生命的特质。有生命就有"兴",有"兴"就有艺术。艺术在"兴"的延续下,才会找到美好的归宿感。真正意义上的"兴"不一定要保存于合辙押韵的长短句式中,而是要弥漫或镶嵌于所有的艺术形式中,从散文到诗、到其他叙事文本,无所不在。它应该或隐或显地一直存在。

· "兴"而有诗

我们常说"诗兴大发",知道"兴"与"诗"是紧密相连的。这里的"兴"当然不是诗论中的同一个字,但仍旧有着血缘关系。因为二者都在讲活跃奔发的意绪,讲吟唱的发生和发展。显而易见,没有"兴"就没有诗,这是古今中外诗歌创造与产生的通例。如果把诗论中的"赋""比""兴"并列考察,会发现当一首歌咏中的"赋"与"比"逐步展开之时,一定是很快抵达诗意的高处,然后就铺开诗之余绪,走向悠长的尾音。歌者内在的强大推动力经过"兴"的阶段,才有了饱满的积蓄,然后才有奔泻和释放。这实际上是一个悄然不察的过程,是看上去相当轻松自如的发端,如《关雎》一诗好像在说那只水鸟的优雅,心里是否想到这是一只猛禽,也未可知。这野性的联想虽然隐而不露,却不能说无中生有,不能说全都了无痕迹。

在许多时候"兴"是无法言说的，所以才有深长的诗意。诗的晦涩性不在于字面，而在于内置：一切文字都不能够表达的那些元素，才更有可能接近于诗之核心。它不可以付诸理性的论说，不可以使用戏剧化的表白，也难以借助一个故事去演绎。这是一些复杂微妙的意绪和情愫，它汇集心中，渐渐像水流一样蓄满，眼看就要溢出。它终于突破一个隘口，先是急于冲决，然后是畅流，急转直下。这鸣奏的心灵之水就这样淹没而去，这就是诗。

欲说还休、停顿，或激昂或低沉的音乐，一丝丝接近和呈现。依靠音节韵律，超越文字所负载的明晰而单纯的语意，进入更深阔的境界。歌者开始乘"兴"而进，在一种激扬迸发的情绪推动下，飞翔和跃起，攀上那个梦幻才能达到的高度。但这并非最华丽的部分，那可能还要等到后来：从顶点回返时发生弯曲的瞬间。多么令人陶醉的时刻，这时候的吟唱才让人屏息静气，不敢有一丝错失。所有最杰出的艺术都有这样的特质，它的核心之物被称为"诗"。而"诗三百"正是它的源头，在这里可以领受"诗"的所有光荣。

关于诗，之所以有一些神秘的理解，即因为它不能畅白地直接言说。第一部诗歌总集也许集中了这些神秘性，所以一直在等待一代一代的破解。几千年前的那片旷野作为生命的底色和土壤，洒满阳光，诗苗破土而出。土壤是肥沃的，阳光是热烈的，生命是活泼的。这三者交融到一起，演绎和创造了那样一个世界。人是这个世界的发音器官，咏唱就是这样发生的。生命之中有"兴"，而"兴"是酵母，"赋"和"比"携来粮食和水。一场酿造开始了。

如果把杰出的诗章比作酒，这种芬芳而辛辣的神奇液体，这种使一代代人沉醉的物质，可能是再贴切不过的。"兴"作为诗的酵母保存下来，酿造也就可以一直延续下去。一旦失去了它，这种特别的工作就变得困难了。我们可以设想，在大自然中表情木讷的生命是难以歌唱的，因为他们丢掉了诗的酵母。最好的歌咏，撩拨人心使人垂泪或感慨或奋勇的歌咏，在几千年之后还能够保持原有的声韵和色泽，能够奇妙委婉、生鲜逼人地打动我们，皆因为这其中贮存了特异的心灵。阳光下一片鲜亮的面庞转向我们，那动人的目光竟然可以穿越深远苍茫的时空，投射到我们身上。

《诗经》的传统延至《离骚》，得到了完美而贴切的继承和发扬。纯美俊朗的歌者屈原置身于美丽的自然之中，缠绕披挂蕙兰芳草，变成一个活跃于山水之间的精灵。他食英饮露，遨游四极，飞龙驾车，凤凰举旗，与神灵对话，去琼楼玉宇。诗人在极其困窘潦倒的时刻，直到生命的最后，依然洋溢着激越饱满的情怀，与万物共生共长，共舞共吟。诗人是难以被摧毁的，生命最终融入蓬勃的天地之中，成为不息的强音。自《离骚》而降，我们可以聆听诸子百家的大声言说，可以望见孔子和孟子这样奔走于大地的先哲，耳畔回荡着稷下学宫的智者们滔滔不绝的宏辩。到了汉唐，有气势雄绝的华丽汉赋、浩瀚灿烂的唐诗，有千古不朽的"诗仙"和"诗圣"。李杜一生留下了多少感人的吟哦，他们面对这个世界，先是"兴"，而后是"赋"和"比"。"诗三百"的韵致一直笼罩在诗之长河上，滔滔不绝地流淌下去。

我们的现代诗河开始显现出一片干涸的河床。荒凉的生长，野草枯黄，茂密的常绿成为记忆。没有了强盛的生命力，就不得不用芜杂的文字来编织，以遮掩苍白的面容。真正属于诗的部分，其内质可以压缩到很小，那不过是一颗炽热之心。似乎可以压缩到

《诗经》那样的节俭,其他的一切都是衬托和簇拥的符号,是冲决和流泄时溅起的飞沫。在现代汉语诗歌的吟诵中,寻找一个优秀的歌者,就是寻找独属于个人的音乐调性。我们先要找到他们,再由他们汇成一场瑰丽浑茫的和声。

当诗离开了旋律,离开了群声咏唱,离开了击打和吹奏,就变得孤寂乏味。这一场兴味索然的吟咏仍要艰涩地进行下去,从开端到结束,歌者们大汗淋漓。他们依赖自己的歌喉,喊到嘶哑。而当年,《诗经》的歌者们一直拥有大自然的伴唱,这声音是那样率真、质朴和欢乐,却具备撼动人心的力量。

第三讲　**直简之美**

• 礼法的朴素

阅读《诗经》，需要让思绪回到那个时代的社会和自然环境之中，尽可能地贴近去理解和领会，才不至于附加许多现代成见造成误会。要做到这一点是困难的，因为时过境迁，世界变化太大，人的心灵品质也发生了巨大的变化。我们面对那些古老的文字，要明白它们的基本内容和意义尚且困难，更不要说那些微妙的埋藏、在文字夹缝中悄悄弥散的气息了。对一些复杂蕴涵的捕捉将是难而又难的，有时对诗句的判断自以为明晰无误，实际已经与本义相去甚远。总之，许多时候我们处在矛盾纠结的传统诗学研究中，望而却步，常常不得不迁就某个成说，任其扭曲和变性。

《诗经》在一种无可奈何的境遇中，产生了诸多经学流派，几千年里一代又一代人都在做着艰难复杂的发掘和探究工作，尽其所能，倾注全力，使用了一切可以利用的方法与技能：考古学、金石学、历史学、军事学、政治学、美学，还有礼法和人物研究等。现代研究者还用上了碳元素鉴定，结果得到的却是更多的莫衷一是。时至今日，那些残缺的竹简对我们来说仍旧是一道道极大的难题，那些湮灭在光阴里的秘密不是逐渐清晰，而是愈来愈多、愈来愈深沉。我们遭遇的是一个缄口不语的古代，是几千年前那个时而热烈、时而冷漠的歌唱群体。这场演奏实在是太遥远了，当我们用力倾听并捕捉到一缕余音的时候，又会在某个瞬间迎接突然迸发的震耳欲聋的轰鸣；我们追逐这声音，却不得不再次忍受长长的沉寂。

任何一个历史时期的社会政治及文化结构，积淀于时间的贮层，都会呈现相当深厚复杂的一面。它们需要谨慎细致地发掘，考辨寻觅，比如一个时期的礼法典章，其本来面目到底如何。现代社会所拥有的道德伦理元素同样存在于那个时代，只是发生了变异，在日常的使用和表达中会有诸多不同。我们从《诗经》中一一求证，寻找和感受这些区别。无论如何那是一个远逝的远古时代，就自然环境来说绝少污染，就生活层面来说也简洁朴素。它的社会精神伦理层面比较现代，也算得上简单直接了许多。它没有现代世界的变态与烦琐，没有臃肿到举步维艰，看上去有一种"骨感之美"。在思想和文化学术上，更没有后来精微而偏执的哲学、经济学、伦理学、地缘政治学的堆积，没有这诸多晦涩。后者令我们既望而生畏，又习以为常，因为它们就在当下，无时无刻不在影响和左右我们。我们在时代风习的陶冶之下，常常变得既疑虑重重又急促莽撞，已经无法对主客观世界作出真实的判断。可以说，数字时代塑造了人类复杂而混乱的思维。

浑浊斑驳的迷思像雾障一样把我们与世界隔开，再也无力还原出简单和真实。现代人类可以从一些平凡的事物之中看出许多畸形的关系，却无视最为朴素的生存原理。从达尔文的进化论到弗洛伊德的性意识、潜意识，人类在自我认知方面经历了多少大发现和大变革，就在这些应接不暇的新学说和新发现中，跌跌撞撞一路向前，一直走进了更加可怕的网络时代。我们改写了自己的世界观、科学观和历史发展观，同时也极大地改写了我们的传统美学，甚至变得无法稍稍正常地审美。所谓的现代科学与社会文化学，对诗学的介入和干涉是空前的，似乎已越来越呈现出颠覆之势。不过无论如何，作为一个生命，人对外部世界的一些基本反应仍然没有改变，他们还是难以超越自己的能力，仍要依从和局限于物种本身的特质，服从于生而有之的精神与生理属性。人类制造了一个眼花缭乱的虚拟世界，然后让一些恍惚的影像去覆盖真实。显而易见，这个过程遮蔽了原有的真实，遮蔽了生发和茂长的土壤。

　　审美的复杂性源于简单和质朴，这也许是现代人始料未及的。像"诗三百"中的《召南·野有死麕》这首情歌，关于爱的发生和那个场景的描述，多么简洁多么独特，其形式和内容却令人稍稍惊异。它的美源自一种简单和直接。男子向女子呈上一只香獐，这是他刚刚猎获的丰厚礼物。大概就因为它，整个求爱的环节马上变得庄重起来。没有更多的语言描述，只写动作：男子将祭祀用的白茅裹起流血的猎物呈上。一份取自旷野的厚礼，一个男子的骁勇。猎取香獐需要迅猛快捷，准确一击。先是击中香獐，然后击中女子的芳心。他手中的投枪或箭镞让我们联想到丘比特的那支神箭。

　　猎物流血倒毙，猎手蹲下，用圣洁的白茅将其细细包裹。野地静寂，女子就像一尊女神。这是一幅多么清新迷人的画面。仿佛这场景一瞬间活化起来。关于这首诗，现代人可以有不同的想象和解说，但它作为一首求爱之歌是没有争执的。它写到了英俊的男子、可爱的女子、猎获的香獐：三个生命、一场爱情。这幅旷野画面已成永恒。

《邶风·击鼓》描写了一个士兵疆场上的不幸遭遇和情感经历，引出了后代诸多猜想。本来是极有限的文字，却让人做出完全不同的、复杂的判断。"执子之手，与子偕老"，一代代人无数次引用这一名句，却对当年的倾诉对象充满了疑惑。有人把这种情感看作战友之间的生离死别，也有人看作对家中妻子的深切思念。如果视为前者，似乎更具有"现代意识"，即一种"同性恋"。其实诗中写的是两个男人用鲜血凝成的情谊，尖锐触目的不过是"同性"。如果说这种联想和猜度是一种现代视角，还不如说是一种朴素还原更为合理。作为生命现象，古代社会里自然存在，并无其他。唯有这样的生死之恋强烈地拨动心弦。星移斗转，一切都在变化，可生命的奥秘基本而恒定。这不是我们现代人的敏感，而是亘古如此，一直未变。

· 诗的有机性

《诗经》的魅力来自诸多方面，其持久的挥发力让人吃惊：几千年过去，色泽一直鲜艳，气息一直芬芳。它的质朴与淳厚是无与伦比的，一切皆源于内在的深刻根性。我们似乎经历过这种浓烈的芳香，又好像刚刚体验。它仿佛不是我们记忆中的一些事件，而是融化在血液里的固有元素。它不仅唤醒了记忆，而且还激活了嗅觉。

我们面对的是一个个陌生的熟人。如果把《诗经》比作土地上的茁壮生长，一首诗即是一棵绿植，那么我们可以说它是"有机的"。它摄取的是大自然最原始的养料，吸收的是阳光雨露，经历四季轮回，所以才如此壮硕、纯正而浓旺。诗的有机性和植物的有机性是完全一样的，二者皆为世间生命。我们对于当代艺术的贫瘠、因袭和模仿，对它们之间的反射和投影，那种似曾相识的口吻和表述，已经太熟悉了。我们不再奢望诗与思的直接生长与培植，就像不再奢望纯正的有机食品一样。越来越多的精神合成与思想勾兑，已成为再普遍不过的现代艺术品的生产流程，人们既无可奈何又见怪不怪，徒留叹息。这似乎已经是一个不可逆的趋势，人类好像也没有什么更好的选择。我们在精神和物质这两个方面的创造，都丧失了有机性。这是一种世纪悲剧。

　　光纤数字时代的创造与自毁密不可分，二者常常是一体两面。人造物让我们的生存远离了有机性，就精神产品而言，直接施放到思想文化"土壤"中的化肥太多，然后收获的是纸上文字，是数字传媒，是交错辉映的图像资料。转基因等高科技手段更是令人恐惧，它们在失去"有机"性的基础上，将魔鬼全部释放出来。有人自豪于数字时代的无所不能，已经没有任何办法让人类重回有机的时代。这是从根本上戕害生命的一条不归路，从播种到收获都由魔鬼操控，结局一定是恐怖的。如果把一种可控的生命，把制造与生长转移到精神和心灵中，那将是同样令人绝望的结局。伴随所谓的现代科技，艺术一路走到了生硬嫁接、扭曲变形、批量生产和怪异丑陋的时代，它们时而散发出刺鼻的气味，时而又寡淡无味。所有的产出物都有着一致的外观，有时甚至显得更硕大、更鲜亮和更饱满，但就是没有原来的气息，伤害健康。

第三讲 直筒之美

"诗三百"充满了醇厚迷人的有机物的芳香。"投我以木瓜,报之以琼琚"(《卫风·木瓜》):女子抛出了木瓜,男子则回报以玉石。"木瓜"等果实芬芳四溢,是可以即刻享用的甘甜,而"琼琚"等佩玉却需要寻觅和雕琢。怎样比较两者的价值? 从古代男女之间这种率直的答赠,现代人会体味出多少丰富的内容。我们会想到水果一般鲜美的女子,想到玉石一样坚贞的男子。宝石与木瓜匹配吗? 从今天的世俗价值看相差悬殊,但在远古却是天然谐配。青春无价,纯洁无价。这首小诗描绘的也许是当年风俗,也许是偶然一景,却让一代一代人吟味不已。现代的阔绰动辄一掷豪车洋房,却就是比不上一只"木瓜"。

《诗经》中有一些妙比,大概让巧舌如簧的现代人想都不敢想。如《卫风·硕人》,把美人的手指比喻为初生的"柔荑";把肌肤比喻为凝固的膏脂,"肤如凝脂";把白嫩丰润的脖颈比喻成"蝤蛴",天牛幼虫;把牙齿比喻成"瓠犀",葫芦籽。还有"螓首蛾眉",形容女子的前额开阔饱满,细长弯曲的眉毛就像蚕蛾的触须。这只能来自与大地肌肤相摩的古人:他们视小小虫儿切近亲昵,并不觉得以它们作比会有一丝贬损。这一连串比喻何等特异传神,现代人不仅难以超越,而且根本就无法步其后尘。今天的诗人断不会将美人与小虫联系到一起,也不会从天牛幼虫的白嫩之态,联想到爱人的颈部。拾古人牙慧尚且艰难,发现与创造只是梦想。如果说"肤如凝脂"还稍稍接近于现代人的想象,那么将雪白细嫩的女人脖颈比喻成树上幼虫,已是断不可能了。

今天只有常年生活于林中的人才会注意到树中隐藏的虫子,它们白白胖胖,常常是令人垂涎的美食。秀色可餐,这是首先想到的一个意象，但或许还远远不够：洁白、肥嫩、娇羞、躲闪，一只幼虫初见光明的回避、对光的敏感反应，种种情状都让人联想到娇羞的女子。至此，一种令人诧异的逼真感，散发着浓浓的野气扑面而来。这当然只能来自野地经历，它完全属于自然之子。我们从《诗经》中能够看到太多这样怪异，却是无比经典的妙喻。这在今天看来，似乎不可以学习和借鉴。因为它只能来自初创，来自野地文明的精神场域。实际上这种貌似简单之中，孕育着真正的繁茂和华丽。

《诗经》让我们看到那么多植物的名字，听到那么多动物的呼叫。人类可能是第一次记下这么多劳作声息："肃肃兔罝，椓之丁丁"（《周南·兔罝》），张设兔网"叮叮当当"的打桩声；"凿冰冲冲"（《豳风·七月》），"冲冲"凿冰之声；"约之阁阁，椓之橐橐"（《小雅·斯干》），捆扎木框的"咯咯"声与夯土声；"释之叟叟，烝之浮浮"（《大雅·生民》），"叟叟"的淘米声。这是最为生动逼真的模拟，靠近原生原态，无需解释，因为所有人都熟悉这些声音。"伐木丁丁，鸟鸣嘤嘤"（《小雅·伐木》），谁会听不懂？"大车槛槛"（《王风·大车》）、"有车邻邻"（《秦风·车邻》），谁又会对车子行走的声音感到陌生和费解？"四牡骓骓，啴啴骆马"（《小雅·四牡》）是马儿喘息的声音；"营营青蝇"（《小雅·青蝇》）是苍蝇的声音；"风雨潇潇，鸡鸣胶胶"（《郑风·风雨》）是风雨和鸡叫；"东门之杨，其叶牂牂"（《陈风·东门之杨》）是风吹树叶的声响；"河水洋洋，北流活活。施罛濊濊，鳣鲔发发"（《卫风·硕人》）是流水声、撒网声、鱼儿跳动之声。有谁听到这些自然之声会陷入茫然？各种自然之声嘈杂、交织，巨大的不可抵挡的感染力层层传递，把我们瞬间呼唤到事件发生的现场：如闻其声，宛若眼前。《诗经》奏响的旋律，为自然万物的交汇，形成一股浩荡洪流，冲刷和淹没我们。

· 以声化字

关于《风》《雅》《颂》的产生与源流，历代经学家的见解有所不同，但综合起来还是达成了一些共识：《风》来自民间采集，经过了宫廷乐官的进一步筛选和规范。《风》总共一百六十篇，占去"诗三百"的大半篇幅。实际上可以推论，"风诗"原来的规模可能还要大得多，而《雅》和《颂》就未必如此。《风》是从广阔的地域搜集而来的，是采集到的一部分。《雅》《颂》被认为是宫廷命笔，其中的相当一部分有可能是文人的专门制作。从《小雅》到《大雅》和《颂》，这种"命笔"的色彩逐渐加重，到了《颂》，即可视为宫廷雅乐的专门定制，从旋律到歌词都要严格服从于一些场合使用的需要。《小雅》中的某些作品更接近于《风》，仍旧是个人的情怀抒发。

在田野里劳作的人咏唱的是民间曲调，传唱内容就会即兴随意。它的旋律来自民间，虽然也会是相对固定的，但歌词却会在口耳相传中得到大幅修改。宫廷采诗官来到民间，曲调和文字会同时取走，而后再一起改造，使之在演奏中进一步变得雅致和规范。但无论如何原来的色调很难完全消除，也就成为无法删除的《风》的胎记。这是最有意义的保存。

在当时，民间的传唱者不可能是文字的书写者，他们很有可能根本就不识字，所以被采集的那些歌词不得不由声音转化而来。声音化成的文字与文字化成的声音，两者之间当存在很大区别。对于民间的歌者来说，他们没有记录符号的障碍和拘谨，张口即唱，喜怒哀乐脱口而出。这种即兴性就进一步增强了歌咏的鲜活与生动，也会携带许多无法记录的方言，让采诗官为难。最后留下的文字是由声音化成的，所以不会那么工整，常常旁逸斜出枝枝蔓蔓。

民间歌咏的现场往往是野地，是田间林壑之中。这样的传唱决定了内容的粗悍辽远和随意，并且为了传达得更清晰，强调得更突出，不断地重复，并在重复中增添新的东西。这种重复反而有了溢出字面的其他意蕴，有了一语多义。如果是伏案创作，也就不再是声音牵引下的填词，这种文字就产生的环境来说远不足以和野外相比。视野狭窄可以带来专注，但少了一些悠远和飞扬。声音不再交织回荡，不再具有现场的主动和主导性。而从旷野中移植到纸面上的文字，是要经过文人驯导一番的，这时落下的记录符号，透出的音调、语气、意涵与韵致，必然还是带有许多野气的。正因为如此，后来的文字符号标注常常会变为一件棘手的事情，也造成了版本多样化、出现一些文字的错谬和异体，这都是自然而然的。总之，就文本来看，《风》确是最含蓄、最隐晦和最复杂的。当时的采诗官面对民间野声野气的咏唱，当诉诸听觉时，那意思也许是简明的，而一旦要落成文字，却立即别扭和晦涩了许多。这都是以声化字所带来的结果。这看来好像是民间歌咏的缺陷，却实在是它的优长。随着时光的推移，一些来自民间底层的记录会变得更加费解，这就需要越来越多的研究和辨析。

从孔子到今天，一代代读经者都要面对这些声音化成的文字。比较起来，《大雅》和《颂》的文本，其异议可能就少了许多，因为这大致还是从文字到文字的鉴赏和阅读。文人写作相对比较规范，但这种规范性是以丧失部分自由烂漫为代价的。声音的地方性与即时性所弥漫的那种丰富悠远、自由自在和生动活泼，是案头书写难以达到的。一个文人无论多么富有才情、写出多少绚丽迷人的文字，还是与民间人士在劳动场景下、在野外脱口而出的即兴吟唱色调迥异。民间文学往往是以少胜多，其鲜活与浪漫不可再生，也难以模拟。今天我们阅读《风》的部分篇章，依然有鲜明的声音撞击感，这是它产生的那个场合、那种状态所决定的。它们所透露的消息，模拟的声音，都来自大地。而《大雅》和《颂》这样的文人创制，从旋律到辞章大半都出自宫廷，那是户内场所，无论王室宫阙多么富丽雄伟，比起野地，它还是一个局促的地方。

就模拟声音的文字符号来讲，当年采诗官们会遇到许多无法摹写的尴尬，但让他们更加为难的还是那些内在韵致和气息的传达，也就是质地的部分。它们是只可意会不可言传之物，一旦用文字标记下来就要流失很多，其中一些精华部分甚至永远也无法复现。从文字再到曲调，这种录制尤其困难，因为这是直接采集声音，在当时的技术条件下是勉为其难的事情。用以弥补的方法只能是让民间人士一遍遍重复、一遍遍修正。当内容和形式在歌唱中稍稍能够浑然的时候，也就算是达到理想之境了。

《风》里有一首《卫风·考槃》，被誉中国最古老的"隐士之歌"，写的是一位深山中的隐士，他怎样"击槃"放歌。学者经研究考证，认为"考槃"之"考"就是"扣击"，"槃"为器物，即"盘子"。"考槃在涧"，就是隐者在深谷水畔敲打他那个盘子："盖扣之以节歌，如鼓盆拊缶之为乐也。"（朱熹《诗集传》）敲打盘子是这位山中隐士独有的乐器演奏方法，这让他自得其乐，狂放高歌，整天独眠独醒独言，自在极了。他享受这种生活，并且发誓说：永远不做欺世盗名之事。可见在那个远古时代，竟然也出现了不为世用的隐士，这既有趣，也多少令人惊奇。我们不禁会琢磨那只盘子的材质，是木质还是石质？或是金属铜器？难以猜测。可以确定的是，这位古代隐士显然为非同寻常的人物，既有隐的资格，又有隐的决心。他一定是一位名士、一位有身份的人，与劳民阶层大有区别。为了隐藏自己的行迹，他深居于大山之中，可仍要发声，要猛烈敲打手中的盘子。这声音既是回应自己，又是回应身边万物，特别是回应阒旷安静的大山。

如果这时候有人记录下他的边敲边唱，然后将其全部化为文字，那一定是一首首质地独特的歌咏。

• 乐声盈耳

而今阅读《诗经》，我们常常会忘记这些诗篇在当年不是独自阅读的，而是由许多人聚在一起共同享用的音乐盛宴。在那样的场景以那样的方式接受一种艺术，与现在独自一人的斗室默读，效果当然大为不同。我们离开了那种热烈的表演的机缘和氛围，也就很难接受其巨大的感染力。表演现场的齐唱与重复，钟鸣磬震之隆重，明眸曼舞之妖娆，一切都隐藏和简化在数行文字之中了。而当年的艺术是一次综合，它由声音、动作等立体呈现于舞台，形成一次周备而丰盛的艺术之筵。即便是简单的民间群唱或林中歌咏，其声音和神色也依然具有别样的打动力。那一切，怎么能与现在的单纯文本阅读相提并论？艺术等待心灵的回响，而文字艺术与表演艺术引起的回响是不同的，《诗经》在当时就属于表演艺术。

孔子说："师挚之始，《关雎》之乱，洋洋乎盈耳哉！"（《论语·泰伯》）这里说的是每一首歌咏的尾章即"乱"的部分，要不停地重复，群声齐唱。可见火爆的尾声是每次歌咏的高潮，最终极有可能引起全场的冲动，由开始的倾听玩味抵达情绪的顶点。作为听者，个人的咀嚼回味将是持久的，那是一场沉浸其中的余波。今天我们也可以咏唱这些诗句，只是既无法找到当年的旋律，也难以重现远古的盛况。曾有人试过几首战国古乐，比如按照想象和记载演奏起古齐国的《韶》，尽管无比宏大华丽，但究竟是否真的成为一场还原，还是大可怀疑的。仿古之事最怕狗尾续貂，不伦不类。

当年孔子修订《乐》，却还是未能将这三百多首乐曲传递下来，真是遗憾之极。一个最大的障碍就是当年没有录音技术，所以原封不动地将那么多曲调保存下来是非常困难的，这比文辞记录又要困难多了。不过就流传的意义，起码在相当长的一段时间里，文字还是要依赖曲调的，也幸亏借助当年的吟唱之功，作为歌词的《诗》才不至于湮灭。曲与词的依存关系真是奇妙：从较短时间看词要倚重曲调，而经过了漫长的历史时期之后，又往往是曲失文存。

就因为它们当年是可以吟唱的，有过官家和民间的反复演奏和使用，这才使其深植民间，深入人心。一首古歌可以代代传唱，在传唱中歌词得到了保留，当代也经常能够遇到这种情形：在那些偏远地域和村落，我们仍可以听到一些古歌，只是经过岁月的剥蚀，那些声音已经变调，不过夹杂其中的只言片语还算清晰，让我们大致能够还原一些文字。可以想象，《诗经》的流布和传递就是这样的一种情形。

在所有的演唱中，音乐才是主体，声调、音质和表演，是这些在听者那里占据了重要位置。到了声色绚烂的表演舞台上，人们对于歌词往往很少挑剔，有时候甚至并不太在乎它是怎样的，即便台上的人胡言乱语或言不及义，都没有多少人在意。一般来说人们只满足于声乐烘托下的表演技艺，是描绘和装扮的声色，是诉诸听觉与视觉的共同满足。在倾听演奏的时候，人们的心身沉浸于旋律，无心辨析其他。如果要对这些演唱内容即歌词来一次盘点，那只能是演奏之前或之后了，这时候的文字与音乐暂时是剥离的。

我们现在看到的诗句，简单且一再重复，歌词的属性非常明显。我们可以想见，它们在现场使用中却要辉煌气派许多。音乐将扩大和强化这些辞章，插上翅膀任由飞翔，整首诗章的意境一步步展开，渐渐笼罩了一个很大的空间。每一个字词最终在旋律里被融化，变得柔可绕指，起伏跌宕，奔涌冲决，形成一股激越旋转的声音的洪流，把听众裹卷而去。

人在听觉方面是容易得到满足的，尽管有时也极为挑剔，但挑剔的还是声音本身。当我们单独领略那些依附于旋律的文字时，也会变得比较宽容，因为我们知道它在舞台的使用中是微不足道的。在现代人眼中，歌词大致是可有可无或聊胜于无的，即便荒唐可笑甚至根本不通，也没有谁与之较真。现代歌唱大半是极通俗的娱乐，不需要多么高深的人文修养去对接，所以没有多少人过于在乎它的品质。不过尽管如此，它与远古时期的咏唱还是有极大不同，因为那时虽然也属于娱乐，但分担的功用有时候还十分沉重。比如礼法的宣示等等。所以我们今天来看《诗经》,要提醒自己所读皆为歌词,做好相应的心理准备,考虑它与旋律的关系,以及生成之初的样态。

"三体"(风、雅、颂)之间既是大为不同的,那就需要不同的品味才好。与《风》相比,《大雅》特别是《颂》的内容,可能在当时就或多或少地强化了文字的作用。这是御用文人的书写能力与书写功用相互作用的结果。这对于强化文字本身的分量当然是有意义的,其意义在于文字本身所显现的庄重和法度,以及强烈的社会政治伦理内容。它似乎在强调文字本身的同时,也丧失了许多艺术感染力。在一场场演奏中,听众虽然不太在意那些作为歌词的文字,制作者却要将不同的内容填到固定的曲调中,这是极为庄严的事情。至少在庙堂看来,演奏与歌咏是必不可少的仪式,有着宣示政治伦理的重大作用,所以许多时候娱乐倒是放在其次的。而《大雅》与《颂》的撰写恰恰具有明确的社会道德意识:由于过分地追求意旨,文字也就变得贫瘠和单薄了,它们一旦离开了旋律,会变得愈加无趣。

我们可以稍稍展开想象:面对祭祀和祝祷的黄钟大吕,听众心中难免要升腾起一种肃穆和庄严的情绪;而一旦转换时空,演奏不再,这会儿再看《大雅》和《颂》,与《风》的区别就十分显豁了。前者似乎少了许多生命质感,少了个人性,许多言说都是直接明了的,没有暗含的讥讽和幽默,更无弦外之音和丰富趣味。它们缺少《风》的润泽丰腴、亲切和灵动,更没有《风》的自由舒畅。

· 作为歌词的诗

"诗三百"既是歌词，也就是为歌而写的专门文字，所以仍是一场表演承载和演绎的思想内容。就仪式的规定而言，歌词一定要巩固文字的本位性，强调思想的主旨。可是最后到了表演现场，音乐一旦鸣奏起来，也就像一匹脱缰的野马那样纵横驰骋了，文字这道缰绳好像束缚不了什么。这只是从外部看上去的情形，实际上肯定会相互制约的。

从古至今，旋律与歌词的关系大致如此。如果说《诗经》中的《风》尚可以将自己民间的野性和悍气携入歌唱，它脱离旋律之后仍然闪烁着个性的光彩，那么其他就另当别论了。这里的部分原因或说主要缘故，恰恰是因为《风》诗最初的产生，并不像《雅》和《颂》那样依赖旋律，也就是说它不完全是为填词而作。在民间野外，直接的号唱随时发生，那些即兴创造的曲调并不固定，而词意则要明白如话，要清楚地送达对方。可见《风》诗从一开始就有一种词意率先的品格。

在宫廷的盛大演奏中，歌词的本位性往往要体现在依附性中，这好像是十分矛盾的。其实无论这些词句要填入怎样的旋律，或者它们将被配置怎样的乐曲，两者都要高度契合并相互促进。这时候歌词的本位性表现在足以主导某个题旨的明确和清晰，而不是游离于这个题旨。由于文字比旋律更为直接和明了，歌词也就需要毫不紊乱地宣示。这就是我们今天看到的《颂》诗，它比《风》和《小雅》的晦涩性多义性都差了许多。公文的行文方式恰恰如此：语义明确，概念清晰，要做出毫不含混的表达。

尽管《大雅》与《颂》属于宫廷命笔，可这些留下的文辞今天来看仍有许多可取之处。宫廷文人们谨慎庄重的书写，历尽时间的沧桑之后，却更多地包含了"史"的价值，具有了"经"的意义。如果宫廷文人没有更高的修养，没有接受更多的文明滋润，没有广博的学识，其奉命制作也就更加没有多少留存的理由。而今我们看重的是它的另一种价值，比如记录上层生活的功能，这在文字稀薄的远古当是弥足珍贵的。

作为公文的制作者，其依附性使之失去了心灵的自由，连同人的机智与风趣、痛苦与热爱的率真表达，也都一起丧失了。而到了现代，具体到一些物质主义的狂热地区，娱乐与各种利益紧密相系，歌词往往成为浮浅无聊的代名词，更不可能享有诗的光荣，没有那样的质地，甚至不具备最基本的艺术属性。有些歌词在演唱的实际使用中真的可有可无，其中相当一部分不仅单薄粗率，或文词不通，或直接作为献媚取利的工具而令人生厌。在娱乐时代，没有比这一类文字再轻佻的了。

比较起来，《风》作为留下来的独立歌词实在让人惊叹。它是一片茫茫无际的生长，经过了无数次挑剔、修正、润色、淘汰和筛选，最终保留下来。它的创作者是野性苍壮的生命，没有权力的依附，也没有利益的诱惑，只为了抒发心志，为了欢歌。从《风》的路径可以接受深刻的启迪：自由是艺术的生命。作为歌词的"风诗"曾经领受过几千年的光荣，它是无所拘束的心灵长歌。这样的歌词可以和一切艺术形式相比而毫无愧色。

写作者希望拒绝各种平庸无趣的文字，具体到歌词，他们既梦想和旋律一起飞翔的浪漫，又要摆脱依附的命运。他们当中的杰出者不再想从庙堂里讨生活，因为祭祀的场面无论多么盛大，那里的烟火还是太呛人了。他们忍受不了长时间的躬身侍立和涕泪横流。于是，一部分心气高远的现代人不再作歌，于是从他们手中永远结束了传统意义上的歌词。写作者们纷纷投向了另一种文体，比如囊括力更强、更能够接纳和承载复杂内容的散文和小说，这类文体从此空前繁荣起来。

还仍然有人写歌词那样的长短句子，不过这早就与传统的歌词没有什么关系了，二者之间的品质甚至是彻底对立的。这些新的长短句子称为"自由诗"或"现代诗"，就这样，它们从诞生之日起就与歌词划清了界限。比较一下古代和当代，诗与词的内质真是有了天壤之别。今天，那些倔强的现代诗人唯恐染上一点歌词的色彩，手下的文字宁可不忍卒读地晦涩，也不愿有一丝跟随的廉价和轻浮。

现代诗人的心气是很高的，这里指那些真正的诗人。只有个别人依旧将所谓的"诗"当成歌词去写，更有一些人将歌词本身视为正宗的"诗"，他们不过是在做一场刻舟求剑的梦，以为"诗"这把宝剑就是从"歌"这条船上掉下去的，就一定要死死盯住船上的刻痕。时过境迁，事实是，当代歌词再也不能享受古歌的荣光，这些长短句子也不会演变为诗。

《诗经》中的《风》是旋律与文字合二为一的，它们之间有一种互补性，朝着同一个方向迈进。当相伴的旋律离去，留下的文字显得稍稍孤独，却变得更加凝练简洁。它的句子有那么多的重复，这不仅不是浪费，反而是层层推进和强化：把歌咏引领到更高和更远，并且不断注入新的内容。这种歌咏在当时简直不能停息，它一直进行下去，意味着永不停息的生长和繁衍。即便在几千年后的今天，我们面对这些文字，也仍然能够清楚地感受它冲动不已的脉搏。

它们是古代的歌词，曾经一遍又一遍咏唱：从一个场合到另一个场合，于无数重复之中，那模糊不清、变声变调的文字得到一次次确认。人们会记住并感受它的意义。它是纯真的，晦涩的，也是简朴与华丽的。就是这诸多元素合在一起，令人着迷。当年歌喉展放的一刻，也是绚丽诗行铺开之时。时至今日，虽然古乐无法再现，但我们仍试图从这些隽永的、循环往复的文字里捕捉它的声音。隐隐的鸣奏连接了田野，它若有若无。

· 隐晦之美

在不断流淌的时间之河里，一些文字一直在漂流中浸泡，它们就像坚实的硬结，历经冲刷却不肯融化、未能溃散，最后几番沉到水底，又被一次次打捞上来。它们终究变为文物，沉默无声。历经一场又一场的发掘考辨，人们对其费尽心力，却仍旧兴致勃勃。自古至今，一些凝固的文明的硬结耗费了人们太多精力，围绕它们不知发生了多少口舌之争。辩论不休，推敲不已，似乎厘清的又重新混乱，即将明晰的又再次模糊，就这样循环往复没有终了。《诗经》湮没的时间太长，几千年前的这些记载和表述有时形同呓语，看起来有点陌生怪异。且不说那些微妙的贮藏和刻意的含蓄，即便是简单的物器称谓、一些风尚习俗，都与今天差异甚大。同样的一株植物，古今可能就有多种叫法，需要当代人对照中医典籍或拉丁文转译去一一对号，单是这项工作就可以成为一门学问。源于古文字学、考古学、声韵学、写作学和诗学方面,会有许多奥秘等待破解。这可能是一条远未走到尽头的道路。

　　晦涩既是审美的障碍,又是审美的资源,晦涩本身即具备独有的魅力。晦涩之中保存了可供探究的空间,对它的揣摩也会滋生出思想和艺术的新芽,会生出一条条枝蔓。在千百年堆砌的这座诗学宫殿里,我们可以发现各种各样的著述、头绪多端的推导和解读。也正是在这个烦琐枯燥却又不乏兴味的过程中,有的阐释者本身也在改变,他们已变得更加踌躇,而不是沿着一个既定的方向无所畏惧地走下去。质疑会使自身经历一场逐渐丰满和茂长的过程。许多时候《诗经》的隐晦来自多解、歧义和空白,甚至也来自某种过分的"简约"。"简约"两个字在这里或许不尽准确,可有时面对古代文本,真的让人产生这种感觉:实在太过简单了,文字稀疏到给人吝啬的感觉。古人惜字如金,好像绝无费词嫌疑,可奇怪的是就在这极端的节省之间,又放肆地引入那么多重复的句子、夹杂一些言不及义的描述。一些与记叙或题旨"毫无关系"的场景物事,竟被一再渲染,比如被诗家一再赞叹的"兴"的部分。

　　"兴"也许是诗中最不可理喻的神秘之物,也是富有的美学矿藏。如诗中写到一个日夜为爱情煎熬的男子,辗转反侧夜不成寐,却不断地咏叹流水和雎鸠、大鱼和芦荻、蒲草和荷花,它们和故事的主体并无多大关系,却在短短的诗行中占去了如此大的篇幅,比重有些失衡。在我们当代读者看来,这些不厌其烦的重复简直是无意义的缠绕,是原地兜圈。如果在长达百行或千行的巨制中,加入这些闲笔倒也罢了,可是在短短五六句或十几句的诗句中,诗人几乎花了一多半的篇幅做这种奢侈的铺排,也算是愚不可及了。

古人的逸兴可真大，即便到了马上就要吐露真情的紧要关口，还不忘颠三倒四说上一些闲话；有时候又像城府颇深的神秘人物，时不时抛出几句高深莫测的谶语；还有时像少不更事的孩子，见物说物，口无遮拦，不拘小节，既落落大方又憨态可掬，幼稚到令人蹙眉。这时候我们不知道他们下边要说什么、为什么这样说，只觉得诗人在声东击西，指南打北，举止怪异。所以我们需要训诂学、考据学、音律学、博物学等多方面的知识，来对付这个古代语言艺术的谜团。

以《风》为例，究其源头，本来是极通俗的民间咏唱，是一场场极具娱乐性的演奏，却经历了时间尘埃的积厚，让人不得不耐心地一次次拂拭。在这堆古旧拗口的文辞面前，我们时常有一种雾里看花的感觉，焦躁地一次次搓目。忍耐，继续，等待，等待雾蒙散去。某一时刻，它们会突然变得清晰起来，比我们所能料想的还要鲜活簇新：这时候确实一点都"不隔"，也不再是相距几千年那么遥远，而是近在眼前。我们似乎真的听到了它的呼吸，感到所有文字都被赋予了生命，它们活跃起来。

原来它们的本来面目是这样的：顽皮有趣，比现代人描述记录的人与事更加活泼，更加激扬跃动，更加具有真性情。真性情才是艺术的真谛。也许正由于远古先人的这些咏唱太直接、太本真、太单纯，随着现代文明的不断演进，我们这些智洞大开的数字时代的人，反倒觉得它们有些难以理解了。它们的隐晦显而易见，可是这隐晦有多少是因为我们的不够质朴、由于远离自然所造成的生理与精神的缺陷所致？比如现代色盲，这种视觉疾患是否缠上了我们，还得慎思。

· 简约之美

纵观古今文学史，大约罕有《诗经》这样以少胜多的范例。我们所叹赏的无可企及的美，有一些就源于这种极度的简约。这种极简又造成了它的多义性，形成了巨大的发散力和张力，这是"诗三百"最突出的特质。通过集内篇目的比较我们会发现：《诗经》中几乎所有的长篇制作，虽有其不可替代的审美功能及其他，但其艺术魅力几乎都在相应地减弱。这些长篇多少偏离了《诗经》所固有的一种简约的品质。而那些漂亮的短章完美到不可思议。比如《周南·桃夭》《召南·甘棠》《召南·摽有梅》《邶风·式微》《卫风·河广》《王风·采葛》《郑风·子衿》《郑风·野有蔓草》《卫风·木瓜》《齐风·卢令》《陈风·东门之杨》《陈风·月出》诸篇，如同一粒粒晶莹圆润的珍珠，散发着璀璨的光芒。而那些长诗，无论具有多少史料价值、多少历史学和社会学的意义，就纯粹的文学审美来讲，它们都要降低一格。

这种情形多少如一首西班牙民歌所言："凡物玲珑且娇小，铭记心中难忘掉。"是的，小巧圆润别致者为人喜爱，常常令人久久回味难以忘怀。可能有人会说，在审美向度上，精美一般是指那些小巧的制作，而一些巨大崇高之物，局部极可能是粗粝的，比如说长城，怎么能以精致著称？诚然如此。审美的确存在不同品格，但不必讳言，那些极度精巧、细致、光润、灵动之物，总能带给我们一种无法忘怀的愉悦感，这是实情。再则，《诗经》中的那些短章也绝不是一句"玲珑娇小"即可概括的，它们有的可以这样指认，有的依然呈现出苍劲宏大的气象。当它们历尽时空浩渺，弥散出一种浑茫悠远，将人的思绪引向遥远的时候,已经不能简单地将它们界定为小制作了。

《甘棠》篇幅不长,却给我们一种繁盛的印象,且有崇高感。那棵像纪念碑一样矗立的甘棠树,是一位历史人物召伯的化身。朱熹《诗集传》记:"召伯循行南国,以布文王之政,或舍甘棠之下。其后人思其德,故爱其树而不忍伤也。""甘棠"生于郊野,却根植于劳民之心。那棵高大的甘棠树后来已无从寻觅,然而一代代的传唱却不曾消逝。

《关雎》这首咏唱人类"原欲原罪"的诗篇被置于《诗经》之首,由其统领"诗三百"。这首情歌写了强大的欲望,刻骨铭心的爱情,殚精竭虑的追逐,比一些史诗巨制还要恒久,因为它同样植于每个人的心里。这首玲珑剔透的小诗简单到不能再简单,却诠释了一种难言的期盼和秘密,层次相当繁复。谁是鱼? 谁是鱼鹰? 鱼儿戏水,莼叶圆圆,含蓄优美,温文尔雅,却蕴藏着原始的强悍野性。

整部《诗经》大致都具有这种少言、忍韧和朦胧的品质。尤其是《风》中那些短歌,它们是"简约之美"的极致之作。一首小小的《木瓜》会唤起多少欢愉的经验,那是似曾相识的情境。后来的读者即便从无经历,也能从这天真无邪的互赠中,获得满足和享受。试想自己变为这场景中的一个,摘下一只成熟的木瓜投向心上人? 怦怦心跳,羞涩和幸福,全凝聚于一只木瓜。

妙不可言的《唐风·椒聊》也是简约的代表。成熟的花椒林,一串串籽粒正被采椒女小心地摘下来。女子躲闪着尖刺,却要不时地走神,因为远处走来一个英俊男子。我们仿佛看到一片结满紫红色果实的花椒树,看到树下那个深情的女子,她的目光一点点变得热烈起来。花椒,作为烹饪香料使用的这种果实,有一种特有的、我们熟悉的气味。一般来说,歌颂爱情,最谐配的花色和香气是玫瑰、丁香、芍药之类。这里却是花椒,忧郁,沉实,内在,别有韵致。在果实累累的花椒树下,女子把幻想和幸福的目光投向一个方向。也许她只是初见男子,可留下的想念却有可能是长长的。像许多小诗一样,它的句子仍旧一再地重复,像在反复地品味和回想。

  我们阅读《风》,会觉得言说两性之欲的作品似乎多了一些。可见无论古人还是今人都无法离开情欲,即便是孔子修订这些诗篇的时候,也曾发出由衷的赞叹。他认为它们是抒写情爱的最好范本,并将"诗三百"界定为"思无邪"。实际上即使用当代极为开放的尺度来衡量,它们依然有"邪"。在这一点上,数千年来儒家经师的判断并没有错,他们从中挑出的"淫诗"也不止一首,不仅给予鞭挞,甚至直接把它们从《诗经》里剔出。他们认为这些诗既不配为《经》,也不配成为文学作品的典范。经学家们用心良苦,一心想让一部《诗经》保持纯洁高贵的品格,没有瑕疵,无可指责,稳居于堂皇之位。

  可若果真如此,这部诗歌集就会单调无趣了。它需要一个限度,需要一种道德涉险。争执和探究的余地留下来,魅力也留下来。事实上,《风》中最令人难忘的就是这些爱情短歌,它们恰是《诗经》中浓缩和凝练的典范。也许因为太短太含蓄,也许有的话原本也说不明白,再加上咏唱的需要,也就一遍遍地重复。这种小心翼翼的踯躅、递进,就像面对心爱之人不敢大步向前一样。也就是这个微妙谨慎的时刻,包含了多么丰富的内容。一寸寸<u>丝丝</u>趋近,趋向灼人之美,战栗之美,令人窒息和眩晕。至此,这种场景的描述不再给人重复和简单的感觉,也少了许多含蓄和晦涩:一切都丰盈饱满,所有内容尽含其中。如果把《诗经》中所有描写爱与欲的诗篇集合到一起,就会发现这是一部爱情宝典,是由许多首短歌组成的爱的百科全书,它内敛蕴藉,丰赡芬芳。

· 直与简的繁华

相对于数字时代文字的无限繁衍,泥沙一样的堆积,各种形式的巨量印刷,形形色色的轻浮表述,《诗经》是单纯与洁净的代表。一般来说,如此节省的文字,在茂长的语言枝蔓下很容易被遮掩,在时间的长河里渐渐变得无声无息、无臭无迹。事实却完全相反:即便到了网络时代,文字的沙尘暴一阵又一阵涌来,一次又一次消失,《诗经》终究没有被覆盖;人类文明经历的各种灾变难以累计,它依然顽强地存在。在文字书写的世界里,在思想与艺术的殿堂里,《诗经》一直居于显赫的地位,且无可取代。

《诗经》的主要部分当然是《风》,关于它的价值评判是至为重要的。几千年来,"诗三百"的无可比拟的艺术魅力主要来自它,对此可能无多争议。今天看"风",经受它的阵阵吹拂,依然是一种难得的艺术享受。在已经习惯了繁复句式的现代表达中,"风"的文字显得过于简单或平直,险涉"贫瘠"和"粗陋",或被误解为古人语言方式的单调。我们同时又面对一个显而易见的事实,即这些歌咏几乎全部来自底层劳民。就此来说,我们又极易产生一个拙劣的推断:创作者胸无点墨,所以也就难以言丰辞茂了。现代人或以怜惜和宽容的目光看取"风"诗,却不知自己这会儿陷入的误识有多么深。

这些取自田野的生命之歌已经不需要我们所熟知的那些修辞，因为它本身已囊括全部的丰富性，自有无限生机。它所呈现的"直"与"简"，其实就是一种直取本质的能力、一份简单概括的精确。这种以少胜多的表达力已脱离了方法和策略的意义，而显现为人类在某个时期所独有的能力与特征，如对客观事物的穿透力和直感力。随着生存环境的改变，人与大自然的关系日益演变，人类在诸多方面表现出进步与退步交织互镶的状态。就心灵的直感力和概括力来说，今天的人已经无法和"风"的写作者们相比。越是到了后来，人们在表达中越是需要借助更多的言辞，因为舍此便说不明白、说不透彻。缠绕、重复、堆积，不断地补充，极尽所能地夸张。尽管变得如此冗长和繁复，却未能在意蕴上获得更多的包含。我们更加费词了，可是我们也更加狭窄了。像"风"中的"直"与"简"，远不是现代人敢于涉足和尝试的方式。那原来不是理屈词穷的结果，而是自信与丰饶的形态，它通向了极度的丰茂与繁华。

《周南·摽有梅》只十六个短句，竟有十一个句子全部或部分地重复。如此写来会意蕴单薄或捉襟见肘吗？非但没有，还成为一首生动鲜亮的采梅之歌，更是脍炙人口的爱情杰作。极少的文字包含了多少弦外之音，其中套叠比喻、象征，既有大幅度的动作，又有缄默中的微细。那些挥动不停的男性之手，因得到了女性的鼓励而变得更加有力：大量的梅子悬在枝头，它们在等待。姑娘自喻梅子，渴望被小伙子们"摽"下，装到筐里。青春急于找到美好的归宿。在半真半假的欢快喊叫中，遮隐的是大胆直率的求爱。这爱如同结满果实的梅树，丰硕到压弯枝头。

《周南》中那首歧义颇多的《汝坟》，诗中火焰升腾直到烧毁"大屋"的意象，或写惊人的男女欢会。如饥似渴的追逐，欲火中烧的性伴，最后形成了一场欲望的"熊熊大火"。诗的前两章写女子河畔徜徉，心事重重，思念渴盼，以至于用到"鲂鱼赪尾"四字：鲂鱼每到交配时节要尾巴变红，"红"如火焰，结果是"王室如燬"。大屋在燃烧的爱欲中焚毁，仿佛一场期待已久的涅槃。极简的文字中包裹了一股膨胀爆发的热流，将一切席卷而去。如果这诸多意绪与事件放到现代人的笔触中，还不知有一场怎样复杂的铺展。

我们熟悉的这场"大火"已经燃烧了几千年，还将继续燃烧下去。这首十二句的短歌将爱与欲写到如此激烈直露的程度，却仅仅使用了四十八个字，除去重复也只剩下了三十四言。极紧缩的篇幅本就十分局促，很难留下恣意腾挪的空间，可这里的诗人竟然从容之至地做出四次重复：极简与极奢同呈共现。我们现在读诗的人已是隔岸观火者，虽然几千年过去了，也还是会感受到一种烧灼的热度。

《召南·小星》这首小诗也颇多争议。它给人最深刻的印象，是那个在深秋拂晓寒风中苦苦奔波的身影，是小吏凄凉的抽咽之声。这里没有令人发指的描述和悲惨的控诉，只是平静的低语和无奈的诉说。在黎明前稀疏的星空下，渺小的人生就这样一步步向前。小吏为自己的命运哀叹，引发的却是普遍的共鸣：这种身不由己的磨损，其实是每时每刻都在上演的社会悲剧。人生常常如此：一辈子的劳碌和奔波常常不知从哪里开始，也不知到哪里终结。一个人究竟怀有怎样的使命，奔向怎样的目标，或许直到终点都一无所知。这种迷茫和无处求告的焦虑，正可视为现代人的写照。同样是简约之极的记述，仅仅十个短句，却有近半句子在重复。然而这声息至今萦绕耳畔，埋下了无比复杂的意绪。

《诗经》的作者们实在太吝啬，即便在极需阐明的时候，也不愿多说一句、多添一字。可有时又格外奢侈，竟能在极为有限的篇幅中一遍遍重复。这究竟为了强调，为了递进，还是仅仅出于歌咏的需要？就是这种表达的"直"与"简"，最终抵达的是无法想象的高阔。

·腻歪之后

人在这个时代与《诗经》相逢，既是一种难得的机缘，又是一次奇特的经历。有时会觉得这样的阅读是自然而然的、随心顺性的古典涉猎，其实却是需要穿越千万重现代喧嚣才能抵达。这里首先要静寂下来，安顿一刻，放弃某些时尚的诱惑，然后进入传统的默读。让我们心情平息，精神专注一会儿，在信息高速公路的拐弯处找个精神的茅庐，做一停留。

如果没有置身于现代"茅庐"，面前这些流传了几千年的文字或许会突兀和陌生，让人有一种迷茫困惑和不知所措的感觉。因为我们生活于网络时代，商业主义和娱乐主义环境下的声色恣肆已成常态。我们习惯于声像制品的奔涌而下，各种强刺激早就把精神味蕾磨钝，已经在很大程度上丧失了品尝真味的能力。我们甚至不能辨析鲜美与腐败，拒绝纯净甘甜的流泉。日复一日蹚过浮腻的泡沫、于横亘的朽木中磕绊往前，已无法在清爽的林野空地上畅快地呼吸。就文学阅读而言，我们有时候对语言之美、意境之美已经无感。这正是长期于数字污浊中浸泡的结果。这个过程才刚刚开始。

《诗经》作为汉语言最早的美章，是一汪民族文化的活泉。让我们循涓涓细流回溯，直到它的源头。那片鲜花盛开的开阔原野是几千年前的土地，繁衍跃动着无数生命，各种声音纯稚响亮，风鸣树响和万千动物的啼叫浑而为一。这是一个时代的生命交响。在这片土地上，人在咏唱、言说、劳动、庆祝、祭奠，热烈地追逐和爱恋。是的，这一切都被歌声悉数记下。没有夸张的情感，没有叠床架屋的堆砌。

这对于数字时代的人而言，简直有些不可思议。这个时代的人为了取悦感官，为了寻求进一步的刺激，简直无所不用其极。我们在物质上日益贪婪，在言说上夸张絮叨。荒淫无耻不受谴责，已成为流动的日常风景。我们为一些虚妄之物耗尽激情，大把抛洒珍贵的时光，却在创造和劳作面前有气无力。我们只有迷狂而没有陶醉，只有吞噬而没有品位。无法享用艺术的甘美，只以寻求新异和精神自虐打发时光。我们吞食了大量的油脂和蛋白，身躯浮肿，行动笨拙，步履蹒跚。在一场又一场肥腻大哙之后，生命的小溪已不再流动。语言的素食全部废弃，并成为各种滋补品的享用者，胃里装满了形形色色之物。

在《诗经》这道艺术大餐面前，我们完全无法享用，不仅产生出莫名其妙的恍惚，甚至还滋生出强烈的怨恨情绪。我们不知道怎样下箸，也找不到参加欢宴的理由，最后只当成一种折磨。我们实在没有胃口，为刺鼻的原生气息而皱眉。在我们眼里，这些食物都是生涩的、没有熟透的。我们习惯的是腐烂的气味，有点像食腐动物。

脍炙人口的《蒹葭》是一首爱情之歌，然而在许多现代人眼里，主人公就是不可理喻的恍惚与错乱的病人。诗中写到的那场神秘的追溯，交织着渺茫与神奇的幻想，在现代人焦灼和埋怨的目光下，一定会化为一场俗艳的暴力。我们已经习惯了重口味，将一切都视为征服和攫取。没有暴力和淫荡就没有娱乐，没有颓丧就没有生活，没有毁灭就没有刺激。孔子所推崇的"无邪"和"温文"，在现代人看来都是最无聊的东西：多此一举和无病呻吟。现代人已病入膏肓，这时不再是呻吟，而是最后的悲恸和告别。文字泛滥到了极致就是荒芜，然后是糜烂。

在这部几千年前的歌集面前，我们冷静下来，去寻觅使用文字的一个尺度。美好的精神与艺术的享用，烹饪时不需要浓重的调味品，不需要各种各样的化学染色，也不需要增味剂。现代的肥腻膏脂只会堵塞味蕾，让我们变得麻木、懵懂和愚蠢。我们将不再有真诚的转告和倾诉，更不会歌唱，把丧心病狂的吼叫视为激情。也许我们需要一场饥饿疗法。或许只有这样，才能够让我们的味觉得到一点恢复，辨别芬芳和恶臭。尽管这场疗救来得太迟，但毕竟聊胜于无。我们甚至想象被抛掷到一个荒芜的世界里，在那里让一切重新开始。那时我们将与遭逢的每一种事物结识，并且开始重新命名。我们将与这个新的世界建立起最淳朴的关系，与之相依为命。这个过程开始的时候，或许就是人类文明重新生长之日。这是一场艰难的远行，可毕竟是一个充满希望的开始。

一部《诗经》，记录了人类的开始，那个健康成长的时段。这些文字多么珍贵，只有三百零五首。

· 空间感

无论就一部作品,还是一个作家的全部作品而言,在阅读感受上都会有不同的"空间感":或阔大旷敞,或狭小仄逼。这需要作全局观。它属于作品的气质部分,也与技术层面有关,因为不同的技法会影响作品的气象。有时候我们读一部作品,觉得所言甚少而意蕴丰厚,世界开阔且有复杂的贮藏。空间是指感觉上的密挤或疏朗,包括它所占据的"物理面积",当然这仍然属于感觉范畴。

有时我们会觉得一部作品的地理边界很开阔,仿佛来到了一个相当辽远的地域,这个广大的世界里可以安放许多,生长许多。作品的空间感自然不完全取决于篇幅,而更多是由作者的精神格局、审美倾向所决定,具体会体现在表述方式上。一部作品文笔绵密,并不一定显得拥挤,而一部粗疏简陋的作品,却有可能是狭窄局促的。可见这既属于不同的文笔形成的风格问题,也有意绪是否丰赡和含蓄的表达问题。作品如果留不下多少可供咀嚼回味的余地,一览无余,要有空间上的开阔感是不可能的。简洁是疏朗和开阔的一个重要方面,却不会是全部。一切都要根据表述的需要,考虑作品所要实现的艺术目标。有些杰出作品从头到尾情节密集,却又显得十分单纯,描绘与叙述都集中在一个不大的空间里,意象集中,故事简单,像歌德的《少年维特之烦恼》,就是这一类作品。

《诗经》整体上给人一种疏朗和旷敞的感觉,仿佛在幅员辽阔的土地上矗立着一个个或精美或庞大的制作,它们中间还有一些闲置的地方,有足够宽广的地带。但这些空置之地并非是彼此完全隔离的,而是由一些根系连接起来,在生命脉络上连成了一体。就其疏朗度上看，这个世界里还完全可以安放更多的建筑，但现在这个样子却并没有丝毫荒凉凋零的感觉，而是足够丰茂的景象。这个世界有许多独特而活跃的角落，蕴藏着多种可能性。

由于"诗三百"是几百年里的集合和选择，只从广大地域中撷出了一小部分。特别是《风》，在这个过程中已经淘汰了许多，它们作为被省略的部分，淹没在茫茫历史中。我们能够感受到时间里的删除，虽然无法得知具体的篇目。这种自然筛选所留下的空间不会给人一种残缺感，不会变成一个个触目的窟窿。如果这个删削的过程采取了非自然的、突兀而鲁莽的方式，那么就会使一部艺术品变得千疮百孔。在《风》的部分，今天的阅读感觉偶有情爱诗密集、其题旨与意趣较为接近的现象。这里的"空间感"显得小了一些。其他方面的作品，如涉及社会政治层面的诗篇，则给人以疏阔的感觉。这令人联想到采诗官的偏爱或谨慎，他们不同的取舍造成了密集或稀疏的感觉。

现在就全集看，好像大致上保持了审美的整体感和连绵性，篇章之间有许多牵连，成为根系相接的一片诗林。在表达上，它们尽可能地节制，以最少的语言表现出最丰沛的意蕴。

一些"兴"的片段可以让我们做出多种诠释，这较之"比"的手法更加含蓄复杂。"兴"开拓出的空间很大，因为它不是单纯和统一的意义指向。诗本来就有一种多义性，而逻辑与学术的表述却要尽可能地厘清，在语义上不可以含混。诗的多义性会带来诸多联想，产生出辐射力，作用于不同的方向和目标，综合为一种神奇的审美效果，走向诗与思的深处和高处。

《诗经》中最常见的就是重复咏叹。有人说这是歌咏的特征，从过去到现在，重复一直是歌词的一种常态。在"诗三百"中，这种手法是强化而不是贫瘠，是在循环往复的过程中推向新的层次与高度。在这反复咏唱中，诗人的思绪和情感一次次推进和升华，将更多的意蕴潜伏在词语的枝蔓之下，让人感受其内在的丰富蕴藏。现代小说家海明威有个"冰山理论"，说的是冰山之所以看上去雄伟，是因为它的"十分之七在水下"。这就是在说一部作品的空间感。隐藏的部分越大，显露出的部分也就越加不可预测，会给人无限的想象余地。潜在的不是虚无，而是实有，只让人去感受，发挥着与可见部分不同的作用。这种写作学和诗学的特质，在"诗三百"中有着极充分的体现。

《蒹葭》里写到的那个"在水一方"的"伊人"，每章都有一些相同的句子，情节就在这种重复中小心翼翼地迂回向前，变化非常细微，甚至让我们感到了一些过分的拘谨。然而就是这种细小的分寸感、这种欲言又止，让我们感到成吨的言辞都被省略了，许多意思都潜伏在暗处、在内部，引而不发。这种预留和克制产生出一种很大的张力，强化了欲罢不能的感觉。咏唱的背后是可以展开的一连串细节，那个空间里发生的事情多到不可胜数，有激越冲动，有韧忍和难以遏制的苦思，有一再压抑的炽烈。但字面上，这一切都没有详叙。

从整部《诗经》来看，像《蒹葭》这样含蓄的手法是比较普遍的。它们一方面是直率和野性，另一方面又是格外节制。这是一对矛盾，却能和谐地共处一体。特别是《风》诗，它大部分都是短制，简练而隽永，浓缩的品质使它们在这方面变得更加卓异。《小雅》的部分篇章也给人这种感觉。到了《大雅》和《颂》，诗章内部的空间感就大大地压缩了。这可能是表述对象和表述者都发生了转移的缘故，一起从郊野转到了堂庙。一些擅长书面文字的写作者，他们在表达上尽可能地完整周备，反而把意象和意义的空间充填起来，给人一种满和实的感觉。这不是一种饱满，也不是一种充实，而是无法回旋和腾挪的拥挤，诗意变得空泛和疏失。这些用来祭祀和庆典的诗篇在质地上都相差无几，言说的口吻与风格也类似，篇目之间似乎没有拉开相应的距离，未能分散为一些独立生长的植株。

・从根本出发

《诗经》的样本就是大地，是无所不包的大自然。所以它可以依傍的东西太多了。那个时代没有大量的文字制品，索性也就没有了那些可资参考和因袭的写作套路。"诗三百"一开始就让根须深扎入土，因此才会茁壮健旺，毫无苍白颓萎之相。由此以来，它才能在时间里蔓生繁殖，以至于最终覆盖大地，形成一片诗的原野。几千年间，"诗三百"的影响表现在社会政治伦理文化等许多方面，对语言艺术的发展尤其具有决定的意义。它本身就成为源流和母体，是可以再生的基础性的文学创造。

直到现在，我们的语言表达仍要援引《诗经》的句式，无数成词已变为习惯用语，开启了现代汉语的基本结构模式。在几千年的使用与演变中，汉语言的植株也经历了更新与分蘖，融汇嫁接，不断产生变异。到了网络时代，在现代主义的后工业化时期，伴随着新科技而衍生发展的语言表现方式正在发生巨变。数字时代的语言已经陌生化、异质化，堆积起无法处理的芜杂、泡沫和垃圾。作为表述和记录的文字符号，基本结构方式的蜕变和异化，使汉语言的发展与演进呈现出重大危机。一种丧失来路和找不到去路的恐惧感，第一次从言说方式上蔓延开来。这是带有根本性的慌促与不安，是孔子当年所说的"无以言"的现代忧患。

语言的繁衍如果远离源头，背弃母体，也就意味着最后的干涸与死亡。

就文字这种记载和标注的符号而言，最早用以命名者总是最有效的，以至于成为不可更易的标志。在发生之初，它是有生命气息、有温度、有质感的，洋溢出强大的活力。人与自然万物发生联系的过程中，所有的肌肤相摩都被刻录下来，成为有形的记忆。它们是不可取代、不可比拟的，因为用以标注的文字刚刚产生或正在产生。所有符号的承载，其价值在于记录者自然而然的行为，在于这些生命本能的、直接的反应。《诗经》的简单、率直和朴素，形成了一种最基本和最真切的使用功能，也构成最难以复制的艺术风貌。它所反映的那个时代里的一切，包括政治创制、礼法与伦理这些内容，比较而言，也较多人类初创时期朴素实用的性格。艺术是精神现象之一，它产生于物质之中又漂移于物质之上，最能够集中体现时代的特质。

对于孔子孜孜以求的"克己复礼"的念想，现代人曾在长时间里感到迷茫和费解。不过我们如果联系他对"诗三百"由衷的赞叹去思考，也许就能从中寻觅部分答案。显而易见，孔子不仅对周代所产生的这些至美诗章充满向往和偏爱，更是对整个西周时代的那种精神气质产生了共鸣，继而有了深刻的推崇。孔子所说的"诗"与

"乐",以及它们所依傍的礼法和准则,或许在当时和后来都显出了过分的严格,甚至有些烦琐;孔子所提倡的周礼是一种刻板的等级和秩序,不过这与莫衷一是、层次繁多而又相互矛盾的现代主义哲思相比,或者与一些奇怪的利益集团的政治伦理相比,又明朗和单纯了许多。在西周,阶级与利益、表述与应对,以及围绕它们形成的各种创制和规范,大多都是朴素易解的。

孔子评价《诗经》"哀而不伤",说它思想内容纯正,所谓的"思无邪",也并非意味着认同所有的一切。他只是大致地评价和论说,表达了自己的赞许而已。孔子更多地赞赏其质朴纯真的艺术品格,认为它们从政治伦理上代表了那个大时代的精神格局,体现了它的社会与政治秩序。的确,能够从事物的原初出发加以表达,这种朴直是最为可贵的。离开了这些,我们就会失去判断的依据,走向荒芜、虚伪和紊乱。

"巧笑倩兮,美目盼兮,素以为绚兮。"(《论语·八佾》)孔子解释说,这好比先有白色的底子,然后就可以在上面绘画描花了。一张白纸,可以绘制各种各样的图画,这是我们都知道的一个道理。没有污染,没有纵横涂抹的痕迹,这是那个时期的大自然。由自然推及人类的心灵世界,也是同样的道理。在这个世界上,从自然界到人类的心灵世界,浑浊的东西总是一点一点堆积,最后形成山一样的沉重,变得难以移动。所以怎样结识《诗经》那个时代,舒展这张白纸上较早的书写,当为一件极其重要的事情。

就《诗经》所言及的各种花卉植物和鸟兽虫鱼,我们可以发现,几千年过去了,大自然中仍然还是这些基本的生长。这是大地哺育和滋养的儿女,是与人类共生共存的其他生命。后来我们有了各种各样的现代技术，有了转基因，有了化学合成，培育出数不胜数的新异物品，可它们仍然无法取代诗中历数的那些大地上的生长。孔子的"不学诗，无以言"（《论语·季氏》），说的就是那种源自根底的言说是无可替代的。离开了根本，就会言不由衷，就会表达混乱。从概念出发，从成说出发，许多时候就是从偏见出发。一旦某种说辞形成了潮流，也就变为一种无所不在的压迫力，人屈从于它，也就忘记了事物的本来面目，忘记了根本。

　　《诗经》教会了我们质朴，教会了我们用自己的眼睛去观察和发现，从生存实践之中说出真实的见解。这作为一个表达的原则，对艺术如此，对生活其他各方面也是如此。生命的力量来自一种直接性，来自一种贴近自然所获得的依据，来自真实。数字时代不仅有了大量的虚拟物质，也产生了大量异化的精神。我们稍有不慎就会把虚拟之物当成自然之物，忽略了它们假设的性质。它们尤其不可以作为依据，不可以作为生命的标本。它们是没有根底之物，不能承接阳光，也不能吸取土地的力量生长。

第四讲　庙堂之路

・孔子的诗心

孔子在《论语》中谈论《诗经》的文字大概有二十条左右，作出总体评价的有两条，即在《为政篇》和《阳货篇》中。长期以来人们提到的孔子关于《诗经》的言论，总是强调他借此所表达的文化复兴和文化传承的责任感。这些当然是其中较为突出的，但细细观之，却会发现他借诗言志，还有更多更广的蕴含。孔子实在是太丰富了，我们从这些言论中，会深切地感受到一位有血有肉、情感真挚的孔子，体味他在阅读《诗经》时的那种陶醉。他即便从社会与道德伦理层面加以论断的时候，也是带着这种陶醉之态，能够深深地沉入其间。这种强烈的兴趣左右着他，让我们感到他思考社会问题、政治问题、民生问题时，表情严肃，而目光一旦转向《诗经》，立刻漾出了灿烂的笑容。对于孔子来说，《诗经》既是一部重要的文化典籍，同时也是一个趣味盎然、热情洋溢的避风港。他在这里可以得到愉悦和歇息，使一颗烦劳的为政之心获得片刻松弛和休憩。所以他热烈地推荐《诗经》，把个人的这种愉悦和享受与他人分享，还特别教导儿子孔鲤要好好学诗。

在孔子眼中,《诗经》是最重要的读物,是人生的必修课,将来走向社会,无论是与人相处还是参与政事、侍奉君王,都会有极大的帮助。它对于知识的汲取也是重要的途径,如礼仪的掌握,关于鸟兽虫鱼的认识,都是标准的读本。不熟读"诗三百",就会缺少说话的技巧和内容,没有谈资,没有与知识人物对话所必需的修养和言辞。

孔子的"诗心"还表现在对诗意的爱与知、对处于生命激越状态下的表述怀有一种向往和认同。我们打开这部诗歌总集,最触目的就是《风》中那些大量情与欲的表达。这里有大胆的两性言说,它甚至比一些现代描述都来得直接和强烈。从一般的经验和认识上来看,我们会认为以圣人的刻板,必定要对这部分内容表现出极大的厌恶和拒绝。但恰恰相反,孔子维护和赞赏这些"饮食男女"。关于这些,他有过著名的鉴定和界说,反倒是后来的某些"正人君子"不能坦然接受《诗经》的这些内容。孔子在此不仅表现了朴素和宽容,还有他对生命本身的深刻洞察与理解、对于人性的充分把握力。他丝毫没有一代代腐儒们的僵固和虚伪,没有居高临下的训诫之辞。一个历尽沧桑的可爱老人,兴致勃勃地面对这些吟唱,赞叹不已。他知道健康的生命意味着蓬勃的创造力,这一切与人的浓烈情感、强大的爱力是合而为一的。孔子一定发现了爱的本身无所不在的奇妙力量。爱与淫邪无关,它永远都是向上的、积极的。

孔子同样肯定了《诗经》中的"怨愤诗"。那些具有强烈鞭挞与刺伤的悲愤诗、抗争诗,其愤怒和谴责都得到了孔子的认同。《黄鸟》激烈地痛斥秦穆公的惨无人道,"三良"的殉葬,黄鸟的"交交"之声，三位夫人呼天抢地的悲号，一定令孔子心头产生了深深的共鸣。像《召南》中的《羔羊》《小星》，《魏风》中的《伐檀》《硕鼠》，《鄘风》中的《君子偕老》《鹑之奔奔》《相鼠》，《齐风》中的《敝笱》，《曹风》中的《鸤鸠》，《豳风》中的《狼跋》，数不胜数。正是这些刺向贵族或君王的诗篇构成了《诗经》的另一种刚劲悲烈之美，有着巨大的涤荡力量，这种战斗的尖锐性格是诗集中最激越动人的部分之一。一位世事洞明的智者对于各种罪恶不可能视而不见，当他的目光落在这些文字上，一定变得冷峻而沉重，心弦会被强烈地拨动。

《颂》诗在孔子眼中一定是蔚为壮观的，这与他对西周的盛赞和怀念是完全一致的，是响彻在心底的快乐而宽慰的鸣奏。在他心中那是一个真正的盛世，其中的周公是一个无与伦比的政治人物，是他梦想中的圣明君主形象。这些西周宗庙祭祀和重要庆典的演奏，这些唱个不休的"颂词"，直接成为他缅怀以往的时代强音，它们越浩大越好，最好要伴随人类前进的脚步一直继续下去。这个时刻孔子的陶醉不再是由于情趣，而是对于庙堂的庄敬与神往，是政治理想和礼法尊严。对于一心要恢复"周礼"的孔子而言，《颂》当然是极其重要的文本，是最珍贵的"复礼"记录和凭据。我们有理由相信，孔子从郑国返回鲁国之后，在"订诗"和"正乐"的过程中，《颂》的旋律以及与之并行的这些诗句，该是他晚年生活中多么重要的心灵滋养和精神支撑。这时候演奏的不仅是"诗"，而且是他的终生梦想。

《诗经》走向庙堂，孔子的"正乐"或许起到了路标石的作用，它指示了具体的路径和方向，强化了自身的价值。虽然在这之前《诗经》的大部分已经走向了庙堂，但孔子的这个工作加快了它的"经化"步伐，为其不可撼动的"经"之地位奠定了一个基础，使其成为一块沉厚的基石。孔子后来被尊为"万世师表""至圣先师",他极为推崇的诗篇也就变得更加不可撼动了。《诗经》自身固然具有这样的价值和内容,而一些伟大智者对它的诠释,又进一步促成了这种价值的发掘和认知,把它推到了赫然之处。由此开始,在几千年的历史中,那些步孔子后尘的大儒们一直在做这种工作。这是修补的工作,当然还有挑剔的工作,不管怎样,他们大致都没有违背孔子的初衷。各种各样的观点,无论是正见还是曲解,其实都在做着同一种努力,就是将《诗》变为"经",让其成为某种准则和标准。

这个过程中最为棘手的事情,就是那些曾经使孔子肯定过的一部分文字,竟成为无法排除的障碍,甚至成为一部诗歌总集的污点。后来顽固不化的儒生们竟然把这一类篇章当成了反面训诫的标本,比如当成"淫诗"。如此一来何其麻烦和荒谬,当然有更多的人不能够苟同。因为与孔子当年编纂《诗》的本意大相径庭,这种曲解也成为诗学研究中最尴尬的段落。令人诧异的是远古时代的吟唱者可以那样直抒胸臆,几千年过去,一些后来者却如此地忸怩作态。他们或者被凝固的礼法所框束,或者被异化,自此失去了正常的审美力与伦理精神。

真正的智者既拥有强大的理性,也具备活泼的感性。后者一旦泯灭,理性也会大打折扣。审美力作为一种先天的能力,一定属于真正的智者,它使他们摆脱昏暗和迷茫,变得自由旷达,能够从人性的高处去把握时代。生命本来所具有的丰腴和宽厚,在这里将得到最真切的理解、最生动的诠释。正是以孔子为代表的智者,把深刻的诗意同时奉献于庙堂和民间。

·儒学与诗

我们可以把《诗经》看成唱出来的儒学、漫洇和生长着的儒学。复杂而又单纯的儒学、在实践中确立的儒家观念，而后会在这一声声吟唱中进一步生长。在文化和道德两个方面，《诗经》都是中华民族最有说服力的韵文。

虽然可以在几千年的经学中看到许多腐儒的身影，找到一些陈腐和瑕疵，却不能把这些问题归结于儒学本身。那是儒学在庙堂中历经政治人物的反复改造，不断被强化实用性的畸形发展中所滋生的颓败，是锈蚀的部分，而不是更新和生长的部分。这样的儒学已经不能接近《诗经》，因为这三百首之中的主要部分如《风》，其鲜活灿烂的精神与庙堂与民间的腐儒们是格格不入的。如果说《颂》构成了另一种色彩、另一种质地，是儒家诗学中僵化刻板的组成部分，那么它本身所具备的正大和持重，仍然具有一种不可贬损之美。即便是现代，对于庙堂秩序与礼法也不能采取一概贬斥的态度，它们不仅在诗的意义上应该得到肯定，而且在社会伦理的层面上也大有可取之处。孔子对于《颂》的推崇当然有其理由，他对"周礼"的念念不忘，自有政治和道德的逻辑在。

《论语》是儒家最重要的经典，这部著作是弟子们对孔子日常言行的一些记录，非常切近现实，读起来活泼有趣，声气口吻如在眼前。这样一部经典，从形制到内容，与《诗经》都多少有些接近，即它的鲜活生动、直接恳切、简洁淳朴。就因为两者有着共同的美学品质，在韵致上能够深深地合拍，所以这两部著作在后人眼里才有很强的互补性，能够引起强烈的共鸣。

第四讲 庙堂之路

《诗经》在一定程度上构成了《论语》作者的重要精神食粮。我们可以想见孔子一生劳碌奔波，特别是前半生的学习成长时期，《诗》当为手边读物。在他心中，《诗》的旋律一直没有停息。当年他在鲁国看到季氏"八佾舞于庭"，认为"是可忍，孰不可忍也"（《论语·八佾》），因为只有周天子才配享此舞。面对《乐》的僭越，他发出了"君子三年不为礼，礼必坏；三年不为乐，乐必崩"（《论语·阳货》）的悲叹。这种礼崩乐坏的情形越来越普遍地发生于诸侯国，不仅伤害了孔子心中的《诗》《乐》，而且引起了他深重的危机感和恐惧感。

孔子在大地上辗转奔波期间，有多少时间是用来收集《诗》，我们已不得而知。他周游列国之后才开始编撰和订正《诗》《乐》，因为有了闲暇，更因为这是一项太有意义的工作。至此我们可以知道他到了人生的总结阶段，世界观已完全确立，经验足够丰富，正是着手这一工作的最好时机。《诗》《乐》双订，意味着从头梳理和确定的开始。此时《论语》大部成篇，但对弟子们的言说仍在继续，这是两个并行不悖的工作。孔子晚年忙碌而又充实，是欣慰和快乐的，因为这是一个回头寻找、鉴赏和推敲的最好机缘。如果把《论语》自由活泼的文风和盎然丰沛的情趣与《诗经》一一对照，可以发现这是两个内质接近、形式上有所区别的文本。一个是社会政治文本，一个是艺术文本。但后者也有着强烈的社会性和道德性，像《大雅》和《颂》，正是它们的刻记才使社会礼法进一步巩固；即便是野性十足的《风》，也起到了这种作用。而《论语》这个思想和政治的文本，我们也能从中看到极为幽默多趣的片段，称得上是艺术美章。我们忘不掉《论语·先进篇》里孔子与弟子们畅谈理想的情形，曾皙说他的理想是"莫春者，春服既成，冠者五六人，童子六七人，浴乎沂，风乎舞雩，咏而归"，"夫子喟然叹曰：'吾与点也。'"对此，后来的朱熹有过圆融精妙的评注："动静之际，从容如此。""其胸次悠然，直与天地万物上下同流，各得其所之妙。"

孔子认为最高的理想就是在沂河里冲个澡，然后在凉风吹拂下歌唱起来。这也算得上"理想"？如此结论会出乎很多人的意料。生活中的游玩与闲适，自由自在的状态，竟然让孔子暂时忘掉了治国大要，也不再联系仁政之论，好像一生的政事忙碌和追求奋斗都为虚幻。其实换一个角度想一下，孔子的奔波与追求，难道不是为了建立一种礼法和秩序、实现崇高的政治抱负？再深入一问：所有的抱负与仁政，最终结果不就是为了获得一个自由、幸福、浪漫与宽松的人生？失去了本真与自由，就是人生至大的扭曲与折损，与这种不幸和悲哀并行的，一定是严苛无义的社会生活。这种世相之下就是刻板无趣、拘谨和惴惴不安的人生。这种衰败腐朽的社会完全不是孔子的理想，不是他念念不忘、一生追求的目标。

从某种意义上说，孔子是以一颗诗心构成了儒学的核心。孔子常常用另一种语言表述生命的欢畅与自由，体现伟大的浪漫精神。理解这一点，对于我们读通儒学或许是非常重要的。那些后世统治者总是把儒学变成僵死的实用主义文本，当成虚伪的道德和精神的掩体，培育和倡扬一种"官本位"文化，其实不过是一种歪曲和阉割，一种阴谋和罪过。我们把《诗经》的文本和那颗噗噗跳动的诗心放到儒学中，还它们一个共同的心跳节拍，才能真正感悟儒学的意义，理解孔子。这样讲是还其本质，是表与里的统一论。《论语》中直言《诗》的地方很多，但即便没有谈《诗》，内质和气韵也与《诗》相近相通。这些，恰恰又极容易被我们所忽视。如果说孔子接受"诗三百"的滋养，形成了自己的世界观，那么这对他一生面向整个社会的言说，对诸多政治和礼法问题的探究，该是多么重要。孔子留下的这些有关社会思想政治道德的言辞，虽不是用来咏叹和歌唱的，但与《诗》的内在精神脉络却是一致的。

人性的丰富与温度存于《论语》，这里没有冰冷的孔子，没有无情的孔子，而只有性情中的孔子，这才是真正的智者。孔子的言论还有很多，这本薄薄的《论语》只是全部言论中的少数记录，仍然不能反映出一位哲人的全部思想风貌。儒学研究，还有伴随《诗经》而生的"经学"，都留下了一片相当开阔的场域。在这个足够开敞的空间里，繁茂的生长一直没有中止。几千年来，像产生"经学"一样产生了"儒学"，它们都同样交错斑驳，既无比繁茂又泥沙俱下，庙堂的故意曲解和利用，以及庸士们的涂抹，比比皆是。也正因为如此，让我们愈发生出返回原典的强烈欲望。我们阅读"诗三百"和《论语》，就要从活泼的心跳中倾听生命的节拍，用心灵激活经典。

· 诗的兴观群怨

"兴、观、群、怨"，是孔子关于《诗经》的著名言说，也是他独有的思想与艺术标准，历代都将其当成最重要的论述。综观形形色色的诗论，在这些方面已经很难超越。只要谈《诗经》，就必然提到这四个字。"兴"是激发情致，托物起兴，故而居于首位。不过还可以稍稍地修正一下："兴"不是用来激发情致，而是情致激发。如此界定就有了重要区别。"观""群""怨"三个层面多少靠近社会、思想和政治的工具意义，与审美有了一段距离。当然所有艺术作品都会具备多重功能和倾向，并能够进行多方面的使用和解释，而且这所有的一切都不是截然分离的，而只是相对的区别和不同。作品具有某些与文学审美稍稍剥离的特征，而这些特征又会成为审美的另一些元素。《诗经》作为中国最早、最重要的一部诗歌总集，在这诸多意义上都自然而然地有所凸显，鉴赏者可以把它们合并，也可以把它们分离。我们可以说，某一首诗的意义突出表现为"兴"，或者"观"，或者"群"，或者"怨"，或者四面一体而不可分割。《诗经》的总体仍然是处于"兴"的状态，由此才产生和呈现出其他的品质风貌。离开了"兴"，音乐不可以奏响，音乐的顶点和最后的抵达，仍然需要在托物起"兴"中运行，这是显而易见的。

孔子认为"兴于诗，立于礼，成于乐"，可见《诗经》最重要的特质还是"兴"。虽然这里的"兴"与作为单纯艺术手法的"兴"不是同一个含意，但它们同属于审美的范畴。我们通过礼法确立社会标准，而推行标准却需要依赖"乐"，"乐"成为很重要的手段，它技法层面的意义和工具的意义，在这里得到了加重和强调。"《诗》可以兴，可以观，可以群，可以怨。迩之事父，远之事君，多识于鸟兽草木之名。"（《论语·阳货》）由此可见，《诗经》具有多么重要的功用的价值，"近"可以事父母，"远"可以事君王，并且那些描述鸟兽草木的名称极多，正可以通过它来辨识自然万物。孔子由"诗"谈到了"礼"，谈到了"乐"，实际上它们是三位一体的，由"乐"固定"诗"，同时也固定了礼法，即等级和制度，这是不同场合的演奏所必须贯彻和遵循的。作为一部社会百科全书，《诗经》所涉及的内容包罗万象，应有尽有，从外交谈判、日常语言技巧、祭祀宴飨、农桑渔猎、婚嫁习俗到孝道、君道、兄弟及朋友相处之道等，都可以从中发掘。它的丰富性和多层面由于"乐"的确立而得到归束和分流，这种各归其位实在是太重要了，没有这项工作，也就变得一塌糊涂，其他都谈不上了。

在孔子看来，秩序的混乱是不可忍受的，礼崩乐坏的过程就是一个混乱的过程，不仅使用上的混乱造成了严重的社会后果，即便是某一篇被错置音律，也是不可容忍的。在漫长的岁月中，由于社会动荡和战乱频仍，这些词句许多情形下都有可能丢掉原律，失去了两者的对应性，这种对应不仅是声音与内容的对应，更是与社会政治和道德的对应。我们由此可以衍生出极端化的"文学为政治服务"的观点，但孔子却不是这样，他绝非如此褊狭，综观他全部的论述，其内容要丰富开阔得多。在"立于礼"的过程中，诗的文学功用一旦割裂出来，也就失去了价值。后来《毛诗序》对孔子这方面的肯定和鉴别，又有了极大的发挥，变为更加热情的颂赞："故正得失，动天地，感鬼神，莫近于《诗经》。""先王以是经夫妇，成孝敬，厚人伦，美教化，移风俗。"这样一来，就把《诗》的巨大功用说得非常透彻了。

在先秦文字当中，比《诗经》更具有感染力和生动性、更能够昭示和接通天地精神的作品，确是罕见。其"美教化，移风俗"的功能是不必争议的，而这一切都要"成于乐"。换句话说，无乐即无演奏，那么一切皆要大打折扣，以至于"不成"。"诗三百"咏唱当中包含的各种内容，可以说是蔚为大观。"观"是《诗经》的认识价值，观察、倾听、寻觅社会各种现象。"群"指人与人之间的关系，是结合与协同人的志趣，形成统一的行动力，从"乐"的倾听、从歌唱和对答中感受强大的沟通力。歌为心声，而心声互赠是最重要的交流，人与人之间失去了交流，社会就成为一盘散沙，关系冷漠的人际关系不适合人类生存。而"怨"则是警示，是牢骚，是指责，是批判力。许多时候文学的批判性是其功用的重要体现，一旦我们将"怨"从艺术中剔除，文学就会变成一个极为浅薄的、面目可厌的东西，不但不能成为社会的推动力，其自身还会渐渐油腻堆积，最后分解为尘，被岁月风雨涤荡一空，这种例子不胜枚举。

尽管"兴、观、群、怨"之解，会存在局部的细微区别，通过使用性来判定不同的价值，但"兴"依然是最重要的，所以被置于首位。"兴"是生命发出歌唱的基础，是审美形成的源头，它的功用和状态都是极其重要的。没有"兴"这个首要元素，"观、群、怨"都将丧失，这几个方面的功用也很难合而为一。自古至今，《诗经》所形成的这些基本元素，一直被艺术创作实践延续下来，固定继承和发扬光大。正像许多学问在后来的使用中要被歪曲一样，它的这四个功用也经常被现代人分裂和割舍。有人出于实用主义和功利主义的目的，往往把其中某一点单独抽出，然后无限放大，最终将一个鲜活的生命机体变为一具僵死的模型，以致面目可憎。它们成为无"兴"之物，成为心胸狭窄、目光短浅、虚伪而空泛的喧嚣。

《诗经》所开辟的宽阔汹涌、浩浩荡荡的河流会一直流淌下去。"兴、观、群、怨"是这条河流的基本组成部分，抽掉了任何一种元素，水质就会改变，就会浑浊。一条大河的价值不复存在，也就谈不上滋润和灌溉了。

- "思无邪"之妙喻

在许多人那里，"思无邪"往往被解释为"思想纯正无邪"。这样虽无大错，却未免有些过于道德化、伦理化和社会化了。这种解释与"文以载道"的浅表理解一样，仅仅停留在肤浅的表层，过于直白和简单，无法面对复杂的事物做出深入的分析。孔子最早说的"思无邪"，更多还是从审美出发，透露出一种更包容和更开阔的精神，洋溢出非常乐观的气息。"一言以蔽之"，这是怎样干净利落的一种概括。这种决断力来自一种自信、一种对于诗的深刻的爱与知：由"知"而"爱"，"爱"的深度又强化了"知"，是这样一种良性循环。一无所知的盲目兴趣不会耐久，也经受不住时间的考验。

一般观点看来，《诗经》中那些不可按捺的强烈欲念和攫取之心大概不会是"无邪"的，而且甚至还可以说那些激烈的幻想、熊熊燃烧的欲望之火，很难通过正人君子的伦理审视。但在一个智者那里，在一个被公认为庄重而严肃的哲人孔子那里，却毫不耽搁地被发放了一枚道德通行证。诗以言志，放声歌唱，唱出一个活泼的无所顾忌的生命，这才是最美的。在整卷"诗三百"中，这种欲望力强盛而节制，成为基础性的气质。从文字数量上看，这一类诗作仍然不是主体。如果说在总体结构上、在经过订正的旋律的强大覆盖与笼罩下，在盛大的颂辞之下，这些爱欲和爱力的表达能够起到微妙的衬托作用，那么它们就是更加不可或缺的了。在处于上升时期的西周，这是一种繁茂生长的真实状态，离开了这种状态，一切都谈不上，等于抽掉了生存的土壤。

《诗经》的"思无邪"和政治上的"不乱"是一致的。乱政的暴力和险恶在诗中据说是没有的,一般意义上的淫荡和邪恶也是没有的,欲望和情爱不等于淫邪,就像讽谏、揭露、警示和劝告不等于乱政一样。这里面似乎有一个度的把握。当年一切还没有那么苛刻和严厉,这种源于自然、源于人性的情怀,似乎很容易被谅解。过于纯正单一,意味着生命力的孱弱,而孱弱不应该属于一个强盛的王朝,更不属于一个健康的社会,那种单调和拘谨苍白同样是一种萎靡,是令人厌弃的。如此来判断"邪"与"正",大概是一种很高的指标了。也就是从这个意义上,这位智者对《诗经》做出了这一著名论断。这其中的寓意多么高妙。孔子从生命的丰沛饱满和创造的意义上、从事物本来具有的斑驳和瑰丽上,宽容了这么多,肯定了这么多,不仅是智慧,是一种清醒,更是那种强大的生命才能够拥有的自信。一个人和一个时代一样,没有自信即没有强盛,也不会拥有美好的未来。动辄以"邪"来论断,可能失于粗陋和羸弱。

《诗经》大约经历了三次重要的编纂,除孔子外,前边的两次都是官家订制,而且之前还经过了采诗官的选择。也就是说,他们首先从广漠的民间吟唱中选取了最重要的部分。我们可以想象所有的大地吟唱,这其中也许不乏"淫邪",但最终可能还是不被选择,尽管这个过程中也会有许多疏漏和埋没。采诗官携诗入宫,还有一次次修订和编撰,在严格的宫廷体制规范下,最终剩下的《风》,还有《小雅》的部分诗章,也仍然保留了许多血脉偾张之作,这其中有讽刺谩骂,甚至有足以被现代人定性为险恶的谤辞。不可遏制的情欲在《风》中涌动,荡起一轮又一轮波涛,令人为之神摇。这种勃勃生气成就了《诗经》最值得炫示的艺术风格。如果当年的庙堂气再严厉一些,如果道貌岸然的采诗官和审查者是一些不可救药、生硬蛮横的家伙，那么我们今天读到的《诗经》就是另一番面貌了。

　　值得庆幸的是艺术的历史和思想的历史都没有那样书写，天命定数如此。这使我们涌起一种神圣的情感，似乎宿命中有一些美好的规定，正是它保证了人类按一个既定的轨道运行。日月伦常，进退有序，即使绝望无边，也还是留下了一线希望的缝隙，让生命力喷薄而出，撕裂黑暗。未来就从这里发生和开始，而且铺下了一条道路，它一直从古代延至今天。如果当年"无邪"装下的是另一种内容，我们整个的精神史、文学史，乃至于思想史，就得重新改写了。我们于是可以认为，以孔子为代表的那些精神巨人，真是居功至伟。

　　简明扼要，含蓄得当，这就是"无邪"之谓。有些事物不可多言，不可密织。一些粗粝和芜杂一旦阻滞堆砌，会对美好的思维构成不可逾越的障碍。只有足够宽敞的通道才能涌动活泼的思维，让其不断丰盈，让复杂难言的意绪在相互交流当中变得愈加清晰和准确。前人给我们留下了这样的空间和余地，可以自由地展开行动。我们需要倍加珍惜这个机会和权利。这里，我们似乎看到了古人的殷殷期待，看到他们温煦慈祥的目光。

· 孔子的旁白

　　我们阅读《诗经》，时而沉浸其中。静默下来，耳边常常响起孔子的旁白。这位老人的叹息和赞许，从耳畔悄悄掠过。这声音伴着几千年的旋律环绕着我们，牵引着我们，陪伴和提醒着我们。

　　孔子与《诗经》的关系实在是太深，他不仅是"诗三百"的最后一位修订者,为它"正乐",而且还是《诗经》的终身痴迷者。可以想见,从少年、青年到晚年,孔子带着记录诗句的竹简进入宫廷,独自研读或携之上路,在尘土飞扬的遥遥旅途上与诗相伴。颠簸之车穿过原野,大地日落声稀,虫鸣羽振,熙熙攘攘的街市和通衢大道,一切风物景色尽收眼底。这是一个倾听与收集的过程,也是一个呼应的过程。阅读《风》,我们会一再想起孔子的那些评述,似乎看到了那位严肃端庄的博学老人会心的微笑。

《风》是活泼的声音,是民间的万千心跳,在这千姿百态的心声里,可以听到最为喜悦动人或隐秘幽深的心曲。《诗经》中有三个方面的描述是不可忽略的。

首先是那些美好的男女情愫,他们的思慕与盼念所引起的不可解脱的痛苦,分离的痛苦、欢会的短暂,各种各样的生存辛苦横亘在爱欲之间,将情分撕裂。这些场景下的热烈咏唱多么动人,它们辐射出强大的生命热力,一直烤灼着人世。

此外是对人间悲剧的记录,最悲凉痛切的莫过于《秦风·黄鸟》,它有令人战栗的黑颜色,是人性中最可怖的一种色泽。它在垂死和毁灭的深渊,是各种苦难的中心。苦难之丝像蛛网一样密布,举步碰触,然后就是一场挣扎。孔子对这一切当然不会陌生。我们无法知晓他读《诗》可以"事君"的观点到底隐藏了多少内容,也不知道他的"《诗》可以怨",其底线究竟在哪里。"怨"是一种方式,也是一种责任和力量,它关乎社稷民生,还有王朝的命运。如果一个真正意义上的政治家和思想者,不能正视《黄鸟》倾诉的那种无边的绝望、没有那种恐惧之下所泛起的拼挣之勇,一切也就谈不上了。

《诗经》第三个不可忽略的,就是它所洋溢的那种肃穆与庄严。

这种气质主要是来自《大雅》和《颂》。孔子一直怀念西周，向往其秩序和礼法，以至于成为终生的政治寄托。围绕《诗经》，孔子时而呢喃，时而大声言说。他的声音是无法消失的，可以预料，自过去到未来，他的旁白将和三百零五首诗章同在，在人们的温习中一遍遍地变得簇新，时光的尘埃将被一再揩拭。

有时我们会稍稍诧异：时光已经演进到二十一世纪，诸多禁忌已荡然无存，现代人秉持和依傍的是商业主义、物质主义时代的新刻度，欲念可以泛滥成灾，最拙劣、最原始的攫取、贪婪大行其道；然而即便如此，在某些场合我们仍然不能够直面《诗经》，这里指更深层的认知与理解，比如说它的生命激情，犀利的诤言，指斥和警醒；我们不能用现代的声音去重复和阐释，似乎仍然不愿让其成为这个时代的共识；我们宁愿在某种晦涩中装聋作哑，让诗与真变得麻木。

这些非凡的诗句既是出土文物，那就该永远封存于某个角落，只是在某些特殊的时刻才被我们打开。可是这种匆匆相逢和粗糙的交流，根本无法使我们真正地走近。我们的目光已经适应了平常的光色，而这些古老的铭器刚从阴暗处移来，周身布满了陈旧的痕迹，需要我们耗费太多精力去探究和解读。物质主义时代只有娱乐，没有深思，普遍的浮躁和肤浅会一遍遍让我们迁就自己，苟且和懒惰。我们与这些宝贵的心灵一次次擦肩而过。是的，几千年前的那位老人一再地提醒我们，他的声音由杰出的弟子记下，然后就变得不朽。似乎没有多少人去公开挑战这些成说，但是抗议之声却从未断绝，只是他们大多数时间以隐性的曲折来表达而已。

在相当多的人那里，长期以来，对《诗经》的阅读，实际上就是同那位智者论战。这真的是一个不停地争辩和言说的过程。这时候他们或者表现得更加正人君子，或者是走向反面，做一个荒唐颓丧而又胆大无畏的现代人。在他们那儿，或者将《诗经》变成呆板生涩、毫无生气的教条文字，或者就干脆把它当成战斗的宣言书；还有人认为，它既然"无邪"，又怎么会是艺术？这违背了商业时代必要奉行的一条法则：凡艺术都要具备三分下流。这条荒谬的法则实际上仍然没有宽容，也没有仁慈。

·大城市氧气稀薄

从《小雅》到《大雅》再到《颂》，这些诗篇走向了人流密集的都市，是在所谓文化发达的街区里产生的文字。街区的中心是庙堂，是君王的厅堂，在那里将更多地使用《大雅》和《颂》，而且直接产生了庄重堂皇的歌咏所需要的诗句。如果说"风"就是田野，就是民众，就是广大的民间，那么没有比"风"这种自然之声更强大、更野性、更无坚不摧的了，它可以不断地剥蚀君王的居所，可以让堂皇的面具锈蚀：在隐隐的、无时不在的吹拂中，极有耐心地改变一个世界。

我们知道风的通畅之地总是空气新鲜，氧气充沛。这里绿色蓬勃，阳光普照，各种生灵和人一起欢腾跳跃，发出"关关""薨薨""喈喈""呦呦"等各种鸣叫。《鹿鸣》写到美丽的花鹿们，它们在"呦呦"的鸣叫声中聚集一起，啃食嫩草，有一场甜美的享用。人的享用虽然与它们有所不同，但都有自己生命里的最好时刻，都有美好闲适的心情和自由惬意的空间。

　　无恐无惧地享用物质，就会有美好精神的伴随和滋生。这个时候所形成的咏唱大致是灵动轻快，以少胜多，含蓄的表达中蕴藏了一切无法言说的情愫。这里面有爱，有哀怨，有不平，更多的还是那些与日常劳动所谐配的节奏分明的咏叹：咏叹自己的生活、劳作和心情，还有那些美丽的风景、漂亮的异性、可爱的飞鸟、绿色的植物、丰硕的果实。这一切太丰富了，四野之内万千气象，夜间抬头是灿烂的星空，是浩渺的天河，是清冷的光辉，是浓盛的夜露，是黎明的秋风，是追赶的长路，是青青芦荻，是依依杨柳。对于亲人的怀念，对于眼前境况的叹息，还有那颗渴望飞起来的心，随时都要挣脱的急切和怨怒，它们交织在一起。这就是生存，合在一起，构成了时缓时急的"风"。

　　"风"用作诗的称谓简直妙极了。"八风从律而不奸。"（《乐记》）"夫舞所以节八音而行八风。"（《左传》）"风"中掺杂了一切显声和隐声、有形和无形，这些时而遥远模糊的声响里蕴含着无尽的表述。最好的诠释者和翻译者就是时间和心灵，只有它们才能解释这一切，将诗进一步扩展，成为无比开阔的、无法言喻的存在。是的，几千年的经学，几千年的文白对译，还有议论横生、汗牛充栋的著述，正汇集起另一片"风"。这场生命之"风"还要继续吹拂下去，就像鲁迅说过的一句妙语："战斗正未有穷期。"

　　我们将目光从"风"的野性淋漓、生机勃发，转移到《大雅》和《颂》之上。这好比从田野举步的一次长途跋涉，是沿着曲折小径走向人流拥挤的大路，最后进入了熙熙攘攘的街区，跨进阴郁的城垣。比起无边的原野，这里缺少绿植，人烟过于稠密，空气不再清新。

在层层宫闱后边,氧气变得稀薄,人的创造力和思维力也随之减弱。一部分长期居于庙堂的人,正日夜镌刻和涂抹,写下一堆堆奉命文字。长时间的焦思让他们头脑昏涨,产生一种特异的眩晕感。他们就在这样的状态下寻找一个个妥帖的符号,谨慎地端详一番,然后安放在相应的旋律之下。这种工作既沉重又严谨,奇异的使命感又带来近乎痴狂的热情。娴熟的书写功力让他们得以持续这种劳作,伴着粗重的喘息,繁衍出一行行文字。这些文字被称之为《颂》。

《颂》更属于君王和宫阙。更为浩荡的"风"隔在城墙之外,它们吹不透这厚厚的砖石。在安静的厅堂内,在罕见的沉寂中,肃穆感与日俱增。在这里,白日梦,幻想和仰望,还有祈祷的心情,让臣僚们变得更加缄默。他们时不时要停下忙碌,整衣冠,收神色,虔诚地行注目礼。这些学富五车的人熟知礼法,是汇集于城垣的精英,是书写的行家,是弥足珍贵的国之栋梁。他们簇拥在王权身旁,既是执行者和传递者,是权力的符号,又是权力的一部分。如果说宫廷秩序得以维系,而且具有不倦的活力,那么还要依赖和仰仗这一部分人。他们被当成国之重器,等于君王延长的手臂。由他们镌下的文字别有一种力量,而且是不可替代、无可比拟的,具有金石般的坚实和凉意。

当后来人要寻觅城垣之内的一片风景,仍然还需要寻找这些记录,这正是它们的价值之所在。很久之后,当人们考察庙堂遗迹的时候,将离不开这份时光的地图。当年的绘制者具有不可磨灭的功绩,正是因为他们,《诗经》才有了另一种色彩和韵致。它们与后来功能类似的宫廷颂词相比,似乎密度更大,有一种沉重难移的时间的隐秘沉淀其中,令人叹为观止。随着现代城郭的不断扩张,市区人口迅速增加，超大型城市的空气正变得愈加污浊。生活在城区的人或渴望风的涤荡和吹拂，或因为久居城市，已经习惯了浊劣的空气，待在这里才有机会倾听《大雅》和《颂》的演奏。现代城市人如果突然置身于遍布绿色的野外，说不定还要产生孤独与厌弃的心理，对空阔无边的大野感到惶惑，并要发生醉氧的现象。他们害怕大地，担心迷路，举目无亲。而那些居于偏僻远郊的人，虽然享受着风的吹拂，却会被氧气稀薄的城里人士怜悯：瞧这些被遗弃的人。

· 《风》色而《雅》怨

司马迁曾经说过这样的名言："国风好色而不淫，小雅怨悱而不乱。"（《史记·屈原贾生列传》）"淫"指淫荡，是欲望淹没过顶，溢出了我们所能容忍的边界，这个似乎好理解。"不乱"稍微有点晦涩，"乱"是乱政、乱世、颠覆之动作或图谋。颠覆社稷不可接受，这样大幅度的冲荡是作乱犯上，也影响到社稷与民生。《小雅》尽管有许多怨悱，有发泄，却远没有那样的企图心。可见一切都要掌握一个度，要不离朴直和善意。总的来看，司马迁的评说显然受到孔子的影响，在大的方面可谓完全一致。宽容是他们的共同点。

但他们都很少具体地从局部和细节上谈论《风》之"色"和《雅》之"怨"，这需要每个阅读者自己去做出、得出个人的结论。对一些细部的看法，人们显然会有很多不同。这其中有着任人评说的气度，是对他人的信任和放纵，也是一种稳妥折中的处理方法。丰富的人生经验、文化修养和过人的艺术敏悟，使他们认识到世界上没有什么事物比言说艺术更难，也没有什么比审美更为复杂和特异，在这些方面做出武断的界说，也许会留下更多的问题。是的，在精神与艺术史上，多少苛刻而有力的关于艺术的评判，特别是政治与道德的断言，最后都在时间里落下了笑柄。所以智者面对艺术，总是如履薄冰，谨慎持重，留下足够的包容度。这样，在后来的时间里，人们尽可以在这个宽广的地带轻轻踱步，倾听和徘徊，观察与遥想，有一个更客观、更准确的判断。这种留有余地、注目于未来的人，是对更为开阔的时空的期待，也是一种更理性的处置方式。

"色"通常指情色，但这里不仅如此，实际上包含了物质欲望的全部，是指所有的享用欲，它们的诱惑、对心灵与理性的涵盖和干预。人之常情也包含了人之常"色"，"色"是一个恒定的元素，它不仅不可以没有，而且还构成了生命的基础和底色。人需要"色"，需要对于物质层面的追求和享受，因为没有这种追求就没有生命的存在，也不可能有生命的创造力和生产力。所以"好色"是一种必然，而"淫"则不同，它是放纵和满溢，没有了边界，故"色而不淫"才是一种理想状态。这是一个理性主义的结论，在日常生活中怎样贯彻和遵守，倒成了一个难题。它不可能作为一个清晰而明确的尺度，立在全部人生的道路旁，让人在行进中时时观望和对照。如果一个人能够如此生活，那么一定是刻板透了，烦腻透了。

"乱"大致是指对于社稷和体制的一种思想和行为，但可能还有其他。它或许还包括了由于愤怒、不平而引起的过分冲动，指理性迷茫时刻的一些莽撞和冒险。"乱"的反作用力可能是巨大的。在那些超脱、冷静、清醒的古人看来，一些行为与思想极有可能是盲目和危险的，是将自己和社会置于一种可怕的状态，是一种思维力堕入盲角而丧失条理与达观的昏聩。它的颠覆性开始并非表现在对社稷和伦常的摧毁,而首先是对自身的破坏:由于冲动和愤慨而遮蔽了清醒的思路,其结果也就可想而知。

在这里,古人给"色"和"怨"划定了界限和范围,几乎把它们作为两个中性词放在那儿,视为人性的常态存在。这究竟好不好?现代人可能无法回答。这与我们耳熟能详的儒学中庸理论分不开。"中庸"不是在追求真实的过程中畏首畏尾、半途而废,不是胆怯,而是执着追求中的一种切中把握,是大处着眼的坚定性。切中而不游移,就有了"中庸"。

就一些诗篇的思想与艺术倾向来看,"中庸"也是一种感悟和评价:为了避免陷入泛滥的感性,而要给予理性的归束。可是面对活泼自由的诗行,我们总要回到感性的空间,这时又将如何? 我们摒弃了审美活动中常常弃之不顾的所谓理性,又会做出怎样的言说? 这当然会形形色色,不一而足。事实上无论古人还是今人,他们首先会从"诗三百"吹来的阵阵"风"中,嗅到浓烈的荷尔蒙的气息。就此,有人会轻易地推翻"不淫"的结论。同样,人们也可以从《小雅》的怨怒里,听到一种切齿之声。这难道不是"乱"之根源? 这种普遍隐含的张力,它的反抗性和摧毁力将是可怕的。

可见无论是"色"还是"怨",都可以有各种界定,有不同的引申。但由于它们总是简短、节制、止于当止,由于其含蓄的诗性,某些锐利的元素还是得到了遮掩,在浑茫响亮或低婉动听的旋律中,又得到进一步消融。于是整个咏唱变得和谐流畅,大致成为社会这台大机器上的一种润滑剂,一切似乎也就可以接受了。

《诗经》的咏唱,主要还是一场审美活动。

审美使人愉悦和安静，在此基础之上，其他也就另当别论。善良的儒者当知：总有一天，旋律下的这些词句会被认真地鉴别，会遇到苛刻的挑剔，所以，他们还是给予了一些恰当的辩解。他们大概听从了孔子的意见。

·《诗》中的"淫"与"伤"

"乐而不淫，哀而不伤"（《论语·八佾》），是孔子特指《周南·关雎》一篇而言。但人们后来大多将其视为《诗经》的总体评价。"伤"不是哀伤，更接近于沮丧和颓废，一种荒凉的绝望感。"哀莫大于心死"，心走向了死寂无望，才是最大的哀。《关雎》等诗篇有痛感，有失望，但是还没有彻底泯灭希望。"衣带渐宽终不悔，为伊消得人憔悴"（柳永《蝶恋花》），爱情追求很伤人，但伤的程度也大抵到此为止。只有仔细地赏读《关雎》，才能够好好感受"乐而不淫，哀而不伤"这句评说，把握了一个多么微妙的刻度。这不是一种强辩，而是一次人性通透的深入理解。

"诗三百"的总体情调，其颓丧和绝望的情绪不是铺天盖地而来，也没有弥漫到笼罩全体的程度。不过这种至哀至悲的情形，在局部仍然还是非常明显和确定的。我们能说《秦风·黄鸟》不"伤"吗？我们能说《周南·汝坟》不"淫"吗？就情欲诗而言，《关雎》和《汝坟》当然不同。还有一些诗写了某种怪异的情感，比如《邶风·击鼓》，同性之爱可能超出了友谊的边界。对于别离的伤痛，性的饥渴，再加上直到现在仍不被部分人接受的同性之恋，使整部《诗经》变得有些费解、晦涩，甚至是异端。在这部庞杂的精神记录里面，如果没有一点点异端，又怎么称得上丰富甚至华丽？直到今天，我们能够直取大端，抓其扼要，像古人那样作出"乐"与"哀"的评价，在"淫"和"伤"前边划出一道休止符，也并非易事。

就个体的深入阅读、一些具体和局部而言，还须走更加自由的道路。诗的表述不应有为预防极端而设的规范，有时倒是必要走向极端，在情感和意绪的非常状态下，迸发出激烈、饱满、才华横溢的言说。那些沉酣的思绪，令人眼花缭乱的比喻和想象，强大的生命冲决力，往往就是在这时候表现得畅达淋漓。当然我们也不可忽略，《风》经过了采诗官的筛选和后来的编定，极有可能经历了一系列的整肃。这期间难免会丢失一些东西，如剪下一些茂长的枝杈，变得较为齐整和规矩。但那些激烈的情愫和炽热的欲望，却仍然或多或少地留下来，已经无法从根本上蠲除。

在几千年的《诗经》解读中，出现了各种各样的大胆设想和直言不讳的指认，在欲望主义、物质主义甚嚣尘上的当代，有人更是表现出空前的蛮勇。今天，人们的"想象力"得到大尺度的解放，恣意狂放的现代人重新发现了文字褶缝中的一些隐秘。但这往往是执其一端不顾其他，或者只顾大胆"创新"，惊世骇俗。数字时代的人特别追求速度，时而急切和惶惑，面对"横看成岭侧成峰"的解经文字，有一种不甘屈服和欲罢不能的浮躁心绪。实际上这恰恰来自物质主义的强大压力。人的各种欲望都释放出来，竟然很难回到原来的笃定状态，无法真实质朴地求索。

当代人需要警醒的是，正因为《诗经》记录的仍旧是人类精神史上的一次"原来"，我们才更需要回到那种求真溯源的耐心，不然就绝无可能接近。数字时代断不可拆毁那条通向"原来"的小径,只要它存在那里,也就有了一份希望。我们要踏上这条小径再出发,不管它多么曲折;我们决不可满足于做一个截断过去、没有历史的新人,这样就会悬在半空,随时都会跌落。

几千年来的那些解经者,在考古学、古文字学、古史学中熬过了无数个青灯黄卷的日子。对这些前人,我们更多的还是那份敬重和感激。再次安静下来,新的工作刚刚开始。《诗经》不仅有三百多首古诗,还有与其血脉相连的无数典籍。它们同样由心血浇铸而成,有的具有同样坚实的品质。故纸重重,隐于这当中的荒谬和混乱是自然而然的,就像同样存在现代的谵语和迷乱一样。当代人也许可以做出完全相反的解读,比如说《诗经》中存在着最大的"伤"和"淫";也可以循着这些表面收敛而实际放肆的文字,进到更深的内部,如鲁迅所说,走入人性的"大层"。

一部《诗经》即便在社会伦理层面,也如此地纠缠,让人时而徘徊和犹豫,一再地陷入为难的境地。

·《颂》的动人处

《颂》是《诗经》的最后部分,在编撰者那里是压轴戏。由野歌野调走向了文人书写,走向了更加严肃的官家定制,展开了一篇篇盛大的颂词。这是一个王朝的强音,要动用最好的乐手,以奏出西周的辉煌与庄严。如果说《诗经》是一部艺术圣典,那么最能凸显礼乐文明的就是《颂》。《颂》的动人处,与其说是正大肃穆的言辞,还不如说是它们追随的旋律。在情绪上一浪高过一浪的强大推助力来自音乐。钟鼎鼓瑟，瓦缶相加，伴以和声，笙歌缭绕，所谓"丝不如竹，竹不如肉"（陶渊明《晋故征西大将军长史孟府君传》），在这场极尽豪华铺排的合奏中，群声颂唱将是最为感人肺腑的。在这种声乐烘托之下，西周越发显得崇高神圣，巍巍然不可撼动。在中国长达几千年的时空中，西周一直具有不可超越的至高地位，是王权的表率和极致，这样一个高耸的王朝需要配以宏大的颂辞。西周不仅对孔子这类思想巨人有着强烈的感召力和吸引力，对于后来许多人，包括那些长了反骨的放荡不羁的诗人，都有着不可思议的魔力。

在现代人的言说中，叛逆性常常具有不可比拟的美；而对更多的人来讲，现实的权力或具有更大的魅力。就后者来说，有时它的受害者尚且不能回避这种诱惑，更遑论那些旁观者。权力的神秘之处在于它的端庄和严整，也在于它的平庸和堂皇。它有一种收集庸常并使其汇成巨流的力量和功能，由一些廉价而便捷的世俗工具堆积起巍峨的庙堂，而这庙堂本身又具备了强大的审美功能，洋溢出一种陌生而冰冷的、带有些许金属异味的气息。这种气息是客观存在，它足以使许多人畏惧和眩晕，让他们远远地观望和膜拜。我们有理由相信那些颂词是由衷之言，而且是在一种眩晕之下倾吐出来的，透射出另一种自然、淳朴和真诚，所以就其质地而言，也有某种"纯正感"。的确，作为颂辞，其中的大部分正因为拥有了这样的品质，才变得不可小觑。在庙堂和颂辞之间特有的这种奇妙难解的关系，使得那些具有叛逆之心的赏读者也常常变得惶惑。他们总想从生命的深处、从权力和人性的内部去拆解，推翻诸多阻碍走入"诗与真"的篱笆；可最后还是发现：这种工作过于艰难烦琐，往往需要付出成吨的汗水。于是许多人在疲惫中颓败下来，后继者变得寥寥无几。

真实的情形是，《颂》仍然在强烈地打动我们，这其中也许贯穿着一条逻辑的线索。如果我们对这种打动力视而不见，也不太可能，就像我们眼前耸立着一座巍峨的庙堂，其显赫性让我们无法漠视一样。连孔子那样的大智者也未能例外，他在这种轰隆隆震耳的颂辞中感到了敬畏，垂首而立，面色肃穆地朝向西周，洗耳恭听。他沉浸在气象恢宏的盛大演奏中。比起孔子这样的非凡人物，我们还有多少超越的可能？有多少自信？在神奇而怪异的数字时代，对于这些隆重的颂辞，我们仍然没有重新解构的能力。它们是堆积了几千年的赫然存在，不可能在一朝一夕推倒。

《颂》的盛大演奏并未停息，它还在潺潺流动，小溪汇成滔滔大江，洗刷着理性的荒漠。如果离开礼法和体制的层面去倾听，《颂》的演奏也仍旧摄人心魄。只有当我们把辞章与声音剥离开来的时候，独立地去看这些文字，才会有一些焦枯无趣感。它比起《风》的那些自由吟唱，实在太缺少生命的汁水，也太正襟危坐了。生命的艺术原来还是要松弛下来，活泼起来，即便在最安静的时候，仍有一些内心的悄语流出，彼此心曲互通，温暖相拥，会意一笑。有洞察，有沉吟，有梦想，这时候即便化为欣悦和哀怨，也会释放出无限的亲切感。然而，当我们把失去旋律的颂词高高举起，将阅读变成堂皇的仰望，它会显得多么空泛和苍白。它不再属于个人，也就没有谁会真的爱惜它。

在整部《诗经》中，《颂》只占很少的篇幅，也幸亏如此。如果加上色泽接近的《大雅》，这一类歌咏的篇幅似乎就显得有点多了。

就审美的复杂性和多向性来讲，它可以堂而皇之地存在；但就文字和意象而论，它们或有些密集和重复，缺少隽永和凝练。它们没有节制与省略，没有动人的细节和曼妙的局部。与《风》相比，它们更多的是一些成词凝固的套语，缺少生活中突如其来的自由性情，无法产生那样的惊喜。在许多时候，它的价值主要还是来自宫廷记事簿的功能。作为赏读者我们可以疏远那种色泽，同样也可能被它所吸引。它们是《诗经》的重要元素，放置在那儿，才可以完成一部古典的组合。如果说《诗》之所以为"经"，还要感谢这些庙堂之歌，因为有了它们，《诗》才能更快地乘上"经"的圣驾，一路辉煌走到今天。《颂》是有别于一般意义上的艺术。

· 史诗的异同

《诗经》中的一些所谓"史诗"，主要存于《大雅》之中，而且不止一篇。人们论述它们使用了"史诗"的概念，它们也的确具有这样的特质。但一般来说，这种说法会混同于西方通行的"史诗"概念。

我们所熟悉的西方史诗，无论是《伊利亚特》还是《贝奥武夫》，以及东方印度的《罗摩衍那》《摩诃婆罗多》之类，它们都是民间传唱，曾在很长时间里不着文字，像一切民间文学那样，依靠口耳相传，不断修改，最终确立。这种口与心的记录恒久绵韧，将在悠长的时光中得到记忆和保存。这种记忆力源于可以歌咏的性质，就这一点来说，它们与《诗经》中的史诗是一样的。但是西方史诗更具有旁逸斜出的性质，由于是无数人的演绎和创造，所以也就有了一种超然性和自由性。在一个地域里,一种兴趣得到不断扩展,到了另一个地域,又有了其他的连缀和茂长。这就使一部史诗变得既庞大又芜杂,闪烁出极为斑斓的色彩。因此那些西方史诗,还有我们西部少数民族的史诗,它们在篇幅上简直长得可怕,有些场景似乎一再重复,但这重复中又增添了新的元素。这些史诗总是洋溢着巨大的灵活性,具有十分鲜活的性格,其生动逼真和特异的诉说品格,常常让我们惊叹,觉得不可思议。

任何一部西方史诗都是一条浩荡的河流,它们在一片大陆上流动,似乎久久不愿归于大海:汇进大海就意味着消失,它们可能正在回避这个结局,尽可能地蜿蜒徘徊,顽强地冲开泥土,一边流淌一边卷走沿途的一切,翻涌的浪花夹杂着枯枝败叶,日夜咆哮而去,奔向自己的远方。有时候它们的流向不可预测,流经之地所摧毁以及含纳携带的元素也不可预测。比较而言,《大雅》中的史诗不仅篇幅短小,而且内容与风格也拘谨得多。它们大致是规范的文人语言,有些刻板,没有那种放肆生长的特征,显得多少有点"隔",与众多生命的激情喧哗相隔,与时间里生成的无限性相隔。我们所盼念的那种史诗,应该更加流畅和自由,是一条无所忌讳的语言和声音的河流,通俗易懂,朗朗上口。它们可以缺少文字记录,却将得到一代又一代人的追忆和接续,成为一场头尾相衔的大言说。那是一个多么奇妙浪漫的过程。

长长的咏唱当然最终还要被文字记录,印在纸上,进入典册,一卷卷放在手边,成为一个民族的骄傲。它标志着心灵的开阔、生命的强韧,以及不可逾越的庞杂宏阔、囊含一切的超人气概。没有任何一个狂夫有勇气去较量这些史诗,作为个体只能甘拜下风。回到这个视角来看《诗经》中的史诗，就会觉得有点儿勉强，因为这仍然是一些个体的文字演绎，属于案头劳作，虽然记叙了长长的历史和重大事件，但毕竟缺少真正意义上的史诗所具有的自由度、随意性和汹涌而去不可遏制的那种连绵性、那种大河性格。我们习惯的定义是，只有众手合成的巨作才是真正意义上的史诗，而不仅仅是某些内容的接近。二者之间还存在形制的不同、色泽的不同，更有气质的区别。

《诗经》中最被推崇的史诗是《公刘》，它记录了周氏族迁徙的历史，描述了西周一位称之为"公刘"（姓姬名刘）的先祖，怎样率领族人跋涉千山万水，经过一次次迁移，最后抵达的曲折旅程。这首诗是研究西周部族发展成长的珍贵史料，记载了周氏族最重要的一次迁徙：由何出发，怎样开始。这首长诗为我们提供了重要依据。研究者指出，《公刘》写出发、跋涉、定居，以及抵达京城之后的一些记述，皆井然有序，文雅规整。全诗不足百行，可能由一个或几个文人所作。它的确缺少民间文学的色彩，没有多少恣意汪洋和大胆展放的描述，只是一场关于王朝发生发展的追忆，虽然利用了民间传说，但并没有历经民间深长悠远的酝酿发酵，更没有众口传唱与改造的过程。因此，《公刘》仍然算不上传统概念中的那种史诗。

《诗经》中另一首被称为"史诗"的是《生民》，其形成过程与《公刘》相去不远。此诗记述了周族开辟之初的一个神话，描写了周人祖先后稷的降生以及逐步发展壮大的历史，写到了后稷对农业生产的巨大贡献，写到了祭祀活动。全诗色彩与西方史诗有相似之处：因为没有更详细的文字记录可以追溯久远，没有更早的历史记录，所以书写历史的原初必然从神话开始。正是这种口耳相传的历史，成为不可更易的证据，即便是后来司马迁的《史记》，关于周人始祖发迹的表述也仍然依据了《生民》。这是一部生命的传奇，是文学也是历史，就此来说它具有史诗的内质。但这首诗仍然不足百行，还是属于较短的文人制作，有浪漫的内容而缺少浪漫的形制。

《生民》大致由一些宫廷人士所作，还是相对拘谨的记录，其神话色彩是出于不得已，而不是思维的大放纵。正如诗中所记述的那样，周人始祖对农业有巨大贡献，创立了一个农业王国，周氏族所形成的文化不同于西方骑马民族，不是逐水而居的草原浪人，所以他们的生活情状决定了歌咏和记录的方式。长长的流浪与吟唱，当然不同于土地田园上的安居记录，领地边界之清晰也决定了思维边界之严整。而那些从乙地到甲地的不停奔走，往往是看一路记一路、传递一路，这条路往前看没有止境，往后看一片迷茫，所以只有靠吟唱来陪伴寂寥而孤独的游走，旅途上所遭逢的一切便随时糅进了歌咏。也许这就是造成东西方"史诗"差异的基本原因。这方面的区别是显而易见的，即汉民族还缺乏那种放荡不羁、滔滔不绝、冗长浩荡的史诗，这在《诗经》里可以进一步得到确认。

· 居中的雅章

在《诗经》的整体结构上，野性的《风》与矜持的《颂》之间，被《小雅》和《大雅》隔开。"诗三百"最初的编排即为《雅》章居中，这是《诗经》编撰者一种极其巧妙和机灵的安排。从内容上看，恰恰是诗意由浓变淡之间的居中安排。由狂放不羁的"风"逐步走向一种定式，由即兴而发、由心而歌，逐步走向了审慎使用的庙堂功用。这既是《诗经》发展出来的固定形体，又是古今艺术演变的一个通例。真正意义上的诗一定是与庙堂对立的，它们之间有着不可调和的矛盾。就像一位西方诗人（布洛斯基）所说："诗与帝国对立。"真正意义上的诗只为心灵所用，而无世俗之需。也就是说，诗往往是"无用"的，而体制的需求欲总是非常强烈，一切都要为它所用。所以这种使用的想法就会逐步地删削和去掉诗的心灵特性，从而滋生出一些专门的御用文人，他们要以"用"来解释所有的艺术，自然而然地站在了诗的对立面。

作为《诗经》中的过渡者，《小雅》与《大雅》仍然还要有所区别，《小雅》还有"风"的因子，有从山川大地吹过的那些"风"的颗粒，这些颗粒附着在《小雅》的躯体上，使它们获得滋养，保持活力，可以快慰地言说和无所顾忌地抱怨。它们是艺术的过渡地带，也是情绪的过渡地带，再往前迈进一步，就踏入了恭敬严谨的《大雅》之中，那属于另一个领地了。与"风"之间隔开了《小雅》，从《大雅》再往前，就是《颂》，这意味着诗的终止和完结，一场长达几百年的咏唱也要画上一个休止符了。这是当年编者制定的顺序。"诗三百"没有继续编下去，也算一种自然的终止，可能古人也没有办法。至于后来在《诗经》的影响下所滋生的另一些吟咏，完全不宜收进这部由"风、雅、颂"三体构成的诗歌总集了。正由于中间隔着《小雅》《大雅》，强劲的"风"难以吹入城垣之中，那里也就更多地唱起《颂》诗。

《诗经》是民间的歌，文人的歌，官吏的歌，或者说官吏和文人的身份并置的歌。歌者的身份，有时可以向文人倾斜，有时又会偏重于官吏，歌咏中发生的这种倾斜却是非同小可。比如可以从中间的《雅》走向《颂》，也可以逆向而行走向《风》。在"诗三百"里居中的《雅》，算不得儒学的"中庸"，而是一个过渡带，是一种生命和艺术自然发展的现象。当年编撰者距离"诗三百"产生的年代比后来近得多，比孔子的第三次编撰也近得多，所以我们可以设想，当年的编撰者对于这些诗歌的性质及作者的了解，要比后来人清晰得多。编排次序或大有深意，也可能是一种非常自然的举动。三种不同的诗放在不同的空间，三个空间又组成了一个时代的总体吟唱，是很了不起的。

"三体"并置的勇气，让后来人感到钦佩。因为无论如何这还是一种体制的选择和确定。那个时候一部诗歌总集的创制，比今天一部纸质书的出现，分量要重得多，隆重得多。因为它几乎是唯一的娱乐方式，也是唯一的文字记载，是一种影响最大的精神与思想的传播途径。从这个意义上讲，《诗经》的功用是了不起的，其兼收并蓄的气度是大可赞美的。我们甚至可以天真地设想，如果全集由《小雅》止步，那也未尝不是一场大可期待的完美。作为个体和专业的诗人和文人，似乎都会对《小雅》的气质表示一种认可与满足。这些人对于"风"的忘情号唱，对于那种随意、不拘小节的歌咏，可能多少会有一点惶惑和不适。这种不安的情绪究竟来自哪里，我们一时还不能确认。但这种不适的确会存在，这从一代代解经者那里也可以看得清楚。

所谓"淫诗"，在《雅》中极少出现，它们只能大量存在于民间。民间和所谓滋生万物的空间，被称为"藏污纳垢"之地，而这污垢同样也是一种营养，可以有助于万物，可以有出淤泥而不染的杰出和绚丽的生长。在极为丰厚的沃土上，生命享受了阳光和风，所以才大可期待。我们或可设想那些来自宫廷的采诗官，一方面他们需要"风"的刺激，另一方面也需要"雅"的规范，最终还需要以更为正肃庄敬的心情，来接受更大的使命。他们将这放荡不羁、开阔浪漫的咏唱进一步改造，由无数人手中集中到少数人的手中，然后渐渐将诗引向了"颂"的部分。后者在旋律上变得更强大和更洪亮了，以这种无所不至的强音，掩盖了其内容的苍白和单一。

所谓风、雨、雷、电，风总是充当了巨变的先驱，是摧毁一切的引导力量。"风"总是在前面，因为这种指引的力量、这种瞬间即起的扫荡力，的确让人有些恐惧。李白组诗《古风五十九首》，其中的第一首第一句就是"大雅久不作"。此处的"大雅"也许是指代全部的《诗经》，而不是某个单独的部分。尽管他曾批评"正声何微茫"，反对"哀怨起骚人"，但这里或有以文谋政的隐意在。李白在诗中针对"大雅久不作""王风委蔓草"的唐代诗坛，明确表达了以恢复"雅正"之声为己任的文学理想，贱"绮丽"，贵"清真"，体现出强烈的复古精神。"大雅久不作"一诗，是李白重要的谈诗论艺的名篇，非常引人瞩目。这里的"大雅"实际上远离李白这个诗仙的狂放和浪漫，他真正想说的也许是"大风久不作"。但"风"又是众手合成的，作为一个单独的咏唱者，作为个体书写者，也难说李白有多少民间情怀。所以这里用"雅"来替代"风"，在他来说或是更好的表达方式。

实际上李白的豪气，就在于他拥有一个人所能够含纳的无比繁复开阔的气象，他从"风"的无边无际、剧烈翻涌、恣意汪洋中，获得了瑰丽的想象和多姿多彩的表达。在这里，他稍稍容忍和向往的是"雅"，却绝难退到"颂"的世界里去。李白在个体写作的位置上，在"诗三百"的中间地带，坐守和遥望。他真正心向往之的，也只能是"风"。

第五讲

敬而近之

- 看取铜器的方法

　　对待任何文学作品，都存在一个接受心理的问题，这是一个隐而不彰却又的确存在的基本问题。《诗经》是几千年前的语言艺术，或者说是音乐作品的组成部分，我们今天的赏读和进入的角度必然应该有所不同。这使人联想到那些出土的竹简，它们承载的文字同现代印刷品相比，或极而言之，与那些数字传播形式相比是何等不同。这种差异必然要影响到接受心态，而对于审美等高级的精神活动，心理状态往往又是基础性的或决定性的。

　　《诗经》是否为出土文物？当然应该如此认识。虽然我们手中的纸制品《诗经》是由传世竹简本转化而来的，却经过了不同批次的出土文物的互鉴。更重要的是，它在极其漫长的时间搁置中，早已蓄养成古物才有的沉寂和内敛，闪烁出默守安静的幽光。无论经历了多少现代的复制和使用，在传递方式上经过了多么曲折复杂的演变和改造过程，它最初的质地也仍然没有改变。在长达数千年的时光里，《诗经》至少经过了三次重要编纂，并遭受了秦代焚书坑儒的那场大劫，更不要说战乱中的流失。在这期间漫漶、散乱和错简的情形时有发生。尽管后世有过无数次的订考、规范，有过一代代经学家的努力，《诗经》依然保持了"出土文物"的色泽和内质。它很难去掉时光的尘埃层层埋藏所生成的那种晦涩性格。所以我们要以看取古代青铜器的方法与心理去读《诗经》，小心翼翼地触摸，恭敬谨慎地探究。唯有如此才会避免扭曲和误解。只有在这种状态之下，让简与陋，智与拙，以及美与力、与善的关系，一点点得到梳理和印证。在《诗经》的接受诠释过程中，这是一些基本的心理准备，也是一些原则。

走进博物馆与走进图书馆的心态是大不一样的。面对博物馆中的青铜器或瓷器、古画之类，我们会用另一种目光去端详，这时候似乎已经穿越了渺茫的时光，进入了另一个时空。我们不是对眼前的器物给予谅解，而是尽力去理解和接近，让理性分析力和感受力回到那个实在的场域。这样一件青铜器与那种闪着华丽光泽的现代制品将大异其趣，因为它隐含了时间的密码，所以呈现出的美也不同。在制作工艺即形式和技术的表层，我们极可能怀着现代人后来居上的无所不晓的优越感，比如科技的先进、探测技术的运用，用来超越或把握一件古代物器。然而这种脆弱的自我期许和陶醉，又很快被另一些费解的、不可触及的元素所阻遏，被几千年前的那种神秘厚重之美、那种不可取代的生命创造力给击得粉碎。就审美来说，甚至就单纯的技术层面而论，今天依然存在着远不及前人的那种特殊的距离。这距离既是时空中产生的，又是一种莫测的力量造成的。生命处于不同的世界，其创造力也是不同的，那个特定时空所赋予人类的智慧和力量，不是后来人可以简单呈现或取代的。我们能够改造和提升的部分属于现代，但是当我们穿越、回返到古代的时候，发现古人的思维正沿着一条独有的路径往前伸展，以至于蔓延到一些令人迷茫的陌生领域。这一切对我们现代人来说，成为一种笼罩的、偏僻而神圣的力量。

从一般技术的意义回到纯粹的审美，整个问题又变得愈加复杂起来。两种不同的美，其高度和深度也就无法比较高下。《诗经》的浑朴、沉着、冷静，如《风》的野性与《颂》的高古，更有时间的交叠沉淀和渗透于内的奇异，远不是现代文化精神的创造物所能够比拟的。而今现代物质主义和商业主义的浮夸、无所收敛的放肆，以及无限堆积衍生出来的烦琐与俗腻，甚至连其中最杰出的个体也受到了感染，他们难以完全超越自己的时代。因为每一个个体都生活在现代，这就决定了其生命的性质和命运。有些因素个体能够冲破，而有些受其根本性与基础性的制约，它不是具体生命能够突破的。

面对《诗经》，就像面对那些各种形制的立体的国之宝物一样，常常为一种不可企及、不可超越的美所吸引和震撼。深入体悟和感受这些平面化的古物，很快就会领略和触碰当时创作者浇铸、镂刻和雕琢的功力。这些创造拥有同期立体物品所具备的那些元素，比如原始的淳朴与强悍。这种出自较为原初的人类心性的创制，是传承下来的文化与艺术的总的基础，所以它大不同于走向现代主义之后的艺术制品。后者缺少了最初的那种生猛的开拓力。《诗经》时期有一种真正意义上的精神强悍，有一种土地的强盛萌发力，有源于土地的混沌之音。这些是与生俱来的，是无法改写的。这就好比复制一件铜鼎或古瓷，无论现代人使用了多么高超的工艺，也只可以瞒过一些俗眼，在专业行家那儿，一切的仿制伪饰都形同虚设。

　　事实上，现代主义艺术虽然并非一无是处，但如果将层层比拟和模仿的外衣褪去，裸露出来的仍然是商业与物质主义的急就和肤浅。我们谁都没有办法将自己变成几千年前的创造者，就像我们没有办法虚拟和回返时光一样。实际上我们对一件出土的青铜器的审美，完全不需要报以现代人的达观和谅解，不必以同情和宽容的心态去看待，那将是一种非常可笑的心理。看取一段历史，看取一种古代文明，我们应当有一个基本认识：一旦失去了文明的这个重要链环，也就没有了今天；比如抽掉了古代的金属冶炼技术，就不可能从石器时代直接跃进到青铜时代。于是我们所面对的文物之美，其实不仅是唯一的美，而且还是许多美的源头和根底。

　　文字艺术以及其他艺术不像纯粹的技术继承这样简单，凡艺术必有时光里养成的尊严与隐秘，它甚至不会进步。一种不会进步的事物，诞生于人类之初，熠熠生辉地矗立源头，放射出炫目之光，也就令我们变得迷茫，陷入痴迷。就像我们无法确定现代人类的智力是否全面高于几千年前一样，对于现代人类的审美力与创造力，也不可能有一种清晰、自信的鉴定和判断。有时候这些能力还会发生奇怪的倒退：生命沿着一个边缘滑落的情况时有发生。所以绘画、音乐和语言艺术、哲思等方面，时常毫不奇怪地走入现代的贫弱与尴尬。历史上人类曾经拥有过的那种自信力、创造力，到了数字化时代却部分地蒸发掉了。于是我们不得不从出土文物中、从古人留下的线条中去寻找那种精神的力度。它是我们曾经有过的生命印记，铭刻在那里，埋在土下，所以得到了很好的保存。有时候会出现这样可怕的一幕：当它们被突然破掉封存之后，裸露在氧气环境下即很快地剥蚀变质，一切也就面目全非无从辨析了。但愿《诗经》可以免除这种毁灭性的灾难。

不过，《诗经》在现代进程中同样也会产生一些化学反应，这种反应，同某些出土文物被氧化剥蚀的道理类似。好在它更多属于心理方面，属于精神范畴。只要我们有正常的解读方法，有足够强大和健康的心理准备，这种剥蚀和变质就会得到相当程度的避免。

· 诗学的新与旧

诗学研究从开始到现在，可以细分为几个阶段，每个阶段都有其显著的特征，并取得了相互不可替代的成就。尽管每一阶段的特质及意义会存在许多不同看法，有争执，但仍然可以笼统地概括为新、旧两个部分。这会变得简明扼要。几千年的诗学研究斑驳陆离，长短互见，功用不同，踏上的路径也就不同。总体上大致还是前人有益于后人，后人前进的脚步都要行走于前人蹚开的布满脚印的大小路径上。歧路是有的，而现代人的判断也未必全都准确无误，所以有时仍然还要踏上新的歧路、走入另一些荒谬的方向。

一般来说旧诗学的研究基本上侧重考证和训诂，新诗学则趋向赏读与审美。从哪里划分新与旧，这倒是一个问题。宋代诗学的审美意味就已经很明显了，例如《石门文字禅》《沧浪诗话》等。简单区分新旧会引发争议，但总的来说，越是后来越是更加注重评议"诗"之本身。直到今天，新旧诗学仍然是掺杂交织，比如新诗学仍然有训诂与考证，在古音韵学、字源学等方面努力做出新的挖掘。后一种工作当然也是诗学研究的一部分，仍旧没有穷尽，而且也是《诗经》的魅力之源。

新诗学总是以旧诗学为基础，那种基础性的工作除了提供知识的意义之外，还有其他意义。仅在这些方面，也不断有否定之否定，有重新开始的寻觅，作为旧诗学的基础意义，当在扫除阅读障碍。阅读障碍越来越少，直接的理解力也就会越来越大。事实上只有在通畅无碍的阅读中，审美力才会飞扬起来，那些基本的争执一旦尘埃落定，人的心思也就花费在纯粹的诗意上、思想上。有人可能讲，那些佶屈聱牙的穿凿和考证、那些极为费力的拆解过程，不也会滋生出新的兴趣，构成审美的一部分？当然如此。但无论如何旧诗学立志于解决的，大抵还是字与义的辨析，在这个阶段中，我们对于纯粹诗意的鉴赏总是有更多的犹豫不决，审美的目光会变得惶然涣散。所以到了清代和民国时期，关于《诗经》的研究就更多地转向了语言艺术的方向，这不得不说是一种时代的进步。

也有人惋叹，认为渐渐移向的诗的审美，已多少偏离了"经"的方向，或者说与"经"的方向开始分离。就此，新旧诗学也就成为"经"与"诗"的一种分野，结果造成了粗陋的诗学。因为严格意义上的"诗"和"经"是不可分离的，"诗"因"经"而变得崇高和神圣，也闪烁出新的美学光泽，具有一种古老、坚固、强大和不可超越之美。由于它更多地靠近了礼法，靠近了史学，靠近社会与政治层面的标准和刻度，所以也就拥有了另一种无可比拟的风采和韵致。然而尽管这样，它还是过多地呈现出另一种风貌，即过分地社会化和道德化了，有着不可承受之重。

在许多时候，诗还是要从圣驾上移步，走到更和蔼、更朴素、更平凡的土地上，与各个时代、各个地域的活泼生动的人生展开交流。这个时候，一些灼热的心灵才可以更好地沟通。就"怦怦"跳动的心灵节拍来说，移出圣驾的诗才是能够与常人吻合的诗。古今相距遥远，但人情不远，欢乐痛苦、忧愁牵挂都在基本相同的人性框架里发生，现代人完全能够理解几千年前的那些叹息，那些欢乐与忧愤。对于《风》中那些强烈的爱欲、那种绝望垂死的挣扎，谁又会感到陌生？这就是相同的人性，在人性的深层上，我们完成了古今统一，完成了古汉语与现代汉语的整合，进入了真正的深层解读：阻障纷纷瓦解，留下的是鲜活不变的心灵之核。

如果按照上述方式将诗学研究分成新、旧两个部分，那么我们可以预期：新诗学在未来还会无限扩大，而旧诗学却仍旧未能终止。因为我们逐步还会有一些技术方面的发现，从《诗》产生的那一刻到现在，这个过程就没有停息下来：确立再推翻，推翻再确立，时而还产生一些学术尖叫与艺术尖叫，它们交织一起，既不可避免又让人厌烦。故作奇锐之说，任何时候都是无足轻重的，是轻浮浅薄的部分。唯新是求当然是无聊的，强烈求新的心理是没有力量的，这恰恰与《诗经》的杰出品质相背离。"诗三百"率真而纯洁，具有那个历史时期所特有的朴拙意义，就这方面来说，对于古老语言文字的最基本的认识，以及这个认识过程中所需要的恳切与诚实，都还没有成为过去。顽固而执着的指认还会发生，当然更多的还是要回到一种感动：对于卓异的文字艺术的深深沉浸。

· 出土文物

今天我们阅读许多古代文字时，总是会遇到一些争议。关于它们原来样态的求证，成为一种极重要也极烦琐的工作。读《诗经》就尤其如此。当看到那些段落上的冲突和意思上的乖谬，我们就常常想起文物学家讲到的"错简"两字。它们在地下腐烂、堆积、错置，免不了需要修复整理，稍有不慎便会造成编纂上的错误。孔子第三次也是最后一次编辑这部诗歌总集时，做了一些纠偏订错的工作，可能花费了许多精力。孔子去过许多诸侯小国，奔走范围相当大，不仅是一个游走于上层的思想和政治人物，而且还是一个穿行于民间的知识分子，所以他有资格，也有能力去进行这种订正工作，泽被后人。今天我们所看到的《诗经》版本，孔子可能起到了至大的作用。

在浩如烟海的古代典籍中，"六经"中除去《乐》散失不存，其余"五经"得到不同程度的保存，显得弥足珍贵。它们是人类最早的文明成果。"五经"之中的《书》基本上被认为是伪作赝品，而《诗》却很少受到这种质询，被认为是大致可靠的。这是多么重要的认识，我们应该多么感激《诗》自诞生之初所固有的音乐功能：有传唱才有民间记忆。

《诗经》是有声的文物，不需用力敲击，只要轻轻地用目光触碰，便会发出动人的旋律。它瞬间打破了沉默，向我们诉说，有一种猝不及防的感染力，这似乎与其他出土文物的差异很大。任何一个时光里走出来的物器，当被轻轻掸掉灰尘的时候，就会泛出一种光泽，于是也就开始了它的自我表述，那是无声的语言。它们几乎都会诉说，但是除了"曾侯乙编钟"之类的出土乐器，能够吟唱的文物却是少之又少，可以说，《诗经》是其中的一个罕见异数。我们可以就此设想：现代人类的一些文字创造，一旦滞留在远去的时空中，当未来的人类收拾它们的时候，还能不能从中听到歌唱的声音？它们是否会一直葆有那种扑面而来的生命灼热？这些假设只能留给时间了。

作为出土文物的《诗经》，会时常发生"错简"的困扰，但这种困扰也不完全是负面的。因为所错之"简"依然是古物，这就使我们多少得到了一点安慰，至少在大的情景方面，它们是处于同一个源头。有时候我们还可以发现，这种错置也会带来奇特的审美效果，产生一些异常有趣的联想。比如在《邶风·简兮》的吟诵中，那个"俣俣"硕人一开始就得到生动夸张的描述，此人身材如何高大雄健，击鼓吹笛与模仿驾车的技艺如何精湛绝伦，可谓极其完美；当我们正沉浸在一种豪迈奔放的意绪中，歌咏的尾章却出现了一种大为不同的色彩和情致：一位女子不加掩饰地发出了叹羡仰慕。这样突兀的转折，反而使前面宏大豪迈的描述及意境，有了另一种意义和功用。从结构上看，这位女子出现得实在突兀，叙述视角大幅度偏移。而《简兮》前三章才是全诗主体，那是一种超脱的视角。由第三人称转为第一人称，有些生硬，令人猝不及防，因而判为"错简"。

正因为"错简"，这首诗才变得别有趣味。当初的编纂者实在找不到这一束"简"该归于哪里，也就放在了这首诗的末尾，将错就错，诗意即有了一次新的嫁接和组合。说到底这种女子的叹羡是完全可能发生的，这种情感的逻辑并没有发生错乱，也总算让我们找到了一点慰藉。

　　出土文物具有一种独特的气质，它不可更易地保存了一个时代的生命奥秘。我们可以从其深层和内部看到人的创造力，那是一种非常本质的力量，产生出难以企及之美。就生命的这种力和美而言，并没有随着文明的演进而得到更多递增，甚至可以说不仅没有增加和进步，反而在诸多方面有些退步。人类在与客观世界的剧烈摩擦与对抗中，既增加了经验，又产生了诸多损伤和疲惫，渐渐变得迟钝麻木，丧失了原有的满目清新。那种鲜亮感和好奇心在生命里变弱，同时也减少了一些敏锐，使人类在主客观的交接沟通中变得木讷平庸起来。我们更容易在事物的表层运行自己的思路，失去了某些最生僻、最本质的开创性发现，不得不将大量因袭、重复、模仿充斥在劳作中。

　　我们需要向古人学习的方面很多，但是在现代，这种学习的机会却变得越来越少了。不仅是我们与各种各样的出土文物隔离了，还有其他。我们接受的现代讯息太多，道路上堆放了各种各样的障碍。一些令人眼花缭乱的信息簇拥过来，使我们举步维艰，不得不将大量时间花费在处理眼前的俗腻和繁杂方面。光阴变得如此短暂，时光不知不觉从指缝间溜走，大地在脚下抽离，躯体常常悬空，人们常常找不到立足点，无法脚踏实地往前和往后。我们正处于现代人类的困境之中。就语言艺术而言，我们正在沦陷，有自我掩埋之虞。

　　我们心中渴望有一个强大的牵引，而《诗经》，就是来自古人的一场有力援助。

读《诗经》

·一种造句方式

语言可以看成人类文明的指纹。语言即人类，即种族，语言的板块就是种族的板块。语言的方式有一个演变的轨迹，这个轨迹就是一个地区一个族群的生命路径；就它的来路而言，是不可改变的；就它的去路而言，也被强大地规定了自己的命运。

打开一部《诗经》，我们轻易就可以发现许多至今还活着的词汇、短语，它们还在应用于事物的命名，而且是最生动的应用："窈窕淑女""投桃报李""乔迁之喜""如履薄冰""如临深渊""战战兢兢""丹凤朝阳""燕尔新婚""大发雷霆""耳提面命""寿比南山""万寿无疆""天高地厚""天作之合""小心翼翼""优哉游哉""无功受禄""遇人不淑""一日三秋"，等等，简直数不胜数。没有什么其他言说比《诗经》更生动更简洁了，现代语言的词根来自它，或来自它所诞生的那个时代，只随便列举就可以列出长长一串。

我们至今还要感激这些将姓名丢失在时间长河中的诗人，没有他们，我们就得重新制作，而且还可能是一些相对拙劣的替代品。在现代使用中，《诗经》的语言有时是一整句都搬来，有时是特殊的语汇，总之，已经同当代生活密不可分，二者紧密地糅合在一起。它们带着诞生之初的色泽和深意，参与了我们的思想，化为了我们的行动。我们的思维一直延续着它们，举手投足间、眉宇之间，仍然闪动着它们的神采。它们的言说使我们的行为变得更加有根有据，而且显示了我们的来路深长，更有根底，也更自信。没有人敢于挑剔具有几千年伟大传统的《诗经》的言说，作为一种造句方式，它可以说是最为完美和精致灵动了，它在那些场景里的言说，往往是一语道破事物的根本，用语直接而别致，极为深入。这些言说方式比起后来，的确有着直取本质的穿透力，所以它们通常是更可依靠和值得信赖的。如果说几千年前的孔子意识到了"不学诗，无以言"（《论语·季氏》），那么我们会发现从《诗经》中学习表述方法、引用辞句，已经化为后来人的一种言语习惯。这个习惯强化了我们的表达，成为我们讲述的重要依傍。它的有些造句方式不是直接照搬到现代，可是它的句式规则却依然得到了遵守。

与现代人类相比，《诗经》的创作者更多是活动在野外的生命，接受灿烂阳光和清新空气，经历风雨雷电。他们没有今天频频谈到的"异化"和诸多文明的拖累，没有那种曲折怪异的思绪，更没有那么多的神经衰弱。他们更加健康和强悍，因此他们的声音也更加昂扬鲜明。这些人能够以初生婴儿般的明亮目光，击打那片同样新鲜、未被人工开发污染过的自然，二者交汇的瞬间会产生多么奇妙的变化。就像最好的粮食酿造最好的酒一样，一种特异的心灵创造物就这样诞生了。这些创造物以语言的形式确立，既是那个时代的生活语言，又是那个时代的艺术语言。这些语言都是那个时空里的佳酿。我们很难忘记那些一经创造即不可更易的词汇，比如那些绝妙的状态化的刻记："春酒""搔首""踟蹰""忧伤""式微""踽踽""凄凄""悄悄""湝湝""楚楚""谆谆"，这些可以一直历数下去。它们还将伴随人类的脚步一直向前，一边前行一边这样言说，没有终了。

远古人类比我们现代人更加爽直淳厚，也更加天真，他们没有那么复杂的"知"，没有因此而衍生的各种莫名的忧伤和阴郁，畸形的伤愁要少得多。他们对于食物充满喜悦和感激，就像他们对于诸事充满喜悦一样："采采芣苢，薄言采之。"（《周南·芣苢》）"彼茁者茁，壹发五豝。"（《召南·驺虞》）"鸡栖于埘，日之夕矣，羊牛下来。"（《王风·君子于役》）"五月斯螽动股，六月莎鸡振羽。七月在野，八月在宇，九月在户，十月蟋蟀入我床下。"（《豳风·七月》）"秩秩斯干，幽幽南山，如竹苞矣，如松茂矣。"（《小雅·斯干》）动物鲜亮的毛色，茂盛蓬勃的绿植，透明的阳光，新鲜的空气，一切都激发并增添了他们的活力，而这恰恰又是现代时空里的生命最为渴望的，已成稀罕之物。他们的喜悦是那么本质和天然，所以从严格意义上讲，"赋、比、兴"的"兴"，是人类在一个特殊时段里总体情绪的呈现，是一种独有的生命能力。

　　人类在不断蜕变和进化，如果说这种演变过程一定伴随着某些功能的流失，要出现畸形的生长，那么作为一种语言动物，就一定会首先从表达上出现一些先兆。我们的生活中不断产生新的语汇，它们当然带有这个时期的生命质地，同样是人的指纹和胎记。现在我们耳熟能详的是很多怪异的现代词语，特别是一些盛行于网络间的用语，它们当中不乏肤浅、脏腻、轻浮、粗鄙，不能不令人深深地厌恶。这种厌恶感是几千年的语言演进经验所给予我们的判断，来自我们几千年文明所培植的鉴别力。一些难以置信的粗俗和下流，其实完全可以归咎于我们的生存状态，归咎于我们与这个时期的物质所构成的一种生命关系。这一切最后必会以语言方式呈现出来。有什么样的物质存在，什么样的生存空间，就会滋生出什么性质的表述。这是人类对自己的一路命名，这是必定要发生的。当我们哀叹一种衰败而下流的语言方式很难得到逆转时，也深深地知道我们对于自己的生命本身，已无校对更正之力。在现代的呼吸和饮食中，这其实正是一种注定的结局。我们无法从生命品质上重塑自己，因为这需要经历一场涅槃，那将是一个非常可怕的过程。

《诗经》中诞生和创制的那些语言的钻石，曾经因为反复抚摸而变得光彩熠熠，也会在现代主义的污浊中不断地蒙尘以致掩埋或流失。《诗经》中那些繁多的动植物名称，我们今天尚可一一对应，但是少有关注和寻找已经消失的部分。自然界每天都在发生另一些生命即动植物的消亡，它们和人类甚至来不及告别。我们首先可以从这三百多首诗篇中去做一个现代检索，看看这些古老的生命今天活得怎样，与其同生共长的还有哪些用来描述和命名的词汇与句式，看它们是否全都健康地活着。仅就这个而言，也是蛮有意义的工作。

在现代语言的演进中，我们需要一种抵御力和坚守力，而眼前的这部经典就是最好的参照物，也是力量的来源。我们不是一味强调沿用和发展它的句式，而仅仅是在维护一种健康的生存。在这数字时代的污脏淹没之中，我们恐惧于一种掩埋。可以说，我们又一次听到了"交交"的黄鸟之声，而人们曾经拥有的美好言说就是今天的"三良"。我们不可以让它成为一个物质主义和欲望主义的垂死的殉葬品。这个时期，人们不必再做呼天抢地的三位夫人，也不必止于诅咒，而是应该起而立行。我们的武器仍然是：语言。

·《诗》的古今价值

人们通常会认为，《诗经》作为一部文学作品或文字记事，囊括了历史、娱乐、礼法等诸多方面，其审美或使用的功能，这二者的价值在当时一定远远大于今天。理由是一部《诗经》脱离了几千年前

读《诗经》

的环境,许多功用已被废弃,而今不过是作为一份存留的文字古物、一部语言档案,它离开了当年伴生的音乐,不再使用,也就基本上失去了原来的价值。如果从一般意义的考古价值论,它似乎也远没有其他一些出土文物那么重要。当然,任何事物的古今价值都不会相同,但有一点要肯定下来,就是它今天的价值一定是源于古代的价值、当时的价值。它曾经具有的价值也会随着时间而发生变化,并非是一成不变的。但谈到一部文学作品的价值,像《诗经》这样依赖过去、依赖源头的还不多见。作为一部诗歌总集,一部文字档案,几千年来从记忆、思想、史料等各个方面看,都呈现出再生式和基础式的重大意义,无论就文学本身还是其他,都是非常珍贵的,对当代生活产生了明显的影响。它有一股不可思议的内力,正在时间里源源不断地挥发出来。

艺术作品的功能和命运有时候是极其诡异的。有些作品在当时发挥了巨大作用,其影响莫可比拟,但随着时间的推移,它的声音越来越弱,面目越来越模糊,以至于被完全遗忘了。而另一些相反的例子却在提醒我们,对于艺术这种特殊事物的评判,尤其需要时间。时间的淘洗和鉴定,超过一切的权威。古今中外这方面的例子太多了,从中国古代的陶渊明到西方的梵高,可以不断地列举下去。

人们对于艺术创造的价值,总是从现实的功用性来加以论断,比如它对于一个时期人们生活的影响、它们在世俗文化中占有的份额等。然而它们的价值许多时候是隐性的,也是极为深奥的,判断起来并不容易。有时候还要综合其产生和存在、历史所给予的机缘,这所有的一切因素来衡量其功用和价值。一般来说,那种举目可见、近在眼前的功用性,并不会是多么重要的标准。历尽时间长河的淘洗一直存在，这是客观的不可消磨的事实。就此而言，即便那些在当年寂寂无声的创造物，如果在日久天长之后逐渐凸出，尘埃尽去，会立即变得光芒四射。只要发生了这样的"后来"，那么当年的寂寞也会成为价值的一部分。艺术作品的全部价值，必定要分给产生它们的那个时空环境，这其中的道理尽管十分复杂，不甚分明，却实在是一个需要猜度和辨析的问题。

我们的价值观应该回到理性，而不仅仅是浅近的物质功利主义。即便以后者论，当年《诗经》在物质层面的价值也是非常显赫的。它能够在某些重大节令与场合演奏，作为一种礼法的标志，不可逾越的形式载体，一遍遍宣示这种功能，显然具有很大的世俗价值。我们这里讲的价值是综合的，最后尤其要回到艺术上来，这才是最需要关注的，也是最需要讨论的。在这个层面上，《诗经》当年就令人陶醉，它强大的娱乐性无论在民间还是庙堂，都令人得到满足。它的美学价值，也完全是从根底上生出的，而且经过了几千年，一直在茂长和丰腴着。这不能不说是一个奇迹。

这里要一再说到《诗经》的主体，即《风》的部分。对它的考察会有些复杂，一方面它是公认的民间创造物，是采诗官在极大范围里的选取，想必有无数的人参与了创造。这些创造者用歌声宣泄了心情，真正是我口唱我心，对歌者身心起到了不可言喻的作用，让其畅快、轻松和欢乐。更重要的是，他们通过这些歌唱传递了内心的渴求。说出诉求，传递心灵，这对每一个人都是极其重要的。今天看，这些吟唱等于是他们的一份份呼吁书，也是那个时代的"多媒体"，是最可依赖的传达工具。这样一来又多少超出了自我愉悦和共同愉悦的一般性质，其他的世俗功用也就凸显和附加进来。

在谈论《风》的时候，我们尤其要仔细一些：既然它们产生于更长的时间和更多的人，那就可以想象创作者成分之复杂。民间是否可以完全等于底层？底层是一个阶层的概念，它通常指劳力者，以区别于上层的劳心贵族。可是从另一个方面讲，它还是一个广大和开阔的概念，意味着事物集中之前的一种散漫状态。在阔大漫长的时间里，在相当辽阔的范围内，那些无数的未可测知的人，都可以用"民间"两个字来概括。这里面甚至可以包括贵族、知识分子和有文字能力的创造者与记录者。如果这样理解，民间是不是会变得更加包容和可信？既然如此，我们是否可以说，《风》的创造者，有可能不完全是基层的劳民？这样说，也并未否认劳民的创作才是《诗经》的主体。这样理解，也就有了更大的包容的气度。

《风》是很久以来，由分散在广大地区的各色人等咏唱出来的即兴歌调，经过乐官的广泛采集，并在一种礼法和规制的指导下加以筛选，而后又固定于使用场合，配置专门的乐曲，从而功成。这大概是更为可信的说法。

《诗经》的价值延续到今天，已发生了诸多变化。作为考察历史、心灵、礼法的一个丰富标本为今天所用，尤其是作为诗章，它一直葆有强大的艺术魅力。几千年来它一直拥有这些功能，今天则附带了另一个不可取代的作用，就是给畸形、扭曲和异化的现代人提供精神回返和溯源的指标与路径。它是一个绚丽的世界，也是一块醒目的路标石。作为某种源头性的生命呈现，它可以成为考察根底、抵御现代语言混乱、发扬和重塑汉语言健康的样本。这里面隐含了汉语言的灵魂，是语言艺术之心。这个核心在浩瀚的人类文明中移动，至今划过了一个长长的半径，形成了巨大的汉语言文明圈。我们站在现代，可以有一个远大的眺望，做一个超脱而清醒的继承者和创造者，这才不至于陷入迷狂和沉沦。

· 诗与散文

我们展读《诗经》，实际上正是面对了一个诗的时代，这个时代最显著的艺术形式很可能就是这些歌词。作为一种咏唱，它们今天脱离了与其协配的音乐，脱离了牵引它们向高处和远处游走飞翔的旋律，独立生存下来。我们用"诗"称谓它们，以至于形成一个延续至今的独特概念。看到这样的短句，看到这些带韵脚的分行，就会这样称呼它们。它们有了自己的外部形态和凝固的形制，这就是"诗"。尽管后来又有了所谓的"散文诗"，但从严格意义上讲，后者仍然是散文而不是诗。诗意可以弥漫在一切文学形式之中，而我们却不可以把一切文学作品都称之为"诗"。所以这个"诗"的概念特指一种形制固定之下的"艺术"，而不是单纯指其意境和内涵之类。当然我们可以从一种形制入手，确定和判定它的神采和内质：如果完全背离了其形制所特有的要求和规定，那就是另一回事了。

到了春秋末叶散文开始发达起来，再后来就进入了长长的散文时代。这里的"散文"是广义的，指各种各样的言说、论述和虚构，包括叙事作品。诗的激越时代仍然还要出现，比如唐宋，也曾经被誉为诗与词的时代；但就形成的文字体量而言，它们仍然不可以与同时期的散文相比。可见从文字表达形制和发展规律上看，越来越多、越来越自由、越来越随意，是一个不可遏止的方向。从这个意义上讲，人类大概永远不可能返回诗的时代了。

　　诗大步地退出了自己的时代，这里面有很多原因。在刚开始，其中最重要的原因，就是人们对于礼崩乐坏的规避和厌恶，以及与音乐不可分离的要求所形成的局限。这也形成了对于诗的写作的束缚。有些场合无法演奏，有些场合的演奏被视为大逆不道，而这种咏唱的文字既是一种娱乐活动，同时又在贯彻礼法、参与庙堂事务，显得相当烦琐。生活越来越匆促，诗的烦琐性和不可操作性也影响了它的生存和延续。从社会层面看，诗的实用性的确是越来越弱了，它更多地成为个人的抒发，其工具的性质与功能大大地减退了。与《诗经》差不多同时产生的《书》，后来则几乎完全消失了。可见随意书写的散文类文字，要保存起来反而更加困难，而在人们口中吟唱的诗却能够经历兵火、战乱和时光的考验。诗在保存的可能性上，又远远大于散文。

　　人们越来越寻求表达的自由和随意，既不用于咏唱，也不用于其他，不必一一对应社会需求。它们不过是记录或自娱，无论于个人还是于社会与庙堂，都是一种比较方便的文体，所以这就有了散文的发达。整个文字沿着这个松散自由的方向前进，已成定势，不仅是中国，就是从世界范围来看都是如此。但除了体量的考察，仅就表达的意义来看，浩瀚的散文所给予的意蕴承载，却并不一定变得更丰富、更开阔，倒有可能是变得更简单、更狭窄了。因为它的表达变得更具体，也更细节化。在诗中，有所谓的"赋、比、兴"三种手法，而散文却把无限开阔的"兴"的部分压缩了，只是直接而详尽地记录客观事物和主观意念，与诗的大空间、多意蕴的凝练特质相比，就变得直白多了。除了不能够配乐吟唱、不能够在某些场合中使用，散文的日常实用性和适用性都大大地提高了。正因为如此，它的世俗性增强了，浪漫性却降低了，所以就审美功能而论也算是一种退步。

文字的功用和使用方向后来大大地分化了，变为论说、记事，当然也有个人的吟味。作为官方记事的需要，产生了专门的史学家，如司马迁这样杰出的散文家，当然这些散文家也继承了诗的传统。虽然这些文字不再是有韵的短句，也失去了音乐的陪伴，但它们仍然尽可能地葆有一种飞翔的性格。那些千古不朽的散文杰作，其气质常常接近于诗，文字和意境有一种飞翔的仙气和空灵高远的品格，绝非一般意义上的现代散文所能拥有。它使我们想起那些在强大的旋律下舞动的文字，即诗。

散文作为一种随意的文字记录，其极度的繁殖和扩展，很大程度上还是因为记录工具的进步。书写在技术层面上的障碍越来越少，文字体量即可以迅速增加。人类发明了纸张，发明了活字印刷，更不用说现代的数字化传播了。这些思维意识的符号和代码可以极其简便地从手中流出，从无线电波中输送传递。由于传播数量和速度的无节制，许多时候文字已不再是文明高度发展的一个标志，而是走向了湮没和自我毁坏的表征。这个时候的文字不仅丧失了诗性，而且还将丧失最基本的言说功能。这种功能是一种文明递进的环节，它不可以损毁和删除，从《诗经》、从更早形成的汉语言的表述规则开始，它在几千年的历史中一直被贯彻下来。对于人类这种语言动物而言，文字本身即是一种生命体。这种言说功能的逐步丧失，等于切断了人类生命中最重要的血脉，甚至会导致灵魂的散失。文字可以走向散文时代，但是人的灵魂不可以散掉。

也许像任何事物一样，文字也有一个繁殖的极限。随着网络数字时代的到来，社会的混乱、拥挤、污浊和嘈杂，正呈现出空前的样态。文字的腐朽和死亡之期可能即将降临，然后变为一片腐殖丰厚的土壤，再开始新的生长。这种生长会靠近另一个时空里的原来，是另一轮生长的开始。

· 诗与散文时代的关系

就诗这一体裁本身来说，《诗经》对后代诗歌的发展有着决定性的影响，这是没有争议的。然而如果我们说它同时也深刻影响了后代的散文，甚至是小说和戏剧，就需要多说几句了。特别是后来大行其道的小说，人们可能不太情愿将它与《诗经》拉上紧密的关系。说现代小说的一部分传统也来自散文和戏曲传统，其中一部分来自《诗经》，尤其是其中的《风》，又会有多少人同意？多少人愿意就此展开自己的学术推理，从中进行辨析和研究？这可能是一件颇为棘手的事情。从感性上说说容易，从学理上抵达却是一件很细致的工作。谈到小说的继承，有人立刻要想到中国的通俗小说，这部分传统的叙事文字可能更接近《风》的描述内容，所以人们愿意承认二者之间的移植和继承关系。可是这样说很可能产生了一种严重的误解，就是将通俗文学和民间文学混而为一了。

《风》是民间文学的典型，是其中最精粹的代表，而中国通俗小说却完全不可以领受这样的光荣。烟火气十分浓重的中国通俗小说既缺乏《风》的简明、清晰和鲜活，更没有深刻动人的美学品格。后者才是最为致命的。真正意义上的民间文学既有貌似放肆的表达，又有另一种矜持恪守的尺度，它在这些方面偶尔僭越，总的看来，仍然不能抹杀这种质地。其精神方面的率直、明快和健康，更是那些芜杂而油腻的通俗小说远远不能比拟的。如果它们确如孔子所说的"思无邪"，而那些芜杂的通俗小说流脉却完全称得上"邪"，就这个层面而言，二者的质地也可能是对立的，而完全不能够兼容。

我们更愿意将《诗经》的传统，与后来诸子百家以及《史记》这样的散文杰作联系在一起：它们没有拒绝鲜活的细部和细节，具有强烈的个人性和具体性。在这些优秀的散文篇章里，甚至很容易找到"赋、比、兴"的痕迹，尤其具有"兴"的风范。在诸子百家滔滔不绝的言说中，我们看到了"兴"的品质，看到了那样的心理状态和精神素质。他们畅所欲言，豪情万丈，托物言他，生命激情一贯到底，不可遏止，既有强大的理性说服力，又有巨大的感性传染力。中国最好的散文，最好的戏曲，甚至是历史记录，莫不具有这样的色彩和特征。也正是这一切，使它们与后来那些俗腻的叙事作品划出了界限。它们有民间悍猛生鲜的成长力，也有庙堂的严肃庄重性；既有《小雅》"怨"的品性，又有《大雅》和《颂》的庄严与确定性格。

诗的时代远去了，散文的时代接踵而来。到了战国，还有更后来，我们没有陷入诗歌的滔滔海洋之中，而是大步踏入了散文的茫茫野地。现代写作就尤其如此。这种散文化的趋向看来已经难以逆转，但即便到了现代，我们仍然能够从其最杰出的文字中，一再地感受到《诗经》的灵魂。

先秦的诸子百家和司马迁的《史记》最接近于《诗经》的精神气质。这是一些更早的散文作品,它们作为一种诗意的桥梁,一种精神的过渡体,紧紧地联系了后来,最终接上了戏曲和小说。中国的现代小说,比如《红楼梦》之后大面积地借鉴了西方叙事艺术的作品,在精神气质方面竟然与中国古代散文有了很多接近,可以说进而接通了《诗经》,这真是出乎预料的。由此可见,原来西方文学中的诗性部分,比如说他们的戏剧,以及在这种艺术形式影响下的纯文学叙事作品如小说,是人类某种共同的创造元素的集合,所以东方和西方就在无意间打通了,连接了。

我们这样讲,当然不是说西方艺术是受到了《诗经》的影响,而只是说它们的内在本质是一样的。在二十一世纪极其芜杂混乱的网络文字中,在剧烈涌荡的潮流中,《诗经》一类古典精华,其传统有可能起到一个核心作用,它像桩柱一样,拴住了那些具有共同精神特质的文字,使其不至于漂移到无尽的远方。它在很大程度上成了滔滔浊流未可冲散的坚实的文学和精神岛屿,其坚硬性即来自原发根底的深刻与茁壮。

这个网络时代的文字浊流正在堆砌和覆盖,一波又一波地推涌和铺展,留下了骇人听闻的堆积。也许我们怯于面对它们,更难以清除,因为这是一种不可能完成的巨量工作。这些堆积或许要留给更长的时间去演化分解,让其在不可估量和预测的演变中变为腐殖,然后再开始新一轮生长。但新生仍然需要有源头、有根底和有依据,也正是在这个意义上,以《诗经》为代表的伟大语言艺术,才与现代和未来的散文世界产生了最新也是最深的关系。

· 散文的奢侈

随着书写工具的发展进步，记录变得容易了，人类也就留下了很多文字，其节制性越来越弱。造纸术和印刷术发明之前，文字书写要依赖竹简和绵帛，更早则是陶片和龟甲。一篇稍长的文字需要耗费太多的人力物力，所以无论多么富于才情，还是书写不起，因为没有那么多的龟板和陶片。即便变成了竹简，成捆制作也是很考验人的，而且保存和搬动都非常困难。一车"哗哗"响的竹简摆到面前，写上文字，再把它存放起来，书写者也是一个体力劳动者。那时落下文字就要相当慎重，记录和书写的形式制约了内容，也影响了书写者的心理。他们要比后来人庄重得多，小心翼翼地刻记下每一个字，尽可能将极多的意思概括精简，因为竹简之类还是比较贵重，也很不容易整理。仅仅是这种书写方式，就可以促使古人把思想和艺术凝为结晶，安放保存，不许奢侈。

然而伴随造纸术的产生，出现了一个重要分野：书写材料不再那么昂贵，可以较为放松地挥洒文字。那些极不成熟的思绪，飘忽而逝的想法，都可以落在纸上。当时可能会觉得纸张不够坚韧和结实，很容易撕毁和湮灭，而铜器龟甲与陶片竹简都是坚硬之物，落在上面的文字才有可能持久，轻薄如纸完全没有这种可能。他们对于纸张的顽韧还缺乏科学的认识：一张宣纸可以保存千年，被称为"千年宣"。在出土的文字承载物中，我们发现竹简也不是那么耐久，因为书写完成之后它们要编在一起，那些维系次序的绳索皮条之类一旦毁掉，便会产生致命的"错简"。纸张却没有这种弊端。雕刻木板和活字印刷是更后来的事，它们的出现使文字记录方式又产生了一个飞跃。总而言之，从材质到书写方式，文字记录都在一步步地走向现代，这同时也是一个文字堆积越来越严重的过程。

使用者手中的文字变得越来越随意，可以大肆挥霍，就像承载文字的材料一样廉价，在这两个方面它们倒是高度统一。与这种记录相伴而生的是轻浮和滥情，胡言乱语是最常见的现象，文章作为"经国大业"，已经被我们用行动给予了彻底否定。到了现代，我们都知道它抵达了一个怎样荒谬的极致。因为记录和传播文字的材料与工具太过容易，文字的价值变得更为低廉，甚至完全没有什么价值，成为垃圾。它们可以是没有物质形态的数字，还不如空气实在。它们可以在黑夜和阴暗角落炮制，可以妄言呓语，可以发泄嬉闹，甚至可以用来抗拒和摧毁自己的文明。这种以其人之道还治其人之身的可怕的反拨力，已经成为现代的一种通用方法：用语言摧毁语言，用文字击碎文字。这是垂死绝望的现代人失去理性的举动。当代人对于文字的奢侈和滥用，已经不是一般意义上的无限膨胀和堆积，而是渐渐产生出越来越强烈的敌意和恶意。这种恶意是人类在经历了生存的绝望和荒谬之后，产生的一种畸形反应。

绝望之始表现为沉默，沉默又滋生两种东西：慈悲与狂躁。慈悲的温煦让世界变得可以忍受，而狂躁的怒火却会从周边烧毁，并且与其他毁灭的力量连成一体。我们连醉生梦死的机会都将失去，甚至来不及从毁灭中获取一丝邪恶的快感，一切也就过去了。我们失去了阳光、绿色和清流，再无机会观赏"七月流火""南有嘉鱼""月出皎兮""桃之夭夭""绿竹青青""蒹葭苍苍""滔滔江汉"，听不到"关关雎鸠""呦呦鹿鸣""仓庚喈喈""鸟鸣嘤嘤""喓喓草虫"，没有机会像《风》中激越的情人那样一遍又一遍吟唱流水了。

可见我们面对的不是散文时代的奢华，而是生命的坍塌。一个坍塌的物体将把那些细小的屑末散到四周，变为灰尘堆积起来，掩盖绿色，蓬勃生长的原野变得一片死寂。这些覆盖让生长变为死亡，让欢腾的水流和鸣叫的花鹿一起窒息。在这个死去的世界上，我们甚至连妄想都没有剩下，连幻觉都无法寄存。

只有在这样恐惧的时刻，我们才能理解关于使用文字的节俭和淳朴意味着什么。它不是一般的作文之方和劝善之词，不是一种自我要求的严格和苛刻，而是在谈论生存。

我们回到《诗经》的吝啬和简单，回到那种收拾洁净的严整，实际上等于回到生存和创造之道。

· 五百年间"诗三百"

从西周初期到春秋末叶，大约五百年的时间里只留下了这三百零五首诗，或不算多。可是如果它在数量上得到了成倍的保存，我们会更为满意？这也未知。《全唐诗》是三百年左右的时间汇集了近五万首，那虽然是一个巨量的存在，但真正能够打动人心的杰出诗篇也许连十分之一都不到。最令我们感动的诗人不过是李白、杜甫、白居易、李商隐、韩愈、杜牧等十几个人。唐代的文字记录和传播能力已经远远超越了《诗经》时代，从文明的延续和发展的意义上看，这当然是巨大的进步，是值得欣悦的事情；然而就像任何事物都有它的负面一样，时间形成的强大淘汰力也就打了折扣。任何一个时期，往往是那些最有价值、最不可或缺的东西才有可能保存下来，这种筛选是多方面条件形成的一种合力，比较苛刻。比如在费时费力的竹简书写中，不可能连篇累牍动辄万言，这就使个体的创造力得到强烈的遏制，总体上的选择就会慎之又慎，难而又难，也就只能将那些最突出、非常特别的部分保护好，而后收入时代的囊中。这里面存在着民间和庙堂的矛盾，或者是尖锐冲突：无论是民间还是个体，最优秀的创造都有可能因为与体制的冲撞和背离而不被选择。总之，越是记录和保存力羸弱的时代，官方的作用就会越大，即便到了离近代不远的清代，如果没有皇家编撰《四库全书》，许多典籍就将是流散不存的命运。

　　在阅读《诗经》的过程中，我们明显地感到，最卓越的《风》部分虽然占据绝对的篇幅和体量，但仍让我们有些意犹未尽的感觉。我们似乎能够想象，还有大量类似的佳作因为各种原因被遗弃或忽略：当然这主要是经历了采诗官选择的缘故。由于省略删削造成的空隙，才在一定程度上形成了"风诗"的疏朗感。而到了《小雅》，特别是《大雅》和《颂》的部分，诗篇相距的空间就减弱和缩短了，一种群体创造的拥挤感和连绵性，是来自于某种相似的风貌和气韵。从阅读感受而论，单篇作品之间的关系如此，一部独立作品本身也有这样的问题。从编纂选择的角度看，那些相对规范的词语连缀、中规中矩的意涵很容易得到认可和记录，它们不同于民间粗糙而又生气勃勃的歌咏，不同于那些号唱咏叹中所产生的文字和意象。民间之于庙堂常常是突兀的，是令人费解甚至会引起讶异的。民间元素既撩拨了高居庙堂的人士，又阻碍了他们接近的脚步。

　　五百年来浩瀚广袤的民间该有多少创造，它们一律是声音而不是文字。文字是文人雅士的事情，所以既然不能落字留痕，也就只好随风飘逝,即便从这个意义上以"风"命名,也是十分绝妙和恰当的。无所不在的"风"日夜吹拂,穿家越户,掠过原野,抵达城邑,进入街区,卷动和扫荡每一个角落,最后才攀上庙堂的高墙。终于有人来撷拾这些声音了,用一条特殊的官家的口袋,把它们收起来,塞得鼓胀,然后就提走了。在宫廷内部,将有一场历史性的挑选。

"诗三百"中最使人吟味不已的就是《风》中的那些短章,极其浓缩却又藏匿丰富,其复杂的多重意绪并非使用更多的语言就能表述。而在《大雅》和《颂》中,那些铺排枝蔓、篇幅更大的文字,尽管"赋"的功能发挥得淋漓尽致,却常常让人觉得有些单调和逊色。从原野的风中传唱出来的心绪和感动,虽然在文字表述方面不必连绵规整、周备充实,却真的以少胜多。它们多半是简化的,有时以无言代有言。一些重复的句子,却能够于暗处、于内部悄悄切换,在意义上攀跃和趋进,抵达新的境界。无言会隐下无限的内容,它们是含蓄不清或多重语义的,往往在一种极简洁的字句中透露消息。

从几千年前到现在,从极为凝结的诗句到铺展扩充的散文体,语言的繁衍发散趋势正不可遏止,其实也是内力耗散的一个过程。浓缩与简练、节制与少言,作为表达的一种奥秘或一条规则,一直在小部分人那里得到了遵守,在大多数人那里则是被忽视的。文字的骨感美出现在远古,这种美大致是甲骨刻记或青铜铭文形成的,后来由竹简书写得到了传承延续。文字作为强大的无可比拟的表达利器,主要存在于先秦,而后则是走了大致衰落的道路。语言艺术有一种奇怪的特征,即看上去最充分、最周备的表述,反而会趋向狭窄和渺小;而特别吝啬的节减和省略,却有可能让人触探到无限的蕴藏。《诗经》中最能打动我们的《风》,主要就是这种语言利器的使用。

显然,这是五百年心声的概括,是漫长时光中的伟大省略。虽然不敢说它是最准确的选择和挑剔,但在诗海中取一瓢饮的性质却非常明显。如果把这片海洋全部收藏,那需要多么大的容器。后世的人看到了《全唐诗》的浩瀚和泥沙俱下,不得不做取一瓢饮的工作,以个体超越的眼光替代时间的自我淘汰,于是就有了各种各样的唐诗选本。也许因为这些选本的缘故,那些最杰出的部分才渐渐分离出来,它们正变得光彩熠熠。但这种选择的工作比起"诗三百"的形成过程,还是要冒险和孟浪多了。"诗三百"总体上说还是经受了比较自然的时间的淘汰。

西方某位作家曾有一个妙论,认为创造者将已知部分删削掉,读者就能够感受到它的存在;如果创造者因疏漏无知而造成了缺失,在阅读者那里就会形成一个窟窿。这是写作的一个奥秘,也属于阅读的奥秘。许多写作者和读者都有过类似的感受和体验。这种妙论运用到《诗经》的赏读上也非常合适:我们将它看为一个艺术整体,感受和猜测它的某些"窟窿",以及无文之处的充实和存在。也就是说,好的编撰者会在已知的省略中,给我们留下合理的、完美的想象和感知空间,这使整个的阅读经历变得十分美妙。在五百年的巨大时空中,《诗经》经过了各种各样的割舍和择取,这才有了今天的风貌。我们的遗憾和欣慰也都在这其中了。

· 融三百为一首

毋庸讳言,《诗经》并不是纯粹统一的,它的色彩不同,内容不同，思想倾向不同，甚至呈现出一些斑驳与芜杂。这也是一部丰富的作品集常有的现象。有的篇章并不见得让我们从头至尾地愉悦，并非让人毫无厌烦。赞美一部艺术品，笼统地沿着一个理想和自我满足的方向去夸大感受，奉献颂词，从来都是容易的，却也会变得廉价。我们的审美需要理性，需要在一个清晰的状态之下，这是对待古代、近代和现代所有艺术品都应该持有的一种态度。因为理性的缺失会让我们迷茫，让我们走向荒谬。

我们对《诗经》的总体论断，仍然是建立在统一的感受和审美基础之上的。如果真正回到这种客观而超然的角度，就需要具备一种端量万物的远近观：时而切近，时而远望。这是一个总体把握的必要方法。双目投向遥远的迷茫，这时获取的观感和印象与埋首于一个局部是大为不同的。我们或许能够因为切换焦距而变得超越和清晰。这种感受方式带来的印象有助于审美理性的形成，是十分必要的。

我们常常谈到"诗三百"的"三体"。如果把"风、雅、颂"视为三章、三个大的单元，又会发现什么？也许集五百多年时光的一部古代"史诗"的概念，会因此而显现出来。说到一部史诗，我们是说真正意义上的史诗，就会不自觉地再次回到西方的史诗概念：用同一种标准去衡量它们。这时我们就会发现，像西方史诗那样的叙述节奏和内容上的特征，如重复、烦琐、情节积滞不前，更有庞大的叙说语流，诸如此类的感受全都出现了。在这些方面，《诗经》甚至还有过之而无不及。当然在情节上，它们没有西方史诗的流畅和连贯性，时常呈现断裂的状态，却仍旧可以看成一些时而游离、时而收拢的大故事的片断。总而言之，作为一首古代长歌来理解《诗经》，虽然有点苛求,却也并非不着边际。这也许是我们东方人缺少史诗、某种审美饥渴所造成的急切认定心理。

所以,将它视为一部诗歌总集,这样大概更为准确和现实一点。然而做统一观也是非常必要的,因为如果没有这种气度和能力,我们就会跌入某些窠臼,栽进局部的泥淖而难以摆脱,视听堵塞,缺乏应有的超然和达观。只有将《诗经》作为一个整体,甚至是一首长诗,它的章节性、段落性、起伏变化的音调和交替出现的色彩,才能够被我们更准确地捕捉和把握。由此,我们才可以真切生动地倾听一场历经旷远的时代合奏。

《诗经》由欢快的小调开始,以较为嘈杂尖亮或极其委婉的片段汇成第一乐章的开端;接着是难以形容的粗犷与细腻、豪放与温柔交织而成的辉煌,它以惊人的野性、放肆,以及那种小心翼翼的情状,做出了一场最复杂也最富丽的呈现。这场音域开阔的演奏,常常让人目瞪口呆。每一个倾听者都是参与者,他们舞之蹈之,时而打破通常的艺术欣赏所需要的那种专注和安静,深度投入。这种旷古罕见的演奏也许是现代人不可理解的。作为第一乐章的《风》太长了,它几乎占据了最重要的篇幅,将让我们深刻领悟其重要性:原来这场辉煌的演奏既是一个入口,又是一个基调;既是开始部分的大喧哗、大陶醉,又确立了整个演奏中最值得回味的重心和主题。这在我们所熟知的现代演奏结构中,是那么特异。

作为第二乐章的《雅》竟有大小之别,又是一个稍显突兀的呈现。《小雅》之小,在于它偏向《风》的色调而稍稍疏离了庙堂,始终在两个向度上左右摇摆,时而笑容可掬,时而忧伤哀戚。它没有第一乐章里所显现的那种狂纵,也没有那种色性熏人、欲望冲决的气概和风韵，基本上是收敛的，偶有冲动也加以节制。到了"大雅"就愈发收敛了，甚至矜持得有点过分。终于，我们迎来了肃穆堂皇的结尾，即"颂"，这是它的第三乐章。

整场演奏变得沉重起来，似乎庙堂和世界的分量一块儿降落在现实之中，让所有倾听者都安静下来。大家被这种陌生的力量笼罩和控制。它们不属于我们的心声，却是我们内心里朦胧寻找和攀附的某个高处。我们试着接受它，将它变为心灵的一部分：有时候能够，有时候不能够。最后它还是离我们而去，升到了云端，让我们仰望。在臆想中，我们会一遍遍尝试倾听它曾经送达的那种恍惚感和崇高感。然而这种声音非常稀薄，在灿烂的阳光下，它再度显其形而隐其声；在狂风大作的日子里，它一定是隐形销声，变得无臭无迹。

这就是一场宏大的古代演奏留给我们的心灵回响，一种久久难忘的印象。也许它的音乐架构没有某些个体艺术家的处心积虑，既不均衡也非滑润顺畅，却呈现出罕见的卓然不群、独立自然的气概。我们宁可相信它由恒久时间里的某种神秘孕化所成，具有天籁的力量。这样的一种完成，使它们变得难以挑剔。我们一直想拥有一种拆解分析的能力和权利，但最后总是发现无法实施。我们的愿望难以实现，难以用到它们身上。它们常常变为一个不可拆分的整体，无论我们使用多么大的力量，做出多么吭吭哧哧的艰辛努力，最终发现它们还是一个坚实的整体。尽管它们没有更大的密度，常常出现很多缝隙，但是我们仍然撬不动它。它岿然不动地凝固，非常顽韧和厚重，非常结实。

·知人论世之不及

我们在分析和讨论一部文学作品的时候,常常强调"知人论世",这当然自有道理。对于创作者本人的深刻探究,特别是关于其具体的生活情状,在社会阶层里的位置,各种经历际遇等,必要有所了解。研究者们无一例外地对此饶有兴趣,特别是面对另一个时世的创造者,会经常兴致勃勃地享受这种探究,没有这种探究,似乎也就丧失了理解他们创造物的最大机缘。

果真如此吗?似乎没人敢于质疑。要论事需要知人,因为事是由人做出来的,没有人何来事?当然这里的事也包括他们的创造物,即所谓的文学作品。眼前的这部《诗经》,就是人类描述的一个世界,创造的一个世界。要对它稍有领会,就必须走入一个公认的门径:将这些诗篇的创造者一一弄个清楚。于是我们逐步找到了君王、公主、臣子,找到了君子和小人,找到了奴隶和权贵,还知道了没落贵族、时髦人士、小吏、隐士、猎人、养蚕女、舞者、征夫、弃妇、浪子、失恋者、私奔者、性饥饿者和战场上的同性恋者,等等。我们目睹了《硕人》里庄姜的绝代姿容,知道了齐国盛产美女,并且看到她们是如何由东到西输送到周王朝的宫廷和其他诸侯国的。这些东方美人产生于天下最富饶的地方,有强大的物质支撑,有莱夷族的非凡血统,一律身材颀长,容貌姣美,性情如水,教养良好,在东部王国渔盐之利的滋润下,在那种亦仙亦幻的自然环境下,她们变得如此丰腴、俊美和灵秀,是任何人都无法忽略的美艳。就这样,我们了解到几千年前不同的社会阶层、生活习惯,得知不同的生存环境决定了生活的品质和特性、歌咏的音调和内容。那些宫廷的达官贵人、权高位重的文臣武将，特别是那些掌有文柄的贵族，他们所记录下来的吟唱，其色彩必定大不同于那些底层的挣扎者；而挣扎者怀有满腔怨恨和愤怒，也就理所当然了。

还有一些活跃在野地里的生命，他们的歌声充满阳光，而少有室内的那种阴郁和清冷，这也是可以预料的。然而，如果我们过于把历史情节和具体人物的处境与他们的精神创造物一一对应，也会相当危险。这种危险就是所谓对号入座，让复杂的心灵创造简单地与具体遭遇，相互印证，并且当堂对质。这种方法在现代学术研究中竟然走向了极端，实际上是一条简单而浮浅的邪路。我们会把一种物质主义、现实主义的成见，带到极其复杂的艺术赏读中，而对烦琐而神秘的精神活动，再也不愿运用自己深沉的探究力。我们的理性用得有点过分，于是走向了理性的反面，走向了浑茫和迷乱。这种倾向在诗学的历史上一再重复，由此而导致许多荒谬的诠释。不仅如此，作为一种传统，它竟然源远流长。比如我们耳熟能详的《红楼梦》研究，就常常如此。一部虚构的叙事作品，一部艺术家的幻想，一种出色的想象，一部诗意烂漫的纯文学，在有些人那里竟成为挖掘历史人事隐秘的凭证。在这部虚构作品中，一切仿佛都有当时的依据，书中的每个器物都必有出处。

虚构作品使我们费力索隐，彼此印证，这种工作是多么刻板可怕，而且可笑。索隐家与考证家忘记了诗人不可遏止的想象触角，可以抵达多么广阔的时空，又是多么微妙和曲折。它们源于某种具体事物是完全可能的，这种发源当然可以求索，但这只是一个触点，一个缘起，只是一块想象攀附和借助的基石或枝丫，稍一用力就会腾空而起，飞翔在苍茫的诗意海空。

那些一意索隐考证的经学家们对于飞翔的思维是完全隔膜的。所以说我们需要去具体关注创作者的生活情状和人生经历，但这绝对不可以是什么大学问，并且在多数时候与语言艺术的审美活动背道而驰。它们会让我们在敏感、生鲜、微妙的语言艺术面前，在这些活泼泼的文字化成的灵魂面前，变得笨如砖石。

如果是一个僵固、冥顽不化的生命，去面对时而幽默热情、活力四射，时而冷肃和阴郁的灵魂，将会多么尴尬。这不是一筹莫展的问题，而是一个彻底隔绝的问题。如果根本就不能进入他们的世界，还何谈诗论？对几千年来的那些辛苦的索隐派与考证者，我们既要感谢他们所做的种种基础性工作，但同时又不可拘泥于他们的劳动，不能让那个时期发生的所谓历史与人事，一一强固到诗的身上。诗是艺术的精灵，是魂魄的舞动，是心灵的世界，它们的拥有更丰富也更开阔，它们所传达的，已经远远超越了具体时空。

那么，让我们还是回到自由的倾听吧。

下篇 《诗经》选读

周南

- 关雎

    关关雎鸠，[1]在河之洲。[2]
    窈窕淑女，[3]君子好逑。[4]

    参差荇菜，[5]左右流之。[6]
    窈窕淑女，寤寐求之。[7]

    求之不得，寤寐思服。[8]
    悠哉悠哉，辗转反侧。

    参差荇菜，左右采之。
    窈窕淑女，琴瑟友之。[9]

    参差荇菜，左右芼之。[10]
    窈窕淑女，钟鼓乐之。

【注释】

[1]关关雎鸠:关关,水鸟和鸣之声。雎(jū)鸠,一种水鸟。

[2]洲:水中陆地。

[3]窈窕:娴静幽雅。

[4]逑:配偶,指夫妻。

[5]参差荇菜:参差(cēn cī),长短、高低不齐。荇(xìng)菜,水生植物,可食,形似莼菜。

[6]流:顺着水流采摘。

[7]寤寐(wù mèi):寤,醒来。寐,睡着。

[8]思服:思念。

[9]琴瑟友之:琴瑟,古代两种乐器。友,亲近爱慕。

[10]芼(mào):采摘,拔取。

编者置《关雎》于《诗经》卷首,如此显赫,也许赋予了其独特的使命。历代经学家都对它极为推崇,议论纵横。几乎每个历史阶段的鸿儒们都在挖掘阐述,探究其丰富内涵,破解诸多隐藏,令其独享殊荣。两千多年来关于《关雎》的文字可谓数不胜数,不断的重复与累积使它的影响一再扩大,大概在中国诗歌史上还很少有一首诗能够像它一样,被如此广泛地引用、延伸和解析。如果说《诗经》在漫漫时光中显得颇为神秘,那么最神秘的还是这首《关雎》。

《诗经》最为人称道的当为"赋、比、兴"三种艺术表现方式,而这三者在《关雎》中全都得到了极鲜活的运用。全诗意象单纯,叙述简洁,平直少变,显现出自然质朴和自信从容的品格。它代表了"诗三百"最为优异的美学内质,即以少胜多、以简代繁、意象深幽、况味悠远。它于短小且一再重复中供人品味，咀嚼无尽，可以循意象远溯以至于无穷。说它直简畅白，却又伏下了处处心曲，甚至还有些隐晦。

宋代理学家朱熹在《诗集传》中说：《关雎》文理深奥，只可熟读赏味，不可言说。朱熹深意难解，好像我们如果对《关雎》多言便是一次履险、一次冒犯，或许还会造成冲撞和错谬。不过面对这位大儒"不可言"三字，我们反而被激起了更大的好奇心，而这种欲罢不能的心情从来都是推动学术的最好状态，会引出更多情不自禁的想象。一首小诗被置于太过突出的地位，必然要迎接强烈的光线，吸引众多的目光，从激赏到挑剔，再到疑惑与费解。总之，"诗三百"所有的光荣连同其他，似乎都在首篇中体现和衍生出来。

一首浅近易懂的情爱诗，描写的不过是最常见的两性情欲而已，却要在反复诵读体味中变得"不可言说"。如此而来它就会在读者心中发酵，形成更大的张力，让主观意念倾力贴近、体悟、寻索原著所能蕴藏的一切。这期间又将产生出新的斑驳因子，于是变得越来越复杂难言起来。读者处于这种状态之下，进一步踏入"只可意会不可言传"的妙境，诗章的审美作用不断挥发，从而完成一次至为奇妙的艺术体验。

小诗最引人注目的一个词是"雎鸠"。它是水中游走的一种猛禽，看上去洒脱俊逸，姿容悦目，实际上对鱼儿们来说却是一个凶悍的猎手。开篇两句从男性视角描写了一只立在沙洲上的猛禽，第三句即刻画了一位高贵娴雅的女性，第四句便发出了"君子好逑"的慨叹。这里将沙洲上的猛禽和君子心中的女子紧密相连，是"比"还是"兴"？是"兴"中有"比"，还是"比"中有"兴"？这就大可玩味了。

在此,如果"比""兴"难分或兼而有之,那将是多么诡异的意象和蕴含。

是河上一幅鱼鹰待猎图令男子联想纷纷,还是翩翩遐思勾扯出汹涌澎湃不可遏止的炽情?

写过了猛禽又写荇菜,一种漂浮在水面的圆叶绿植,安静美丽,如同莼菜。"参差荇菜,左右流之",这里左右忙碌地采摘仍然是获取。无论猛禽之于"鱼"还是人之于"菜",都是一次干净利落势在必得的斩获。猛禽、鱼、水流、荇菜等自然元素,与男女情事紧密相关。一个为相思煎熬的男子,在床上翻来覆去难以成寐,此种情形不难体会,但他关于猛禽"雎鸠"之联想却未必人人有过。跃身入水长喙衔鱼,征服挣扎银鳞闪耀,接下去当然是这样的场景。

男子的莽撞勇武之思掩入开篇的一幅水鸟沙洲图,确为高妙。下面点染莼菜,水流柔滑,意境澄澈,更是难得之造意。男子在此只是张望联想,而没有任何行动,可谓温柔敦厚,含蓄蕴藉,真的是"思无邪"。实际上更为强烈的内容就沉潜在这温文静谧之中,孟浪与生擒,冲决与欲望,都隐含于举重若轻的"比"与"兴"之间。猛禽猎鱼自然勇猛,左右摘取荇菜也足够痛快。于不言中藏下大冲动、大激烈,张力固在,节制无形,反而造成了大可诠释的空间。

首篇或可视为示范之章,君子的儒雅之表与激越之里对立统一,淋漓尽致,弥漫出一种含蓄和忧郁之美,所谓"乐而不淫"。这种"度"的把握包含了写作学的至大隐秘,即在可控的技术范围内同时含纳强烈的伦理内容。如此描述两性之爱,展现君子追求淑女的"王顾左右而言他",既率性又执着,既飘逸又切近,于淡然中隐下了强烈的欲求。同时我们不可忘记这是一首歌谣,与其谐配的还有音乐,于是这种借曲调而衍生的文字会产生更强的感染力。子曰:"师挚之始,《关雎》之乱,洋洋乎!盈耳哉!""乱"是乐曲的终了,是节令场合反复合奏的尾章。我们可以设想,在委婉起伏的旋律之下,先是井然有序的演奏,接着是重复咏叹的和声,届时,冲决一切的声音洪流和情感波涛汇聚一体。有一个盛大茂长的尾声,全部诗章安静超脱和温文尔雅的气质终于转为直接的热烈,宏大深厚的内力也就悉数爆发出来。这将是一种怎样的情形?如身临其境,我们才会更好地洞悉《关雎》奥秘之所在。

· 桃夭

桃之夭夭,[1]灼灼其华。[2]
之子于归,[3]宜其室家。[4]

桃之夭夭,有蕡其实。[5]
之子于归,宜其家室。

桃之夭夭,其叶蓁蓁。[6]
之子于归,宜其家人。

【注释】

[1]夭夭:青春美貌。

[2]灼灼:形容花开艳盛。

［3］之子于归：之子，这个女孩。于归，出嫁。

［4］宜其室家：宜，善，和顺，使动用法。室家，指代家庭，家人。

［5］蕡（fén）：果实多而大。

［6］蓁蓁（zhēn zhēn）：枝叶茂盛繁密。

这是一首脍炙人口的短歌。"桃之夭夭"作为成语，想必许多人耳熟能详，但紧随其后的"灼灼其华"就不那么通俗畅晓了。全诗十二句刚好一打，是写女子嫁娶的情爱诗。这类主题在"诗三百"里占绝对多数，可以说性爱或情爱是全部诗乐的主旋律。

纵观三百余篇，内容涉及宫廷、祭祀、宴乐、攻伐、行役、戍边、狩猎、农桑、思妇、闺怨、婚嫁等等，林林总总，不一而足，但男欢女爱两性之娱，如同内部岩浆滚沸，终成蓬勃茁茂、引而不发的动力之源。

这曲咏唱婚嫁的民间贺歌，起句即以妩媚婀娜的桃枝比喻光艳四射的新娘，然后就是男性的"灼灼"目光始终追随行将出嫁的女子。这首诗最引人注目的在于借桃花写佳人：人面桃花，绝代容光。女子的盛装、粉黛、眉色、姿容，深深吸引着众人，就像春天里最早绽放的那株桃树，凝聚起日月精华，浓艳绚丽，光明灿烂，预示着无边的幸福。娶亲的人家该有多幸运，喜庆欢乐的氛围笼罩了在场的每一个人。

诗的第二节"桃之夭夭，有蕡其实"，由美丽迷人的桃枝写到了累累硕果：开花结果，生殖繁衍。第三节"其叶蓁蓁"，写到了茂密的枝叶和浓浓的绿荫：开枝散叶，人丁兴旺。"比兴"手法在层层递进中不露一丝斧凿痕迹，其艺术手法是"比"中有"兴"，虽稍显直接和浅近，却正好映衬出旁观者的热烈和急切。他的赞美之情难以遏止，美女面庞与桃花从此连为一体，成为妙喻。

《桃夭》宛如一幅远古婚嫁的风俗画卷，背景是风和日丽的仲春时节，欣欣向荣的大自然衬托着火爆的新婚盛况，热烈而妖娆。不过兴奋欢愉之中似乎还隐约透出一丝怜惜：不敢多想的桃花凋零。此刻并无哀怨凄凉，只有灼灼之光。在一场浩大的欣赏和冲动之后，冷寂只能属于另一章，它将写在诗的背面。当花轿抬起，美人离去，热闹消散，他乡婚姻即将开始，留下来的只有落寞和惆怅。也许观者是一位多愁善感的少年，他为一场幸福吉祥的婚嫁发出咏唱和赞美，掩去的是"无可奈何花落去"的叹惋和感伤。

"笙歌归院落，灯火下楼台。"（白居易《宴散》）在这首美章绘出的盛景之下，会有许多躬逢其盛的"少年"。

• 汝坟

遵彼汝坟，[1]伐其条枚。[2]
未见君子，[3]惄如调饥。[4]

遵彼汝坟，伐其条肄。[5]
既见君子，不我遐弃。[6]

鲂鱼赪尾，[7]王室如燬。[8]
虽则如燬，父母孔迩。[9]

【注释】

[1]遵彼汝坟：遵，循，沿着。汝，汝水，源出河南省。坟，堤岸，水畔。

[2]条枚：条，树枝。枚，树干。

[3]君子：古代男子的一种尊称，一说指丈夫。

[4]惄(nì)如调饥：惄，忧思貌。调饥，调通"朝"，早晨饥饿。

[5]肄(yì)：砍后又长出的嫩树枝。

[6]不我遐弃：倒装句，即"不遐弃我"。遐，远，疏远。弃，遗弃，抛弃。

[7]鲂(fáng)鱼赪(chēng)尾：鲂鱼，鲤科，形似鳊鱼。赪，红色。

[8]王室如燬(huǐ)：王室，指周王室，也有现代人解为"大房子"。燬，烈火燃烧。

[9]孔迩(ěr)：孔，很，甚。迩，近。

自古至今，《汝坟》都是饱受争议的篇章之一，关于它的内容与意涵众说纷纭，极为复杂。占主导地位的观点有两种，一种认为全诗以女性视角描写了夫妇别离的伤感，惟妙惟肖地刻画了独守空房的灼热情状：即将相见的忧虑、不可遏止的饥渴，以及对再次分离的忐忑和愁思；另一种说法认为，这是当时两性隔离制度下催生的一种怀春情愫。在人类生产力极为低下的蛮荒时代，为确保日常生产活动有序进行，女子要被季节性地隔离，严禁两性接触，即所谓"性隔离"制度。隔离之地往往是水中荒芜的沙洲，于茂长的苇荻丛中修筑茅舍，供女子集中居住。如此一来男女就要隔水遥望，不得接近，而一到解禁之期，男子便会奔向水边。

男女在解禁期可自由爱恋，如《周礼》所记："仲春之月，令会男女。于是时也，奔者不禁。若无故而不用令者，罚之。"此举后来逐渐演变成一种民间风俗,像杜甫《丽人行》中"三月三日天气新,长安水边多丽人"的诗句,描写的就是唐代长安城水边祓禊、郊外踏青的习俗。

《汝坟》描述的内容极可能是两性隔离之后的男女欢会:女子沿河岸慢行,边走边折下低拂的杨柳,心中泛起炽烈的思念。"惄如调饥",这种渴望就像清晨的饥饿那样无法忍受。终于得见,则"鲂鱼赪尾"。鲂鱼交配时尾巴要变成红色,因为"鱼劳则尾赤"(朱熹《诗集传》)。这里是纯粹的"比"而不是"兴":她和他此时此刻都变成了交尾之鱼,彤红如火,然后仿佛整个的建筑都熊熊燃烧起来。好一个"王室如燬",偌大一座房子都被无法言喻的强烈爱欲点燃并焚毁。这是此诗爆出的一团炽亮,是一个极致化的比喻,是迸溅四射的生命火花的物理呈现:先是整座旷大的建筑物被焚烧,而后向四周蔓延,这场大火将烧光这片隔离之地上的苇荻。一场接天连地的大火从心灵烧到肉体,与万物化为一统,有些骇人。

诗中写到的"野合",属于不合周礼的男女合欢。野火蔓延之状构成全诗的主要意象和基调,宛若地火炎炎,不顾一切释放而出,正是生命的烈焰。这种描述外向而逼真,一改含蓄,远不同于篇首的《关雎》。那时仅是一只独立于沙洲之上的漂亮水鸟,恍然忘记这是一种猛禽。而这次视角逆转,首先出现在我们视野中的是一位女性。沙洲与水的场景仍存,同样是阻隔和分处于两个区间的异性,意象却极为不同。一个是流水净沙,君子淑女;一个是荒郊野泊,饥女饿男。隐性的猛禽不再掩饰,河水也未能阻隔,荒芜将不可断路。这种生生分离造成的致命吸引,结果以巨大的冲决和爆发的形式显现出来。

孔子论诗曰:"诗三百,一言以蔽之,曰:'思无邪。'"这是被引用无数的一句概论,至妙至深。但如果说无邪为正,适度得中,含蓄雅致,那么还有什么比《汝坟》更为极端和强烈? 它如飓风荡火,一扫千里。这种意象宛如"无邪"的反讽,又好像一句藏有深意的惋叹:以温文之心抚平强烈,才能感慨生命的真相和结局。古往今来芸芸众生,上至王公贵族,下到贩夫走卒,没有谁能挣脱"食色性也"这一至喻,它仿佛是宿命,是不可回避、必要发生的煎熬和燃烧。生命的绚烂火焰从过去蔓延到未来,成为一种永恒,一直是这样美丽而剧烈,令人战栗。在这首生命之歌面前,读者先要行一个注目礼。

召南

· 甘棠

蔽芾甘棠,[1]勿翦勿伐,[2]
召伯所茇。[3]

蔽芾甘棠,勿翦勿败,[4]
召伯所憩。[5]

蔽芾甘棠,勿翦勿拜,[6]
召伯所说。[7]

【注释】

[1]蔽芾(fèi)甘棠:蔽芾,树木高大繁茂;一说幼小树枝。甘棠,即杜梨,又名棠梨。

[2]伐:砍。

[3]召伯所茇(bá):召伯,周宣王时重臣召伯虎;一说召公奭,姬姓,

周宗室，分封"召"地。茇，原义草舍，此处有"露宿"之意。

[4]败：毁坏。

[5]憩(qì)：休息。

[6]拜：折拔。

[7]说(shuì)：通"税"，停留歇息。一说同"悦"。

这是一首追忆先贤的古老歌谣，被誉为"千古去思之祖"。据说此诗怀念西周初年一位姬姓名奭的"召公"，这位重臣曾使百姓免遭涂炭，所以诗中深含缅怀感念之情。

古往今来人们对于贤人义事不仅难忘，而且还会随着时间的推移而强化和放大自己的感激。仁者远逝，荫泽常存。传说中就是这个人让百姓远离掠夺和杀戮，能够安居乐业。俗话说"宁做太平犬，不做乱世人"，安宁之于弱小百姓就是最大的恩泽与福佑，谁帮助他们赢得了这样的生存环境，谁就被永久感谢，并且这个人还将成为人们重要的精神寄托。弱者的自我怜惜、对不测命运的惶恐，会不断升华这种寄托和怀念。

自文字诞生之日始，讴歌英雄伟业，缅怀丰功伟绩的记录即绵绵不绝，卷帙浩繁。类似的华章颂辞之间，这首短短的歌谣一直散发着独有的魅力：高大茂盛的杜梨树寄予无尽的追思和悼念，一声声朴素的叮嘱与呼唤，深藏着温情和期盼。这是《甘棠》，它安静、超脱、悠远而真挚，就像"甘棠"二字本身弥漫着芬芳和甘甜一样，远比其学名"杜梨"更招人喜爱和引发想象。

"蔽芾甘棠，勿剪勿伐，召伯所茇"，丰茂甜美的甘棠，千万不要去修剪它的枝叶，让它永远郁郁葱葱地挺立，因为这是召伯曾经歇息过的地方，那时浓浓的绿荫遮蔽了他，使他得到休憩。而今召伯远去，甘棠还在，它简直就是伟人化身：巨大的绿荫为芸芸众生遮风避雨，抵御酷暑炎炎烈日的摧残。它如此高大茂盛，千万不要有一点损伤，那个伟大仁善的征人曾在树下休息。睹物思人，他伟岸的风姿就如同这棵繁茂耸立的大树，崇高的美德已结下累累果实，让后来者一代代取之不尽。

《淮南子》《史记》有召伯的记载，并未详细，这首歌谣也没有叙说其丰功伟绩，只是不停地感叹，歌咏一棵巨树的华茂丰姿，以树喻人，让丰富深刻的意涵在循环往复中递进、扩展和充盈，余音袅袅，不绝如缕。伴随着委婉起伏、萦绕回荡的旋律，单纯朴素的意象变得丰赡，思绪如缤纷落英，每一朵都承载了一个芬芳的故事。在追忆恩泽的过程中，所有美好的希冀和思念都融入了大树的枝条、叶片和果实中。当人们用目光抚摸这棵丰茂的甘棠时，伴随无限热爱与缅怀的，还掺杂着莫名的怯懦和忧思。

那个护佑者虽然远去，但这棵大树还在：茂密的枝叶间闪现他的身影，芬芳的花朵里流淌他的气息。甘棠就是召伯，召伯就是甘棠。甘棠是我们的幸福、岁月和希望，像它一样丰茂的日月将永远继续下去，绿荫铺展，无始无终。

- 摽有梅

　　摽有梅，[1]其实七兮。[2]
　　求我庶士，[3]迨其吉兮？[4]

摽有梅，其实三兮。
求我庶士，迨其今兮？[5]

摽有梅，顷筐塈之。[6]
求我庶士，迨其谓之。[7]

【注释】

[1]摽（biào）有梅：摽，一说打落，一说坠落，一说抛、掷。有，语气助词。

[2]其实七兮：实，枝头未落果实。七，七成，十分之七。

[3]求我庶士：求，追求。庶，众多。士，未婚男士。

[4]迨（dài）其吉兮：迨，及，趁着。吉，吉日，好日子。

[5]今：今天，现在。

[6]顷筐塈（jì）之：顷筐，斜口浅筐。塈，拾取。

[7]谓："会"，上古风俗，仲春之月未婚男女欢聚。一说指"说"，订婚。

这应该是一首最早描写少女怀春的诗章，篇幅精短，内容单纯，惟妙惟肖："摽有梅，其实七兮。求我庶士，迨其吉兮？"凝神谛听这首动人的歌咏，嘹亮的领唱之后交织着高亢的和声，欢快的旋律蓄满生命的力量。这声声热切而执着的呼唤，似乎穿越了千年岁月，依然响彻在江南三月的梅林上空。"摽有梅"，即采打梅子，这场欢快有趣的劳动中将发生诸多故事，都是关于青春的故事。诗中意象可谓奇妙：少女以青涩酸甜的梅子自比，妙龄少女情思萌动、娇俏烂漫的形象跃然而出。

"摽"是此诗的关键，它有两种解释：一说敲打，将梅子从树上敲落；另说坠落，熟透的梅子自然坠落。这里的"摽"字似有明显而利落的动作性，如此才算有声有色。可以想见梅树下笑语喧哗，聚集起一群少男少女，他们正手持竹竿起劲地"摽梅"。这是一场集体劳动，又是一次逐爱良机；是一场疾风暴雨式的采摘与收获，也是一段不可多得、欢娱而紧张的幸福时光。梅子在欢快的击打下纷落如雨，俏媚的女声仍然执拗，她们喊道"其实七兮""其实三兮"。这里说梅树上仍有七成的果子还没有打下来；加紧催促中又是一阵敲打，梅子还剩下三成。

女声的呼唤必有特异的召唤力，那些生气勃勃的小伙子于是更加尽力敲打。被打的梅子似乎在说：快打我，让我疼，让我垂落，让我被获取。悬在半空的生长意味着没有着落，没有归属，它们等待一个安放之所。一枚成熟的果实落到地上，进而被抓到一个人的手中。"求我庶士，迨其吉兮"，"迨其今兮"，"迨其谓之"，多么焦灼的渴望，多么急切的奉予。少女情怀呼之欲出，无有其他，唯有"摽梅"。打下梅子装进筐里，这是撷拾和收获。此处的筐子宛如居所与心房，是一生的托付和归属。

梅子从树上垂落，结束了原初的生命连接，却开始了另一段簇新的生命历程：青涩消尽甜美绽放，预期的是一场神秘而华美的"盛筵"。

这首劳动和嬉闹的短歌闪射出特异的神采。追逐、挑逗和欢笑不绝于耳，如在眼前。羞涩的叹息，迷离的眼神，叶间的偷窥，挥舞和误击，尖叫和埋怨。女子的欢声明澈如水，男子却多有沉默，代替他们发声的只有"噼噼啪啪"的"摽梅"。他们的动作干脆麻利,那说明和预示了一切。女子用目光鼓励,以笑声感召,她们大胆的举止与率真的召唤掩饰在劳作之中,同时也映衬出男性的羞赧和幸福。这些笑语与敲打梅子的噼啪声隐藏了太多:冷静与狡黠,睿智与注视,激越和期盼。

这首节令之歌有极强的娱乐性,可以有力地烘托热闹和欢乐的气氛。也许不必确认它为专门的"采梅"歌,似可用在许多欢庆场合中。它昭示劳动之美的同时,演绎着青春和爱恋的故事。

• 小星

嘒彼小星,[1]三五在东。[2]
肃肃宵征,[3]夙夜在公,[4]
寔命不同。[5]

嘒彼小星,维参与昴。[6]
肃肃宵征,抱衾与裯,[7]
寔命不犹。[8]

【注释】

[1]嘒(huì)彼小星:嘒,微光闪烁。彼,那。

[2]三五:晨星稀少。

[3]肃肃宵征:肃肃,疾行。宵,夜。征,行走,赶路。

[4]夙夜在公：夙，早。在公，为公务奔忙。

[5]寔：一说通"实"，实在，确实。一说通"是"，此，这。

[6]维参（shēn）与昴（mǎo）：维，句首语气词。参、昴，星宿名。

[7]抱衾（qīn）与裯（chóu）：抱，一说古"抛"字，为公务抛却室家之乐，夫妻之爱。一说抱着，即背着行李。衾，被子，裯，床帐。

[8]犹：如。

《小星》是一首古老的民歌，据考证此诗可能产生于商朝，为下层小吏辛劳伤感的行役小调。"肃肃宵征，夙夜在公，寔命不同。"诗的主题与内容较为明确，抒写小吏起早贪黑无比疲累、自怨自艾、迷茫无助，抱怨不公的命运、下层的苦难、怨恨和忍耐。

自汉代直至明清，儒家经师曾把此诗释为"夫人无忌妒之行"，"惠及贱妾，进御于君"，"褒扬正夫人之贤德，怜惜外室小妾"。或认为诗中的"夙夜在公"指没白没黑侍候国君，"抱衾与裯"为自带铺盖赶路奉诏。此解或显生硬，似乎只为满足儒家人伦君臣理想。现代学者胡适则认定《小星》是"写妓女生活的最早记载"，并举证："我们试看《老残游记》，可见黄河流域的妓女送铺盖上店陪客人的情形。再看原文，我们看她'抱衾裯'以'宵征'，就可以知道她为何事了。"此种考证虽然独辟蹊径，然而过于曲折幽深，徒增费解，趣味也不高。

"嘒彼小星，三五在东"，小诗起笔即勾勒出黎明时分的清寒：东方夜幕未启，几颗残星悬挂，微光闪烁。一个起早赶路者踽踽独行，茫然四顾，与之相伴的只有三五小星和深秋的悲凉。这是拂晓星空下的一场夜奔，孤单无望，秋风霜地。他就像一只离群的孤雁，征途遥遥，寂寥无边。无论怎样奔波，宵衣旰食，希望仍旧渺茫。小吏哀叹自己的命运：每每要在黎明前抛却温暖的被窝，踏上晨霜，这种苦境谁能体味？只有天际的几颗寒星在注视，它们可理解我的悲伤不幸？耳畔呼啸的冷风又能把心声传递多远？身上背负的行囊便是全部家当，前路茫茫没有终了。多舛的命运，单薄的身心，无可奈何的叹息，平庸乏味的生活，这就是底层小人物的生存，它日复一日，消耗生命，埋葬希望。在一个庞大而陈旧的体制中，个体如同草芥，如同巨大机器上的一个小小螺钉。日日旋转的隆隆之中，谁会在意一个螺钉？

他坚韧顽强，尽职尽责，不断振作自己，直到倾尽最后一丝力气。这是一刻不停的磨损，要永远沿着那个不可更改的轨迹运行，直至终点。这是碌碌无为的牺牲，没有价值和意义，只把空许作了慰藉，等待生命最后的一滴汁水干涸。

在寒星闪烁的苍穹下奔走，走到那个默默无闻的未来。这是时间和历史，是人的宿命。

我们今天的读者，已经很难揣测这样的咏唱，不知它会使用在何种庆典与节令之中。低沉、悲苦，尽是孤独的叹息和私语。也许它属于一些特殊的场合与人群，只有在那里，在另一种时刻与情境之中，唤起别一种情愫。它以其独有的色泽增添了"诗三百"的丰富性，用斑驳繁复和生动真实，让生命的各种色彩闪射呈现。

我们可以在其中感受时间的漫流，感受那个遥远的时代，印证时光延续过程中的变与不变。

- 野有死麕

>   野有死麕,[1]白茅包之。[2]
>   有女怀春,[3]吉士诱之。[4]
>
>   林有朴樕,[5]野有死鹿。
>   白茅纯束,[6]有女如玉。[7]
>
>   舒而脱脱兮,[8]无感我帨兮,[9]
>   无使尨也吠。[10]

【注释】

[1]麕(jūn):獐子。

[2]白茅:一种野草,洁白柔软,古人祭祀时用它包裹食物。

[3]怀春:情思萌动。

[4]吉士诱之:吉士,男子之美称,吉,善良。诱,讨好。

[5]朴樕(sù):小树。

[6]纯束:捆绑,纯,"稇(kǔn)"的假借,同"捆"。

[7]如玉:如花似玉,形容女子容貌美丽。

[8]舒而脱(duì)脱:舒而,舒缓。脱脱,轻柔和缓的样子。

[9]无感(hàn)我帨(shuì):感,同"撼",动,触碰。帨,佩巾。

[10]尨(máng):长毛或杂毛狗。

这首别具情韵的野地恋歌写了这样一个场景:一位英气勃发的

猎手在荒郊莽林捕获了一只香獐,用白茅细细捆好,正献给一位美丽的女子。诗中称这位猎手为"吉士",可见其英俊;写到女子,则用了"有女如玉"四字,让人想到女子的细腻和温润,那种丽人的质感。勇武的猎人、纯洁的白茅、宝贵的收获,再加上"有女怀春",这个时刻产生的爱情,令人想起英雄与美人的契合。不过这里毕竟有一头刚刚猎获的动物,有点血腥气,要献给如此娇羞柔婉的美人,还要处理一下才好。于是,也就有了白茅的包扎,这个环节很重要。尽管如此,这种爱情表白方式在今天看来仍然有些莽撞和粗鲁,幸亏这是发生在古代,那是一个完全不同于现代生活的另一时空,事物与氛围乃至感受和习俗等,想必与今天大为不同。

诗中的"白茅"二字令人注目,这种草纯美干净,冲和了杀戮气。古人祭祀时要用白茅来铺垫熟食,代表圣洁、吉祥和虔敬。白净的茅草散发出野外的香甜气息,用它包裹染上血迹的猎物,献给心中的女性较为适合。这也表现出男子拘谨、敬畏的拳拳之心。可以想象如果不取白茅包裹,而是将一头刚刚打死、血乎淋拉的香獐直接呈给心上人,就有些过分了。年轻猎手在枝叶繁茂的树下,面对心仪的女子,其势在必得的勇气,还有无限的钟情和缜密的心思,都包含于用白茅包裹猎物这个动作之中了。这是一个意味深长的举动,构成了一个美好的画面和特殊的时刻。我们会联想到一个祭献的仪式,想到用白茅衬托祭品供奉祖先,那样的虔诚和恭敬。

"怀春"女遇到这样一位"吉士",结果怎样也就可想而知。他们将各得其所。

最有趣的是末尾三句:"舒而脱脱兮,无感我帨兮,无使尨也吠。"这是自语还是叮嘱? 如果是出自女子之口,那她一定是提醒对方:你走近时要放轻脚步,千万不要触碰我的配巾,以便让狗安安静静待在那儿。但更有可能是男子的一番话,因为这个时刻他会有猎狗伴侍,往来野地莽林裹上头巾也是适当的。我们仿佛看到他怀抱香獐,当女子趋前时,他即小声叮嘱:不要碰到我的佩巾,要提防我的猎狗,它会做出激烈反应。

这是一场密会,甜蜜,嗵嗵心跳,小心翼翼。

男子说话时一定会瞥着旁边的狗,猎犬在血腥气里很容易冲动。他安抚它,让朝思暮想的女子走过来。男子双手托举白茅裹起的猎物,这既是一份厚礼,也是一件爱情的信物,女子接受了它,即等于接受了爱情。在祭祀般庄严肃穆中等待幸福的降临,也足够浪漫。对现代人而言,这个场面的刺激性和观赏性,还有诱惑力,简直一应俱全:一位温软如玉的女子,一个勇猛英武的猎手,一头白茅裹起的香獐,还有一只安卧守候的猎狗。

这场野性、激烈、虔敬、浪漫的"狩猎",完全不同于我们所习惯的那些花前月下的缠绵,更无小桥流水和耳鬓厮磨。敏捷的猎狗随时会跃起,白茅包扎的猎物还在渗血。此时此境,当有别一种韵致和魅力。

这位女子究竟为何而来,诗中没有详述。最后的叮嘱是日后约会之词,还是现场悄语,我们不得而知。

这作为一首节令上使用的乐调,极富戏剧感和情节性,充满动感。曲折隐晦的抒情,生动饱满的叙述,细腻鲜明的描绘,使它区别于一般的节令歌咏。

·何彼襛矣

何彼襛矣？[1]唐棣之华。[2]
曷不肃雝？[3]王姬之车。[4]

何彼襛矣？华如桃李。[5]
平王之孙，[6]齐侯之子。[7]

其钓维何？[8]维丝伊缗。[9]
齐侯之子，平王之孙。

【注释】

[1]襛(nóng)：稠密艳盛。

[2]唐棣(dì)之华：唐棣，树木名，又名棠棣或郁李。华，同"花"。

[3]曷(hé)不肃雝(yōng)：曷，何。肃雝，车队行进庄严和谐。

[4]王姬：周王的女儿或孙女。

[5]华如桃李：棠棣之花艳若桃李。

[6]平王之孙：周平王的外孙女。

[7]齐侯之子：齐国国君的女儿。

[8]其钓维何：其，句首语气词。钓，钓鱼的线，以钓线喻王侯贵族联姻关系。维，语气词。

[9]维丝伊缗(mín)：维、伊，语气词，含"是"之意。缗，钓鱼的丝绳，亦称为"纶"。

这篇描写王侯嫁女的美章，起首即为倒叙，回忆周王与诸侯的显赫联姻："何彼襛矣？唐棣之华。曷不肃雝？王姬之车。"什么花开得如此茂盛艳丽？是繁花似锦的唐棣；鸾铃叮当和谐悦耳，是当年王姬出嫁乘坐的专车。王姬是谁？是周平王的女儿，当年嫁给了齐国的君主。诗中所描述的进行时，却是当年王姬与齐侯的婚姻结晶，他们的公主，这会儿，她正要嫁给西周王子。

"齐女"就是齐姜之女，这两个字从来都是美丽与高贵的代名词。古齐国是姜子牙的封地，姜姓为齐地最为尊贵的姓氏。东部半岛盛产美女的传统延续了几千年，至今依然美女如云。两千五百多年前，这位身材颀长、婀娜多姿的"齐侯之女"携着浓烈、奔放、湿润和缥缈的碧海之风，由东部边陲穿过茫茫中原，一路逶迤向西。在繁花灼灼的明媚春光里，车队辚辚，旌幡招展，清脆的铃声飘荡四野，可谓盛大之极、华丽之极、隆重之极。

诗的尾章采用比兴手法："其钓维何？维丝伊缗。"这里用垂钓者在水边抛出细韧的垂纶，比喻王子与公主的婚事。钓鱼、婚嫁，可谓有趣而谐配的联想。长长的丝线上坠着诱饵，钓者有意，愿者上钩，以猎鱼的歌咏衬喻天子诸侯的联姻，好比一场名动天下的浪漫"捕获"。春秋时期的齐国素有鱼盐之利，都城临淄"车毂击，人肩摩，连衽成帷，举袂成幕，挥汗成雨"，是天下最为富庶繁华之地，那些门第显赫的古老世家更是美女辈出，经多见广。齐侯与周天子联姻，不仅意味着财富与权力的强强结合，而且还由此向天下夸炫王公贵胄的威赫荣耀、望族名媛的雍容华贵。这就像一场令人瞠目惊艳的世纪婚礼，总是被恣意渲染和炫耀，放肆地豪奢、铺排，吸引了整个世界的目光。

即便到了现代,人类的攀势竞富心态也并无衰减,财富和权力联姻也依然是东西方的热门话题:过去是在歌谣里传唱,如今则是通过现代传媒推送,使用卫星同步直播,更为清晰切近地把豪富和奢靡展现于大众视野。王子与公主的故事是古今中外讲述不尽的话题,是社会各阶层茶余饭后的谈资。

从几千年前到现在,权力和财富一直是最具诱惑力的风景,炫目的强光足以覆盖和淹没一切,人们已经无暇谈论道德和精神。在现代,屈指可数的几场所谓的世纪婚礼中,我们会依稀记起那些闪亮的面庞和迷人的身影,他们续写着人类缤纷绚烂的幸运故事,不断重复演绎时代的喜剧。而悲剧却往往发生在舞台的另一面,悄隐于这一幕幕华丽演出的背后。真相永远是一个更为遥远的迷茫、更难以预测的存在。眼前呈现金碧辉煌的梦幻,衣香鬓粉的曼妙,正是这一切让我们恍惚迷离,麻木和忘却。

充满欢歌的盛典没有什么不好,它属于公众和国家,可以举国欢庆,万人空巷,留下长久的记忆。面对这浩大华丽的场景,普通人只有赞叹和仰望:它离我们如此切近又如此遥远。它将留给老人们讲述,让后来者侧耳倾听当年环佩叮咚的清脆鸾铃,嗅吸棠棣之花的芬芳,回眸凝固在历史长河中的粲然瞬间。

邶风

・柏舟

泛彼柏舟,[1]亦泛其流。[2]
耿耿不寐,[3]如有隐忧。[4]
微我无酒,[5]以敖以游。[6]

我心匪鉴,[7]不可以茹。[8]
亦有兄弟,不可以据。[9]
薄言往愬,[10]逢彼之怒。

我心匪石,不可转也。
我心匪席,不可卷也。
威仪棣棣,[11]不可选也。[12]

忧心悄悄,[13]愠于群小。[14]

觏闵既多，[15]受侮不少。
静言思之，寤辟有摽。[16]

日居月诸，[17]胡迭而微？[18]
心之忧矣，如匪浣衣。[19]
静言思之，不能奋飞。

【注释】

[1]泛彼柏舟：泛，漂浮。柏舟，柏木小船。

[2]亦：语气助词。

[3]耿耿：心中不安。

[4]如有隐忧：如，同"而"。隐忧，深忧，巨大的忧愁。

[5]微：非，不是。

[6]敖：同"遨"。

[7]匪鉴：匪，同"非"。鉴，铜镜，镜子。

[8]茹：包容，容纳。如铜鉴纳物于内。

[9]据：依赖，依靠。

[10]薄言往愬(sù)：薄言，语气助词；一说有勉强之意；一说含急迫之意。愬，同"诉"，告诉，诉说。

[11]威仪棣(dì)棣：威仪，仪容举止庄重。棣棣，雍容娴雅貌。

[12]选：同"巽"(xùn)，退让，卑顺。一说含"选择"之意。

[13]悄悄：忧愁的样子。

[14]愠(yùn)于群小：愠，怨恨，恼怒。群小，众多小人。

[15]觏闵(gòu mǐn)：觏，同"遘"，遭遇。闵，痛苦。

[16]寤辟（pì）有摽（biào）：寤，醒，一说交互。辟，同"擗"，以手拍胸。有，助词。摽，捶，打；孔颖达解为"以手抚心之貌"。

[17]日居月诸：居、诸，都是语尾助词。

[18]胡迭而微：胡，为什么。迭，交替。微，晦暗无光。

[19]浣（huàn）：洗涤。

诗章开篇以柏舟比兴，悲叹难言之忧："泛彼柏舟，亦泛其流。"一只上下起伏的柏木小船，难以顺水漂流，无法划动双桨驶向自己的远方，虽是一只不系之舟，却并无行动的自由。这当然是诗人境遇的自况。"耿耿不寐，如有隐忧"，瞪着双眼夜不成寐，煎熬痛苦。"微我无酒，以敖以游"，酒可以暂时沉醉解忧，可是终究不能畅快远游。这是一只任凭风吹浪打、上下颠簸却不能离去的小船，只能在原地徘徊飘摇，度日如年。在这无形的牢笼之中，诗人像一只戴罪的羔羊，身受羁绊，愁肠百转，欲诉说无边怨愤，却找不到一个地方。"亦有兄弟，不可以据。薄言往愬，逢彼之怒。"即便是亲兄弟也无法依靠，他们自己还有无处发泄的满腹牢骚和冲天怨气：充斥在天地间的误解、烦恼、怨恨，互相碰撞摩擦，只会产生更大的痛苦和忧愤。

"我心匪石，不可转也。我心匪席，不可卷也。"诗人顽强坚韧的内心，不像石头可以转动，不像苇席可以卷曲。"威仪棣棣，不可选也。""威仪"是诗中最触目的一个词语：深陷困境和冤屈之中的诗人竟然想到"威仪"，那是一种自尊和自鉴、一种坚定自信的自我注视。既有威仪，冤屈何忍？必须推开这侮辱，冲破这狭促，一扫沉闷之气。阿谀奉迎之人从来不会注意到自己的"威仪"，也没有切肤之痛。临镜对视，目光峻冷，崇高的向往悠然而生。在棣棣威仪的气度面前，一切宵小和困苦都将远退、消散。这是尊严的象征，心灵的凭仗，更是人性和道德的力量。如果说"相由心生"，"温而厉"的面容则昭示着她的心地仁厚高远，品格善良正直。

"觏闵既多，受侮不少。静言思之，寤辟有摽。"无边的谤毁、凌辱和诟谇从四面八方围拢而来，让诗人难以抵御，烦恼和愤懑几乎要将她窒息、淹溺；安静下来思索这一切，愈加郁闷不堪，胸口拥堵难捺，只好抬起双手交替捶打：这个典型动作说明诗人是一个女子。她性格刚烈、心情焦灼，却有不容侵犯的"威仪"。

"日居月诸，胡迭而微？心之忧矣，如匪浣衣。静言思之，不能奋飞。"辉煌的太阳与朗照的明月，为什么交替着幽冥晦暗？心中的忧愁越积越厚，就像一件脏衣服，无论怎么揉洗都难以涤清。此刻诗人多么渴望生出双翼，飞离此地，自由地翱翔于天地之间：只有无垠的寰宇才可以安放这颗桀骜不驯的灵魂。"威仪棣棣"集中了诗人的全部高贵，也正是这高贵，使她痛苦地跋涉，遭受坎坷和屈辱、击打和不平。这是一个人的心性和命数，是我们所熟悉的人之困境，闪烁着阴柔的色泽。

《柏舟》的激昂游移令我们联想到屈原《离骚》中的悲愤长叹。屈子也想飞入广阔浩瀚的苍穹，遨游于自由的清明之界，之所以选择芳草覆畔的汨罗江作为长眠之地，是因为只有汤汤大水才可以滤净尘世间的污浊脏腻，还以洁白与纯粹。高洁的心灵可以远走高飞，沉重的肉身还要沉入水中，这就是灵魂和躯体、希望和现实的差异。躯体沉入清洁的水流，灵魂升上高阔的远天，这是灵魂不灭之梦。

当这首充满幽愤的乐歌在某种节令和场合咏唱起来的时候，一定会使听者沉浸其中,产生共鸣。似曾相识的命运的音符可以唤醒许多人,让他们蓦然想起那些不堪回首的时刻。这首歌当然不属于强者,它只能交给那些被侮辱与被损害者,撩拨起郁愤的心弦。人生无定,困窘常存,苦恼之丝可能缠住每一个人,剪不断,理还乱,无以挣脱。

- 燕燕

　　燕燕于飞,[1]差池其羽。[2]
　　之子于归,远送于野。
　　瞻望弗及,[3]泣涕如雨。

　　燕燕于飞,颉之颃之。[4]
　　之子于归,远于将之。[5]
　　瞻望弗及,伫立以泣。[6]

　　燕燕于飞,下上其音。
　　之子于归,远送于南。
　　瞻望弗及,实劳我心。

　　仲氏任只,[7]其心塞渊。[8]
　　终温且惠,[9]淑慎其身。[10]
　　先君之思,[11]以勖寡人。[12]

【注释】

　　[1]燕燕：燕子。

　　[2]差池（cī chí）：参差不齐，形容燕子翩飞双翅伸展的样子。

　　[3]瞻望弗及：瞻望，远望。弗，不。

　　[4]颉（xié）之颃（háng）之：颉、颃，上下翻飞貌。

　　[5]远于将之：即"将之于远"，将，送。

　　[6]伫立：长久地站立。

　　[7]仲氏任只：仲氏，排行第二，二妹。任，信任。只，语尾助词。

　　[8]塞渊：诚实宽厚。

　　[9]终：既。

　　[10]淑慎：贤淑稳重。

　　[11]先君之思：即"思先君"，先君，已故国君。

　　[12]勖（xù）：勉励。

　　《燕燕》是一首意境凄婉的骊歌，被清代王渔洋誉为"万古送别之祖"。从诗中所写来看，极有可能是一位国君送妹妹远嫁。"燕燕于飞，差池其羽。之子于归，远送于野。"燕子剪刀似的尾翼在空中自由自在地舒张，活泼欢快之状引发诗人的联想。这里是"兴"还是"比"？即将远行的妹妹如同展翅高飞的燕子，到了广阔之地能够获得更大自由，可以任意飞翔？在兄长眼里，妹妹只是独自远去，那个陌生之地到底如何，一切都是未知。更可牵挂的是，她将从此失去家人的呵护与宠爱，未必幸福愉快。当他注目空中上下翻飞的燕子时，这种眷恋与牵念的心绪变得异常复杂。

　　"瞻望弗及，泣涕如雨。燕燕于飞，颉之颃之。"手足别离迫在眼前，朝夕相处的妹妹渐行渐远，消失于视野。一朝分开，归期未卜，在燕子翩飞的郊野，兄长涕泗滂沱，泪如雨下。

"先君之思，以勖寡人。"正因为"先君"二字，我们才可以推断这是王室之女的出嫁。然而我们从诗中看不到隆重的仪仗，没有华丽的婚车。全诗虽然并无这些渲染，但君王之女孤行远嫁是不可能的，肯定伴有人数众多的陪媵随从和护卫队伍。可见此刻诗人眼中只有妹妹，凝视的目光何等专注，蓄满了怜爱和痛惜，仿佛她真的是一个可怜的独行者，柔弱，无助，需要兄长的庇护和陪伴。

诗中每段起句都是燕子的自由盘旋，时而贴地滑行，时而冲向高空，上下翻飞，鸣叫不停。在诗人眼中这燕子既是一个陪伴者，也好比妹妹自由的灵魂，正欲脱离躯体，飞到高处审视命运。

"黯然销魂者，唯别而已矣"，兄长不能再继续前行了，只有让那颗依依不舍的心去陪伴妹妹。望着越来越模糊的身影，泪水无声地流下，眼前晃动着她善良、诚实、娴静的面容，耳边回响着她"不忘先君"的叮嘱，就此让我们想到：她的出嫁也许肩负了重要的使命，以联姻换取邦国的安宁。公主的终身大事成为政治筹码，以致付出终身代价。也正因如此，这位兄长才格外悲伤。然而他悲伤却无良策，没有任何办法施以援手。从某种意义上说，妹妹正是为他而去，为他即将继承的王权和国家，牺牲自己的幸福，而且很可能是兄妹之间的一次永别。

小巧可爱的燕子翩翩起舞，鸣叫呢喃，渐渐飞离国界，淡出视野，投入另一片天地，走进自己的宿命。

这首歌谣让发生过的故事场景又一次还原，提醒人们铭记一个柔弱女子的功德：肩负家国安宁的重任，背井离乡远嫁他国。在音乐的节拍和旋律中，人们莫可忘记国事，而要怜惜国君。那个身在远方的女子，但愿有一个美好的未来，像天下所有幸运的女子一样，得到自己的欢爱和家庭的温馨，拥有一份尊贵的生活。

反复咏唱不啻一场祝祷和祈福，劝勉和激励人们感恩，珍惜亲情与和平。这使我们想起孔子言："《诗》可以兴，可以观，可以群，可以怨。迩之事父，远之事君。"就在这含蓄蕴藉、言辞吝惜的咏叹之中，包容的东西实在太多。这时，兄长的悲伤何尝不是他人的悲伤？在这飘荡四野、韵味悠长的合声里，君王与黎民找到了某种契合。

· 击鼓

击鼓其镗，[1]踊跃用兵。[2]
土国城漕，[3]我独南行。

从孙子仲，[4]平陈与宋。[5]
不我以归，[6]忧心有忡。[7]

爰居爰处，[8]爰丧其马。[9]
于以求之？[10]于林之下。

死生契阔，[11]与子成说。[12]
执子之手，与子偕老。

于嗟阔兮，[13]不我活兮。[14]
于嗟洵兮，[15]不我信兮！[16]

【注释】

[1]镗(tāng)：击鼓声，即"镗镗"。

[2]踊跃用兵：踊跃，操练中腾跃之类的动作。兵，兵器。

[3]土国城漕：土、城，名词动用，挖战壕修城墙。国，都城。漕，卫国的城邑名。

[4]从孙子仲：从，跟从，追随。孙子仲，卫军南征统帅。

[5]平陈与宋：平定和调解陈、宋两国的纠纷。

[6]不我以归：倒装句，即"不以我归"。以，即"与"，允许。

[7]忡：忧心不安。

[8]爰(yuán)居爰处：爰，于何，在哪里。居、处，停留，驻扎。

[9]丧：丢失，跑丢。

[10]于以：于何，在哪里。

[11]契阔：契，合；阔，分离。犹言生死离合。

[12]成说：定约，盟誓。

[13]于嗟阔兮：于嗟，感叹词，于同"吁"。阔，相隔遥远。

[14]活："佸"(huó)的假借字，相会，相聚。

[15]洵：久远，指分离已久。

[16]不我信：失信于我。

《击鼓》描写了春秋时期的一场战争，是驰骋沙场的士兵悲伤别离的一首歌咏。"击鼓其镗，踊跃用兵。土国城漕，我独南行。"歌者在隆隆轰鸣的军鼓声中喃喃自语，哀叹士兵在日夜不停地集结、劳作，操练之余还要挖战壕修城墙，而且在新近的一次部队改编中，自己又被编入一支南下的队伍中。对于性命朝不保夕的士兵来讲，战场上的悲欢离合更为沉痛和哀伤。同生共死的战友，朝夕相处的兄弟，却要分别于随时都有生死之虞的战场，可想而知这种突来的别离意味着什么。

"从孙子仲，平陈与宋。不我以归，忧心有忡。"诗人声声哀叹：大家一起追随大军统帅征战讨伐，平定叛乱，可是相濡以沫、休戚与共的战友却没有一同返回，真是忧闷之极，日夜不安。勇士们浴血奋战，在焦灼和绝望里共度危难，在震天动地的搏杀中一起求生，鲜血凝聚了友情，生死熔铸了记忆。

"死生契阔，与子成说。执子之手，与子偕老。"从古至今，人们更愿意相信这段动人心扉的歌咏，描述的是男女之间的爱情誓言：因为不能回家陪伴结发之妻，不能一起走向终老而痛苦万分。然而从整篇歌咏去揣摩，"死生契阔"的海誓山盟也许发生在尸横遍野的战场上，在战友之间。这是经过鲜血洗礼之后的情感告白，是同性之间不离不弃的钢铁誓言和生命期许。如此，就具有了更加令人战栗的力量。此刻歌者深深怀念的未必是远在家中的妻子，而是长期一同拼杀的某位战友，包含着更为复杂和隐秘的内容。或许真有这样一场不拘一格的同性之恋，它就发生在冷兵器时代。

"爰居爰处，爰丧其马。于以求之？于林之下。"诗人在呼唤：我的战友，我的战马，你们在何处？哦，就在那荒野林间，在刀光剑影、生死无测的战场上。这种同性之爱闪烁出别一种色泽，是冷酷的沙场上最可依恋的温情和热度。他悲伤哀号，欲哭无泪，张望四野，绝望顿足。这是在并肩作战、共同搏杀中滋生的爱恋，是在死亡与重生的间隙中抽出的叶芽。这种情感深洇在骨髓中，镌刻在灵魂里，与生命同样珍贵。

掷地有声的誓言犹响在耳，可是对方却消逝在未知的苍茫中。咚咚战鼓已然远去，自己行进在陌生的队伍中，征程遥遥，前途未卜，大路上尘土飞扬，荒郊里野草蔓延。"于嗟阔兮，不我活兮。于嗟洵兮，不我信兮！"残酷的命运之神把他们彻底隔绝，声声呼唤催人泪下。诗人大声呼告"不我信兮"：究竟是哪方没有兑现承诺、又是因何失约？已经永远听不到回答，也不需要回答。

全诗有一种严酷惨烈和沉雄悲壮的气氛。在擦着死亡边缘隆隆奔驰的战车之上萌发的同性之爱，可谓刻骨铭心。它超越了一般意义的男女情谊，此时此刻，摄人心魂。这是一首令人扼腕之歌，绝望之歌，热泪奔涌之歌。我们可以想象他们期许的那个未来：两位鬓发斑白的衰老男人，相搀相扶走完人生的最后一程，脸上沟壑纵横刻满了无测的命运，浑浊的眼睛里写满了忧患和沧桑。也许无人知晓他们曾经共同拼杀的戎马生涯，更没人讲述他们的血泪传奇。

乐歌奏响，如泣如诉，一曲爱之古歌，一部血泪之章。

• 匏有苦叶

匏有苦叶，[1]济有深涉。[2]
深则厉，[3]浅则揭。[4]

有瀰济盈，[5]有鷕雉鸣。[6]
济盈不濡轨，[7]雉鸣求其牡。[8]

雝雝鸣雁，[9]旭日始旦。[10]
士如归妻，[11]迨冰未泮。[12]

招招舟子，[13]人涉卬否。[14]
人涉卬否，卬须我友。[15]

【注释】

[1]匏(páo)有苦叶：匏，葫芦。苦，同"枯"。

[2]济有深涉：济，水名。涉，涉水过河，一说渡口。

[3]厉：一说腰拴葫芦泅渡，一说连衣渡水。

[4]揭(qì)：提起下衣涉水。

[5]有瀰(mí)济盈：有，助词。瀰，大水茫茫。盈，满。

[6]有鷕(yǎo)雉鸣：野鸡不停地鸣叫。鷕，野鸡啼叫声。

[7]濡(rú)轨：濡，沾湿。轨，车轴两端。

[8]牡：雄雉，雄野鸡。

[9]雝(yōng)：大雁和谐地鸣叫。

[10]旦：天明。

[11]归妻：娶妻。

[12]迨(dài)冰未泮(pàn)：迨，及，趁着。泮，融化。

[13]招招舟子：招招，摇手召唤。舟子，摆渡人。

[14]人涉卬(áng)否:别人过河我不过,卬,我。

[15]须:等候,等待。

这首歌开句即写一只干枯的葫芦,可见这是一个重要的物件。一位女子站在渡口,向彼岸发出呼唤,身影仿佛变成了一尊永久的雕像,虽经受千年风霜,却依然挺立。她的呼声并未嘶哑,至今仍旧诱人。"匏有苦叶,济有深涉。""匏"是这首诗的关键,就是叶子枯干的葫芦。一个动人的爱情故事与一只葫芦系在一起,显得别有趣味。

葫芦风干后圆滚轻盈,通常捆绑在渡人身上成为腰舟,是当时用以泅渡的重要工具。与现代救生衣之类相比,这种自然的造物更为简易可取,在现代人看来或许还要添几分浪漫和别致。诗中是一位为情所困的女子,站在茫茫水边,将希望寄托于一只硕大的葫芦,它这时已成为一件驮情的宝物。她心跳扑扑,欢喜异常,心田焦渴,呼唤对岸的男子前来欢会,催促道:"深则厉,浅则揭。"如果水太深,你就使用那个大葫芦渡河;如果水很浅,你挽着裤腿儿涉水就可以了。其神情意态,呼之欲出。急不可耐是青春,这位活力四射的女子一时竟忘了叮嘱爱人:急流险滩也要小心才是。在这样的情势之下,对岸男子将不顾一切,哪怕是拼上性命也要奋勇渡过这片阻断爱情的水流,奔向一场酣畅的生命欢愉。

爱情的迷药会让人执着而忽略其他。"深则厉",这是诗中一句稍显沉重的叮咛。用腰舟泅渡深阔之河不可谓不险,细心的女子本来应该叮嘱心上人小心才是,可深陷情欲的她脱口而出的,只是让对方赶紧腰绑葫芦。这一句的潜台词是:我在这边等你,无论多么危险都要过来！诱惑不可阻挡，心切情急的男子即便一时找不到那只大葫芦，也会毅然下水。大河急流何等危险，男子将要赶赴的极可能是一场风险之约。

果然，下面写到河水弥漫的堤岸上传来阵阵野鸡鸣叫："有渳济盈，有鷕雉鸣。"水汽缭绕的茫茫原野杳无人迹，野鸡的啼声使浩渺大河更加迷蒙。"济盈不濡轨，雉鸣求其牡"，虽然大水还没有漫过车轴，但大河滔滔，除了使用腰舟别无他法。雌雉求偶嘹亮，奔放的鸣唱中，女子怀春，大胆直露，在水雾笼罩的大野间此起彼伏。这是源自生命本能的野性呼唤，未经雕琢，清新质朴，刚劲明媚，构成最为烂漫迷人的色调与质地，散发出无尽的艺术魅力。

"雝雝鸣雁，旭日始旦。士如归妻，迨冰未泮。"天空的雁鸣暗示季节的转换，时间的车轮辗至深秋，情丝在肃杀的秋风里依然蓬勃，蔓延疯长；按照古代风俗，冬天河水结冰时就要停办婚嫁，所以女子忧心似焚，对男子直言相告：你若是个男子汉，真想娶走我，就要在河水尚未结冰前赶紧行动。

如何行动？我们自然会想到那只硕大的葫芦。可即将结冰的河水寒冷彻骨，男子难以泅渡。女子在太阳初升时就开始呼唤，可是到了中午河水才会变暖。为了尽快见到心上人，她竟迫不及待地让男子清晨出发。水冷心热，女子何等急切。

"招招舟子，人涉卬否。人涉卬否，卬须我友。"诗的尾章终于露出一线希望：河面上驶来一只摆渡船，艄公远远地吆喝渡客，女子向他摆手："是别人上船，我要在这边等待。"野外渡口的故事，就此戛然而止。

相爱的异性之间隔着一条河，会衍生许多故事。追求爱情需要勇气，然而又潜伏着危险，所以一些男子会倒在爱情的祭台前。这里讲述的是一个再平常不过的爱之环节，却能唤出许多关于爱情的冒险和记忆。那个伫立野渡向对岸或呼喊或发出喃喃心语的女子，在他人看来既具体又模糊，素不相识却真实感人。类似的呼唤已经响彻了几千年，至今不绝于耳，只是那条大河已不再汹涌，在时光的演进中河床已经变窄，甚至濒临干涸，渡河男子变得容易了许多。

"诗三百"中，这一类情诗数量众多，正是这些野性率真的倾诉，像跳动的火焰一样照耀着整部诗卷。

• 式微

式微式微，[1]胡不归？
微君之故，[2]胡为乎中露？[3]

式微式微，胡不归？
微君之躬，[4]胡为乎泥中？

【注释】

[1]式微：式，句首发语词。微，光线渐弱。

[2]微：非，不是。

[3]中露：露水中。

[4]躬：身体，自身。

这是一篇描写男女幽会的谐谑小诗，一问一答语浅意深，玲珑有致。"式"是句首的语气助词，"微"指天光微弱，即天色将晚。饶有趣味的是，"式微"二字竟在现代汉语中成为一个被广泛使用的成词。

"式微式微，胡不归？微君之故，胡为乎中露？"这对相恋的人，想必在旷野里耳鬓厮磨很久，也许从熹微的晨光中缠绵至露水浓重的夜晚，仍旧难舍难分。这是一场诱人的幽会：青春相伴，炽烈如火，火焰将熄走向"式微"。夜幕降临，该是各自回家的时候了，为何还不离去？最后的分别更令人眷恋，小诗精妙传神地刻画了幽会男女即将分离的柔情蜜意，而不是之前的纠缠。

小诗省略长长的过程，只把笔墨用在欢会之期的最后一刻，情韵灵动余味绵长，别致之极。这反倒任人想象：这是怎样的一对？他们经历了什么？为何在此相会？没有只言片语，只摹绘微妙的"式微"时刻。既然"式微"，那么一切便可忽略，诗人却偏偏逆向而行：捕捉幽会即将结束的一小段时光，是野地之爱摇曳多姿的最后一幕。特异的结尾引发联想，以至于引人想象幽会的起因与结果，这是它的妙处。

在我们的阅读记忆中，一篇诗章或一个故事，如此的开头和结尾似乎很少。在虫声唧啾、露珠晶莹、草香扑鼻的荒郊野外，两人相拥相抱，其中一个问道：天已经黑成了这样，你为什么还不回家？另一个回答说：还不是为了陪你，要不谁愿泡在这盛大的露水里？夜色渐浓，热力消尽，身上的汗水混着夜露实在难耐，只好更紧地贴靠在一起。第二段问答更是风趣："式微式微，胡不归？微君之躬，胡为乎泥中？"天色黑了，你怎么还不回家呀？对方答道：还不是因为抱着你吗？要不我何必待在这泥水中？"泥水"似乎蕴含了许多，身上沾满泥水说明他们不是简单依偎，而是与野地草丛发生过亲密接触，汗水和露水搅拌一起，泥尘抹身不仅未嫌脏腻，还幸福无比。可以想象出他们燕声巧语的情态。

然而尽管不舍，仍要分开。激情平息之后，在轻轻抚慰悄悄私语中，流动着一种平静的幸福和舒缓的温煦。此时明月皎洁，星汉西流，四野朦胧，清景无限，仰望澄澈如水的夜空，沉浸于憧憬。诗中没有言及未来，可一切尽在不言之中。在太阳升起之前，他们只须享受此刻，仿佛绿色葱茏、露珠粲然的野地汇聚了无数时间。

人生究竟拥有多少缱绻旖旎的时光，多少稍纵即逝的"式微"？抓住最后，是狂歌之后韵味悠长的慢板，是激越高亢的乐章间歇。

除《式微》之外，《诗经》里还有许多关于露水的诗篇，如《召南·行露》《郑风·野有蔓草》《秦风·蒹葭》《小雅·湛露》等。这些露水诗篇大多在写男欢女爱，晶莹闪烁，令人难忘，后来则引申为"露水夫妻""露水姻缘"，指临时的非正式夫妻间的男女私情，短暂、隐秘、幽暗，太阳一出即蒸发消散。然而那片散发着野地气息的盛大露水，象征着周代先民饱满丰沛的生命激情和纯真自由的男女情愫，映衬出人类初期与大自然声气相通的灵性，所以一地草芒露珠灿的"国风"，闪耀着那个时代自信、从容、淳朴、健康的人性光辉。

· 简兮

简兮简兮,[1]方将万舞。[2]
日之方中,[3]在前上处。[4]

硕人俣俣,[5]公庭万舞。[6]
有力如虎,执辔如组。[7]

左手执籥,[8]右手秉翟。[9]
赫如渥赭,[10]公言锡爵。[11]

山有榛,[12]隰有苓。[13]
云谁之思,[14]西方美人。[15]
彼美人兮,西方之人兮。

【注释】

[1]简:通"僩(xiàn)",舞者威武貌。一说鼓声。

[2]方将万舞:方将,即将,将要。万舞,周天子宗庙舞名,规模宏大,分文、武两部分。

[3]方中:正中央,指中午时分。

[4]在前上处:舞师在前面领舞。

[5]硕人俣(yǔ)俣:硕人,身材高大的人。俣俣,魁梧健美的样子。

[6]公庭:公爵的庭堂。一说庙堂的庭前。

[7]执辔(pèi)如组:辔,马缰绳。组,丝带。

[8]籥（yuè）：古代乐器名，三孔（一说六孔），似笛。

[9]秉翟（dí）：秉，持，拿。翟，野鸡尾的羽毛。

[10]赫如渥（wò）赭（zhě）：赫，红色，指舞师脸色。渥，湿润，一说涂抹。赭，红土，一说赤褐色赭石颜料。

[11]锡爵：锡，同"赐"。爵，古代酒器名。

[12]榛（zhēn）：树名，落叶灌木。

[13]隰（xí）有苓（líng）：隰，低湿之地。苓，荷花，一说甘草，一说苍耳，一说黄药，一说地黄。"山有榛，隰有苓"，隐含"以树代男，以草代女"之意。

[14]云谁之思：云，句首助词。谁之思，即"思谁"。

[15]西方美人：西方，指周朝，卫国在周朝之东。美人，指舞师。

这首赞美舞师的歌谣以震天动地的鼓声开篇，预示即将开始一场盛大的舞蹈。"简兮简兮，方将万舞。日之方中，在前上处。"鼓声阵阵，动感强烈，气势壮观，酷日当空，舞蹈队伍正在排列，一个高大健壮、英武勇捷的擂鼓舞师赫然挺立，吸引了所有人的视线："硕人俣俣，公庭万舞。有力如虎，执辔如组。""硕人"即舞师，"俣俣"指身材异常魁梧，雄壮健美。周代"万舞"分文、武两部分，此刻"硕人"跳起"武舞"：动作矫健勇猛如虎，表演驾驭马车的动作张弛有度，执辔自如，让人如临其境。诗的画面就像一个长镜头，从公爵开阔的庭堂到舞蹈队伍、众多面孔，最后到舞师，是他的一个大特写。"左手执籥，右手秉翟。赫如渥赭，公言锡爵。"这时舞师开始表演"文舞"：左手执笛吹奏出悠扬美妙的清音，右手持一尾颤悠悠的彩色野鸡翎毛，脸色红润似涂丹粉。如此壮哉硕人，让公爵高兴得大声喊叫："赏赐美酒！"

舞者精妙的技艺，强大的膂力，以及英俊的面容和潇洒的风度，渲染得淋漓尽致。

"万舞"本来是西周初年周天子用于祭祀的宗庙舞蹈，是一种神圣庄严的仪式，但慢慢演变为纯粹的娱乐。周代的礼乐规范逐渐走向松弛，最后导致了孔子所说的"礼崩乐坏"。早期的"万舞"场面宏大肃穆，气氛庄重威严，不可以随意使用。但《简兮》篇里，"万舞"出现在卫国的公爵之庭，可见已经全无礼乐法度。

全诗的尾章风格陡变，内容也有些怪异："山有榛，隰有苓。云谁之思？西方美人。彼美人兮，西方之人兮。"歌咏旋律由原来声势浩大的繁弦急奏转为柔婉低回的浅唱低吟，并且从一种全能视角转换为个人口吻，犹如女子发出的赞叹。这在结构、章法以至于韵致上或有突兀，所以有人认为是"错简"：绳断简脱，造成了竹简的错置颠倒。然而由此以观，这种连缀方式却又生出另一种效果，在始料未及的转换中拉大了视觉空间，开拓出更深一层的意境。

类似于"山有榛，隰有苓"的句式在《诗经》里有多处，皆以树木喻男，以芳草喻女。此诗接上的设问和回答是："云谁之思？西方美人"，可见女子心仪之人就是那个领舞的"硕人"。这里的"西方"指西周，而"万舞"的表演发生于公爵的庭堂，是地处东方的卫国。来自西周的美男令卫国女子耳目一新，产生了爱慕。

以雄健开端，以婉约收束，使"硕人"的威赫更加突出，并引出异性的心灵回响。整个诗章增加了故事性，变得丰富。

鄘风

- 柏舟

泛彼柏舟，[1]在彼中河。[2]
髧彼两髦，[3]实维我仪。[4]
之死矢靡它。[5]
母也天只，[6]不谅人只！[7]

泛彼柏舟，在彼河侧。
髧彼两髦，实维我特。[8]
之死矢靡慝。[9]
母也天只，不谅人只！

【注释】

[1]泛彼柏舟：泛，漂浮。柏舟，柏木小船。

[2]中河：河中。

[3]髧(dàn)彼两髦(máo)：髧，头发下垂状。两髦，古代男子未行冠

礼,即未成年前,头发分垂两边至眉,称"两髦"。

[4]实维我仪:维,乃,是。仪,配偶,心仪之人。

[5]之死矢靡它:之死,至死,到死。矢,发誓。靡它,无二心。

[6]母也天只:母、天,娘呀天呀。也、只,都是语气词,强化感情色彩。

[7]谅:体谅。

[8]特:配偶,与"仪"同。

[9]慝(tè):同"忒",更改,改变。

此篇又一次以《柏舟》为题,且仍旧描写男女情愫。不同的是上一篇《邶风·柏舟》写了一位阅历丰富的成熟女性,她不失威仪,倾诉满腹幽怨;而这篇《鄘风·柏舟》则写一位青春少女,写她信誓旦旦的爱情宣告:"泛彼柏舟,在彼中河。髧彼两髦,实维我仪。之死矢靡它。"一只小船在水中漂浮荡漾,它可以载我到对岸寻找心中所爱,那里有一位美发双髦、英姿勃发的少年,他是上天赐予的良缘佳偶,我对他的热爱至死不变!

可惜没人体谅她的感受,没人在乎她的情思,少女只有面对滔滔河水大声呼唤,盯视那条自由的小船,想象那个心中的少年。少年多么可爱,青春年少风华正茂,奕奕神采令人迷恋。那条小船即便不能送她到对岸,顺水漂流到陌生之地,也可以让她逃离这场迫在眉睫的出嫁。

没人倾听少女的悲号,她的委屈如河水奔流。至此,我们不禁想起那首俄罗斯歌曲:"田野小河边,红莓花儿开,有一位少年真使我喜爱!"不同的民族和时代,反复咏叹的都是怀春少女至真的情怀。或许《鄘风·柏舟》中那个美发双髦的少年对少女之思一无所知,可他的存在却赋予了对方莫大的勇气和胆魄。故事未有结局,只有这河岸的倾诉。

  河畔少女的心声冲决了古老的婚嫁习俗,自由而热烈。这首歌谣被行走民间的乐官采集,实为幸事。这与《风》中诸多描写露水之合、野外之恋的篇章一起,构筑了强劲充沛、自由奔放的生命之歌。它们发生在生气蓬勃的周代,令人感慨万端。我们由此联想到孔子对西周威仪礼法的孜孜以求和念念不忘,"克己复礼"以抵达"仁政",为这一理想辗转于中原大地,甚至甘冒生命之险。西周不唯礼法严谨、秩序井然,在某种程度上也算充满人性的温度。如此之多的野歌被采集入宫,制成礼歌四处传唱,需要气度和胸襟,与我们心目中那些刻板僵硬的王朝大相径庭。

  后来那些经师大儒曾一次次删减《诗经》,要么给野歌贴上"淫诗"标签,要么曲解误导,不惜重新解读"无邪":诗中有邪,思不可邪,这些野歌可做训诫劝勉之用。如此一来,这些至美的华章就变成了批判训诫的文本,真是荒唐。

  对爱之隔膜,可谓文明的悲哀和道德的颓丧。对那条顺流漂浮的小船的期待,对那位英俊少年的思念,原本天然质朴。可见西周以降,社会风气不是越来越宽容,而是越来越狭隘。人对自由的追求自爱恋开始,不可以丧失。

  好在几千年前的那个河岸少女、那个美丽的少年,他们不会被遗忘。那条顺流而下、自由欢快的小舟一直在我们视野中。少年炯炯有神的目光正穿过邈远的岁月望过来,成为怀春少女永恒的乐章。

君子偕老

君子偕老,[1]副笄六珈。[2]
委委佗佗,[3]如山如河,[4]
象服是宜。[5]
子之不淑,[6]云如之何![7]

玼兮玼兮,[8]其之翟也。[9]
鬒发如云,[10]不屑髢也;[11]
玉之瑱也,[12]象之揥也,[13]
扬且之皙也。[14]
胡然而天也?[15]胡然而帝也?[16]

瑳兮瑳兮,[17]其之展也。[18]
蒙彼绉絺,[19]是绁袢也。[20]
子之清扬,[21]扬且之颜也。[22]
展如之人兮,[23]邦之媛也![24]

【注释】

[1]君子偕老:君子,指卫宣公。偕老,夫妻恩爱白头到老,这里指君子之妻,即卫夫人宣姜。

[2]副笄(jī)六珈(jiā):副,古代妇女的一种首饰,假发编成,缀有珠玉。笄,簪子。六珈,笄饰,用玉做成,类似"步摇"。

[3]委(wēi)委佗(tuó)佗:雍容典雅的神态。

[4]如山如河：极言德容仪态庄重优雅。

[5]象服是宜：象服，"王后之服"，镶有珠宝绘有花纹的礼服。宜，合体。

[6]子之不淑：子，你，指宣姜。淑，善。

[7]云如之何：云，句首助词。如之何，奈之何。

[8]玼（cǐ）：绚烂鲜明，光彩夺目。

[9]翟（dí）：绣有长尾野鸡图案花纹的衣服。

[10]鬒（zhěn）发如云：鬒，乌黑浓密。如云，像乌云一样。

[11]髢（dí）：装饰用的假发。

[12]瑱（tiàn）：冠冕上两耳旁的垂玉。

[13]象之揥（tì）：象，象牙。揥，发钗、簪子，又叫作搔首、搔头。

[14]扬且（jū）之皙（xī）：扬，额头开阔、方正、饱满。且，语中助词。皙，白净。

[15]胡然而天：胡然，为什么这样。而，如，像。天，美丽如天人。

[16]帝：神女，帝子。

[17]瑳（cuō）：玉色粲然。

[18]展：展衣，古代夏天穿的一种白纱礼服，一说浅红色纱衣。

[19]蒙彼绉絺（zhòu chī）：蒙，罩、披。絺，细葛布。绉，较絺更为精细的葛布。绉絺，夏衣。

[20]绁袢（xiè fán）：夏天穿的贴身内衣，亦称亵衣。一说"束缚"，谓展衣覆盖在绉絺之上。

[21]清扬：清，眼神明亮。扬，眉宇宽广上扬。

[22]颜：容颜。一说指额角丰满。

[23]展：乃，可是，一说诚然、确实。

鄘 风

[24]邦之媛：邦，国家。媛，美人。

《君子偕老》是《诗经》中最为富丽的乐章之一，妙不可言；长长的篇幅和非同一般的巧喻，几乎全用于铺陈：女子的容颜姿态和仪容服饰，最终渲染出一种不可逾越的美。

"君子偕老，副笄六珈。委委佗佗，如山如河，象服是宜。子之不淑，云如之何！"以高山大河的深沉稳重形容女子的举止风度，可谓诡异奇谲。《诗经》中其他篇章描写女子大都是婉约娇柔、娴静曼妙，如"桃之夭夭"中的人面桃花，"静女其姝"中的贞静贤淑，还有"清扬婉兮""巧笑倩兮"等。而这里却以充满阳刚之气的山河壮美，比喻女子的雍容华贵和非凡气度，偏僻而庄重，产生出令人崇尚和神往的效果。

"玼兮玼兮，其之翟也。鬒发如云，不屑髢也；玉之瑱也，象之揥也，扬且之皙也。胡然而天也？胡然而帝也？"如此细致的笔触，不厌其烦：礼服上彩绘锦雉鲜艳耀目，乌黑的秀发如乌云般稠密，不屑于假发装点，玉石耳环光闪闪，象牙簪子插在高高的发髻上，宽大的额头方正饱满。诗人深深感叹：如果不是上苍所造，怎么会如此完美迷人？只有上帝之手才能创造出这般美艳！

盛叹之后却是另一个场景：等待这位来自东部半岛绝色佳人的，竟是一个衰老的君侯，他们将一起生活。至此，"君子偕老"四字即散发出强烈的反讽意味，洋溢出残酷的色调。这首诗被认为是讽刺卫宣公的，写的是一段极不般配的、痛苦绝望的婚姻。

全诗的核心句子是"子之不淑"。"不淑"二字是一个刺目的症结，无论使用多少绚丽的辞藻来隐藏遮掩，都无济于事。这位女子实在是太不幸了。盛开的花朵陪衬衰败的朽木，生机盎然的青春伴同枯竭的暮年。全诗从各个角度、循环往复地欣赏这位美人之后，终于忍无可忍，发出了一声尖利的长叹："云如之何？"未来的日子可将如何是好？

"瑳兮瑳兮，其之展也。蒙彼绉绤，是绁袢也。子之清扬，扬且之颜也。展如之人兮，邦之媛也！"诗人从盛美的容貌说到她的衣装，特别说到了由细葛制成的薄纱内衣，这在当时是极精致的穿着，只有贵族才能如此。笔触贴近肌肤，令人于瞠目惊叹中倍加痛惜。

绝世佳人这样被赏叹、玩味和赞美，环绕不绝的颂扬之声潜伏一缕悲切、哀叹和怜惜，又淤淀了诅咒。末尾一句是："邦之媛也！"即全国最美丽的女子，世间之绝色，许配给最有权势的一个糟朽。

可以想象，这样的歌咏只会在民间流传，而且一定在卫国内外，或来自半岛东部的齐地，来自专门输送国色天香的原乡和故土，来自齐人的愤怒不平。

这歌声或许由东往西，跃入卫国的宫墙。我们不明白这首歌谣怎样被朝廷的乐官采集，而且登堂入殿。我们只能理解为一种强大的人性共鸣，一种共愤和抨击。正如西方一位哲人所说：在常识和感受方面引起不适的，就是不道德。这种不道德没有因为古代森严的等级制度而消失。造成这种荒谬的，除了权力和财富，还有盛大的名声和荣誉，这一切都是攫取的资本。我们应该铭记：攫取青春是一种至恶。

这首诗先是让我们陶醉在盛大的赞美中，然后用赞美包裹起严厉的诅咒。在长达数千年之后，诅咒之声仍旧绵绵不绝。

桑中

爰采唐矣？[1]沫之乡矣。[2]

云谁之思？[3]美孟姜矣。[4]

期我乎桑中，[5]要我乎上宫，[6]送我乎淇之上矣。[7]

爰采麦矣？[8]沫之北矣。[9]

云谁之思？ 美孟弋矣。[10]

期我乎桑中，要我乎上宫，送我乎淇之上矣。

爰采葑矣？[11]沫之东矣。

云谁之思？ 美孟庸矣。[12]

期我乎桑中，要我乎上宫，送我乎淇之上矣。

【注释】

[1]爰采唐矣：爰，于何，在哪里。唐，蔓生植物，俗称菟丝子。

[2]沫(mèi)之乡：沫，卫国邑名。乡，郊野。

[3]云谁之思：云，句首语助词。谁之思，思念谁。

[4]孟姜：孟，排行第一。姜，姓，即姜家的大姑娘，与后文的孟弋、孟庸一样，皆为泛指。

[5]期我乎桑中：期，约会。乎，于，在。桑中，卫国地名，亦名桑间；一说指桑树林中。

[6]要(yāo)我乎上宫：要，同"邀"。上宫，楼，指宫室，一说地名。

[7]淇：卫国水名，男女欢会之地。

[8]麦：麦子。

[9]北：北边。

[10]弋：姓。

[11]葑（fēng）：芜菁，即蔓菁菜。

[12]庸：姓。

　　这是一首热烈泼辣、想象放肆的情爱之歌，一篇对后世影响深远的杰作。一个男子极尽想象：与不同的美人在不同的时间里欢会，尽情享受，美好的约会一场又一场，深深地沉浸。他如数家珍般地记下浪漫幽会的全程，多情而又放荡，却极有可能只是一种甜蜜的想象。

　　记载中写到当时的男女隔离制度：女子集中安置于沙洲或林间草寮，在不易抵达的偏僻之地学习各种本领，想必关乎衣食住行和德容言功之类，只在仲春、夏祭、秋祭的时候方可接触异性。对于男女双方而言，那都是一段特别值得期待和渴盼的美好时光，是一场青春放歌和生命狂欢，更是寻觅恋人、约定幽期的最佳时机。

　　"爰采唐矣？沫之乡矣。云谁之思？美孟姜矣。期我乎桑中，要我乎上宫，送我乎淇之上矣。"男子对"桑中之约"充满憧憬和企望，自言自语，反复咏唱，张开想象的双翅，幻想未来的欢会。与之邂逅的都是最美的女子："孟姜"代表了所有绝色美人，姜姓来自半岛东部，那里素产逼人的美色。这是一个多情浪子绚丽悠长的白日梦，在他看来，"桑中"和"上宫"的春宵一刻，以及淇水送别的缠绵，都在一一实现。

上古蛮荒时期奉祀农神和生殖神，认为男女合欢可促进自然万物的繁衍。这种带有群婚色彩的欢会，使炽盛的情欲蔓延在葱茏的草木之中，让原欲和本能尽情宣泄。有人认为《桑中》是谴责贵族糜烂而淫荡的生活方式，可能是过度诠释。我们从诗中感受到的，仍然是健康自然的生命，是本能的欢愉。

热烈的渴求以及无限的期待，洋洋洒洒纷至沓来，在惜字如金的竹简刻记之下，已经是极为铺张了。诗人沉醉于欢畅的梦想，与他相逢的花容月貌、世间尤物相识相爱。相似的景致和情愫，在复沓回环的咏叹中品啼。每一章都重复上文，少有递进，与之谐配的音乐却推向了高潮。起伏回荡的旋律阵阵激越，把听众时而引于"上宫"，时而导向"淇水"，或者带至"桑林"。不断吟咏的是"上宫"二字，那是女子驻所，修建于大水中央或偏僻茂林，饱尝相思之苦的男子欲要抵达，必须要焕发勇气，凭借极好的水性或乘一叶扁舟。居于大水之侧或林草之间的女子，如流泉之柔，如枝叶之茂，虽孤寂落寞，却领受万物滋养。她们在等待某个时刻，等待一群"泄泄其羽"的"雄雉"飞翔而来。

美好的时光更多地用来臆想和遥思，一旦变为现实总是这样短促易逝。倏忽无痕的春梦不足以疗救无边的寂寥，但臆想的片段一个个衔接，就组成了享用不尽的慰藉和幸福。现实生活中积累了太多的拘谨和单调，那种放肆泼辣、淋漓尽致的释放，仅是人生的一些片断。用华茂的青春连缀而成的歌唱，无论何时都是诱人的，是放之四海而皆痒的撩拨，是通行四方的语言。叶芝曾对自己的心爱独吟："多少人爱你青春欢畅的时刻，爱慕你的美丽、假意或真心，只有一个人爱你那朝圣者的灵魂，爱你衰老了的脸上痛苦的皱纹。"

是的，衰老的容颜包含着过去和未来，包含了一切，深皱即生命的密道，它通向最隐秘的角落。

让我们屏息静气，倾听这曲青春欢会之歌。

卫风

- 淇奥

　　　　瞻彼淇奥，[1]绿竹猗猗。[2]
　　　　有匪君子，[3]如切如磋，[4]如琢如磨。[5]
　　　　瑟兮僩兮，[6]赫兮咺兮。[7]
　　　　有匪君子，终不可谖兮。[8]

　　　　瞻彼淇奥，绿竹青青。
　　　　有匪君子，充耳琇莹，[9]会弁如星。[10]
　　　　瑟兮僩兮，赫兮咺兮。
　　　　有匪君子，终不可谖兮。

　　　　瞻彼淇奥，绿竹如箦。[11]
　　　　有匪君子，如金如锡，[12]如圭如璧。[13]
　　　　宽兮绰兮，[14]猗重较兮。[15]
　　　　善戏谑兮，[16]不为虐兮。[17]

【注释】

[1]瞻彼淇奥(yù):瞻,看,眺望。彼,那。淇,淇水,卫国水名。奥,河岸弯曲的地方。

[2]猗猗(yī yī):纤长而美貌。

[3]匪:通"斐",有文采。

[4]如切如磋:切、磋,治骨曰切,治象牙曰磋。

[5]如琢如磨:琢、磨,玉曰琢,石曰磨。

[6]瑟兮僩(xiàn)兮:瑟,仪容矜持庄重。僩,神态娴雅威严。

[7]赫兮咺(xuān)兮:赫,显盛,磊落。咺,威仪显盛。

[8]终不可谖(xuān):终,始终。谖,忘记。

[9]充耳琇(xiù)莹:充耳,古代贵族挂在冠冕两旁、下垂至耳的饰物。琇,似玉的美石。莹,晶莹润泽。

[10]会(kuài)弁(biàn)如星:会,皮帽两缝会合处。弁,皮帽。如星,缀满宝石如繁星闪闪。

[11]箦(zé):"积"的假借,堆积,形容茂盛。一说竹床。

[12]如金如锡:金、锡,黄金和锡,形容君子才德精深。

[13]如圭如璧:圭、璧,古代玉制礼器。圭,上尖下方,璧,正圆形,中有小孔。形容君子品行高贵。

[14]宽兮绰兮:宽,宽宏。绰,旷达,一说柔和。

[15]猗(yǐ)重(chóng)较兮:猗,通"倚",依靠。较,古代车厢两旁作扶手的曲木或铜钩。重较,车厢上有两重横木的车子,为古代卿士所乘。

[16]戏谑:幽默风趣。

[17]虐:粗暴,一说言语刻薄伤人。

这是一首赞美"君子"的歌咏：一位温情脉脉的女性对贵族男子的追忆。在她难以淡忘的印象中，那个男人玉树临风，举止优雅，不凡的仪态与姿容，连同衣裳饰物，随处都显示出卓异与显赫。此人显然具有高贵血统，受到深远传统的濡养浸润，举手投足间都有一种超凡脱俗的气度。在她眼中，这男子世所罕见。女子曾在淇水岸边与之邂逅，随之而来的便是无法排遣的相思和眷恋。

《淇奥》与《风》诗的其他情爱篇章相比，少了一些野性与放肆，多了一些雅致与含蓄。明代诗论家许学夷说："诗有风而类雅者，如《定之方中》《淇奥》《园有桃》等篇是也。"（《诗源辩体》）这其中或不排除文人润色的可能。

"瞻彼淇奥，绿竹猗猗。有匪君子，如切如磋，如琢如磨。"自古以来，梅兰竹菊就是中国士大夫文人感物喻志的象征，是咏物诗和文人画里最常见的题材，也是他们毕生所追求和向往的君子风骨与人格境界。《淇奥》以绿竹托兴引出君子，竹子与君子大概由此发生关联。

君子清秀白皙的面庞和温润如玉的气质，由淇水之畔蓬勃野性的自然环境所衬托，更加凸显而动人。"如切如磋，如琢如磨。"他的肌肤就像经过反复磋磨的象牙和玉石那样洁白光润。这亏得一位女子才想得出，也确为生活优渥的贵族男子养尊处优所能有。在我们想象中，远古蛮荒时代的男子一定是肌肤粗粝、目光野性，而《淇奥》里的这个人物却全然不是，他不仅有玉之温润，而且"瑟兮僩兮，赫兮咺兮"：神态纯净娴雅，胸襟光明磊落。"有匪君子，终不可谖兮！"这是怎样奇异的一位君子，一次意外相逢就让女子魂牵梦绕，难以忘怀。"充耳琇莹，会弁如星"，美玉充耳流光溢彩，镶在帽子上的宝石如繁星闪烁，华丽炫美的装饰彰显出尊贵与威赫，也预示了此人所拥有的高雅闲适和优游逍遥的生活。显而易见，这位男子身上有一种富贵生活涵养而成的韵致，有另一种美，它有别于粗野狂放之气，无叱咤风云的奔突之勇，而是流泛竹简汗青、含蓄内敛的柔和，如孔子所言："文质彬彬，然后君子。"

《淇奥》中的这位男子与女子，不是我们所熟悉的概念化的英雄美人，不是立马横刀、纵横奔驰的壮士征获芳心，而是上层雅士独特气质与魅力的吸引。这对女子构成了致命的诱惑。她脑海中反复闪现淇水弯曲窈冥、茂林修竹之间的那个身影，一位文采风流的君子。她一遍遍赞叹他俊朗不俗的仪表，雍容典雅的谈吐，高远开阔的心胸，金锡一般精纯深厚的才具，圭璧一样高洁温厚的品行。"宽兮绰兮，猗重较兮。善戏谑兮，不为虐兮。"就连他登车凭倚时的样子都是那么从容旷达。这个人谈笑风生，诙谐幽默，举止没有一丝粗野。

这样一位男子由财富与文明所培植，当处于别一种生活环境中。我们这里暂不做习惯性的追究，放弃社会政治层面的伦理观念，只服从于单纯女子的相思逻辑，也会确认淇水之畔的"君子"是可爱的，他所具有的魅力是不可忽视的。对他们两人而言，男子没有势利的炫耀，女子也无追权逐贵的嫌疑。这仅仅是爱与慕，是对美的怦然心动，这种爱同样是深刻的、不同凡响的。

这种质地的歌咏在"诗三百"中也算鲜见，却完全可以理解。面对因财富权力、世家传统所培育出来的异美，生出一种萍水相逢、惊鸿一瞥之感，从此即思念不尽，也是令人信服的。男子身为权贵却没有丝毫的颐指气使，是世间罕有的稀缺宝物。女子产生了深深的爱意，寄予了不能割舍的奢望。她不愿让这美好的经历无声无迹地流逝，然而又无法使之重现。这可能是一个悲剧，或最终无果，只成一个幻觉。可她愿意让思绪长久流连，用想象复原那场如痴如醉、如梦似幻的欢爱。

· 考槃

考槃在涧，[1]硕人之宽。[2]
独寐寤言，[3]永矢弗谖。[4]

考槃在阿，[5]硕人之薖。[6]
独寐寤歌，[7]永矢弗过。[8]

考槃在陆，[9]硕人之轴。[10]
独寐寤宿，永矢弗告。[11]

【注释】

[1]考槃(pán)在涧：考，敲，敲击。槃，通"盘"，木盘，叩盘而歌之意。涧，山谷间的流水。一说考，筑成，建成。槃，架木为屋，盘结之意。"考槃在涧"指避世隐居。

[2]硕人之宽：硕人，高大的人，美人，贤人，此指隐者。宽，心宽，舒缓，悠然自得；一说隐士宽阔的居处。

[3]独寐寤言：寐，睡着。寤，睡醒。即独睡独醒、独言独语，指不与

世人交往。

[4]永矢弗谖(xuān)：永，永久。矢，同"誓"。谖，忘却，弗谖，即不忘却。

[5]阿(ē)：山坳，一说大陵，一说山坡。

[6]薖(kē)："窠"的假借字，空，引申为心胸宽大、豁达。一说同"和"，和乐。

[7]歌：歌唱。

[8]永矢弗过：过，过从，交往；即"永远不与世间往来"。一说永远不再入朝事君。

[9]陆：高平之地，一说土丘。

[10]轴：本义为车轴，引申为盘桓不行貌；一说同"由"，悦也。

[11]弗告：不以此乐告人。一说不哀告、不诉苦。

这大概算最早的一首隐逸诗。这篇"隐士之歌"讲述了一位异人的故事。

"考槃在涧，硕人之宽。独寐寤言，永矢弗谖。""硕人"在《诗经》中常作高大美丽或贤德之人的称谓，这里特指一位古怪的隐者。这位怪异之人隐居于深山幽涧，有着常人难以理解的行为，比如他最高兴做的一件事，就是在那个居住的山洞前敲打盘子，放声高歌。他的行为看起来就像痴子和傻子，这样的人怎样生活？心情如何？令人好奇与费解。

通常而论，要做"隐士"必须先成为"士"，即先拥有相当高的身份和地位，而后才具备隐逸的资格和条件。这一类人原属于社会的特殊阶层，而不是普通的劳民。鲁迅先生对此曾有一番言说：如果真是一个隐者就不会被世人所知，"隐"作为一种方式和路径，其实也是追求显达的一种办法。他认为真正的隐者不为世人所知，最终也就不会被上方注意。所以鲁迅先生对于那些隐士们一直持怀疑态度。

世间事物丰富驳杂，我们这里可以将这首隐士之歌，同鲁迅先生的言说加以对照。首先，这位隐居民间的异人引起了底层劳动者的好奇，这里显然采用了民间视角：在土著眼中，这位幽居山谷的人士真是怪异到了极点。他在山中叩盘击节而歌，山里人都被吸引了，他们真的听懂了这个人的奇谈怪论，还是出于猜测？抑或是与之交往中倾听过此人故事？总之他们接纳了异人，就像大山敞开了怀抱一样。

如果我们对于隐逸之士再稍稍放开一点思路，想象"隐"是对应"显"而言的，那么"显"就指位居社会政治、经济生活的高层，即"居庙堂之高"；当"显"脱下华服返回民间，也就只能算是一种"隐"了。统治者和权贵视劳民为草芥，而当士人回归劳民聚居之地，便是融入草芥，这当然是一种"隐"。

草芥们身披烟蓑头顶雨笠，在水湄山凹间自然地生活，士人投身其中，竹杖芒鞋，啸吟山林，渔樵江渚，只能是一种"隐"。融入草芥即连成苍茫，这与民间对隐士的理解完全一样，并不能成为"假隐"的证据。一个纯粹而真实的隐士难道非得深深藏匿，进入人人难寻的洞穴，成为"岩穴之士"不可？即便山中真有那种深穴野洞，最终也还是会被无所不至的劳民探知，因为草芥蔓长于荒山野岭的每一个角落。所以我们应该肯定，隐士们的确是存在的。

《考槃》的特异，在于早如西周时代就记录了某类人的逍遥生活、其存在状态和志向情趣。任何一个处于上升时期的王朝都会有各种各样的角落，那里保存了不同的生活样态，即使权贵官僚阶层，也多有异见，他们由于各种原因远避朝堂而去，消失在山川莽野之中，与劳民毗邻而居，声气相通。这一类人会讲述一些宫闱隐秘，上层秘辛，让山民感到满足和有趣。他们由此对他更加好奇，亲近中不乏敬畏，比如像诗中所述，会远远地倾听他在那里敲打盘子，引吭高歌。"考槃在阿，硕人之薖。独寐寤歌，永矢弗过。"他们赞扬这位异人心胸宽广，欣赏他的独眠独歌，记住了铿锵有力的誓言：决不做欺世盗名之事，永远不再走出这片大山。

他们对异人的归隐表现出最大程度的欢迎和理解。由于同居大山，所以山民每每听到这歌唱，便料定异人的愉悦和高兴确是发自肺腑，知道他独眠独醒、自起自卧、快乐逍遥："考槃在陆，硕人之轴。独寐寤宿，永矢弗告。"他们相互传递异人的誓言："永矢弗告。""弗告"二字便成为这首诗的关键词，意为永不泄露隐居的快乐。这让人觉得多么怪异和有趣。如果说一个隐士不愿暴露行踪，不希望那些好事者前来寻觅打扰，更厌烦庙堂驱役，这还容易理解；然而决心藏匿隐居山间的欢乐，这倒有了更多的深意。或许他更加担心的，恰是这种逍遥快乐本身，害怕这会招来嫉妒。

由此便显示了异人遁世的巨大决心："隐"得更加遥远和彻底。告别丰厚的物质享受和优越的生活环境，来到荒凉僻地，靠劳作维持生存，竟然还要担心他人嫉妒，似有反讽。这不是底层人的感受，而是现代人在这些文字面前所滋生的心情。

细读《考槃》，可隐约体察终生辛劳的底层对生存的满足感，那或是一份夸大了的情感。这种朴素善良的自我慰藉，通过一位曾经富贵显达者的避世和欢乐，得到进一步的证明和宣示。这等于说权贵们不过尔尔，他们当中一位如此优秀卓异的人物舍弃一切来到我们中间，回到大山深处，过得何等惬意畅快，也就足以说明一切。尤其重要的是，这个人一再叮嘱他人，一定要为他保密，千万不要让他的同类知道这种快乐，那要招来新的嫉妒和烦恼，说不定又要把他召回朝堂，或者乌泱泱追随而来，那会是多大的麻烦。这个人最喜欢与山里人朝夕相处，与大家同乐。

这是真正的隐士。

• 硕人

> 硕人其颀，[1]衣锦褧衣。[2]
> 齐侯之子，[3]卫侯之妻，[4]
> 东宫之妹，[5]邢侯之姨，[6]谭公维私。[7]
>
> 手如柔荑，[8]肤如凝脂，
> 领如蝤蛴，[9]齿如瓠犀，[10]螓首蛾眉，[11]
> 巧笑倩兮，[12]美目盼兮。[13]
>
> 硕人敖敖，[14]说于农郊。[15]
> 四牡有骄，[16]朱幩镳镳，[17]翟茀以朝。[18]
> 大夫夙退，[19]无使君劳。

河水洋洋，[20]北流活活。[21]

施罛濊濊，[22]鱣鲔发发，[23]葭菼揭揭。[24]

庶姜孽孽，[25]庶士有朅。[26]

【注释】

[1]硕人其颀(qí)：硕人，高大的美人，当时以身材高大为健美，此指卫庄公夫人庄姜。颀，身材修长貌。

[2]衣锦褧(jiǒng)衣：衣锦，穿着锦衣，衣，动词。褧衣，古代妇女出嫁时御风尘用的麻纱罩衣，类似披风。

[3]齐侯之子：齐侯，齐庄公。子，女儿。

[4]卫侯：卫庄公。

[5]东宫：太子居处，指齐太子得臣。

[6]邢侯之姨：邢，春秋时的小国，在今河北邢台。姨，邢国君侯的妻妹。

[7]谭公维私：谭，春秋国名，在今山东历城。维，语气词。私，古时女子对其姊妹丈夫的称谓。

[8]荑(tí)：白茅初生的嫩芽。

[9]领如蝤蛴(qiú qí)：领，颈。蝤蛴，天牛的幼虫，色白身长。形容庄姜的脖颈白嫩修长。

[10]瓠犀(hù xī)：葫芦籽儿，形容牙齿洁白整齐。

[11]螓(qín)首蛾眉：螓，昆虫，似蝉而小，头额宽广方正。螓首，形容前额丰满开阔。蛾眉，蚕蛾触须，形容眉毛细长弯曲。

[12]巧笑倩兮：巧笑，活泼可爱的笑容。倩，美丽的容貌。

[13]盼：眼睛黑白分明，眼波清亮流动。

[14]敖敖：身材修长高大貌。

[15] 说(shuì)于农郊：说，通"税"，停驾。农郊，近郊。

[16] 四牡有骄：四牡，驾车的四匹雄马。有骄，骄骄，高大强壮的样子。

[17] 朱幩(fén)镳(biāo)镳：朱幩，马嚼铁两旁缠饰红绸。镳镳，鲜艳盛美的样子。

[18] 翟茀(dí fú)以朝：翟茀，以山鸡彩羽为饰的车帷子。茀，遮蔽车后的装饰物。朝，朝见君主。

[19] 夙退：早早退朝。

[20] 河水洋洋：河水，黄河。洋洋，水流浩荡盛大的样子。

[21] 活活(guō guō)：水流声。

[22] 施罛(gū)濊(huò)濊：施，张开。罛，渔网。濊濊，撒网入水声。

[23] 鳣(zhān)鲔(wěi)发(bō)发：鳣，鳇鱼，一说大鲤鱼。鲔，鳝鱼，一说鲤鱼科。发发，鱼尾摆动击水之声。

[24] 葭(jiā)菼(tǎn)揭揭：葭，芦苇。菼，荻苇。揭揭，细长高挺貌。

[25] 庶姜孽孽：庶姜，指陪嫁的姜姓众女。孽孽，高大美丽的样子。

[26] 庶士有朅(qiè)：庶士，随从庄姜出嫁的媵臣。有朅，即朅朅，勇武健壮貌。

这首吟诵美人的千古绝唱，开启了写美的先河。《硕人》所咏，又是一位来自齐国的美人，她"手如柔荑，肤如凝脂，领如蝤蛴，齿如瓠犀，螓首蛾眉，巧笑倩兮，美目盼兮"。这绝代姿容不仅引起当时卫国人的惊艳，而且还成为历朝历代衡量美人的标杆和范本。唐代白居易《长恨歌》的"回眸一笑百媚生"，应该就是化用"巧笑倩兮，美目盼兮"。八个字即活画出一位古典美人的曼妙神韵。

"硕人其颀，衣锦褧衣。齐侯之子，卫侯之妻，东宫之妹，邢侯之姨,谭公维私。"这里写到了修长的身材,正符合半岛东部女人的特征。高大苗条的齐姜女子,身着锦绣,外加一件麻纱披风,真是太有风度、太讲究了。她是齐侯的掌上明珠,是卫侯的新嫁娘。权力和地位增加了齐姜的个人魅力:她是齐国东宫太子的胞妹,还是邢侯的小姨,而谭公又是她的姊丈,嫡亲与姻亲可谓显赫荣耀到极点。她美丽的容颜举世无双:柔嫩纤细的手指和洁白滑润的皮肤,只有用柔荑和凝脂才可形容,优美的脖颈、齐整的牙齿、饱满的前额和弯曲的双眉,完美无缺摄人心魂,嫣然一笑明媚灿烂,眼波流转顾盼神飞。

《诗经》中的许多诗篇都一再肯定东部半岛女人的高大修长和娇美艳丽,《硕人》更是把这无与伦比之美推向了峰巅。

"硕人敖敖,说于农郊。四牡有骄,朱帻镳镳,翟茀以朝。大夫夙退,无使君劳。"不厌其烦地盛赞齐姜高挑的身段,可见这确是最出眼的。紧随在美丽新娘后面的,是雄伟健壮的马匹,马嚼铁上飘动着鲜艳的红绸。华丽浩大的车队正驶往朝堂,诸位大夫早早退朝,以免燕尔新婚的国君太过辛劳。"河水洋洋,北流活活。施罛濊濊,鱣鲔发发,葭菼揭揭。庶姜孽孽,庶士有朅。"诗的尾章共七句,前六句连用叠字,以强化和再现蓬勃壮美的大自然与婚礼盛况:黄河水浩浩荡荡北流入海,渔夫们哗哗地撒网捕鱼,鱼儿在网里挣扎跳跃,"唰唰"击水,河岸芦苇绵密茂盛;生气勃勃的自然风景衬托之下,走来一队陪嫁的姜姓女子及媵臣武士,他们个个高大俊美,勇武健壮。这一切都预示:齐姜的未来生活必定欢乐、幸福吉祥。

齐国濒临大海,那里的渔事更为波澜壮阔,风云万里;齐姜出嫁的卫地位于黄河岸边,渔事自有另一番风貌。美人东来,生活环境已变,等待她的却是一场新的享用和创造。当年齐国辽阔强盛富饶,是最为诱人的一个国度,齐姜是它派出的代表,更是一个象征:高大、婀娜,显示了不可超越的卓异和优秀。在卫国人看来,这次婚礼是一件多么盛大的事情,对于整个卫国都是巨大的荣耀。

《毛诗序》曰:"《硕人》,闵庄姜也。庄公惑于嬖妾,使骄上僭。庄姜贤而不答,终以无子,国人闵而忧之。"这里说卫庄公喜欢的一个婢女脾气暴戾,对庄姜非常冷漠,甚至还有虐待庄姜的嫌疑。可见这又是一场可悲的政治联姻。史料上说庄公与婢女生的儿子名叫州吁,自幼被宠,但因出身卑贱不能立为太子。于是,庄公又娶了陈国贵族女子厉妫,但厉妫生的儿子夭折于襁褓之中,其妹戴妫又为庄公生了个儿子。因为戴妫没有夫人身份,其子无法被立为太子,庄姜只好将他过继为子。庄公突然驾崩,戴妫之子桓公继位,州吁谋乱篡位,发动政变杀了桓公。从这些记载看,诗中所记述的美丽齐女嫁入卫国,想不到结局如此:一生坎坷,红颜薄命。

诗篇写齐姜之美轰动卫国,也等于赞美自己的国家,洋溢着卫国人的自豪感:天下绝色来自最富庶之地,时下她已属于卫国,成为我们国君的夫人。他们爱她、敬重她、羡慕她。卫国百姓是这一盛况的目击者,他们用歌声记录下来,成为一时之颂,并传到悠远的未来。后来者能在这歌咏中一睹绝代佳人的风采。

华丽的婚配场面在《诗经》中出现多次,它们大致属于君王之间的婚配嫁娶。对于权力和荣耀的向往好奇既是平民的特征,也是他们的权利,这种可供消遣的"神话",其中蕴含的娱乐性亘古不变。这是皇家送给平民的奢侈礼物,不过这盛大和狂热只能带来短暂的麻醉和欢愉,留下的却是长久的沉寂、孤独与悲凉。日常生活的平淡会反衬这些场景的虚幻性：它们曾经存在过，作为一个传说或记忆镶嵌在人们贫瘠而单调的日月中，与我们并没有多少关系，它大致还是一场关于财富和权力的炫耀和表演。这一场喧哗被目击，可对于大多数人而言，不过是一场隔岸观火罢了。

· 氓

氓之蚩蚩，[1]抱布贸丝。[2]
匪来贸丝，来即我谋。[3]
送子涉淇，[4]至于顿丘。[5]
匪我愆期，[6]子无良媒。
将子无怒，[7]秋以为期。

乘彼垝垣，[8]以望复关。[9]
不见复关，泣涕涟涟。[10]
既见复关，载笑载言。[11]
尔卜尔筮，[12]体无咎言。[13]
以尔车来，以我贿迁。[14]

桑之未落，其叶沃若。[15]
于嗟鸠兮，[16]无食桑葚！
于嗟女兮，无与士耽！[17]
士之耽兮，犹可说也。[18]

女之耽兮，不可说也。

桑之落矣，其黄而陨。[19]
自我徂尔，[20]三岁食贫。[21]
淇水汤汤，[22]渐车帷裳。[23]
女也不爽，[24]士贰其行。[25]
士也罔极，[26]二三其德。[27]

三岁为妇，靡室劳矣；[28]
夙兴夜寐，靡有朝矣。[29]
言既遂矣，[30]至于暴矣。
兄弟不知，咥其笑矣。[31]
静言思之，[32]躬自悼矣。[33]

及尔偕老，老使我怨。[34]
淇则有岸，隰则有泮。[35]
总角之宴，[36]言笑晏晏。[37]
信誓旦旦，[38]不思其反。[39]
反是不思，[40]亦已焉哉！[41]

【注释】

[1]氓之蚩(chī)蚩：氓，耕田的农夫。蚩蚩，通"嗤嗤"，笑嘻嘻的样子，一说憨厚、老实的样子。

[2]抱布贸丝：抱，携带。贸，交易。指以物易物。

[3]来即我谋：即，就，走近，靠近。谋，商量婚事。

[4]淇：卫国水名。

[5]顿丘：卫邑，在淇水以南，今河南清丰（一说浚县）。

[6]愆(qiān)期：延误婚期。

[7]将(qiāng)子无怒：将，愿，请，希望。无，通"毋"，不要。

[8]乘彼垝(guǐ)垣(yuán)：乘，登上。垝，倒塌。垣，土墙。

[9]以望复关：望，眺望。复关，"氓"赴会时经过的关卡，一说卫国地名，指"氓"所居之地。

[10]涟涟：泪流不断的样子。

[11]载：则、又；一说句首助词，无义。

[12]尔卜尔筮(shì)：尔，你。卜，龟甲占卦。筮，蓍(shī)草占卦。

[13]体无咎(jiù)言：体，卦象，卦体。咎，不吉利，灾祸。

[14]贿迁：财物，指嫁妆，妆奁(lián)。迁，搬走。

[15]沃若：润泽茂盛的样子。

[16]于嗟鸠兮：于，通"吁"(xū)，感慨、感叹。鸠，斑鸠，传说斑鸠吃多桑葚会醉。

[17]耽(dān)：迷恋，沉溺。一说耽的本义是"枕"，此句是说"不要与男人睡一个枕头"。

[18]说：通"脱"，解脱。一说联系上文，男女共枕后，男人还能"犹可说也"，说得清，女人就说不清了。

[19]其黄而陨(yǔn)：黄，变黄。陨，坠落，落下。黄叶陨落喻女子年老色衰。

[20]徂(cú)尔：徂，去，往。徂尔，嫁到你家。

[21]三岁食贫：三岁，多年。食贫，过贫穷的生活。

[22]汤(shāng)汤：水势盛大的样子。

[23]渐(jiān)车帷(wéi)裳(cháng)：渐，浸湿。帷裳，车上的布幔。

[24]爽：差错。

[25]士贰其行：贰，变心，有二心；一说"贷(tè)"的误字，"贷"同"忒"，和"爽"同义。行，行为。

[26]罔极：罔，无，没有。极，标准，准则。

[27]二三其德：三心二意，言行前后不一致。

[28]靡室劳：靡，无。室劳，家务操劳。指从不抱怨家事劳累。

[29]靡有朝矣：不是一朝一夕，天天如此。

[30]言既遂矣：言，语助词。既，已经。遂，如愿，愿望实现。

[31]咥(xì)：冷笑的样子。

[32]静言：冷静下来，言，助词，无实义。

[33]躬自悼矣：躬，自身。悼，悲伤。独自伤心。

[34]怨：怨恨。

[35]隰(xí)则有泮(pàn)：隰，低湿之地。泮，通"畔"，水边，岸。以水流必有畔岸，喻凡事都有边际，言外之意，同"氓"偕老，苦海无边。

[36]总角之宴：总角，古代男女未成年时无笄，而直接结束头发，聚为两角，扎成丫髻，借指代儿时。宴，欢乐。

[37]晏晏(yàn yàn)：欢悦的样子。

[38]信誓旦旦：信誓，诚挚的誓言。旦旦，诚恳、明明白白的样子。

[39]不思其反：反，反复，违反，变心，不曾想过会违背誓言。一说反同"返"，不再回想当初的情形。

[40]是：这，指示代词，指代誓言。

[41]亦已焉哉：已，了结，终止。焉哉，语气词连用，加强语气，表

示感叹。

《氓》是《风》中的一首长篇叙事诗,篇幅仅次于《豳风·七月》。它以民歌形式传唱了一位卫国女子的不幸婚姻,讲述了一对饮食男女的生活悲剧。

"氓之蚩蚩,抱布贸丝。匪来贸丝,来即我谋。送子涉淇,至于顿丘。匪我愆期,子无良媒。将子无怒,秋以为期。""氓"有可能是齐地乡野之人,据考证"顿丘"与"范县"相邻,而范县属于齐国,是当时经济文化最为繁荣发达之地,重商且盛产丝绸。这里说的大致是一位齐地男子"氓",到顿丘城做生意,与一女子私订终身。远古人性淳朴,男女恋爱尚为自由,而非男女授受不亲。从诗中得知他们曾经有过约会,却迟迟未定婚期,女子希望找到一个媒人,这样才算明媒正娶。约会没有改变,婚期却一再拖延:女子心里惴惴不安,盘算如何让这场婚姻变得合乎习俗。

"乘彼垝垣,以望复关。不见复关,泣涕涟涟。既见复关,载笑载言。"女子登上高高的城墙,紧盯着入城关卡,人流里却看不到男子的身影。正当暗自伤心、涕泪涟涟之际,突然看见"氓"远远地走来。"尔卜尔筮,体无咎言。以尔车来,以我贿迁。"女子深陷情网反复占卜,庆幸的是卦辞里没有不祥之语。她期盼"氓"赶快用车子来迎娶她,拉走所有的陪嫁。从相识相恋到相思盼嫁,层层递进,写尽女子婚前的委婉心曲。或许女子家境比较富裕,生活条件优越,妆奁丰厚,与乡下商贩的结合算是一种下嫁和屈就,今后的生活或可预料。

"自我徂尔,三岁食贫。""三岁为妇,靡室劳矣;夙兴夜寐,靡有朝矣。"接下来就是贫贱夫妻的艰难度日，女子失去了往日的安逸，这让她有点始料未及。古今人情不远，这情形现代人依旧熟悉，绝不陌生。最初因为爱走到一起，彼此间的偏见和差异都可搁置，美好的憧憬与追求合于炽热情感，可以不带任何附加条件。然而生活非常具体和现实：婚后"氓"的生意并不顺利，生活的拮据和窘困危及情感，两人开始争吵。在诸多乖舛、怨怼和痛苦的折磨之下，女子最后不得不离去。

她毕竟拥有一场不顾一切的爱恋，所以很难从这段感情纠葛中解脱。"士之耽兮，犹可说也。女之耽兮，不可说也。""女也不爽，士贰其行。士也罔极，二三其德。""言既遂矣，至于暴矣。"她更多地责怪男子。这其中究竟有多少没能兑现的承诺？ 男子性情如何？ 彼此相爱的程度，以及如何吵闹，我们全都无从了解。正像托尔斯泰的那句名言："幸福的家庭都是相似的，不幸的家庭各有各的不幸。"《氓》所涉及、涵盖的内容太过繁杂，不一而足，难以厘清。我们只可想象：假如这个女子找到的是一个与自己经济地位相配的男子，是否会有这些操劳和颠簸？ 富足与安逸可否弥补另一些缺陷？ 如爱情的缺失，情感的不谐？ 这都是复杂难解的人生命题。

生活是残酷的，需要强大的情感力量才能战胜贫寒与不幸；美好的情感总会不断地被物质所打扰、刺伤和拆解，变得千疮百孔，最后终致瓦解和溃散。女子回忆最多的就是对方的坏脾气以及行为的反复无常，可能贫寒的生活让男子无法专注于感情的经营，不得不为生计奔波，压在肩头的重担和埋在心底的寂寞无法缓解与倾诉，最终充斥抱怨、吵闹和指责。在夫妻生活中，他已经没有心力去委婉抚慰了。而这在女子看来就是疏离，是屈辱，她所能回忆的就是初为人妇的无边辛苦和日夜操劳，甚至把最初的热爱也当成对方的计谋，殷勤值得怀疑；得手之后，他的冷酷心肠也就暴露无遗。"兄弟不知，咥其笑矣。静言思之，躬自悼矣。"连自家兄弟都不愿听她诉说，而且还嘲笑她的处境，她也只好独自悲伤。

"及尔偕老，老使我怨。淇则有岸，隰则有泮。总角之宴，言笑晏晏。信誓旦旦，不思其反。反是不思，亦已焉哉！"一遍遍地回忆青春年少的欢畅岁月，曾经的山盟海誓，现在却有些后悔，觉得自己付出太多，人生最宝贵的年华消磨殆尽。她不得不结束婚姻，却无法告别情感，它将长久地纠缠，永难平复。那个"氓"，那个乡野之人仍然住在乡下，为自己的生计在广袤大地上奔波。女子偶尔会在梦中与"氓"相逢，看到他或辛苦或欢愉的面容。那段岁月难以埋葬，无法忘怀。

这里抒写的悲情、辛酸和无奈，很少有人会陌生。它慨叹贫穷与情感，讲述了一个贫穷的故事，讲述粗粝的生活对人生的无情腐蚀和磨损：多少风华正茂的青春男女在这无尽的庸常琐屑中痛苦挣扎，最终不得不放弃一切，尽管这曾经是他们最宝贵的拥有。

·木瓜

> 投我以木瓜，[1]报之以琼琚。[2]
> 匪报也，[3]永以为好也！[4]
>
> 投我以木桃，[5]报之以琼瑶。[6]

匪报也，永以为好也！

投我以木李，[7]报之以琼玖。[8]
匪报也，永以为好也！

【注释】

[1]投我以木瓜：投，抛，赠与。木瓜，植物名，果实椭圆形，可食。古代风俗，以瓜果类为男女定情信物。

[2]报之以琼琚(jū)：报，回赠。琼琚，一种佩玉。下文琼瑶、琼玖义同。

[3]匪：同"非"，不是

[4]永以为好：好，相爱。永远相爱。

[5]木桃：植物名，桃子，一说楂子。

[6]瑶：美玉。

[7]木李：植物名，又名木梨，一说李子。

[8]玖：黑色美玉。

这是一首轻灵至美的青春之歌。"投我以木桃，报之以琼瑶"的旋律，回荡了数千年，被一代代传唱。男女之间的那种互赠对答，愉快中藏着俏皮，风趣里含着真挚，明快简洁的节奏和纯净唯美的意象，反复咏唱中透出无限的意蕴，如同一块玲珑剔透的美玉，圆润别致，可以无数次地玩味欣赏而不至于厌烦。

木瓜与琼琚，木桃与琼瑶，木李与琼玖，可谓佳果匹美玉，平凡配珍奇，这种相互馈赠的意旨奇特而有趣。木瓜、木桃和木李汁水丰盈，弥漫着自然的芬芳；琼琚、琼瑶和琼玖晶莹璀璨，凝聚着天地日月之精华。它们可触、可嗅、可食、可视、可闻，既甘甜可口又贞洁纯美，是大自然赐予的美味奇珍，象征着人类最好的情愫。这大概是人世间绝妙奇特的比喻。

女子赠予的是新鲜水果，而男子回报的却是宝石，从经济价值而言这似乎有点不对等，但实际上男子的回报再丰厚也不为过，因为这是定情之物。女子投予瓜果，也像瓜果一样秀色可餐、甘美如饴；男子无需处心积虑地经营和准备，身有佩物，伸手可摘。

《木瓜》显然是以男性的口吻咏唱：美丽的姑娘就是木瓜，就是木桃，就是木李，她们一次次地投来，等于把自己交付。这是甜美的许诺，虽然有些顽皮。女子的定情信物系就地取材，显得随意自然，似乎少了一种婚配的庄重和神圣；而相对而言男子就庄严许多，严肃认真地回馈玉石饰物。相赠之物价值不同，材质和用途也不同，正好相映成趣。男子赠物虽然贵重，却不可以品尝。

有一种说法，认为古代女子向意中人投出木瓜并击中，是表达以身相许之意；如果男子满意女子，就回报琼瑶以定终身。青年男女于瓜果成熟之期相会林间，女子抛掷果实固然浪漫，其中还带有一点玩笑，但说说笑笑中蕴含了严肃的意义，毕竟是托付终身的婚姻大事。在南方，一些少数民族至今仍保留用果实求爱的习俗，他们情歌唱和，互答示爱，是在大自然中举行的一场浪漫的求婚仪式。可见这是一种源远流长的传统，并没有随着时间的推移而消失。

尽管如此，诗中所述仍然还不能作为一个刻板的固定仪式，而只能当成一场男女之间的趣玩。那些热闹的场景令人过目难忘，尤其不会忘记木桃和琼瑶的互换与相赠。一个可食，一个可"佩"；一个甘甜无比芳香四溢，一个轻盈圆润宝贵坚贞；一个率性随意鲜活自然，一个经过了"如切如磋，如琢如磨"的打磨可永久存放。价值不菲且十分坚硬的玉石，似乎意味着男子对异性做出的一次金石之诺。

木瓜、木李、木桃作为即食之物不可经久，喻示了女子韶光易逝、红颜易老，也象征着饱满鲜亮、芬芳四溢的青春年华。对木瓜的拥有，既是最为切近的现实，又是一个带有嬉闹意味的仪式。这首自然纯净的精致小诗，寓意丰赡，百读不厌，相信一经演奏便会释放出无边的魅力。

《木瓜》是一首美妙迷人的情歌，"木桃"与"琼瑶"，真是各得其所，美到了绝境，也巧到了绝境。

齐风

- 卢令

卢令令，[1]
其人美且仁。[2]

卢重环，[3]
其人美且鬈。[4]

卢重鋂，[5]
其人美且偲。[6]

【注释】

[1]卢令令：卢，一种黑毛猎犬。令令，象声词，猎犬颈下套环撞击发出的清脆响声。

[2]其人美且仁：其人，指猎人。仁，仁厚和善。

[3]重环：大环套小环，即子母环。

[4]鬈(quán)：头发卷曲美好，一说勇壮。

[5]重铆(méi)：一个大环套两个小环。

[6]偲(cāi)：多才多智，一说胡须多而美。

这是《齐风》里一首脍炙人口的小诗，总共三节二十四个字，每节多有重复；句首三字都要状描一条黑犬，尾句五字都要摹写一个猎人。所费笔墨甚少，却余味悠长，情韵别具。

齐地属于东夷部族，临海多山，地貌复杂曲折，有大片沼泽和荒野丛林，是放牧和狩猎的好地方，自然留下许多精彩的猎人故事。苏东坡出任山东密州知州时曾写下了"左牵黄，右擎苍"（《江城子·密州出猎》）的名句，密州位于半岛东南部，是齐国腹地，所以穿行于大沼莽林间的猎手，很可能自古以来就是齐地一道常见的风景。

"卢令令，其人美且仁"，这显然来自女性的判断，是她的悄唱。开篇的"卢"字皴染出猎犬乌黑的皮毛，"令令"是象声词，指猎犬颈下套环撞击的响声，活泼之态呼之欲出。奔跑的猎犬发出清脆的铃声，主人紧随其后，可谓先闻犬铃，后见其主：如此踊跃可爱的猎犬，主人又将如何？果然，女子的目光一转，马上发现这位男子"美且仁"。"美"指英俊的外表，是外部特征，即一瞬间捕捉到的印象；"仁"字则不同，这是由表及里的判断。孔子把"仁"看作道德的最高境界，它代表了善良、高尚、温慈、忠厚和完美。在女子眼中猎人究竟是因英俊而温厚，还是因温厚而英俊，恐怕难以分清，二者交织一体，给她笼统而又清晰的第一感觉。对一个骁勇善战的猎手来讲，仁善温厚是多么重要的品质。一个以狩猎杀戮为生的人，脸上却洋溢着纯良,这是一种至高的赞美。对于女子而言,这位猎人自外至内都有一种难以言喻的魅力。

"卢重环,其人美且鬈。"第二节首句的"重环"二字,何等简洁细腻,准确地描画出一条猎犬的精心配置:脖颈下竟戴了子母环。女子观察得多么细致,而且觉得有必要指出这一点,它说明猎人的专业和考究,也显示其做事一丝不苟的风范。诗中没有描写猎手的其他武器,比如说弓箭、长矛之类,观察的重心一直落于猎犬,因为它离猎人最近,是良伴和助手,在一定程度上能够折射和反映主人的特质。拥有这样一条猎犬的主人,他的勇武英姿也就可想而知了。"鬈"指头发成卷曲状:此男子有一头纷披的卷发。今天,此种发式似乎常见于西方美男,头发披散帅气迷人。原来古老的齐国早就出现了此类帅男,好像时光隧道瞬间接通,一种现代潇洒气息扑面而来。这长长的卷发和野外荒芜连为一体,还有那条迅捷的猎犬、颈下奏响的清音,一切相加,汇成一幅旷远通脱的写意图。

有趣的是诗人再次以精细入微的目光,盯视猎犬项圈上的铜环:"卢重鋂"。原来是大环上套着两个小环。诗人的眼睛正在放大猎犬身上的一切,因为那上面有主人的浓重印记,藏匿着他的诸多信息。两个形影不离的生命紧密相连,他和它正互相印证完美。"其人美且偲",这是末尾一节,说到了男子的胡须。一副络腮胡子,更加突出男子的雄健和粗犷。仅仅如此也就罢了,联系前边的"美且仁",也就将这种美由外到内、由躯体到心灵,给予了完整统一的呈现。

这样一位大荒里奔走的猎手突兀地出现,令人讶异。在这声声赞美和感叹中,透出的是深深的倾慕以至眷恋。她远远地注视,切近地打量,没有一句对话和沟通,但浓烈炽盛的爱意却在旷野上弥漫。我们分明感受到女子那灼人的目光紧紧追随猎人,直到他消失在荒野之中。

农耕和狩猎是远古关乎生存的两大要务,齐地海滩荒野苍茫,狩猎尤为重要。这种原始野性的谋生手段能够充分展现男子的英武、粗犷和雄健,对女性极有吸引力。偶然一遇,短暂一瞥,情根深植,后来的故事只可以想象了。

这首短歌是怀春女子对勇敢猎人的一次礼赞和致敬,是大可流传的一首歌谣:每到某个节令或场合,优美迷人的旋律就会响起。卷发美髯的帅男今在何方?那只可爱的猎犬可伴身旁?清脆的铃声仿佛由远及近,又由近而远,在沼泽和丛林间回荡。让我们再去荒野,那里将有俊美的猎人和神奇的邂逅。齐地不仅有美丽的女子,而且还有潇洒的男子。

- 猗嗟

猗嗟昌兮,[1]颀而长兮。[2]
抑若扬兮,[3]美目扬兮。[4]
巧趋跄兮,[5]射则臧兮。[6]

猗嗟名兮,[7]美目清兮。
仪既成兮。[8]
终日射侯,[9]不出正兮。[10]
展我甥兮。[11]

猗嗟娈兮，[12]清扬婉兮。
舞则选兮，[13]射则贯兮。[14]
四矢反兮，[15]以御乱兮。[16]

【注释】

[1]猗(yī)嗟昌：猗嗟，语气词，表赞叹。昌，俊美壮盛的样子。

[2]颀而：即"颀然"，指身材高大。

[3]抑(yì)若扬：抑，同"懿"，美好。若，然。抑若，美好的样子。扬，前额饱满开阔，容貌漂亮。

[4]扬：眼睛明亮，有神采。

[5]巧趋跄(qiāng)：巧，灵敏。趋，疾步走。跄，步履富有节奏，摇曳生姿。

[6]射则臧(zāng)：射，射箭。臧，好，善，指箭法娴熟。

[7]名：借为"明"，面色明净，极赞容貌之美盛。

[8]仪既成：仪，射仪，射手射靶前表演的各种射姿。既，已经。成，完成。

[9]侯：箭靶。

[10]正：靶心。

[11]展我甥：展，诚然，确实。甥，外甥，一说妹婿。

[12]娈(luán)：美盛。

[13]选：出众，异于众人，与众不同。

[14]贯：穿透，射穿。

[15]四矢反：四矢，四支箭。反，反复射中一个靶点。

齐 风

[16]御乱：防御战乱。

《猗嗟》颂赞了一位射艺超群的美少年。有人认为这是齐国人在讽刺鲁庄公。但我们从文字里看不到什么讥讽之意，相反，感受到的是通篇的叹服和欣赏，是爱慕之情溢于言表。我们甚至想到这是一种女性视角。

根据诗中"展我甥兮"的文字，还有历史上关于鲁庄公箭技超人的记载，后人推断《猗嗟》里的少年神射手就是齐国女婿鲁庄公。鲁弱而齐强，鲁小而齐大，在强盛的东方大国眼里，这个联姻小国的国君身怀精良出众的箭法，当然是一件值得快慰的事情。由快慰引申出叹服和自豪，泛起一种深深的亲切之感和爱慕之情，也是可以预料和理解的。

"猗嗟昌兮，颀而长兮。抑若扬兮，美目扬兮。巧趋跄兮，射则臧兮。"且看这位神采飞扬的少年，身材高大修长，气宇轩昂，宽阔饱满的前额下，一双秀美的眼睛炯炯发亮。男人前额宽阔，显示着胸襟和气度，还有智慧。他步履异常敏捷矫健，技法娴熟，每箭必中，真乃武艺高强之人。在诗人看来，这是一个完全可以信赖的武士，其非凡的身手、堂堂的仪表和飞扬的雄姿，都令人倾慕。

"猗嗟名兮，美目清兮。仪既成兮。终日射侯，不出正兮。展我甥兮。"继"美目扬兮"之后，诗人在第二章里又特别写到"美目清兮"：神射手的双眼清澈明亮。眼睛是心灵的窗口，这说明他是一位纯真烂漫的美少年。"仪既成兮"，是展示少年风采的一个非常重要的指标，"仪"指古代"五射"之一的"井仪"。少年完成"井仪"的过程非常干练利落，说明训练有素身手不凡。他终日策马骑射，箭无虚发且无一丝倦容，真是毫无瑕疵、完美之极。诗人再次由衷地发出赞叹："猗嗟娈兮，清扬婉兮。舞则选兮，射则贯兮。四矢反兮，以御乱兮。"多么美好可爱的少年，眼神顾盼流动，那射箭的动作简直就像舞姿，曼妙飘逸，连发四矢力透箭靶，穿过的竟是同一箭孔；他迅捷取回所有箭矢，静立一旁，没有一丝骄矜傲慢的神气，高贵而且自信。这人一定是国家抵御外患的中流砥柱。诗人的赞叹之情不能自已。

《猗嗟》每一句末尾都缀一"兮"字，那是连声感叹。写一位高明的射手，大量笔墨都用来描绘其迷人的风度、舞蹈般的动作，可见诗人关注的重点是少年的气质与仪态，这是心灵的投射，心"灵"则身"巧"。先写他的身材、额头、眼睛，后写动作之敏捷和箭法之精湛，至此，少年的俊美和射技已令人沉醉。这显然是一个值得爱慕之人，足以托付终身，是齐国女子的良偶佳配。出身高贵的小国之君，在箭场上有如此完美的表现，应该用歌声记录下来，这不仅是鲁国的荣耀，更是齐国的幸事，因为他是齐国君王的女婿。

用重章复沓的方式赞美劳动，歌咏爱情，颂扬男女，在《诗经》中是常见的艺术手法。细致地描写，反复地咏叹，非但没有一丝多余的感觉，还会呈现出一种流畅递进的自然天成。它们不是简单的重复，而是在委婉含蓄之中极尽渲染之能事，强化错综纠缠的意绪，显示出极大的丰富性和生动性。这种浪漫的文字调度一定是与某种旋律紧密结合的，这才能一唱三叹，循环往复，营造出特异的审美空间。所以许久之后，当这种文字渐渐脱离音乐的时候，诗句反复纠缠的歌咏属性就失去了大半，其传达的氛围与感受也就大为不同了。离开了悠扬婉转的乐声，许多艺术元素无法得到贯彻，重复的文字偶尔还会产生某种烦琐感。

  我们强调现代诗的音乐性,因为它毕竟在诞生之初与音乐一体。如今在现代诗中寻找音乐的韵致往往是一件困难的事,因为有的诗人已经将文字从旋律中彻底抽离了。当我们阅读《诗经》时,却绝不能忘记它原有的音乐属性。《猗嗟》再次有力地证明了它们与音乐不能剥离的特质:在音乐的缠绕、统协和引领之下,这些文字更能显现其华丽繁茂、绘声绘色、绕梁三日不绝于耳的魅力。

魏风

• 伐檀

坎坎伐檀兮，[1]寘之河之干兮，[2]
河水清且涟猗。[3]
不稼不穑，[4]胡取禾三百廛兮？[5]
不狩不猎，[6]胡瞻尔庭有县貆兮？[7]
彼君子兮，[8]不素餐兮！[9]

坎坎伐辐兮，[10]寘之河之侧兮，[11]
河水清且直猗。[12]
不稼不穑，胡取禾三百亿兮？[13]
不狩不猎，胡瞻尔庭有县特兮？[14]
彼君子兮，不素食兮！[15]

坎坎伐轮兮，寘之河之漘兮，[16]
河水清且沦猗。[17]

不稼不穑，胡取禾三百囷兮？[18]
不狩不猎，胡瞻尔庭有县鹑兮？[19]
彼君子兮，不素飧兮！[20]

【注释】

[1]坎坎伐檀：坎坎，象声词，伐木声。檀，树名，木质坚韧，可以做车轮。

[2]寘之河之干：寘，同"置"，放，放置。干，水边，河岸。

[3]涟猗：涟，水面波纹。猗，句末语气词。

[4]不稼(jià)不穑(sè)：稼，播种，耕种。穑，收割。

[5]胡取禾三百廛(chán)：胡，何，为什么。禾，谷物。三百，泛言很多，并非实数。廛，通"缠"，古代的度量单位，三百廛就是三百束；孔颖达说"廛"为一百亩，古代一个成年男子耕种的田。

[6]不狩不猎：狩，冬猎。猎，夜猎。此诗中泛指打猎。

[7]胡瞻尔庭有县(xuán)貆(huán)：瞻，看到，望见。尔，你。庭，院子。县，通"悬"，悬挂。貆，猪獾，一说幼貉。

[8]君子：古代男子的一种尊称。

[9]素餐：白白地吃饭，即不劳而获，坐享其成。

[10]辐：车轮上的辐条。

[11]侧：边，旁边。

[12]直：直波，水纹平直。

[13]亿：周代以十万为亿，一说通"束"。

[14]特：三岁或四岁的野兽，指较大的野兽。

[15]素食：与上文"素餐"同义。

[16] 漘(chún)：水边，岸。

[17] 沦：圈形小波纹。

[18] 囷(qūn)：束，一说圆形谷仓。

[19] 鹑：鹌鹑。

[20] 素飧(sūn)：飧，熟食，此泛指吃饭；素飧，与上文"素餐""素食"同义。

这首《伐檀》之歌响彻了几千年，铿锵有力的"坎坎"之声从远古穿越而来，历史的重云漫雾并没有遮掩其雄壮的节奏，嘹亮的旋律至今清晰，回荡萦绕在我们的耳际。几乎所有的中学语文课本和大学古诗选本都收录了它，因为内容太丰富，色彩太浓烈。

"坎坎伐檀兮，寘之河之干兮，河水清且涟猗。不稼不穑，胡取禾三百廛兮？不狩不猎，胡瞻尔庭有县貆兮？彼君子兮，不素餐兮！"大河清澈波光潋滟，河边劳动号子跌宕起伏，砍伐之声震耳欲聋，其间杂有伐木人的歌唱。"饥者歌其食，劳者歌其事"（何休《春秋公羊传解诂》），这首伐木之歌在咏叹劳动的同时，也传达出奴隶与劳工的愤愤不平。通过鲜明生动的描绘，我们似乎可见风景如画的大河两岸，伐木人一边歇息，一边议论困苦的生计，拷问不公的世道。他们三五围坐，直抒胸臆，或辛辣嘲讽，或直言抨击。

原始伐木因为缺少更好的器具，实在是一种高强度的劳作。这种艰辛的工作需要付出极大的力气、需要强健的体魄。我们仿佛远远看到那些强悍、敏捷的身影在大树旁紧张地忙碌，高耸的树木随着节奏整齐的号子訇然倒地，拍打出一团团冲天暴土，工人呼叫奔跳、躲闪。这些人穿了很少的衣服，裸露着黝黑的躯体，肌肉紧绷，目光闪亮,浑身滴汗,如同一群游走在林间水畔的雄性野物。

作为《风》中的民谣,由宫廷采诗官从民间采集而来,诗中对上层人物的讽刺和嘲弄却极尽能事,但这并未妨碍它的登堂入室,说明当时社会环境的宽容和谅解。艺术如果面临过分社会化和伦理化的鉴定与挑剔,就将丧失全部活力。这里需要一种朴素的胸襟,以宽宏的心态去对待冲决漫溢的生命激情。如若不然,置生命的饱满绚丽而不顾,一味苛刻,将会丧失《风》的大部。从反对压迫剥削、诅咒社会不公的抗争,再到那些现代人读来都觉得触目放肆的"淫诗",竟然能够悉数采集,收入宫廷典籍,这是一项多么了不起的文化工程,令人叹服。一个处于上升时期的王朝,其强大的生命力可以冲决诸多禁锢和樊篱,其无所不在的巨大创造力铸就了一种自信和宽容,艺术上则催生出一部不朽之歌。

在伐木人看来,那些"不稼不穑""不狩不猎"之人,即所谓的劳心者们坐享其成,尸位素餐,既不公平又难以理解。这里是室外动物议论和评点室内动物,给予义正辞严的叩问与评判。这声声责问似乎不是疾言厉色的指斥,而是相对平和委婉的嘲弄,议论之后又马上投入劳作,大致愉快轻松。风物、情景、气氛、人性,这些在《伐檀》中融为一体,逼真饱满且完整,让我们如闻其声、如临其境。

檀树是质地坚韧的良木,与伐木工具相撞发出清脆的"坎坎",这与伐木人的蓬勃生命正好谐配,谱写出一曲强音回荡的大野之歌。

唐风

- 椒聊

> 椒聊之实，[1]蕃衍盈升。[2]
> 彼其之子，[3]硕大无朋。[4]
> 椒聊且，[5]远条且![6]
>
> 椒聊之实，蕃衍盈匊。[7]
> 彼其之子，硕大且笃。[8]
> 椒聊且，远条且!

【注释】

[1]椒聊之实：椒聊，花椒，椒树。实，籽实，花椒树结的果实

[2]蕃衍盈升：蕃衍，生长繁盛。盈，满。升，量器名。

[3]彼其之子：彼其，那个。子，古代对男子的一种尊称。

[4]硕大无朋：硕大，指身体高大健美。无朋，无与伦比。

[5]且(jū)：语末助词。

[6]远条：指香气远溢；一说长长的枝条，条，长。

[7]匊(jū)："掬"的古字，两手合捧。

[8]笃：忠厚。一说形容人体丰满高大。

一群姑娘在花椒丛中劳作，诗章在特异的香气中铺展弥漫，实在别致。柔婉的咏唱从椒林传来："椒聊之实，蕃衍盈升。彼其之子，硕大无朋。椒聊且，远条且。"

花椒果实累累，繁衍丰茂，采摘的姑娘们却要格外小心，躲开枝丫上的棘刺，采下串串椒粒。她们不时地抬起眼睛望向远处，最后凝神：远处出现了一位高大健美的男子。

醇厚肃穆的椒香实在太浓烈了，塞满鼻孔，笼罩四周。椒林强烈的芬芳之气会将那个男子围裹，将其吸引到近旁。但愿他驻足呼吸椒香，让姑娘们的目光长时间抚摸他英俊的脸庞。郁盛的椒香混合着女子的气息，也掺杂着她们的心意和愿望。诗中一再重复"远条且"，这几个字引人注目：花椒的芳烈飘向远处，也伴随着女子的心绪。花椒的香气有别于其他，它庄重安稳，内敛沉郁，像某些谨言慎行、从不轻飘虚浮的人。在花椒林中劳作的女子，当与侍弄玫瑰、菊花和芍药的女子有所不同。

此刻正是采收花椒的季节，紫红色的籽粒攒成一串串，挂在布满尖刺的枝丫上，采椒人稍有恍惚，就会将手指扎破。姑娘们不得不聚精会神，可仍然要时不时地抬头张望。远方那位男子实在太有魅力了，他吸引了太多的目光。尽管她们与他没有一句沟通，素不相识，可是椒林里却溢满了心语。渴望走近，结识，最好说点什么。

或许会有故事发生。没有爱情的花椒林不值得留恋。采椒思人,人在咫尺。

歌咏花椒丛中劳动的女子、过路男子、一次偶遇。这种有刺的芳香植物衬托出别一种情致,营造渲染出浓郁、饱满和沉实的意境。椒香不同于其他花卉所散发出的甜蜜,也没有那么热情洋溢,更不是若有若无和难以捕捉的飘忽气息。这好似端庄的女性,忙于劳动,寡言少语,举止稳重。这里,诗人为我们描绘了一幅寓意独特的古代女子采椒图。

有人将花椒果实的繁盛引申为祈福多子的心愿,可能是过度诠释。或许《椒聊》在最初的咏唱中并没有太多弦外之音,它只是朴素单纯的吟唱,却令人无法忘怀那片椒林、那群女子、那个男子。一个"硕大无朋"的男子被定格,虽然有点面目模糊,但在女子眼中心中却十分清晰。"硕大且笃",一个"笃"字深入心灵,也寄托了女子的期许。

花椒飘香,美好邂逅,倏忽而去,想象远驰。念想中的一切愈加完美,它印刻心坎。回味和追忆化为一首椒香四溢的歌谣,响彻几千年,至今依然氤氲。

秦风

· 蒹葭

蒹葭苍苍，[1]白露为霜。[2]
所谓伊人，[3]在水一方。[4]
溯洄从之，[5]道阻且长。[6]
溯游从之，[7]宛在水中央。[8]

蒹葭萋萋，[9]白露未晞。[10]
所谓伊人，在水之湄。[11]
溯洄从之，道阻且跻。[12]
溯游从之，宛在水中坻。[13]

蒹葭采采，[14]白露未已。[15]
所谓伊人，在水之涘。[16]
溯洄从之，道阻且右。[17]
溯游从之，宛在水中沚。[18]

【注释】

[1]蒹葭(jiān jiā)苍苍：蒹葭，芦苇。苍苍，苍青茂盛的样子。

[2]为：凝结，变成。

[3]所谓伊人：所谓，所念，所说。伊人，这个人或那个人，指诗人所思念追寻之人。

[4]在水一方：在河水的另一边；方，边，旁。

[5]溯洄(sù huí)从之：溯洄，沿河岸逆流而上。从，追寻。

[6]阻：险阻，阻隔。

[7]溯游：沿着直流的河道向下游走。游，流，指直流的水道。

[8]宛：仿佛，好像。

[9]萋萋：茂盛的样子。

[10]晞(xī)：干。

[11]湄(méi)：水草交接处，指岸边。

[12]跻(jī)：道路地势升高。

[13]坻(chí)：水中的小沙洲或高地。

[14]采采：茂盛鲜明的样子。

[15]未已：已，止，意思是"露水未干"。

[16]涘(sì)：水边。

[17]右：道路迂回曲折。

[18]沚(zhǐ)：水中的沙洲。

《蒹葭》影响之大，可能超过了《诗经》中的任何篇章。王国维在《人间词话》中说："《诗·蒹葭》一篇，最得风人深致。""蒹葭苍苍，白露为霜。所谓伊人，在水一方。"蒹葭，白露，伊人，秋水，筑起空灵意象，杳冥之境，于缥缈迷茫中游弋神秘奇幻的韵致，像海市蜃楼一样令人神往。整首诗诵读下来，节奏悠扬婉转、自然流畅，极富音乐性，数千年传唱不休，引用不休。

"蒹葭萋萋，白露未晞。所谓伊人，在水之湄。溯洄从之，道阻且跻。溯游从之，宛在水中坻。""伊人"即一位美丽高洁、气息若兰的女子，她在秋水迷蒙之处，仪态袅娜，若隐若现，距离诗人似乎很近，又似乎很远。苍凉浩渺的秋水阻断了诗人的追求，而粼粼绿波又摇荡出无尽的思恋。诗人一次次设法追寻、趋近，最终也未能抵达。这声声叹息中溢满希望和思念，倾倒了一代又一代人。我们仿佛看到秋霜肃肃，西风瑟瑟，落叶缤纷，水鸟啼鸣，夕阳西下，北雁南飞，芦花飘渡。诗人万念俱灰，愁绪恰如一望无际的秋水。

《蒹葭》所描述的情景似曾相识，它与首篇《周南·关雎》的故事背景有些相近。因为远古"两性隔离"制度的存在，女子囿于水中沙洲，在青青苇荻之间劳动和生活。然而禁锢也会导致冲决，原始欲望和旺盛生命力的迸突，常常表现出不可遏止的强烈性和直接性。这种隔离方法总是激发出更为汹涌的反拨力，于是我们看到了《风》中爱情的呼唤、欲望的燃烧，以及幽情和欢会。在这些野性强旺的歌咏中，热恋成为青春最重要的纪念和追忆。然而《蒹葭》的质地和意蕴却有些特别，它含蓄蕴藉，韵味悠长，几乎没有涉及热烈和奔突的情感，而是一种温文的叙述和深沉的怀念。这首诗有隐而不发的力量，洇染出一种朦胧淡雅的风格。

"蒹葭采采，白露未已。所谓伊人，在水之涘。"诗人一遍遍描写苍青茂密的芦荻，灿灿闪亮的湛露，烟波浩渺的秋水，还有那位风姿绰约、可望而不可即的"伊人"。画面在简单重复中小心翼翼地迂回前进，有一种逡巡徘徊的诗意。这也是接近"伊人"的方式。"所谓伊人，在水一方"，这位绰约飘忽的佳人，仿佛是奇服旷世、御风而行的凌波仙子，云鬟嵯峨，肌肤似雪，蛾眉宛转，凝眸含睇。诗人默默注视，喃喃呼唤，向她伸出双手，她却消失在云气环绕的烟霞之中。无迹可寻，芳踪难觅，诗人欲喊无声，欲哭无泪，不知如何是好。美人的惊鸿一瞥让诗人柔肠百转，愁丝千结，可望而不可即。

这是一场幸福与痛苦交织、希望与绝望并存的求索，是一首"衣带渐宽终不悔，为伊消得人憔悴"（柳永《蝶恋花·伫倚危楼风细细》）的千古绝唱。清代解诗家方玉润曾言："此诗在《秦风》中，气味绝不相类。以好战乐斗之邦，忽遇高超远举之作，可谓鹤立鸡群，翛然自异者矣。"（《诗经原始》）也许《蒹葭》缠绵悱恻和凄婉迷离的风韵，与崇兵尚武、激昂慷慨的《秦风》相去甚远，但悲凉旷远的底色仍旧。而且西周秦地文化土壤丰沃深厚，雍容博大，所以"高超远举"和"翛然自异"也不足为怪。

这场先逆流而上、后顺流而下的跋涉寻找，迂回曲折，征途遥遥。每次寻找的结局都从希望坠入绝望，从思念跌入哀伤。后来诗人一次次作出新的规划，都被自己臆想的一些莫名障碍所阻：反复渲染各种困境，实际愈加强化了一场不可遏止的暗恋。诸多阻障或许并非现实，只存于思念和想象之中。思念的痛苦、想象的困窘，一起加在失恋者身上。然而无论怎样忐忑与惆怅，诗人内心深处还是弥漫着无限希望。全诗的意象就是女性和爱情，这在千百年来已经深入人心。

一个躁动不安的男子，满怀希望却走投无路，在无尽的悲哀中艰难而执着。他有可能是一位梦中的勇敢骑士，醒来却变得哀叹连连。他痴情盯视荒野流水，思念至美，在心底默默编织曲折动人的故事，这故事被命名为《蒹葭》。

• 终南

> 终南何有？[1]有条有梅。[2]
> 君子至止，[3]锦衣狐裘。[4]
> 颜如渥丹，[5]其君也哉！
>
> 终南何有？ 有纪有堂。[6]
> 君子至止，黻衣绣裳。[7]
> 佩玉将将，[8]寿考不亡！[9]

【注释】

[1]终南何有：终南，终南山，在今陕西西安市南。何有，有何，有什么。

[2]有条有梅：条，树名，即山楸；一说柚树。梅，梅树；一说楠树。

[3]至止：至，到来，来到。止，之，一说句末语气词。

[4]锦衣狐裘：诸侯礼服。

[5]颜如渥（wò）丹：颜，容颜。渥，涂，抹。丹，赤石制的红色染料。

[6]有纪有堂：《诗集传》谓："纪，山之廉角也。堂，山之宽平处也。"一说纪同"杞"，即杞柳树；堂同"棠"，即棠梨树。

[7]黻（fú）衣绣裳：黻衣，黑色和青色花纹相间的上衣。绣裳，五彩

绣成的下裳。

[8]将(qiāng)将：同"锵锵"，象声词，佩玉相击声。

[9]寿考不亡(wàng)：高寿，长寿。亡，通"忘"，忘记。

《终南》是一首迎宾曲。全诗共两章，皆为溢美之词和祝福之语，气氛吉祥，节奏欢快，音韵悠扬。

终南即雄峙于西安市南的终南山，是一座神奇之山。它位于秦岭中段，主峰海拔近三千米，地形奇险，谷壑众多，为西安城天然屏障。《左传》称此山为"九州之险"，《史记》谓"天下之阻"。终南山自古多隐士，传说老子西游入秦时，在此为函谷关令尹喜讲述《道德经》。从老聃开始，尹喜、姜子牙、赵公明、商山四皓、张良，还有仙家汉钟离、吕洞宾、药王孙思邈以及高僧鸠摩罗什、门神钟馗、诗仙李白、诗佛王维、全真教宗王重阳等，诸多闻名遐迩的人物皆在此山隐居。王维曾写下歌咏终南山的著名诗篇："太乙近天都，连山接海隅。白云回望合，青霭入看无。"李白歌曰："出门见南山，引领意无限。秀色难为名，苍翠日在眼。"我们从中或可领略其清逸巍峨。

终南山至今仍是求仙访道的追慕之地，无数修行者抛却现代物质之累，潜于深谷幽壑，远离尘嚣。关于这座盛誉不衰的修道仙山，最早的文学记录可能就是这首《终南》了，一座大山的奇与魅在此初露端倪。

"终南何有？有条有梅。君子至止，锦衣狐裘。颜如渥丹，其君也哉！"终南山上究竟有什么神奇？歌者答曰：山上楸木葱茏，梅香四溢，尊贵的客人携带神秘与芬芳，风尘仆仆远道而来，是一位奇妙之人。好一位贵客，只见他身着富丽华贵的锦衣狐裘，容颜红润鲜亮，好似涂了丹粉，仪态恍若仙人，气度之伟岸，风采之奇异，任由想象。

来客果然是一位旷世难遇的人物。主人的自豪和幸福之情难以表达。这将是一场奇特而幸运的相逢和会晤。歌者像是喁喁私语，又好似与客人一问一答。

"终南何有？有纪有堂。君子至止，黻衣绣裳。佩玉将将，寿考不亡！"次章的起句仍然是主人充满好奇的询问：高耸入云的终南山里究竟有何宝藏？答曰：有许多秀拔的杞树和美丽的甘棠。贵客讲述了许多关于终南山绝妙隐秘的奇闻珍录，极富感染与诱惑，主宾之间于是有了一场酣畅淋漓的交流。唯其如此，才能够抚慰主人那颗痴迷的憧憬之心。客人与山中的一草一木、一花一石都声气相通，密不可分。在诗人眼中，贵客来自一座独特瑰丽的大山，绝非一般尘世之人。瞧他脱下华美的礼服，露出了青黑花纹交织的精致上衣，五彩绣成的斑斓下裳，步履轻盈如风拂柳，身上环佩叮咚悦耳。诗人不无炫耀的描述，似乎在对他人示意：你们见过这样的异客吗？你们接待过终南山的贵人吗？今日我们不仅同处一室，还有过一场亲密晤谈，当面献上衷心的祝愿。

《终南》最初有可能只是一首纪事歌，由采诗官携入宫中即成为专门的祝寿、祝福之歌或迎宾之曲，被用于某些庄重喜庆的场合。它很可能是西周礼仪中非常重要的一支乐曲。"诗三百"中皆是节令和礼仪之歌，极为实用和普及，逐步形成了特殊的规定和严格的使用。但它们在初创时却往往是具体的或偶然的，在自然随意的状态下生成，《风》就尤其如此。而《大雅》和《颂》的绝大部分篇章，则有可能是为实用而作,所以便减弱了某种具体性、即时性和地方性。那种化具体为普遍、化偶然为常规的做法,既保留了一种初创的生动与鲜活,又具备了特定场合所需要的功用,是最好的使用。

·黄鸟

交交黄鸟,[1]止于棘。[2]
谁从穆公?[3]子车奄息。[4]
维此奄息,[5]百夫之特。[6]
临其穴,[7]惴惴其慄。[8]
彼苍者天,[9]歼我良人![10]
如可赎兮,[11]人百其身![12]

交交黄鸟,止于桑。[13]
谁从穆公? 子车仲行。
维此仲行,百夫之防。[14]
临其穴,惴惴其慄。
彼苍者天,歼我良人!
如可赎兮,人百其身!

交交黄鸟,止于楚。[15]
谁从穆公? 子车鍼虎。
维此鍼虎,百夫之御。[16]

临其穴，惴惴其栗。
彼苍者天，歼我良人！
如可赎兮，人百其身！

【注释】

[1]交交黄鸟：交交，鸟鸣声，一说鸟往来而飞之貌。黄鸟，即黄雀。

[2]止于棘：止，停栖。棘，酸枣树。

[3]谁从穆公：从，从死，即殉葬。穆公，春秋秦国的君主，嬴姓，名任好。

[4]子车奄息：子车，姓。奄息，名。下文子车仲行、子车铖虎同此，三人均是秦国贤臣。

[5]维：语气词。

[6]百夫之特：百夫，一百个男子。特，匹敌，一说杰出。

[7]穴：墓穴。

[8]惴惴其栗：惴惴，恐惧的样子。栗，战栗，颤抖。

[9]彼苍者天：悲哀至极的呼号。

[10]歼我良人：歼，灭。良，好人。

[11]赎：换回，赎命。

[12]人百其身：犹言用一百人赎其一命。

[13]桑：桑树。

[14]防：抵当，相当。

[15]楚：荆树。

[16]御：义同"防"。

秦 风

《黄鸟》是一首极为悲戚、令人不忍卒读的哀伤泣绝之歌。通篇都是痛彻心扉的控诉和诅咒。这在"诗三百"中是一个极其特异的存在，凄惨的质地与漆黑的色调绝无仅有。

它描述了历史上记载明确的"三良"事件，是秦人的痛挽之章，也是《诗经》中意义最确、争议最少的一篇哀歌。全诗写尽了王权的残酷与黑暗，以及秦穆公的冷血、暴虐和惨绝人寰，表现了对"三良"的痛悼、叹惋，对殉葬制度的强烈憎恨和谴责，被誉为挽歌之祖。后代许多诗人以此为题写过一些类似的文字，但没有一篇可以超过《黄鸟》。它呈现的令人战栗的残酷和血腥，简直达到了一个极数，由此而生的巨大艺术力量，把人的愤怒推到了无以复加的极限。

"交交黄鸟，止于棘。谁从穆公？子车奄息。维此奄息，百夫之特。临其穴，惴惴其慄。彼苍者天，歼我良人！如可赎兮，人百其身！"诗以黄雀发出的撕心裂肺的叫声开篇：它们慌急地飞落在一片荆棘之上，惊恐哀鸣，预示着即将发生的可怕事件。接着就是无辜生命将被活埋的惨剧，是其细节。谁为穆公活活殉葬？是子车氏之子奄息，这是秦国一位杰出的贤良之士，才智超群，无人可与其相比。"临其穴，惴惴其慄"，令人发抖的七个字，也许不仅在说子车怎样惊恐万分、一步步走到墓穴边，还包括周围人的惶惶战栗。"彼苍者天，歼我良人"，茫茫高远的苍天，就这样杀死我的丈夫！夫人仰天长号，摧肝裂胆。她说：如果可以将男人的生命赎回，她愿意死一百次。

诗章的二、三两节分别述说"三良"中另两位的殉葬过程。黄雀的悲鸣，人的愤怒和痛惜，夫人的悲绝无告。三位夫人同样是哀号，表达愿用自己一百次的死亡来换回丈夫的生命。她们一遍遍诅咒、质问、谴责，追问正义和公道，呼唤苍天。这里的"苍天"意味着不可抵御的力量，神秘无解却又残忍无比。人世间没有比秦国王权体制更残暴更黑暗的了，它给令人发指的杀戮镶上制度和礼法的冷酷金边，但仅仅用愚昧和野蛮仍不能解释这种暴行。它是人类历史上最黑暗的一页，这一页无法撕毁。

死亡让王权恐惧和憎恨，所以他们才把鲜活的生命一起埋葬。这是对于生的诅咒和嫉恨，正是这种绝望和垂死，把人类拖入了无底的深渊。在王权统治的漫长黑夜里，苦苦挣扎的生命就是这"交交"黄鸟的扩大和延续，是它们的幽灵和化身。死对于生的嫉恨和诅咒，会造成这惨烈的一幕，也会化为日常苦难。我们有理由把世上所有的残忍与不平、所有对美的摧残，都与那只"交交黄鸟"放到一起考察，因为它们包含了相同的内质。当我们为生命发出礼赞，满怀希望地放声高歌时，不可以忘记在世界的黑暗一角，曾经回荡着那三位妇人的血泪嘶喊，还有恐惧大叫飞向荆棘的黄鸟：如此渺小、与人类利益无涉的小鸟尚且不忍目睹惨剧，足可表明人类世界的悲绝无望。

- 无衣

岂曰无衣？[1]与子同袍。[2]
王于兴师，[3]修我戈矛，[4]与子同仇！[5]

岂曰无衣？ 与子同泽。[6]

王于兴师，修我矛戟，[7]与子偕作！[8]

岂曰无衣？　与子同裳。[9]
王于兴师，修我甲兵，[10]与子偕行！[11]

【注释】

[1]岂曰：怎么能说。

[2]袍：外衣。

[3]王于兴师：王，秦君，一说指周天子。于，语助词。兴师，起兵。

[4]修我戈矛：修，修理，整治。戈矛，古代长柄的武器。

[5]同仇：共同对敌。仇，仇敌。

[6]泽：通"襗(zé)"，贴身内衣。

[7]戟：结合"戈矛"特点的长柄武器。

[8]偕作：偕，共同。作，起，行动。

[9]同裳：下衣，此指战裙。

[10]甲兵：铠甲和兵器。

[11]行：往。

这首士兵之歌描述了大战前的境况，透露出秦人尚武、常年征战的困窘与不幸，还有其他消息。

"岂曰无衣？与子同袍。王于兴师，修我戈矛，与子同仇！"寒冷的季节快要来临，士兵们却处于"无衣"的苦境。他们相互激励说：不必担心，我们可以合穿一件战袍；赶快修好我们的武器，一旦君王兴师发兵，我们就共同对敌。"与子同袍"，指同披一件战袍；"与子同泽",是合穿贴身内衣;"与子同裳",说共穿一条下裙。可见不断征战带来了多么残酷的现实,物资匮乏已至绝境。所谓的同披合穿其实就是轮用,不过共披一件战袍尚可,内衣与下裙也要合用,这是无法想象的。这种尴尬只能发生在那样的场景:大战在即,为了赢得这场战争,为了活下来,士兵兄弟们只好相濡以沫。

全诗共三节十五句,有七句提到"与子":不仅"同袍""同泽""同裳",而且还要"同仇""偕作""偕行"。由此可知什么才是生死之谊。士兵们此刻已做好冒死一搏的准备,可谓置之死地而后生。在朝不保夕的血腥厮杀中,这种情谊由鲜血凝成。

古往今来写士兵情谊的文字很多,催人泪下的作品数不胜数。在战争期间他们相互推让最后一口水、一口食物,把生的希望留给对方。然而像此诗所述,大战前已断掉给养,连下裙和内衣都没有了,这情形极为少见。本来"兵马未动,粮草先行",这里却连最起码的御寒之物都没有,可见这场"王于兴师"已无法进行下去。但也正是这种极为严酷的环境之下,人性至美一面也得到了凸显。他们愿意将最后一丝布缕交给战友,可以想见即将来临的大战必是罕见的厮杀,必有一场血肉横飞的两军相搏。在冷兵器时代,这种惨烈的近身肉搏需要更大的勇气。

"无衣"其实就是一无所有,哪里是没有铠甲,缺衣少食,很可能早已两手空空。在这样一支惨不忍睹的军队中,唯可依赖的就是人的血勇。这里尽管也提到了对国家和君王的忠诚,但最可信赖的,还是共生共死的命运,是一同求生的欲望,是鲜血凝结的情谊。

没有意志遑论其他。直至现代战争,信念仍然是最重要的制胜因素。此诗通过反复歌咏,渲染出一种慷慨激昂、同仇敌忾的氛围,突出士兵高昂的斗志和豪迈的气概：君王一旦起兵，他们便会果决勇敢地舞戈挥戟随王出征。但许多时候，这是否为一场正义的战争，却并非陷入生死之搏的士兵可以洞悉的。一场战事从某个局部或侧面难以评定，而需要从生命与战争、黎民与社稷、士兵与君王、牺牲与自由，这诸种关系之中，进行更为复杂高远的观照。展现在我们眼前的这首勇士短歌，似乎与上述命题离得还非常遥远。

一场又一场硝烟消失，一代又一代生命化为泥土。"一将功成万骨枯"，累累白骨之上才是社稷的建立和国家的荣誉，无边的苦难和无限的光荣纠缠错综，难以剥离。我们歌颂战争的正义，国土的神圣，君王的英明，然而，那些无名的死者已经无从辨认和追记。

《无衣》是两个饥寒交迫士兵的战前对话，谁也无法预料那场即将来临的生死大战结果如何。在这咏唱中，我们只有沉默、怜悯、感慨和悲伤。

函风

・七月

七月流火，[1]九月授衣。[2]
一之日觱发，[3]二之日栗烈。[4]
无衣无褐，[5]何以卒岁？[6]
三之日于耜，[7]四之日举趾。[8]
同我妇子，馌彼南亩，[9]田畯至喜。[10]

七月流火，九月授衣。
春日载阳，[11]有鸣仓庚。[12]
女执懿筐，[13]遵彼微行，[14]爰求柔桑。[15]
春日迟迟，[16]采蘩祁祁。[17]
女心伤悲，殆及公子同归。[18]

七月流火，八月萑苇。[19]
蚕月条桑，[20]取彼斧斨，[21]

以伐远扬，[22]猗彼女桑。[23]
七月鸣鵙，[24]八月载绩。[25]
载玄载黄，[26]我朱孔阳，[27]为公子裳。

四月秀葽，[28]五月鸣蜩。[29]
八月其获，十月陨萚。[30]
一之日于貉，[31]取彼狐狸，为公子裘。
二之日其同，[32]载缵武功。[33]
言私其豵，[34]献豜于公。[35]

五月斯螽动股，[36]六月莎鸡振羽。[37]
七月在野，八月在宇，
九月在户，十月蟋蟀入我床下。
穹窒熏鼠，[38]塞向墐户。[39]
嗟我妇子，曰为改岁，[40]入此室处。

六月食郁及薁，[41]七月亨葵及菽。[42]
八月剥枣，[43]十月获稻。
为此春酒，[44]以介眉寿。[45]
七月食瓜，八月断壶，[46]九月叔苴。[47]
采荼薪樗，[48]食我农夫。

九月筑场圃，[49]十月纳禾稼。[50]
黍稷重穋，[51]禾麻菽麦。[52]

嗟我农夫，我稼既同，[53]上入执宫功。[54]
昼尔于茅，[55]宵尔索绹，[56]
亟其乘屋，[57]其始播百谷。

二之日凿冰冲冲，[58]三之日纳于凌阴。[59]
四之日其蚤，[60]献羔祭韭。[61]
九月肃霜，[62]十月涤场。[63]
朋酒斯飨，[64]曰杀羔羊。
跻彼公堂，[65]称彼兕觥，[66]万寿无疆！

【注释】

[1]七月流火：七月，夏历七月。流，向下流动。火，又称大火，星名，即心宿，每年夏历五、六月黄昏出现在正南方，位置正中和最高，七月开始西沉，天气渐凉，故称"七月流火"。

[2]授衣：将裁制冬衣的工作交给女工。

[3]一之日觱发（bì bō）：一之日，周历正月，相当于夏历十一月，以下二之日、三之日等以此类推。觱发，寒风吹刮声。

[4]栗烈："凛冽"，天气寒冷。

[5]褐（hè）：粗布衣服。

[6]卒：终结，完。

[7]于耜（sì）：于，犹"为"，修理。耜，古代耕田翻土的一种农具。

[8]举趾：举足，抬脚，指下地耕田。

[9]馌（yè）彼南亩：馌，送饭。南亩，泛指田地。

[10]田畯（jùn）至喜：田畯，古代农官名，一说田神。至，十分，非常。

[11]春日载阳：春日，夏历三月。载，始，开始；一说则，就。阳，温暖。

[12]仓庚：鸟名，即黄莺。

[13]女执懿(yì)筐：执，提着、拿着。懿，深。

[14]遵彼微行(háng)：遵，沿着。微行，(桑间)小径。

[15]爰(yuán)求柔桑：爰，于是，在这里。求，寻找、采摘。柔桑，嫩桑叶。

[16]迟迟：舒缓，白天变长。

[17]采蘩(fán)祁祁：蘩，菊科植物，即白蒿。祁祁，众多(指采蘩者)。

[18]殆及公子同归：殆，担心、忧惧。归，出嫁。

[19]萑(huán)苇：收割芦荻，一说芦荻成熟。

[20]蚕月条桑：蚕月，指夏历三月，养蚕的月份。条，修剪。桑，桑树。

[21]斨(qiāng)：方孔的斧头。

[22]远扬：指太长而高扬的桑枝。

[23]猗(yǐ)彼女桑：猗，同"掎"，牵引，"掎桑"是用手拉着桑枝来采叶。女桑，嫩桑叶。

[24]鵙(jú)：鸟名，即伯劳。

[25]载绩：载，语助词。绩，纺织。

[26]载玄载黄：载，语助词。玄，是黑中带红。玄、黄指丝织品与麻织品的染色。

[27]我朱孔阳：朱，赤色，红色。孔，很，非常。阳，鲜明。

[28]秀葽(yāo)：秀，植物开花，一说不开花而结实。葽，植物名，今名远志。

[29]蜩(tiáo)：蝉。

[30]陨萚(tuò)：陨，坠。萚，落叶。

[31]于貉(hé)：于，去往。貉，兽名，类似狐狸，这里名词动用；一说古代狩猎前的祭祀，于貉，言举行貉祭。

[32]同：聚合，聚众狩猎。

[33]载缵(zuǎn)武功：缵，继续。武功，指田猎。

[34]言私其豵(zōng)：豵，一岁小猪，这里泛指小兽。私，私人占有；私其豵，指猎者自己留下小兽。

[35]豜(jiān)：三岁的猪，泛指大兽，大兽献给公家。

[36]斯螽(zhōng)动股：斯螽，虫名，蝗类，即蚱蜢、蚂蚱。动股，古人以为"斯螽"是以两腿相触发出鸣声。

[37]莎鸡振羽：莎鸡，昆虫名，即纺织娘。振羽，言鼓翅发声。

[38]穹窒熏鼠：穹，穷尽，空。窒，堵塞。穹窒，熏鼠，生火烤熏赶走老鼠。

[39]塞向墐(jìn)户：塞，堵。向，朝北的窗户。墐，用泥涂塞，贫寒之家的门扇用柴竹编成，涂泥使它不通风。

[40]改岁：过年，指旧年将尽，新年快到。

[41]郁及薁(yù)：郁，植物名，唐棣郁李之类。薁，植物名，果实大如桂圆，一说为野葡萄。

[42]亨葵及菽(shū)：亨，即"烹"。葵，蔬菜名。菽，豆类。

[43]剥(pū)枣：剥，"扑"，击打。剥枣，打落枣子。

[44]春酒：冬天酿制经春始成，叫"春酒"。

[45]以介眉寿：以，连词，来。介，祈求，一说助词。眉寿，长寿，人老了眉间生出长眉毛，称眉寿。

[46]断壶：断，摘取，摘下。壶，葫芦。

[47]叔苴(jū)：叔，拾，捡取。苴，秋麻之籽。

[48]采荼(tú)薪樗(chū)：荼，一种苦菜。薪樗，采樗木为薪柴，樗，臭椿。

[49]场圃：场，打谷场，圃，是菜园。古人一地两用，春夏种菜，秋冬打谷。

[50]纳禾稼：纳，收进谷仓。禾稼，泛指粮食。

[51]黍稷重穋(lù)：黍，小米。稷，高粱。重，即"穜(tóng)"，早种晚熟的谷。穋，即稑(lù)，晚种早熟的谷。

[52]禾：谷子，小米。

[53]既同：既，已经。同，收拢，集中。

[54]上入执宫功：上，同"尚"，则，还要。执，操作，负担。功，事，劳役，"宫功"指修建宫室之类的事。

[55]昼尔于茅：昼，白天。尔，语助词。于茅，去割茅草。

[56]宵尔索绹：宵，夜里。索，动词，指搓绳，打绳。绹(táo)，绳。

[57]亟其乘屋：亟，急。乘屋，登上屋子修缮房顶。

[58]冲冲：凿冰之声。

[59]凌阴：冰窖。

[60]蚤：同"早"，早朝，古代一种祭祀仪式。

[61]献羔祭韭：献上羔羊和韭菜祭祖。古代藏冰、取冰之时都要祭祀。

[62]肃霜：秋高气爽。

[63]涤场：清扫场地，农事完全结束，将场地打扫干净，一说"涤场"即"涤荡"，草木摇落。

[64]朋酒斯飨：朋酒，两樽酒。飨，宴饮。

[65]跻(jī)：登。

[66]称彼兕觥(sì gōng)：称，举，举杯祝酒。兕觥，古代一种酒器。

这是《风》中最长的一篇，是长长的劳动之歌、农事之歌和生活之歌，它以朴质无华、娓娓动听的叙事，绘制出一幅优美迷人的西周早期社会生活画卷，不仅具有极其重要的史料价值，而且还是一部杰出的艺术作品。"七月流火，九月授衣"，这淳朴隽永的民间咏唱，成为中国诗歌史上最为脍炙人口的名篇之一。

诗的开篇写大火星逐渐西沉，意味着天气转凉，热烈的夏季即将结束，繁忙和收获的秋季就要到来，紧跟上便是北风呼啸，寒气逼人。然而"无衣无褐，何以卒岁？"没有御寒的衣服将如何度过漫长的严冬？冬季是一年里最为可怕的阶段，在物质文明非常落后的条件下，度过严冬是人类生活中的一件大事，所谓年关难过，最大的对手不是传说中那个被称作"年"的怪兽，而是大自然扫荡一切的凛冽与肃杀，是无法抵御和抗拒的北方严寒。在冰雪皑皑的正月还要整修犁杖，因为二月里必须扛起锄头踏着尚未消融的积雪去耕种。

诗章从秋意初现的七月开始写起，笔锋一转便到了寒冷的冬季，人生的倏忽变化又何尝不是如此，宛若更替迅疾的四季。诗的二、三两章虽皆以"七月流火"起兴，却不再言说御寒，而是歌咏春光明媚、黄莺啼啭，姑娘们挎着篮子采桑养蚕，撷取白蒿，忙碌着织麻染丝，为秋冬裁制新衣做准备。在"春日迟迟"之中，她们开始担心自己的未来："女心伤悲，殆及公子同归。"忧伤从心底冉冉升起，不过这淡淡的惆怅很快被伯劳的歌唱驱散，她们很快又高兴地议论起如何把布料染得鲜亮，以便献给公子做衣裳。绽放的青春有着无比强大的化解力，一切烦恼、愁思和伤感，在豆蔻芳华中都会转瞬即逝。

四、五两章的主要内容仍然是说御寒的衣服。四章以"秀葽""鸣蜩"起兴，秋季的繁忙一笔带过，笔墨的重心放到了冬天的十一和十二两个月份：此时动物皮毛丰厚柔软，是最好的狩猎季节，他们猎到的狐狸要"为公子裘"。打下的小兽收归自己，大兽则要进献给国公，仿佛这早已是一件天经地义的事情。劳心与劳力有云泥之别，公子和国公等人都是不容忽视也无法逾越的存在。

五章书写昆虫情状，表现季节递变：蝈蝈鸣叫，纺织娘振翅，蟋蟀钻进床下，这时农家即开始点火烘熏房屋，驱除老鼠，塞糊门窗墙缝准备过冬。朱熹在《诗集传》中曾说《七月》首章："前段言衣之始，后段言食之始。"而"二章至五章，终前段之意。六章至八章，终后段之意"。"衣"和"食"在农业社会表现为"织"与"耕"，也是贯穿此诗的主线，如此安排，确是相当严谨。

第六章开始写各种农家吃物：六月有酸甜的郁李和野葡萄，七月采收了秋葵就炖煮豆子；八月打下红枣，十月田间割稻，然后用稻米酿制春酒，用春酒祭祀。七月吃香瓜，八月摘下青青的葫芦，九月下地收取秋麻之籽，采挖苦菜，砍伐臭椿，再把菜圃筑平改做打谷场，将各种谷物纳入粮仓。全部收拾停当之后，还要为官家修造宫室，然后白天进山割茅草，夜里搓绳索，抓紧时间修缮自己家的屋顶。一年的农事总算忙完后，春耕就要开始了。《七月》里所涉及的农事、节气、风物和日常生活，从过冬、春耕、采桑、采蘩、婚嫁、割荻、伐薪、染绩、缝衣，直到断葫、秋收、筑圃、纳禾、驱鼠、冬藏、狩猎、搓绳、建房、修屋、改岁、酿酒、祭祀、劳役、宴飨，等等，事无巨细，无所不写，简直是一部西周初期的农事生活大全。

最令周代先民难忘的还是岁末年初。到了十二月，他们要"冲冲"凿冰，将冰块储于冰窖，来贮藏食物，以便二月初开祭祖先，献上韭菜和羊羔。这是最为激动人心的时刻：斟满酒杯，开怀畅饮，宰杀羊羔，共同品尝，然后大家一起登上国公堂，举起犀角大杯高呼"万寿无疆"。至此，一年的劳作就圆满地结束了。人类赖以依存的大自然恒定而无常，有辛苦和忧虑，有幸福和喜悦，这一切即组成了人的岁月。

《七月》的珍贵之处在于它详尽细致、真实客观地记录了一年四季的劳动生活，关乎衣食住行各个方面，从农事活动的顺序写起，以平铺直叙的手法逐月展开，劳作的事项、步骤以及人的心态，都跃然纸上，生动地再现了当时的劳动场面、生活图景、各种人事风貌、农家与公家的关系，全景式地勾勒出周代早期农业生产和农民的日常生活，如同一幅丰富多彩的远古男耕女织风俗画。诗中不止一次写到了公子、国公，使人感到那是一个等级森严、秩序井然的时代，自由散漫的个体需要规束，劳动被烙上了强烈的体制印记。当时劳动成果的大部分，并且是最好的部分，要献给公家和上层人物。这首歌的记录者极有可能直接服务于上层，因为当他写到为公子制裘乃至最后登上国公堂的时候，有一种难以掩饰的骄傲和喜悦。其实这对于劳动者而言，也在情理之中：辛苦的劳动一旦与显赫的权力遭逢，不仅仅是被盘剥的痛苦，还有一种接近的光荣与幸福。

他们不仅为自己的生存劳作，还为供养权力而辛苦，这种辛苦又是必须的，因为无论是对秩序严密的社会组织而言，还是从自己的处境和心情考虑，都有些错综纠缠，无法独立考察。在人类社会的进程中，这是一种极为复杂难言的依托，是一笔纷乱如麻的糊涂账。我们无法回避盘剥和权力，就像我们无法回避冷酷的自然一样。

春夏秋冬四季必要轮回，这是大自然的一种组成方式，也是人类生活的一个组成部分。后来者可以非常超然地去谈论奴隶和主子的关系，可是这既无法取代当时的主子，又无法帮助当时的奴隶，所以旁观者的逻辑常常无法适用。

《七月》的重要史料价值还在于它从细部勾画了周代先民的生产物质水平，如生产工具、生产状况等。尽管几千年过去，现在我们所看到的田野劳动、日常起居和应对大自然的方式，其实并没有发生根本性的变化。也许我们的生产工具变得先进了，但是面临的困境却没有得到多少改善。自然是恒久的，人性是恒久的，"七月流火，九月授衣"，这是任何时代都无法更改的规律。人类历史无论怎样漫长，在浩渺的星际空间都是不值一提的短促，唯有这支长调里所蕴蓄的那种蓬勃、自由和多趣，那种劳动的满足感，成为人类生存的永恒价值。

小雅

• 鹿鸣

呦呦鹿鸣，[1]食野之苹。[2]
我有嘉宾，[3]鼓瑟吹笙。[4]
吹笙鼓簧，[5]承筐是将。[6]
人之好我，[7]示我周行。[8]

呦呦鹿鸣，食野之蒿。[9]
我有嘉宾，德音孔昭。[10]
视民不恌，[11]君子是则是效。[12]
我有旨酒，[13]嘉宾式燕以敖。[14]

呦呦鹿鸣，食野之芩。[15]
我有嘉宾，鼓瑟鼓琴。
鼓瑟鼓琴，和乐且湛。[16]
我有旨酒，以燕乐嘉宾之心。[17]

【注释】

［1］呦（yōu）呦：鹿鸣声。

［2］苹：藾蒿。

［3］嘉宾：贵宾。

［4］鼓瑟吹笙：鼓，奏。瑟、笙，古代乐器名。

［5］簧：笙上的簧片。

［6］承筐是将：承，双手捧着。承筐，指奉上礼品。将，送，献。

［7］好：喜欢。

［8］示我周行（háng）：示，指示，告诉。周行，大道，引申为真理准则。

［9］蒿：青蒿、香蒿。

［10］德音孔昭：德音，美好的品德声誉。孔，很。昭，明，显著。

［11］视民不恌（tiāo）：视，同"示"。恌，同"佻"，轻薄，轻浮。此句意思是"为人民做出了宽厚的榜样"。一说视，看待，即对待百姓宽厚之意。

［12］是则是效：则，法则，准则。效，仿效。

［13］旨：甘美。

［14］式燕以敖：式，语助词。燕，同"宴"，宴饮。敖，同"遨"，逍遥，嬉游。

［15］芩（qín）：草名，蒿类植物。

［16］和乐且湛（chén）：和乐，和睦欢乐。湛，深厚，酒酣沉浸。

［17］燕乐：安乐，快慰。

《鹿鸣》作为《小雅》首篇，引人注目。据说这是周天子"燕群臣嘉宾"的乐歌，全诗笼罩着欢乐祥和的气氛，呈现出一种太平盛世的格调气象。天子的"钟鸣鼎食"配以"鼓瑟吹笙"，歌以"呦呦鹿鸣",好一派主宾相敬、君臣欢融的畅美盛况。

美丽温驯、柔媚可爱的花鹿,属于毫无侵略性的食草动物,是和谐与安分的象征,它那"呦呦"的鸣叫委婉清脆,悦耳亲昵,构成了这首诗歌的主旋律。唯有安全静谧的"呦呦"之声,才昭示了令人向往的和平与幸福。诗中没有出现一个嗜血动物,只有一群野鹿安详地徜徉在青青原野,时而发出轻柔的鸣叫,呼唤着同伴快来共享蘋蒿:"呦呦鹿鸣,食野之苹。我有嘉宾,鼓瑟吹笙。吹笙鼓簧,承筐是将。人之好我,示我周行。"开篇以悠闲吃草的群鹿之鸣起兴,兴中含比,比中有兴,比兴交错,这是《诗经》的一大特质。在此,先是渲染营造出一种美好而和谐的氛围,然后才引出弹瑟吹笙、捧筐献礼的场面。主人温和殷勤,宾客彬彬有礼,真是君臣欢会其乐融融。

天子盛宴只会召聚心无邪念的食草动物,因为君权的神圣和君王的尊严,来自礼法秩序和遵从恭顺,不能有丝毫的抗拒忤逆。和平的庆典与宴饮的愉悦,需要的是乖巧安驯的群鹿,而不可掺进一头性烈的豹子。全诗三章皆以"呦呦鹿鸣"起笔,这循环往复的"鹿鸣",可以说是至妙的闲笔,其主旨便在这悠扬婉转的"呦呦"之声里凸显出来。

每个王朝的建立都需要勇猛强悍、嗜血成性的豺狼虎豹,不过它们出现的地方,只会是征讨的战场。当社稷已立、秩序井然时,他们就必须收起利爪,闭上血盆大口,匍匐跪倒于君王脚下,听着"呦呦鹿鸣",享用御赐的美酒。

这首周天子盛宴所使用的乐歌后来被格式化、符号化,成为贵族宴乐或举行乡间饮礼的保留曲目,直到唐宋兴设科举,朝廷为显示恩典，每次考试完毕必要主办盛大庆宴，款待那些考中的士子们。历史上称之为"科举四宴"，分文、武两科，其中文宴为"鹿鸣宴"和"琼林宴"。可见"呦呦"之声源路悠长而且寓意鲜明，在上千年的封建王朝中，已成为政治清明和国家祥瑞的象征。

虽然《鹿鸣》基调欢畅明快，有极强的娱乐消遣功用，却不能说是一首小制作，而应是一部大制作：周详严谨，细腻雅正，契合于一种庄重盛大、热烈欢快的豪宴。诗中除了描写美酒笙箫的宴飨之乐，还写到那些应召而来的享用者："我有嘉宾，德音孔昭。视民不恌，君子是则是效。"主人赞美这些尊贵的宾客，说他们都有美好的声誉，而且早已佳名远扬，不仅是百姓的榜样，还足以令君子效仿。万民敬仰的君主此刻竟展现出如此谦逊的风度和宽广的胸怀，实在令人惊讶。或许除了礼乐治国的西周，在任何强权专制时代，君王都不太可能有这样的低姿态。可以想见，由于主人的和蔼与宽厚，宾客们会进一步意识到自己恭顺和忠诚的重要。至此，一场尽情尽兴的饮乐达到佳境。这让我们联想到，觥筹交错间还伴随语言的"贿赂"，君王的这种赏赐是颇具分量的，它一定会让臣子们怀着深深的感激之情离去，而且久久难以忘怀。

所以，"呦呦鹿鸣"之声更意味着一种荣耀和地位，与此同时，还暂时安抚和消解了那种伴君如伴虎的忐忑与紧张。人类生活最需要的就是某种安全感，失去它便无幸福可言。在"呦呦"之声里能够暂时主宰自己的命运，这比什么都重要。可以说每一次的宴饮都是一种慰藉和强调。如果说生活中需要祝福的话，还有什么比《鹿鸣》之歌更为吉祥和珍贵？

- 常棣

常棣之华，[1]鄂不韡韡。[2]
凡今之人，莫如兄弟。

死丧之威，[3]兄弟孔怀。[4]
原隰裒矣，[5]兄弟求矣。[6]

脊令在原，[7]兄弟急难。
每有良朋，[8]况也永叹。[9]

兄弟阋于墙，[10]外御其务。[11]
每有良朋，烝也无戎。[12]

丧乱既平，既安且宁。
虽有兄弟，不如友生。[13]

傧尔笾豆，[14]饮酒之饫。[15]
兄弟既具，[16]和乐且孺。[17]

妻子好合，[18]如鼓瑟琴。
兄弟既翕，[19]和乐且湛。[20]

宜尔室家，[21]乐尔妻帑。[22]

是究是图,[23]亶其然乎?[24]

【注释】

[1]常棣(dì)之华:常棣,即棠棣,郁李。华,即"花"。

[2]鄂不韡韡(wěi wěi):鄂,通"萼",花萼。不,花蒂,一说语气词。韡韡,鲜明茂盛的样子。

[3]威:畏惧,可怕。

[4]孔怀:孔,很。怀,关心,牵挂,一说忧伤,悲痛。

[5]原隰裒(xí póu):原,高平之地。隰,低湿之地。原隰,野外。裒,聚集。

[6]求:寻找。

[7]脊令(jí líng)在原:脊令,鹡鸰,一种水鸟。在原,水鸟在原野,比喻有难。古人赋予鹡鸰以友悌的属性。

[8]每有良朋:每,连词,虽然。良朋,好友。

[9]况也永叹:况,增加。永,长。

[10]阋(xì)于墙:阋,争吵,争斗。墙,院墙内,家庭内部之意。

[11]外御其务(wǔ):御,抵抗。务,即"侮"。

[12]烝(zhēng)也无戎:烝,长久,一说众、多,一说为发语词。戎,帮助,相助。

[13]友生:友,朋友。生,语气词,无实义。

[14]傧(bīn)尔笾(biān)豆:傧,陈列、陈设。笾、豆,古代祭祀或燕飨时用来盛食物的器具,笾用竹制,豆用木制。

[15]饫(yù):宴饮、家宴。一说酒足饭饱之意。

[16]既具:既,已经。具,同"俱",聚集。

[17]孺：亲慕，一说通"愉"，一说长幼排列有序。

[18]好合：相亲相爱，关系融洽。

[19]翕（xī）：聚合，一说和睦。

[20]湛（chén）：喜乐，欢乐。

[21]宜：安，和顺。

[22]帑（nú）：通"孥"，儿女。

[23]是究是图：究，深思。图，考虑。

[24]亶（dǎn）其然乎：亶，信，确实。然，这样、如此。

这首令人击节叹赏的兄弟之歌，以罕见的洞悉力触碰到一些人性的隐秘。全诗融情入理，寓理于事，在抑扬顿挫的旋律中多层次、多角度地反复咏唱，使复杂难解、沉淀在血缘深处的人性奥秘浮到了表面，变得显而易见、可以捕捉。在日常生活的忙碌和生存的重压之下，人们往往会忽视这些人性的微妙细部，陷入无知与迷茫，所以《常棣》的咏叹具有非凡的价值和意义。

它表现的是华夏先民的传统人伦观，是丰厚而深刻的人生阅历结晶，那真挚热切的述说，是经历了无数曲折坎坷之后才能获得的人生经验，弥足珍贵，引人深思。它是对亲情的抚摸与品咂，更是对难测人生的警觉、叮嘱与提醒。

"常棣之华，鄂不韡韡"，郁李繁花似锦的时节，花萼花蒂相连是多么光彩熠熠。起句兴中有比，因常棣花型是两三朵并蒂相依，喻作兄弟之间的相挨相近，既亲密无间又拥挤厮磨。"凡今之人，莫如兄弟"，普天之下人与人之间的感情，都比不上兄弟那样相亲相爱：分形连气、分枝连根，如同稠密繁盛的郁李之花。

人生无常，当灾难突然降临的时候，面对生死抉择，只有兄弟间才可信赖和依靠，产生深深的牵挂之情。"原隰裒矣，兄弟求矣"，如果一个人死在荒凉的原野，也只有兄弟才会历尽千难万险到处寻觅。这种直言的惨烈令人身上一颤，一种滋生于血缘的亲情，令人感慨万端。与兄弟之间的血缘力量相比，诗中又谈到良朋："脊令在原，兄弟急难。每有良朋，况也永叹。"原野上鹡鸰鸟声声悲鸣，兄弟陷入急难，然而平日里最为亲近的朋友，此时却只会长长地叹息。

"兄弟阋于墙，外御其务。每有良朋，烝也无戎。"因为生活在同一屋檐下，兄弟之间容易产生龃龉摩擦，造成矛盾和争斗，但是一旦遇到外族欺辱，他们立刻会同仇敌忾。"阋于墙"之后，紧接的是"外御其务"，这两句的情绪和行为，顷刻间发生了逆转，极为生动地体现了一种手足之情：与生俱来，血浓于水，不假思索，一致对外。而此刻，那些所谓的良朋益友，一般是不会出手相救的。这需要流血，需要生命的付出，正因为兄弟情谊来自血缘，才会在所不惜。朋友仅仅是友谊，即便是深刻而久远的感情，也与那种神秘的血缘连接有着本质的区别。

"丧乱既平，既安且宁。虽有兄弟，不如友生。"从第五章开始，歌咏的节奏和气氛发生了重大转变，前四章的繁管急弦，在此渐趋平缓。丧乱平定之后生活恢复了安乐与宁静，兄弟之间的状态也变得有些微妙，这时朋友的重要性却得到了凸显。流血拼争的危机已经过去，安稳度日的岁月重新开始，面对一个开阔、复杂的人情社会，仅有兄弟还远远不够。但即便如此，也不可忘记那些生死攸关的严峻时刻，尤其是兄弟相聚祭祀祖先时，庄重肃穆之中又一次显示出手足之情的神圣与不可替代。

"妻子好合,如鼓瑟琴。兄弟既翕,和乐且湛。宜尔室家,乐尔妻帑。是究是图,亶其然乎?"在诗人看来,似乎兄弟之情超过了夫妇之情:只有兄弟和睦,妻儿才会快乐,全家才会安好。于是再次强调了"凡今之人,莫如兄弟"。

人世间的血缘选择貌似偶然,却是一次冥冥注定的永恒,这种特殊而神秘的连接,属于生命的奥秘,无法挣脱和破解。《常棣》试图接近这个奥秘,虽然无法从内部言说,却通过真切委婉的列举、剖析和喟叹,将人类这一深邃而普遍的情感诠释得如此生动可感、令人信服。

花团锦簇的常棣光彩夺目,那同根共生的花萼与花蒂,是花朵盛开的依托,没有它们的擎举支撑,何来绚烂多姿的绽放? 没有兄弟之间牢固的血缘纽带,何来家庭的喜乐安定? 而这一切又是整个社会和社稷的基石。《常棣》的追究与叩问实在是意味深长,它在讲朴素义理的同时,触摸到隐秘纲常。

- 鱼丽

鱼丽于罶,[1]鲿鲨。[2]
君子有酒,旨且多。[3]

鱼丽于罶,鲂鳢。[4]
君子有酒,多且旨。

鱼丽于罶，鰋鲤。[5]
君子有酒，旨且有。[6]

物其多矣，[7]维其嘉矣。[8]
物其旨矣，维其偕矣。[9]
物其有矣，维其时矣。[10]

【注释】

[1]鱼丽(lí)于罶(liǔ)：丽，同"罹"，遭，落入，一说鱼在竹笼里跳动的样子。罶，捕鱼的竹篓子，鱼进去就出不来。

[2]鲿(cháng)鲨：鲿，黄颊鱼。鲨，鲨鮀(tuó)，是一种生活在溪涧的小鱼。

[3]旨：味美。

[4]鲂鳢(fáng lǐ)：鲂，鳊鱼，鳞细小而美味。鳢，俗称黑鱼。

[5]鰋(yǎn)：俗称鲇鱼，体滑无鳞。

[6]有：多，充足。

[7]物：酒宴菜肴丰富。

[8]嘉：美好。

[9]偕：齐全，齐备

[10]时：及时，应时；一说为"时鲜"。

这是又一首宴饮之歌。"鱼丽"二字引人想象，然而此处的"丽"字并非美丽之义，这里读平声，同"罹"，是遭受苦难、落入不幸之意。还有一解，谓鱼在竹笼里跳动。总之"鱼丽"意象不具美感，反而是鱼落难的困境,虽然这对于人类而言意味着珍馐美味、宴席肴馔的丰盛。

《诗经》里有许多歌咏涉及鱼,《周颂·潜》表现了周天子以各种嘉鱼献祭于宗庙的盛况:"猗与漆沮,潜有多鱼。有鳣有鲔,鲦鲿鰋鲤。以享以祀,以介景福。"篇幅虽短,却罗列了六种鱼。小雅的《鱼丽》《南有嘉鱼》和《鱼藻》,都是君王贵族祭祀后燕飨宾客的乐歌,鱼代表酒宴之盛。《风》的鱼之比兴却多喻情事,像《周南·汝坟》《陈风·衡门》《齐风·敝笱》《豳风·九罭》等,莫不如是。《衡门》所唱"岂其食鱼,必河之鲂。岂其取妻,必齐之姜",把"食鱼"与"取妻"对举,意涵自明。鱼作为食之至味,在《颂》诗中表达的是一种虔敬和庄重的情感,在《雅》诗中则反映了一种奢华逸乐的生活态度,而在"风"里,却弥漫着性的气息。"风""雅""颂"不同的艺术审美情趣,在此可略见一斑。

《鱼丽》气氛欢快流畅,前三章皆以"鱼丽于罶"起兴,反复咏叹各种鱼儿游入竹笼,在清澈见底的溪流里跃动,有黄颊鱼、鳊鱼、鲇鱼和黑鱼,都是一些诱人的肥美水鲜。"君子有酒,旨且多",君王之宴隆重而丰盛,不仅有品种繁多的鱼,而且有大量醇香甘美的酒。诗人虽然没有描绘宴会的全景,但从品种繁杂的鱼和"旨且多"的美酒,便可想象宴会上其他吃物之丰。古代宗庙祭祀需要献鱼,鱼作为一种珍贵的菜品,其享用者必为君王喜欢的重要人物。后三章"美万物盛多",迭唱吟咏物阜年丰,点明燕飨的欢乐是在丰年以后才能获取。万物齐备,配有美酒,而且这酒是君王之酒,如此良辰美景,令人难忘。

诗章反复感叹食物之丰盛,美酒之可口,洋溢着一种少见的单纯气质。《鱼丽》响起，举杯频频，丰富多趣，温情暖意。祭祀之后的宴饮不乏欢乐，与那种盛大的宴饮不同，这里没有复杂的罗列，只有食鱼饮酒的欢快，所以这首宴饮之歌显得简单、明快、纯净。它在歌咏宴乐的同时还吟唱捕鱼的过程，视为令人欢乐的劳作。捕鱼不同于猎豹，有获益而无惊险。捕鱼之趣与宴享之乐非常谐配。

· 湛露

湛湛露斯，[1]匪阳不晞。[2]
厌厌夜饮，[3]不醉无归。

湛湛露斯，在彼丰草。
厌厌夜饮，在宗载考。[4]

湛湛露斯，在彼杞棘。[5]
显允君子，[6]莫不令德。[7]

其桐其椅，[8]其实离离。[9]
岂弟君子，[10]莫不令仪。[11]

【注释】

[1]湛湛露斯：湛湛，露水浓重的样子。斯，语气词。

[2]匪阳不晞(xī)：匪，通"非"。晞，干。

[3]厌厌：安详和悦的样子，一说形容夜宴之盛。

[4]在宗载考：宗，宗庙。载，则，一说充满。考，击，击钟，一说指宫庙落成典礼中的"考祭"。

[5]杞棘：枸杞和酸枣。

[6]显允：光明磊落而诚信忠厚。显，光明。允，诚信。

[7]令德：美德。令，善，美。

[8]其桐其椅：桐，桐有多种，古多指梧桐。椅，山桐子。

[9]离离：果实多而下垂貌，犹"累累"。

[10]岂弟（kǎi tì）：同"恺悌"，和乐平易的样子。

[11]令仪：令，美好。仪，仪容，风范。

此篇为周天子清秋夜宴诸侯群臣的歌咏："湛湛露斯，匪阳不晞。厌厌夜饮，不醉无归。"宴饮发生在秋天的夜晚，而且天子大宴必至深夜，夜深则户外露水浓盛，所以开篇以露水起兴，说太阳出来之前水珠不会蒸发，出席如此盛大隆重之宴的群臣，必须痛快畅饮直至喝醉方可回家。这样的托比真是顽皮而有趣。

《湛露》的前三章皆以繁密浓重的灿灿露珠托物起兴，烘托夜宴的欢乐、君王的美德与风采。置身灯火通明的君王厅堂，眼前铺展豪奢富丽的筵席，耳畔飘荡明快悠扬的鼓乐，沐浴在君恩里的臣子们不由得联想到月光如水的四野：浓旺的秋露正缀满簇簇草芒。酒宴、露珠和野地的意象，构成了一幅清丽绝妙的秋夜欢饮图，弥漫出一种安乐、祥和、静美的韵致。

"湛湛露斯，在彼杞棘。显允君子，莫不令德。"明亮的露珠闪耀在枸杞和酸枣上，光明正大的君王，他那美好的声望令人敬仰。

"湛露"从"丰草"挥洒至"杞棘",暗示君王的恩泽丰沛如夜露,洒满大地的每个角落,从芃芃草芒到密密灌木,无处不在、无所不沾。这种赞美真是巧妙之极,其精妙和机智使人多少忽略了奉迎的不适,溢美之词竟然不沾俗腻,至妙。"其桐其椅,其实离离。岂弟君子,莫不令仪。"诗的尾章写到高大壮茁的梧桐、山桐子和坠弯枝条的累累硕果,比喻君王温和宽厚的胸襟与崇高威严的风范,以及社稷的繁荣兴旺。旭日东升,夜露蒸发,秀木林立,果实累累,皆是收获。这是君王治下的丰功伟业,如湛露泽被天下。一场夜饮满篇颂辞,似乎不亢不卑,其实极尽阿谀。这样的场合也只有这种咏唱,自古皆是。

一个"露"字串起了丰草、杞棘、桐椅和繁盛的果实,它们交织缠绕、回环往复,形成了一种奇妙而独特的隐喻关系。如果作为"兴",那么一地晶莹璀璨的露珠足以让人心神摇漾,闪现跃跃欲试之念。遍地粲然与君王无所不在的恩泽多么贴切地连缀一起,信手拈来的意象,运思和奇想令人叹服。夜饮咏"湛露",醉歌蒙君恩,"不醉无归",可谓乘兴而来尽兴而去,自由率性。忘乎所以之态居然发生于君王的厅堂,也就显出了别样意味:因为过于幸福和陶醉,尽情享乐中暂时忘却了等级与尊卑;君臣礼仪的强大遏制力,又使臣子们在醉眼蒙眬之际献上巧智的颂词。一种分寸感就在这反复咏叹中,得到了把握。

整首小诗明快单纯而寓意丰富,叙述简洁而层次繁多,在貌似漫不经心的层层递进中推向高潮,在歌咏君子威仪的旋律中收束全篇,庄严肃穆,油然生成。离开了威仪,所有比喻便显得轻佻,只有在赫赫威仪的映衬下,一切才活泼可爱。君王之宴无论怎样圣恩浩荡，圣眷优渥，仍然需要笼罩在神圣的礼仪规范之中。歌者没有忘记这一点，提醒自己，也提醒所有参加宴饮的人。

自由、嬉戏、欢愉，都得到了极为严格的把持。永远不可忘记这是君王的宴饮，是在礼法严明和秩序森严的厅堂之上。不要忘记：一株沾有露水的小草，不可奢望变成一棵缀满湛露的大树，这种幻想或有危险。草芒之上是枸杞之类的灌木，灌木之上才是大树。究竟做小草、灌木，还是大树和果实？这是颇为有趣的猜测。让我们稍稍放纵一下想象，稍微过度地诠释：参加宴饮的大臣可以是大树，他们为君王的近臣和宗亲；君王赐封大树开枝散叶，臣子则是观看者和鼓掌者，是按时吟唱颂歌的人。

总而言之，这有趣的一幕发生在君王厅堂里。权力就这样得到了滋养和延续，它们与黎民百姓的生活隔开了厚厚的宫墙：这种隔离在保存隐秘的同时也强化了欢乐的气氛。墙内墙外有天地之别，这亘古不变的忌惮和区别，形成了人类五光十色的生活，它是如此烦琐、无聊、乏味和浅薄，堆积着厚厚的悲剧的尘埃。

- 鹤鸣

　　　　　　鹤鸣于九皋，[1]声闻于野。
　　　　　　鱼潜在渊，[2]或在于渚。[3]
　　　　　　乐彼之园，爰有树檀，[4]其下维萚。[5]
　　　　　　它山之石，可以为错。[6]

鹤鸣于九皋,声闻于天。
鱼在于渚,或潜在渊。
乐彼之园,爰有树檀,其下维穀。[7]
它山之石,可以攻玉。[8]

【注释】

[1]九皋:皋,沼泽地。九,虚数,言沼泽之多而曲折。

[2]渊:深水,潭。

[3]渚:水中小洲,指浅水滩。

[4]爰(yuán)有树檀(tán):爰,于是,在这里,一说语气词。檀,檀树。

[5]萚(tuò):枯落的枝叶。

[6]错:砺石,打磨玉器的石头。

[7]穀(gǔ):树木名,楮树。

[8]攻玉:攻,加工,雕刻。攻玉,琢磨成器。

该篇在《诗三百》里多少算是一个异数:描绘一个贵族的田园梦。这在野气苍茫的远古时代是难以理解的生存理想和生活趣味。它在当年究竟用于何种场合已无从知晓。西周的礼乐制度非常周备,并且礼乐一体,音乐与政事、社会风俗以及伦理教育等密不可分。"风、雅、颂"三体的乐调主要使用于庆祝、宴乐、庆典,涉及农事、祭祀、外交、征战、会盟、田猎、劳动、婚恋、祈福、追思等节令与场合。这首吟唱园林之美的咏叹调,主旨为憧憬自然安享幽居,应该如何使用? 令人好奇。

白鹤在广袤的沼泽地上鸣叫,嘹亮的声音响彻荒野;鱼儿时而潜藏水底，时而嬉游浅滩，优悠自在。诗人喜欢那片幽静的林园：丰茂的檀树在风中摇曳，金黄的落叶在地上铺展；远山的石头可以用来磨玉，所谓"它山之石，可以攻玉"。听鹤鸣，观鱼嬉，赏山景，玩美玉，生活清幽而奢侈，是非同一般的贵族情趣。园林之趣人人皆有，可在当时的自然与社会环境之下，这种生活理想可谓罕见。远古自然观不同于现代，它也许失去了现实的参照，因为那时的自然山水并没有多少人工痕迹，更谈不上工业时代的摧残，可以说到处都是自然和野性的茂长，是没有雕饰的天然。可诗中所述的园林竟然经过了规划和设计："乐彼之园，爰有树檀。"高大丰美的檀树质地坚韧，诗人徘徊在它的浓荫下，笼罩在一片郁郁葱葱的绿色中，眺望远处峰峦，口中喃喃吟哦，惦念可以"攻玉"的"它山之石"。

诗人用审美的眼光去观赏自然，寄托情怀，这在《诗经》的全部诗章中大概绝无仅有。至此，"声闻于野"的鹤鸣也就成为中国古典山水诗的先声。

白鹤振翮远翔，仪态飘逸，鸣声清冽；鱼儿潜泳浅嬉，率意随性，天真烂漫；檀木秀拔挺立，玉石高贵无瑕。诗中描述的画面清远而不枯寂，幽渺而不阴晦，反映出诗人非凡的生命质地和精神品格。这里的环境物事所激发的审美愉悦，非常具体和真实。"上古之世，人民少而禽兽众，人民不胜禽兽虫蛇。"(《韩非子·五蠹篇》)说的就是那时人少兽多，人类尚处于大自然的压迫欺凌之下，所以只有摆脱这种压迫，才会生发园林之美的向往。可以说这种审美力来之不易，它也许是人类文明经过长久跋涉之后才抵达的一个境界。在当时，这种向往肯定属于极少数人，也是一种难以企及的奢侈，甚至连君王都很难拥有。维护社稷、频繁征战以及化解世族间的争斗，已经足以消磨君王的山水情结，而一个人的山水之趣与林园之乐，必是赋闲和空暇之时才可以奢求。

或许这里的诗人是一位具有较高地位的生性超脱之人。

《鹤鸣》所描述的意象，也许在现代自然主义者眼里波澜不惊，十分平常，但如果切换到当时那样的自然与物质环境中，就会有另一种打量，产生非同一般的感受。仅仅握有权力和财富，还不足以唤起遣兴园林的情愫，它需要更多的条件，而这一切对于那个时代而言，可能真的是太过苛刻了。

诗中的园林没有人工斧凿之痕，这意味着有过一次次更加用心的选择和寻觅：诗人终于找到了理想的居地。而动手经营与建造一种自然环境，可能是更后来的事情。如果把诗里的风景与人工园林相对照，会觉得这里更为浑厚质朴、自然天成，与后来的刻意求工、匠心十足的盆景式雕琢当有云泥之别。

· 白驹

    皎皎白驹，[1]食我场苗。[2]
    絷之维之，[3]以永今朝。[4]
    所谓伊人，[5]于焉逍遥？[6]

    皎皎白驹，食我场藿。[7]
    絷之维之，以永今夕。
    所谓伊人，于焉嘉客？

皎皎白驹,贲然来思。[8]
尔公尔侯,[9]逸豫无期。[10]
慎尔优游,[11]勉尔遁思。[12]

皎皎白驹,在彼空谷。[13]
生刍一束,[14]其人如玉。[15]
毋金玉尔音,[16]而有遐心。[17]

【注释】

[1]皎皎:毛色洁白光泽。

[2]场:菜园。

[3]絷(zhí)之维之:絷,用绳子绊住马足。维,拴马的缰绳,此处用作动词,即"维系"。

[4]以永今朝:永,长,此处用作动词,即"延长"。今朝,今天。

[5]伊人:这人或那人,指白驹的主人。

[6]于焉:于何,在何处;一说于此,在这里。

[7]藿(huò):豆叶。

[8]贲(bēn)然来思:贲然,光彩之貌;一说贲通"奔",马奔驰的样子。思,语助词。

[9]尔公尔侯:尔,你,即"伊人"。公、侯,古爵位名,此处皆作动词,为公为侯之意。

[10]逸豫无期:逸豫,安乐。无期,没有终期。

[11]慎尔优游:慎,慎重,谨慎。优游,悠闲自得。

[12]勉尔遁思：勉，通"免"，劝止、打消之意。遁，避世。

[13]空谷：深谷。

[14]生刍(chú)：喂牲畜的青草。

[15]其人如玉：其人，即"伊人"。如玉，品德美好如玉

[16]毋金玉尔音：毋，不要。金玉，此处皆用作动词，吝惜之意。音，音讯。

[17]遐(xiá)：疏远。

这首诗开篇即写一匹毛色皎洁、耀人眼目的白马，但其注意力却一直在马的主人身上。"皎皎白驹，食我场苗。絷之维之，以永今朝。所谓伊人，于焉逍遥？"俊逸的白马，鲜嫩的芳草，构成一幅美图。此刻它的主人身在何处？是一个什么样的人？又为何来到这里？我们萌发疑问的同时，也感受到了歌者对骑马人的好奇与着迷。歌者既然是"场苗"的主人，就与白马的主人发生了奇妙的关联。拴紧马缰绊住马足，让光阴放慢，最好永远静止在这一刻。这情意绵绵的咏唱令人沉浸、吟味和想象。歌者想留住白马的主人，不让他离开，直到最后，淤积心底的渴望奔涌而出：我苦苦思念的妙人，你究竟在哪里快活逍遥？

诗人睹马思人，意绪远飘，想象出另一番场景。这种浮想联翩我们并不陌生，并明显地感受到一种女性视角，一个堕入情网的女子在咏唱。这匹洁白雄俊、仪态翩翩的马儿跑到她的疆界，踏进她的菜园，闯入她的视野，最后长驱直入抵达心灵。歌者渴慕满怀，希望有一个拴马桩和一条绊马索，能够拘羁这匹飘逸不群的白马，让它留在这里。实际上她恨不能自己就是那个拴马桩和那条绊马索，

驾驭自己的心猿意马。

　　歌者由白马判定主人，或者早就耳闻他的赫赫威名。后面出现了"尔公尔侯"的句子，说出了白马主人非公即侯，是一个地位无比尊贵的人物，很可能就是君王的宗室嫡亲。高贵与权力向来切近，虽然权势的胁迫与束缚容易造成许多烦恼和苦难，但也能滋养和孕育出一种修养和气度。后者有显而易见的迷人魅力。审美和权势所堆积的不公和罪恶，有时会被区隔，这是人类常常无法超越的情态。由于风度潇洒而惹人爱慕，因为高贵神秘而引人想象，这样的诱惑和吸引交织混杂着致命的魅力，它源于人性深处。这大致是一种特别的向往之情，是对于某种既成事实的臣服和叹赏。

　　谁不喜欢英俊勇武？谁不爱慕翩翩风姿？英姿勃勃的白马神态悠闲，大摇大摆闯入别家菜园，食尽嫩草却无任何不安，就像它的主人一样。这场放肆的啃食并没有让园子主人厌烦和抗拒，反而引出了一种深深的爱恋、思慕和向往。

　　自古以来人们普遍认为《白驹》是一首留客思贤的惜别之诗，即表达一种挽留贵客、渴慕贤者、依依难舍的情怀。然而我们这里更可以把它视为一次单相思，看作一支心底溢出的爱恋之曲。这里融合着女性细腻深邈的眷眷之心，也折射出对于富贵和权力的依附、对于强势的追逐，让人留下一丝叹惋。

　　白马的高贵和美丽凸显于外部，内部的曲折隐晦却无从知晓。

　　歌者千呼万唤，白马主人始终不曾露面。她只能把满腔爱意倾泻到这匹魅力四射、俊俏迷人的白马身上。在她眼中，白马和主人已经合二为一。她慷慨地搬出了大捆嫩草，这个举动实际上表达了奉献的欲望。她想象：为了挽留那个神秘而高贵的客人在此过夜，不惜使用拴马桩和绊马索；先留住他的身体，再留住他的心。女主人暂时并无奢望，此时此刻，哪怕只有一次短暂的欢会也无怨无悔。她并不想掩饰这种渴盼和焦灼。

直率的爱慕透射出原始的野性。这种大胆泼辣的爱欲表白，是那个时代所特有的，它与强大蓬勃的自然力相结合，构成一种直朴之美。人类之初，这种满胀的自然力所焕发的野性，不同于现代主义的颓丧和放荡：后者因为做作而令人厌恶，前者却洋溢着一种健康的生命力。

歌咏尾章，沉迷于想象中的歌者为白马主人祝祷：不要杳无音信，不要做一个远离尘嚣之人。她企求这个美玉般的妙人有所牵挂，有点烟火之气和儿女情长。无论他离开多久，漫游多远，她都不会放弃这份希冀。

• 都人士

> 彼都人士，[1]狐裘黄黄。[2]
> 其容不改，[3]出言有章。[4]
> 行归于周，[5]万民所望。[6]
>
> 彼都人士，台笠缁撮。[7]
> 彼君子女，绸直如发。[8]
> 我不见兮，我心不说。[9]

彼都人士，充耳琇实。[10]
彼君子女，谓之尹吉。[11]
我不见兮，我心苑结。[12]

彼都人士，垂带而厉。[13]
彼君子女，卷发如虿。[14]
我不见兮，言从之迈。[15]

匪伊垂之，[16]带则有馀。[17]
匪伊卷之，[18]发则有㫋。[19]
我不见兮，云何盱矣。[20]

【注释】

[1]都人士：京都人士，大约指当时京城贵族。一说"都人"即"美人"之意。

[2]黄黄：形容狐裘之毛色。一说通"煌煌"，形容狐裘之盛美。

[3]容：仪容风度。

[4]章：言谈有文采。

[5]行归于周：行，将，将要。周，指周的都城镐京。

[6]望：仰望。

[7]台笠缁撮(zī cuō)：台，通"苔"，莎草，可制蓑笠。台笠，苔草编成的草帽。缁，黑色的绸或布。缁撮，黑布制成的束发小帽。

[8]绸直如发：绸，通"稠"，绸直，头发稠密而直。如，乃，其。如发，她们的头发，犹言"乃发"。

[9]说(yuè):同"悦"。

[10]充耳琇(xiù)实:充耳,又名瑱(tiàn),古人冠冕两旁垂下的玉石装饰。琇,一种宝石。实,言琇之坚硬。

[11]尹吉:名叫尹吉的姑娘。又郑玄注曰,吉读作"姞",尹和姞是周时两个贵族大姓。

[12]苑(yù)结:苑,古同"蕴"。苑结,即郁结,指心中忧闷。

[13]垂带而厉:垂带,腰间所系下垂之带。厉,通"裂",即系腰的丝带垂下来的那部分。

[14]卷(quán)发如虿(chài):卷发,蜷曲的头发。虿,蝎类的一种,其尾部曲而上翘,此处形容向上卷翘的发式。

[15]言从之迈:言,语气词,有"于焉"之意。从之,因之。迈,"行",此言愿从之行。

[16]匪:同"非"。

[18]卷:卷曲。

[19]旟(yú):扬,上翘,飞举。

[20]盱(xū):同"吁",忧伤。

关于此诗有两种解读。一种认为这是一首遗民之歌,即平王东迁后被抛弃了的西都故民,对首都旧城繁华的追念,为回望和叹息的哀伤之歌;另一种把它看成西都之外的人士对于京都的艳羡,掺杂怀旧与感伤。总之,它是对京都盛况的怀念和赞叹,是对城市文明的向往。

全诗五章,每章六句,通篇使用赋的艺术手法,对西周京都繁盛之貌极尽描绘和铺叙,浓郁的怀旧色彩中蕴含着强烈的肯定。故都的人物风貌在歌者眼中堪称天下效仿的典范，被奉为圭臬。这种情形颇似乡下人对城里人、外省人对京城人所持有的仰慕心理，还有点类似于边远地区对繁华都市、第三世界对物质发达国家的追捧和羡慕，比如说对于曼哈顿、拉斯维加斯的激赏，对欧美风尚的关注。有人偶尔看到繁华之域的装扮、言谈和举止，便在心里留下很深的印象，由赞叹衣着打扮延至对全部生活的推崇，从仰慕之情发展为毫无保留的顶礼膜拜。

在诗中，旖旎迷人的景致已是过去时，那些风物人情变成了回忆，仅在歌者记忆深处：华美的锦裘、精致的妆容、文采斐然的谈吐、晶莹闪烁的玉石、迎风飘曳的丝绦。一切遥不可及的高贵都在时光隧道中渐行渐远，它们属于昔日辉煌，就像夕照的落日一点点收拢起它的光束，世界已遁入愚昧、俗陋、无知的黑暗之中。歌者如饥似渴地怀念灿烂的白昼，怀念那些如阳光般灼目的京都人物：盛美的威仪、端丽的姿容、优雅的风度、不凡的谈吐。一切都是尊崇的标准，甚至是生活的希望，是人类的奇迹，是万众景仰的楷模。

"彼都人士，台笠缁撮。彼君子女，绸直如发。我不见兮，我心不说。"歌者的回忆里全是昔日贵族男女的衣香鬓影和音容气息：温润如玉的士子个个束青布发冠，戴着莎草编织的圆斗笠，仪容俊朗，气质不凡；娴雅端庄的淑女个个乌发如云；那位风姿绰约的姑娘，真是仪态万方美丽无比。然而这种高贵和富丽之于歌者，只是远远观望和叹赏而已。也许如数家珍的回忆，亲眼目睹的华贵与富饶，是一种强大的自慰：如果触目皆是穷窘，非但不能证明自己幸运，而且也绝无夸耀的欲望。歌者置身于富丽堂皇之中，就是一个躬逢其盛之人，似乎连自己也化为这场繁华的一部分。这种自我靠近和认同,含有某种卑微的成分。

《都人士》有两处有趣的细节。第三章的"彼君子女,谓之尹吉","尹吉"有两种解释,一指尹吉姑娘,再指周代两大贵族姓氏。无论哪种解释,此处"尹吉"必为美丽妖娆的女性。歌者在第四章咏叹"彼君子女,卷发如虿",说那些温婉秀雅的贵族名媛,向上翘卷的发式像蝎子尾巴一样高高扬起。毒蝎给人不好的联想,可是美女竟然梳着这样的发型,颇有意思。毒蝎危险,不可接近,威仪显赫的贵族女子也需敬而远之。也许歌者主观意识里并不觉得她们有毒,可是如若贸然接近,后果还是难料。这也算一种过分解读。从歌咏的色调与口吻中,我们或可判断歌者为饱经沧桑的寒门士子,那些"卷发如虿"的"尹吉"们曾经令他梦牵魂绕,于是一次次打开尘封的记忆,回望绚烂风景。

"匪伊垂之,带则有馀。匪伊卷之,发则有旟。"歌者在诗的尾章强调,当年西都男子腰间的丝带并非故意下垂,而是潇洒自然地飘落;当年西都女子上卷的发型也不是刻意为之,而是天然的卷曲上翘。"我不见兮,云何盱矣":我再也看不见往日的景象了,心情怎能不忧伤。歌者不堪昔盛今衰,不忍与美好的岁月诀别,哀伤萦绕,心心念念。

"彼都人士"与"彼君子女"离去了,西都的街巷变得空旷寂寥,一切都随高贵之人的远去而结束,这不仅意味着繁华的消失,还意味着民生的凋敝,更有社稷的衰落和礼仪的丧失、传统的式微。

"都人士"是一个不可企及的特异身份的代名词,他们区别于乡野小城之人,是文明的载体、继承者和传播者。歌者对于他们的回忆是一种呼唤,呼唤往日的繁盛,更呼唤一种伟大传统的延续。在这首怀旧之歌里,隐含着希冀和不甘的泪水。这种期盼我们似曾相识:对历史满怀热望的追忆也表达了对现实的不满;这里,谴责和绝望,甚至是诅咒,都寄寓在怀念之中了。

• 何草不黄

何草不黄?[1]何日不行?[2]
何人不将?[3]经营四方。[4]

何草不玄?[5]何人不矜?[6]
哀我征夫,独为匪民。[7]

匪兕匪虎,[8]率彼旷野。[9]
哀我征夫,朝夕不暇。[10]

有芃者狐,[11]率彼幽草。[12]
有栈之车,[13]行彼周道。[14]

【注释】

[1]黄:枯黄。

[2]行:行役。

[3]将:义同"行",出征。

[4]经营:往来,奔波,操劳。

[5]玄：赤黑色，百草枯萎之色。

[6]矜（jīn）：通"鳏"，指行役者过着无妻的生活；一说指危困可怜。

[7]匪民：匪，通"非"。民，人。匪民，即"不是人"。

[8]匪兕（sì）匪虎：匪，通"彼"，一说"非"。兕，类似犀牛的野牛。

[9]率：循，沿着。

[10]暇：空闲。

[11]有芃（péng）：有，助词，无实义。芃，草木丛簇茂盛貌。有芃，形容狐毛蓬松。

[12]幽草：深草。

[13]有栈之车：栈，形容车高大之貌。车，役车。

[14]周道：大道。

这是《小雅》的最后乐章，意象凄迷奇谲，底色冷峭幽冥。诗章抒写颠沛流离的征夫在行役途中，面对深秋旷野，哀叹当下苦难的生活境况，叩问无测的命运。那浸透着哀怨酸楚和疲惫无奈的悲吟，如泣如诉，拨动心弦。

"何草不黄？何日不行？何人不将？经营四方。何草不玄？何人不矜？哀我征夫，独为匪民。"歌者询问什么草到了秋天未能枯黄衰败？四处奔忙的苦役未曾停止一天，惨痛的人生如同这些必要枯黄的秋草，在肃冷的季节里日复一日地挣扎下去，直至终点。歌者意识到所谓的家国，就是眼下的连年征战、无尽奔波，除了艰险、劳累、孤独、病痛、饥饿、肮脏之外，看不到任何希望。世上最悲惨的日子莫过于这种茫茫无际、没有未来的劳苦，漆黑的长夜似乎永无终了，不知自己最终会走向哪里。这是没有方向感的苦难人生，是沉重不堪的折磨。

"匪兕匪虎，率彼旷野。哀我征夫，朝夕不暇。"荒野中除了枯黄的秋草，还有野牛和老虎，它们为了延续生命到处寻找食物，像征夫一样不分昼夜奔走四方。人类与大自然的其他生灵在这一点上相似，大概是冥冥之中被某种奇特、未知的力量所规定。要生存就须劳苦，而且不可停息，都要辗转于危机四伏之中。

歌者在这里没有将自己区别于那些看起来似乎是轻松惬意的上层人物，一句"何人不将"的哀叹，涵盖了每一个人：即便是那些优游闲适的贵族，也只是暂时逗留而已，最终还是要陷入追逐和搏杀的危难。我们熟悉的历史中，朝代更迭，江山易主，得势与失势，兴旺与衰落，胜利与灭亡，一切都在不停地循环，轮回永无终了。为了生存和生活，人类殚精竭虑，到头来还是无法挣脱自己的宿命，就像那些发生在大自然里的弱肉强食和流血争夺一样。野牛和老虎属于威猛凶狠的大动物，而皮毛蓬松的狐狸则狡猾奸诈，在尖牙利爪和聪明机巧之下，弱小的生灵失去性命，可是强者也难以安息逍遥：它们要不停地在茂密的草丛和空旷的荒野中窥探游走，寻找下一个目标。谁都不能让劳碌停下，不能偏离命运的轨迹。不管一个生命如何强大，最后仍然要匍匐在地，向那个无所不在的命运表示臣服。

"有栈之车，行彼周道。"征夫们驱赶着高高的役车奔走大道，路途漫漫，平芜茫茫，随着马儿的清脆蹄声在瑟瑟秋风中远去。役车、征夫和歌者，渐渐消融在连绵的秋草之间。荒芜吞没了一切，荒芜才是一个永久的景象，它永远存在，它是常态。

大雅

• 棫朴

芃芃棫朴,[1]薪之槱之。[2]
济济辟王,[3]左右趣之。[4]

济济辟王,左右奉璋。[5]
奉璋峨峨,[6]髦士攸宜。[7]

淠彼泾舟,[8]烝徒楫之。[9]
周王于迈,[10]六师及之。[11]

倬彼云汉,[12]为章于天。[13]
周王寿考,[14]遐不作人?[15]

追琢其章,[16]金玉其相。[17]
勉勉我王,[18]纲纪四方。[19]

【注释】

[1]芃(péng)芃棫(yù)朴：芃芃，草木茂盛的样子。棫、朴，二者均为灌木名。

[2]薪之槱(yǒu)之：薪，名词动用，取作薪柴。槱，堆积木柴以备燃烧来祭祀天神。

[3]济济辟(bì)王：济济，美好貌，一说庄敬貌。辟，君王。

[4]左右趣(qū)之：左右，一说群臣，一说助祭诸侯。趣，通"趋"，趋向，归向。

[5]奉璋：奉，通"捧"。璋，即"璋瓒"，祭祀时盛酒的玉器。

[6]峨峨：盛服端庄的样子。

[7]髦士攸宜：髦士，俊杰，优秀之士。攸，所。宜，适合。

[8]淠(pì)彼泾舟：淠，船行貌。泾，河名，即"泾水"。泾舟，泾水之舟。

[9]烝徒楫之：烝徒，众人。楫之，举桨划船。

[10]于迈：于，往。迈，行，出征。

[11]六师及之：师，军队，古代二千五百人为一师，六师，即"天子六军"。及，跟随。之，指周王。

[12]倬(zhuō)彼云汉：倬，广大明亮。云汉，银河，天河。

[13]为章于天：指夜空银河绚烂。章，文彩，花纹。

[14]寿考：长寿。

[15]遐不作人：遐，通"何"。作人，培育、造就新人。

[16]追(duī)琢：追，通"雕"，追琢，即雕琢。

[17]相：内质，质地，本质。

[18]勉勉：勤勉不懈貌。

[19]纲纪：治理，管理。

《棫朴》歌颂鼎盛时期的周王朝，全诗五章多以比兴手法起笔，这在《大雅》中非常少见。与《大雅》和《颂》的庄重刻板风格不同，它以灵捷生动的句式和意韵丰满的形象，赞美颂扬周文王仪容端庄、知人善任、治理有方，以及礼法周备、制度严整、战场上所向披靡，描绘出一个朝气蓬勃、人才济济、秩序井然的大时代。

"芃芃棫朴，薪之槱之。济济辟王，左右趣之。"以棫朴茂盛起兴，比喻君王为群臣拥戴。在礼乐文明繁荣的西周初期，君王在任何一个场合出现都是盛服严装，"奉璋峨峨，髦士攸宜"，各种各样的俊杰英才荟萃朝堂，簇拥于君王身旁。君王高贵而贤德，众臣干练而谦逊，所有人都举止得当，进退有序。可以想见如此卓越的一位君王，如此杰出的一班臣僚，风云际会，君臣契合，真是上天的一次绝妙安排。这样的记载和描述，洋溢着一个处于上升时期的民族所特有的清新健康的气息。

一个王朝的强盛，不仅需要君王的卓异才华、美好品德，还需要拥有强大的规制，缺一不可；而周文王就代表了这三者的完美结合，所以才会产生这种从容不迫和行之有效的治理。君王的威严是不怒自威，与其说是心智的力量，还不如说是道德的力量：强大的道德孕化力充斥了西周初期的每一个角落。

简洁灵动的描绘，配以优美雍容的旋律，我们可以想象其强大的感染力。在徐徐推进的乐声中，宏大的仪式按部就班，庄严肃穆，气象恢宏。可以说每一次咏唱都是一种诉诸听觉的感性牵引，金声玉振，外柔内刚，其巨大的说服力和教化力潜在其中，具有不可思议的作用。

"淠彼泾舟,烝徒楫之。周王于迈,六师及之。"歌声由宏丽盛大的庙堂转向周王征伐四方的战场,以泾水上进发的舟船与齐力划桨、搏击风浪的众将起兴,比喻周王起兵讨逆众望所归,六军紧紧追随,浩浩荡荡,气吞万里。"倬彼云汉,为章于天。"第四章以云汉起兴,仰望夜空,浩瀚的银河星光灿烂,绚丽多彩,既是胜利后的舒畅和遥望,又是由衷的赞叹和祝愿:"周王寿考,遐不作人?"在健康长寿的君王统领之下,俊杰云集,人才辈出。"追琢其章,金玉其相。勉勉我王,纲纪四方。"君王的言行举止与他的仪容服饰一样谨严有度、精雕细琢:拥有金玉般的生命质地,又是如此勤勉操劳,用品德征服天下,为四方作范。君王圣明,万众归德,上下同心,更伟大的胜利正在等待他们。

《棫朴》没有冗长的叙述,层次递进快捷,场景转换迅速。无论是写朝政还是写战争,所有指向最后都归于君王和道德。人才、俊杰,文臣武将,像众星拱起北斗一样,环绕着一个安静、含蓄、伟大的君王,而他神圣的威仪则来自崇高的品质。在歌者看来,品德的力量是最可信赖的。这就让我们联想到一直为孔子所神往的西周礼乐文化和礼乐制度,还有那个令其梦牵魂绕的伟大的辅佐者周公。周公是西周的标志性人物,他的德望和事功不亚于任何一位君王。就是这样一批拥有崇高品德的强有力的统治者,缔造了万世敬仰的西周礼乐文明。

这些颂歌尽管是集团内部所制,可它仍然拥有延续至今的说服力。这种说服力可能也作用于后来的孔子,而孔子作为强大的智者和历史的洞悉者,不会简单地盲从和轻信。在漫长的中华民族史上,王朝的兴衰更替似乎还伴随着清明与昏庸、盛长与短命、强大与羸弱之别。我们在欣赏这首古歌的时候,不是通过朗读或默念,而是要用一双接通旋律的耳朵去谛听,捕捉遥远的颂词,感受那个时代特有的威严与雍穆。

周颂

- 天作

    天作高山,[1]大王荒之。[2]
    彼作矣,[3]文王康之。[4]
    彼徂矣岐,[5]有夷之行。[6]
    子孙保之。[7]

【注释】

[1]天作高山:作,生,造就。高山,指岐山,在今陕西岐山县东北。

[2]大王荒之:大王,即太王古公亶父,周文王的祖父。荒,扩大,治理。

[3]彼作矣:彼,指大王,一说指"上天"。作,治理。

[4]康:安乐。一说同"赓",继续。

[5]彼徂矣岐:彼,指文王,一说指人民,一说当"那"讲。徂,往,一说通"阻",险阻。

[6]有夷之行(háng):夷,平坦。行,道路。

[7]保:保住,葆有。

据说这是周武王祭祀岐山的一首短歌,诗中写到太王与文王,但主要还是歌颂和赞美岐山。从"凤鸣岐山"的典故可知,岐山是周人的发祥地,他们无限敬仰推崇这座自然天成的高山,认为上天造就了巍峨的岐山,让仁爱的古公太王拥有和治理。周部族先人在此筚路蓝缕、奋力开拓,后来文王又将其发扬光大,为伐纣灭商积蓄了雄厚的国力。这座不可思议、不可摧毁的永恒的大山,成为周代兴起的神圣之地。

"彼徂矣岐,有夷之行。"岐山险峻而奇拔,它的旁边有一条宽阔平坦的大道,象征着周朝从古公到文王历代周主,背依大山韬光养晦,苦心经营,终于率领周人走向了自己的远方。只要世代葆有这座大山,那么周王朝就无往而不胜。

此诗的关键句为"天作高山"。上天造就的伟大岐山实际上是周朝的象征和指代,它是周王朝在大自然中的一个对应物。既然"天作高山"意味着一个永恒不灭的存在,那么周王朝也必将是万古长存;既然岐山如此雄伟壮观,那么周王朝也必将兴旺强盛。古人直接把神奇的自然与人类的生存发展关联并置,对二者之间的关系进行想象和思考,完全迥异于现代人类的价值取向。今天的人类似乎更热衷于征服自然,与天斗与地斗,天堑变通途,而不是崇敬自然,遵从其固有的属性和规律。在无所畏惧的征服过程中,既展示出人类的非凡智慧,同时也不可避免地暴露了投机心理和愚蠢的局限,所以在恒久的自然面前所表现出的小聪小智,也将阻碍人类拥有更为深邃的思维和宏远的目光。

我们现代人把大山看作地壳变动的隆起、熔岩旋转的结果,寻找它的来路,对其神秘却视而不见,忽略其无所不在的创造力。人类认定山体不过是岩石的堆积,也许的确如此;然而这仅是人类科技推导和演算的一种客观之物,在它之上却有许多未知的存在,更高的创造,为人类智力所不及。它让我们感到迷茫和困惑,却没有化为更高的敬畏,以致变成一种现代的昏庸无知。

当年强大无比的周王满怀虔诚和恭敬之心,祭祀赖以生存的岐山。他感受这座大山,静思深远的来路,体悟上天贮藏的秘密,愿意让自己与之产生神秘的联系。他想拥有岐山神奇的血脉和威严的气度,这是地下滚烫的熔岩运动所致吗?那时他们对此毫无所知,只知道是上天的创造,是"天作高山"。"天作之合"这句成语出自《大雅·大明》:"文王初载,天作之合。"说的是文王继位后,上天玉成他与太姒的婚配。"天作之合"也可以用来形容岐山与周王朝的关系:它们不可分离的结合也算一次奇妙的联姻,其结果就是周族的血脉得到延续,在连绵不绝的生殖和繁育中,诞生出一个强大的王朝,它那恢宏壮阔的气势和独有的礼乐文明,成为中华民族史上一个不可复制的神话。

· 时迈

时迈其邦,[1]昊天其子之?[2]实右序有周。[3]
薄言震之,[4]莫不震叠。[5]
怀柔百神,[6]及河乔岳。[7]

允王维后,[8]明昭有周,[9]式序在位。[10]
载戢干戈,[11]载櫜弓矢。[12]
我求懿德,[13]肆于时夏,[14]允王保之。[15]

【注释】

[1]时迈其邦:时,语助词,一说"是",一说"按时",犹言"现时""今世"。迈,行,一说读为"万",即众多。邦,国,指武王克商后封建的诸侯邦国。

[2]昊(hào)天其子之:昊天,苍天,皇天。子之,以之为子。

[3]实右序有周:实,语助词,一说"实在,的确"。右,同"佑",保佑。序,顺,顺应,一说通"予",即"我"。有,无实义。周,周王朝。

[4]薄言震之:薄言,句首发语词,有急迫之意。震,震动,指以武力震慑,一说"振奋、振兴"。

[5]震叠:即"震慑",震惊慑服。叠,通"慑",恐惧、畏服。

[6]怀柔百神:怀柔,安抚,取悦。百神,泛指天地山川之众神。此句谓祭祀百神。

[7]及河乔岳:及,指祭及。河,黄河,此指河神。乔岳,高山,此指山神。

[8]允王维后:允,诚然,的确,一说句首语气词。维,犹"为"。后,君主。

[9]明昭:犹"昭明",显著,此为发扬光大的意思;一说明智聪察。

[10]式序在位:式,发语词,无实义。序,顺序,依次。序在位,指合理安排在位的诸侯。

[11]载戢(jí)干戈:载,犹"则",于是,乃。戢,收藏。干戈,泛指兵器。

［12］櫜（gāo）：古代盛衣甲或弓箭的皮囊，此处名词动用。指周武王偃武修文，不再用兵。

［13］懿(yì)德：懿、美、善。懿德，美德，指文治教化。

［14］肆于时夏：肆，施、陈列，施行。时，犹"是"，这、此。夏，中国，指周王朝所统治的天下。

［15］保：指保持天命和先祖的功业。

一般认为，《时迈》是武王克商之后巡狩天下各邦、祭祀山川诸神的乐歌；《国语》则认为周公是这首乐歌的作者，但已无法考证。《时迈》歌咏上苍对周人的佑护，以及周人礼敬诸神的虔祗。武王代表上天的意志，以君临一切的姿态出现，这样的祭祀便拥有了强大的说服力，足以震慑和收服天下人心。

《时迈》与《颂》中的许多文字一样，写得正大周备，典雅堂皇，严整肃穆，散发着浓重的庙堂气息。这是宫廷颂诗一个不变的特征，其显而易见的程式和过分的节制，往往恭谨有余，活泼不足。与《风》《小雅》相比，《颂》缺少一种生命温度的蓬勃质感。它不是来自民间的集体创作，而是由一小部分执掌文墨之人书写，这种书写具有稳重庄敬的特质，非常适用于朝廷。它有可能先于音乐而生，而不像《风》《小雅》那样，大部分诗章与乐调共生共长，在那样的一种歌唱里，歌者的心绪便大为不同。

但《风》与《小雅》无论如何还不能取代庄穆的《颂》。这些辉煌的宫廷颂歌就像青铜器中的鼎一样，显赫、硕大、尊贵，与王权紧密相连。它们作为传国重器，不同于那些生机勃勃的民间小制作，而是由权力和财富浇铸而成，别具一种奢华厚重的古仪之美。无论是向往还是拒绝,这种美都不会有一丝改变,因为它成为一种象征,而非可有可无的点缀。所以对于君王、对于他的尊严和秩序以及宫廷日常生活而言,颂歌是一种带有强大规范力的旋律,只有处于这种旋律的笼罩之下,一切才能更好地运转。这种歌唱不可以是轻佻和率性的,而要与内容相匹配,每种场合都有特定的乐调,不得随意更换,须在严格规定下有序进行。

《时迈》直接以君王的口吻咏唱,可以想见其歌词的撰写者那一刻被王权裹挟和左右的心绪:代表社稷和国家。此诗采用赋的手法铺叙,先颂扬武王的武功,后赞美武王的文治。开篇即说武王巡狩视察天下邦国,上天视他为儿子,护佑国运昌盛;他顺应上天的旨意发兵讨纣,振兴周族,天下四方无不震肃。为了安抚取悦众神需要祭祀,山川诸神前来享受周族的供奉。天下主宰是周族武王,大周威赫的荣光照临四方;按次序封赏诸侯各邦,四海从此可以休战,干戈入库,弓箭入囊。周族只有一个崇高的愿望,就是推行仁政和追求美好的道德,让它们遍及天下每一角落。这一切最大的保证就是让君王持有天命和先祖的功业,只要君王恩泽无所不在,道德之力便无所不在,兴盛发达也就无所不在。

《时迈》的关键句是"肆于时夏"。在西周初期的执政理念中,将"懿德"推行至华夏的每一寸土地的雄心与抱负,具有强大的感染力和号召力,使歌者自信,闻者动容。

这首颂歌的自信力达到了极致,体现了一个开明宗族和强盛王朝的格局与胸襟,现实与想象相交融,在磅礴而放肆的气魄中推进。只有倾听这样的旋律,重温这样的颂词,才能够感受中华历史上那个无比辉煌灿烂的王朝,其充沛饱满的精神气质以及与天地万物和谐共存的朴素自然观，都难以复制和再现。我们在比较历史上诸多王朝、邦国的时候，发现西周是位于源头的伟大存在，是一座难以逾越的"天作高山"。

《诗经》中所有颂诗都是专门制作，大多因过于呆板沉滞而显得暗淡枯燥，但是它们无一例外都想成为大制作。"诗三百"基本上是官方选本，历经漫长的历史岁月却少有更动和删削，即便是孔子也没有做，他所删诗正乐的过程，实质上是将曲与词、乐调与诗篇进一步安放妥当。如果没有了这些繁缛富丽的颂诗，"诗三百"作为"经"的意义或许会大为减少；但如果仅有这些颂诗，其意蕴就会变得淡漠和单薄。将它们归拢一束统一欣赏，在"诗"与"经"的两个向度上游走，最终踏入不可多得的审美旅程。

后记

读《诗经》

《读〈诗经〉》是张炜先生继《〈楚辞〉笔记》《也说李白与杜甫》《陶渊明的遗产》之后,第四部中国古典文学论著。与前三部一样,也是讲学笔录。

梳理一下张炜先生出版古典文学论著的节奏,发现自1999年起,总有一部类似的书与其长篇虚构作品相伴。《〈楚辞〉笔记》出版不久即是《外省书》;2010年"大河小说"《你在高原》与《也说李白与杜甫》;2015年《陶渊明的遗产》与《独药师》。2018年初长篇小说《艾约堡秘史》出版,一本《读〈诗经〉》即随其后。

英国著名学者伯林曾有一个妙比:作家们大致可以分为"狐狸型"和"刺猬型";前者什么都懂,而后者只懂一件事。张炜先生或属于"刺猬型"的作家,吃苦耐劳,不事喧哗,极为专注。他本人在一次演讲中似乎也表示了认同(见苏州大学《世界与你的角落》的演讲)。"狐狸型"作家才华横溢,广闻博记。伯林说托尔斯泰明明是一只"狐狸",却偏要装成"刺猬"。

张炜二十几岁就写出了《古船》,至今已出版二十一部长篇小说,创作历程达四十余年。作为一条长长的文学河流,一部部中国典籍

后 记

可视为支持的源头。

与前三部古典文学论著相比,《读〈诗经〉》可能是更艰难的"跋涉"。笔者作为现场听者和后来的整理者,只能用"惊艳"两个字来概括。视角之奇特,体悟之新颖,思维之活跃,辨析之敏锐,见解之精湛,每每让人耳目一新。听者好像被打开了一条精神的地平线:极目辽阔的诗学场域。

经过整理,全书分为上、下两篇,上篇为总论,由五十五个小标题组成。像"自然人文三横列""娱乐与仪式""诗的有机性""从根本出发""腻咴之后""孔子的旁白"诸标题,都由整理者从原讲中提出。它们宛若五十五盏灯火,烛照出一条条道路,将大家引向一个个深思的方向。

一部《诗经》再次变得簇新。它的各个棱角都被上下左右反复揣摩,最后又回到更细部:"下篇"从《风》《雅》《颂》选出四十二篇作仔细赏读。《风》中选了三十一篇,大《雅》、小《雅》相加选了九篇,而《颂》仅仅选了两篇。可见异质异趣。这种从远到近的观照,也算一部古老典籍的别样解读了。

自《诗经》诞生以来,《诗》学研究大致有三种理路:语义训正、经史研究、文学鉴赏。张炜先生心存敬畏,由当下起步。全书从"《诗》何以为经"切入,探究"诗三百"的身世与源流,展示其鲜亮天然的姿容。总论中每一个标题都伸向远古幽径,引入丰盈饱满的细部,感受烂漫的生长。我们思索"文明的不得已""直与简的繁华",品哑"隐晦之美"和"简约之美",触摸"孔子的诗心",领略"成康盛世的激情",思忖"以声化字"和"乐声盈耳"……

"读《风》诗,总觉得它有一种'走神'的感觉。歌者之吟咏方式,与其表达的主题和故事之间并非总是紧紧相扣和环环相绕的,而常常表现出一种疏离性。但这绝非是表达的艰涩和困境,恰恰相反,它来自更高一层的自信和自由。"这让听者屏息深思。再听关于《诗经》的爱欲:"像是神奇的保鲜剂和防腐剂,使这部古老的诗歌总集永葆青春的光泽。"关于"不隔",他回应王国维著名的诗词理论:"我们现在所谈的'不隔',与当年王国维的论述实际上是存在极大区别的。我们谈的是一种时代'大隔',是这之后的可悲状态;而王国维谈的'不隔',是一种表述的结果和境界。后者在很大程度上可以从先天能力去追究,而我们现在谈的,却是严重伤害先天之后的惨状。"

张炜先生认为古人远比现代人更有"兴"的能力,这里的"兴"已经由一种创作手法变成了人的能力、源于生命深处的一种特质:"现代人已经回不到那种状态了,找不回'兴'之心力。那是一个生命与世间万物、与万千客观生命重合交集之间自然产生的一种心情和意绪,是一种在太阳底下共生共长的感激之情。这种亲如手足的倾诉欲,是现代人难以体悟的。"

如果说《读〈诗经〉》的上篇更多地体现了对于人类过去、现在和未来的宏观思考,是一种整体把握,那么下篇则进入了"单篇赏读",艺术触角游走于"诗三百"的腠理之间。这是一场意趣盎然的艺术盛宴。张炜先生谈《七月》:"这首歌的记录者极有可能直接服务于上层,因为当他写到为公子制裘乃至最后登上国公堂的时候,有一种难以掩饰的骄傲和喜悦。其实这对于劳动者而言,也在情理之中:辛苦的劳动一旦与显赫的权力遭逢,不仅仅是被盘剥的痛苦,还有一种接近的光荣与幸福。"

犀利，洞察，令人心上一动。

在思潮涌荡的网络数字时代，《读〈诗经〉》一书应运而生。它是在一个角落里发生的关于古老典籍的个人言说，还是面向世人的一声声深情呼告？

这里记录了一个人的心声，他现场的声音。

二〇一八年七月二十日　濂旭

附记

这部讲稿的"上篇"和"下篇"是分为十几次完成的，并讲于不同的场合。像过去一样，它们是我和学员朋友们共同研讨的产物，来自我与传统经典研读者的一场场深入对话。"上篇"大约讲了五场，累计时间十二小时以上；"下篇"关于具体篇目的赏析，是在较为零碎的时间里积累而成的。

全书由陈沛、张华亭、邓庆龙三位先生整理成电子稿，并由濂旭和陈星宇先生审阅。他们都提出了诸多诚恳的意见，付出了心力，为本书作出了无私的奉献，也用行动鼓励我对全书先后作了三次修订。

濂旭先生以过人的耐心和学养，补正了我讲述中误引的诗篇，并将其他引文注明出处。他通读了前后两稿，皆留下详细而富有洞见的标注，还为本书写出了一篇珍贵的后记。没有他的辛苦劳动，就不可能有目前奉献给广大读者的这部书稿。

"不学《诗》，无以言"（孔子），从准备讲《诗经》到现在，已经过去了多半年，这个时段也成为令自己最难忘的一场学习。

在此，期待广大读者和同好多多指正，以继续这一场难得的学习和交流。

二〇一八年九月八日，于济南